El Oro de Hitler

JF Sánchez

El **oro** de **Hitler**

Saga Padre Ramón

Copyright © 2022 JF Sánchez

Todos los derechos reservados.

El oro de Hitler

DEDICATORIA

A mi familia y amigos, por empujarme y animarme a continuar con mí sueño de escribir mis historias.

El oro de Hitler

El oro de Hitler

AGRADECIMIENTOS IX
aviso XI
un tren cargado de oro 1
un nuevo destino 7
el oro de hitler 49
los secretos de murano 85
una sencilla conversación 135
rumbo a sevilla 159
Un hilo del que tirar 189
pistas doradas 203
comida en el palacio 219
la vieja sirvienta 233
un contramaestre en sevilla 247
historias de la VIEJA MINA 261
el buen doctor 279
conclusiones 289
hay un asesino entre nosotros 297
Evitar una muerte segura 309
confesiones 331
oro mortal 339
un tesoro perdido 349
un encuentro casual 355

El oro de Hitler

el santo padre 361

El oro de Hitler

AGRADECIMIENTOS

A todos los que me ayudan, apoyan y animan para continuar con otra novela. Amenazo con más, vosotros sabréis.

En especial a ti, querido lector anónimo, que puedes ofrecerme el mejor de los regalos si, una vez terminada esta lectura, das tu opinión, valoras o recomiendas esta novela. Eso me ayuda mucho y tú solo tienes que invertir un poco de tu tiempo.

Gracias.

El oro de Hitler

El oro de Hitler

AVISO

Esta novela está basada en muchos hechos reales, aunque no todos deben ser consideraros así, es una novela de ficción. Todo lo que se narra sobre la Santa Alianza está contrastado por varios historiadores de prestigio, se da por cierta toda la información que se vierte sobre los acontecimientos en los que, de una u otra forma, La Entidad ha ejercido su influencia para que estos sucesos fueran favorables para los intereses de la Iglesia. Por otra parte, varios historiadores dan por cierto el intento de Hitler de comprar las voluntades de varios cardenales para conseguir la elección de un nuevo papa que accediese a darle el control de la Santa Alianza. Los personajes de Nicola Storzi y de Taras Borodajkewycz existieron en realidad. Utilizo para mejorar la narración de la novela al personaje del papa Pablo VI, fue el sumo pontífice en los días que narro. El resto de personajes y hechos son fruto de mi imaginación.

Debo aclarar un detalle importante. Es real que, en las fechas indicadas, en algún banco suizo, el Vaticano realizó un ingreso de una buena cantidad de oro. Muchos historiadores afirman que la cantidad que la Iglesia aportó no se acerca ni de lejos al volumen de oro que el Führer envió a Roma. Si están en lo cierto, el oro de Hitler está todavía en paradero desconocido.

El oro de Hitler

El oro de Hitler

1

UN TREN CARGADO DE ORO

Tres millones de marcos alemanes en lingotes de oro permanecían dentro del penúltimo vagón de aquel convoy, lejos de cualquier luz, envuelto en aquella gélida noche de febrero de 1939, mientras esperaban con paciencia en las vías de servicio de una olvidada estación al norte de Milán.

Ese pequeño tesoro era el pago necesario para poder comprar un papa, algo impensable para la mente de la mayoría de los mortales. Sin embargo, Hitler no lo había dudado, pocos días después sería imposible, era ahora o nunca, él lo hizo seguro de su victoria y de los beneficios que podía aportarles a sus planes de futuro. El Führer había autorizado aquel envío con el ambicioso fin de controlar a quien sería el nuevo jefe de la Iglesia, lo que permitiría utilizar en su propio beneficio a la Santa Alianza, el brazo informador y ejecutor pontificio, el mayor y mejor servicio secreto del mundo; el del Vaticano. Ese, y no otro, era el verdadero objetivo del canciller germánico.

El jefe de estación italiano maldecía a aquel tren alemán. ¿En qué demonios pensaba esta gente? ¡Solo quieren tocarle las narices! Si fuera de otra manera, no se habrían adelantado casi media hora. ¡Se

El oro de Hitler

iban a enterar! De él no se reía ningún cabeza cuadrada nazi. Pensaba tenerlos no menos de veinte minutos en la vía de servicio, hasta que pasara el expreso que venía en dirección contraria con destino a Suiza. Era una de las noches más frías de aquel invierno. Por él se podían congelar todos los alemanes, no le gustaban nada, le miraban con aires de superioridad.

Mientras tanto, en el tren todo sucedía como habían planeado. El previsible jefe de aquella pequeña estación del norte de Italia había detenido el tren en la única vía de servicio de su estación. Tenía la obligación de evitar un accidente debido a su exagerado adelanto, no le quedaba otra. El convoy esperaba en el único lugar posible, un poco alejado del apeadero, los últimos furgones quedaban fuera de la vista de cualquier curioso que rondara los andenes de aquella estación, gracias a una curva del trazado de la vía. Algo poco probable a aquellas horas, mucho menos con aquel tiempo. ¿Quién en su sano juicio pasearía por allí en esos momentos?

Albert Hartl estaba al mando del grupo de soldados que viajaban en el tren. Había sido sacerdote católico hasta que decidió abandonar la curia para inscribirse en el partido nazi como informante pagado de la SD, un servicio de inteligencia alemán. Era un hombre de mediana estatura, delgado, se mostraba orgulloso enfundado en su impecable uniforme. Miraba a través de los redondos cristales de sus gafas cómo los soldados obedecían sus órdenes. Disfrutaba el poder que le otorgaban sus siempre relucientes galones y abusaba de él a la primera ocasión. Los soldados alemanes lo sufrían sin ocultar su temor. Estos habían viajado agazapados en los tres últimos vagones durante el trayecto. En aquellos momentos descargaban unas pesadas cajas del tren y las colocaban en un camión que, por casualidad, se encontraba entre los árboles junto a los que se había detenido aquella parte de la secreta expedición. Hartl descendió del tren con aire

El oro de Hitler

chulesco, se dirigió sin dudar a los únicos hombres que no eran militares en aquel escenario, parecían querer controlar aquella operación mientras los soldados colocaban los bultos de forma ordenada en la parte trasera de aquel viejo camión. Albert Hartl conocía a uno de aquellos hombres, nunca le inspiró confianza, aunque, bien mirado, ¿quién era él para dudar de las decisiones de su Führer? Con aire marcial se dirigió a este hombre.

—¡Taras! El famoso Taras Borodajkewycz. Tan puntual como siempre. ¿Quién te acompaña?, ¿un amigo?

El aludido le mostró su sonrisa más falsa. Acostumbrado a ganar partidas de cartas mientras hacía todo tipo de trampas. Para él aquello era un juego más. Si salía bien, ganaría una recompensa muy grande. Era el momento de presentar a su acompañante, no debían recelar de él. Había previsto con una gran dosis de lógica su acompañamiento, nadie en su sano juicio esperaría que un solo hombre se encargara de trasladar y proteger aquella fortuna. Decidió realizar movimientos suaves, hablar con un tono de voz bajo, muy tranquilo, necesitaba aparentar que la transacción que realizaban era algo normal y habitual. Todo lo contrario de lo que sucedía en realidad.

—Este hombre es amigo y socio, os presento. Nicola Storzi, mi mano derecha, a veces también la izquierda, te presento a Albert Hartl. Te hablé de él muchas veces.

El militar quería destacar ante aquellos hombres, los consideraba inferiores, utilizó el saludo castrense alemán cuando alzó su brazo derecho recto, con la palma de su mano hacia el suelo mientras daba un sonoro taconazo. El recién presentado no se inmutó mucho, era el típico italiano moreno, guapo, seguro de sí mismo. Nicola, con gesto tranquilo, le miró fijo a los ojos, sin dar importancia al alarde marcial del alemán, le ofreció su mano derecha con la mayor naturalidad, no la bajó hasta que el oficial se la estrechó de mala gana. Como mucha

El oro de Hitler

gente sabía, aquel hombre era cualquier cosa menos un honorable militar. ¿Quién es capaz de denunciar a su mejor amigo, un cura como él mismo, al que acusó de antinazi? Aquel extravagante episodio, sin embargo, le catapultó hasta llegar a ser Jefe de Información de la Iglesia para la SD. Un hombre capaz de vender a su compañero y amigo mientras busca solo el propio beneficio era un mal compañero de viaje.

—¡Señor Storzi! He oído algún comentario sobre usted.

Mintió con descaro Albert Hartl, apretó los dientes y forzó un nuevo intento de sonrisa. Jamás había oído aquel nombre. Ahora lo recordaría a la perfección para investigarlo de forma concienzuda a su regreso. El aludido murmuró un discreto saludo, o eso le pareció. El oficial germano necesitaba recobrar el poder sobre aquel intercambio. Él era la persona con más rango allí, no solo debía aparentarlo. Decidió olvidarse por completo de aquel italiano ridículo, él solo estaba para lo importante. Se centró en su viejo conocido.

—Taras, aquí tienes lo acordado.

—Por supuesto, no podía ser de otra forma, según lo previsto y planeado. Si no te importa, comprobaremos el contenido.

—¿Dudas del mismísimo Führer?

—¡De ninguna manera! ¡Por favor! No olvidemos que estamos entre aliados y caballeros. —Ante la mirada furiosa del alemán, mostró una sonrisa amable, este simple gesto rebajó mucho la tensión creada entre aquellos hombres. —Hitler no me lo perdonaría, debo realizar un mínimo control, seguro que lo comprendes, en caso contrario, tú lo harías.

—Tienes razón. ¡Por supuesto! Hagamos bien las cosas.

—Debemos mantener la mayor discreción posible. Es muy importante cargar rápido la mercancía. —Taras señaló una de las

El oro de Hitler

cajas que acercaban los disciplinados soldados al camión. —¿Le parece que probemos con esta?

El militar alemán asintió, de mala gana. A los ojos de sus subordinados podía parecer que aquel despreciable personaje, acompañado de un vulgar italiano, estaba al mando de la operación secreta. Miró a su alrededor, suspiró al comprobar que ningún soldado parecía prestar atención a su conversación. Decidió volver a aparentar tener la voz cantante en aquel momento.

—¡Me parece bien! —Dio la orden con un grito. Al momento, los soldados dejaron al pie de los tres hombres una de aquellas cajas de madera.

Nicola tenía una palanqueta en su mano derecha. De los tres hombres, era quien tenía una apariencia más fuerte. Con un par de golpes abrió la caja con facilidad. Al quitar la tapa parecía que todo el interior era una gran acumulación de paja, algo poco importante, sin valor. Aunque poco despues, con varios movimientos, Storzi apartó aquel material. Su gesto dejó a la vista varios lingotes de oro, destacaban en la oscuridad de la noche. Podían apreciar el grabado de un águila con sus alas abiertas, entre las garras portaba una esvástica. Bajo la atenta mirada de sus compañeros, tomó un par de lingotes con movimientos ceremoniosos y le dio uno a cada uno. Taras sopesó el frío metal sin mostrar un especial interés, clavó su mirada en el militar, esperaba algún comentario por su parte.

—Este es el precio de un gran triunfo para el Führer. —Comentó el oficial alemán.

—Sin duda. Es el mejor negocio que van a realizar para el bien del Tercer Reich. Con este oro Hitler se asegura el próximo papa, será «su elegido». Albert, puede estar tranquilo, este oro será bien empleado. —Contestó Taras. —Y todo por el módico precio de tres millones de marcos en oro.

El oro de Hitler

—¡No es un módico precio! Aunque en Berlín consideramos que puede ser una gran inversión, con ella nuestro Führer tendrá en su poder toda la influencia y conocimientos del nuevo papa.

—Sobre todo, sus conocimientos. Si domina al sumo pontífice, tendrá el poder y todos los datos que le proporcionará el servicio de información de la Iglesia.

—¡Por supuesto! El papa no tiene mucho valor sin ella. En realidad, lo que compra con esta fortuna, es la Santa Alianza.

El oro de Hitler

2

UN NUEVO DESTINO

Han pasado pocas semanas desde que el padre Ramón se convirtió en el gran héroe de Almería, entrado el otoño de 1964. Descubrir la verdad sobre el misterio del asesino del Andarax le proporcionó una fama que no buscaba. Sin embargo, era algo que no podía evitar. Por fortuna para él, una mano misteriosa había conseguido que su nombre no figurase en ningún periódico o noticiario, por tanto, tenía una certeza, solo conocían su mérito en las cercanías de la pequeña parroquia que dirigía. Para el resto del mundo, él no existía.

Parte de ese éxito fue del obispado almeriense, había presionado para ocultar en la medida de lo posible toda referencia a su intervención en el esclarecimiento de tan peliagudo y complicado asunto. A pesar de todo este esfuerzo, la gente llana de la zona sabía a la perfección quién había descubierto y terminado con aquella mano asesina que tuvo en jaque a las fuerzas del orden público de toda la provincia, incluso de todo el país. El boca a boca entre vecinos y familiares había extendido los méritos de su párroco, solo en su zona; la Vega del Andarax. Como cualquier cura, siempre fue respetado por su sotana, por lo que esta representa. Ahora también era admirado por su capacidad para solventar problemas difíciles.

El oro de Hitler

El padre Ramón es un hombre alto, destaca entre sus feligreses con facilidad. Su pelo moreno, siempre bien cortado, no llama la atención, es discreto, como le gusta al joven sacerdote. Todo lo contrario que su mirada, aquellos ojos de un verde tan intenso como un valle del norte, heredados de su padre, obligan a perderse en ellos, siempre tranquilos. Si su interlocutor logra librarse del embrujo de sus pupilas, caerá en las redes de su rostro, de facciones bellas, heredado de la rama materna.

Aquel día amaneció como cualquier otro, había desayunado bastante temprano, como era su costumbre. El párroco, con la habitual sotana, se encontraba en el porche sentado en su butaca de costumbre; acariciaba la cabeza de Capitán, su perro adoptado, cuando sonó el escandaloso timbre del teléfono. Se levantó rápido y agitado. Desde que todo había vuelto a la normalidad, aquel aparato solo sonaba en muy contadas ocasiones, rara vez tan temprano y nunca para dar buenas noticias. La mente obligó a su cuerpo, debía moverse con velocidad, algo había pasado. Entró en la vivienda para descolgar rápido el auricular. Suspiró al reconocer la tranquila voz de su tío, él no sería portavoz de malas noticias con semejante tono al hablar. El arzobispo de Madrid que le había «conseguido» aquel destino, tras abusar de varias influencias con la secreta intención de descubrir quién había matado al cura titular de aquella parroquia, un buen amigo de siempre, sin sospechar que lanzaba al joven a un escenario criminal en el que el verdadero protagonista era el implacable asesino del Andarax, y su sobrino un simple peón. Cumplidos los saludos de rigor, se centró en el verdadero motivo de su llamada.

—No debería decirte esto, sin embargo, eres mi sobrino favorito, por tanto, me veo en la obligación de ayudarte y protegerte en lo que

El oro de Hitler

pueda. Recibe este aviso para que te prepares. Te van a llamar del obispado de Almería, debes venir a verme cuanto antes.
—¿Y eso?
—Un traslado urgente, Ramón. Ahora no puedo decirte más. Prepara lo más rápido posible tus cosas, si tienes algún compromiso, despídete de él. Te veo aquí muy pronto. ¡Ah! Hazme otro favor más, deberás añadirlo a mi cuenta. Muestra sorpresa, no deben saber que te he llamado.
—¿Hablas en serio?
—¡Muy en serio! Debo dejarte, ya hablaremos.
—Pero, tío... —El joven sacerdote silenció su pregunta, el arzobispo había colgado sin esperar respuesta.

Dejó el auricular en su posición de costumbre, un momento de quietud, un brillo fugaz en su mirada, y apareció de improviso el hombre activo, de mente ágil. No entendía nada, sin embargo, el mensaje era bastante claro. Cogió la maleta que tenía encima del armario del dormitorio, la misma que había traído semanas antes, en el momento que se hizo cargo de aquella pequeña parroquia. La abrió y de forma meticulosa comenzó a guardar toda su ropa. Aquella maleta no se llenó por completo, pese a sus reducidas dimensiones. La cerró y colocó en la entrada de la vivienda. Un vistazo por todas las habitaciones le recordó que llegó ligero de equipaje, se iría de la misma forma. Estaba enfrascado en esos pensamientos cuando volvió a sonar el teléfono. En esta ocasión estaba cerca, lo descolgó antes de que el timbre sonara una segunda vez. Una voz tranquila sonó en el auricular.

—Padre Ramón, tengo la esperanza de que usted se acuerde de mí. Soy el secretario del obispo de Almería.
—Creo que lo recuerdo. ¿Cómo se encuentra?
—Bien, aunque esta no es una llamada de cortesía, espere en línea,

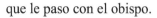

que le paso con el obispo.

—De acuerdo.

—Un momento, por favor, no cuelgue. —Sonaron una serie de pequeños chasquidos. Mientras permanecía con el teléfono pegado a su oreja, se hizo el silencio de nuevo en la línea. Segundos más tarde surgió, como de las profundidades, la ronca voz del obispo. —¡Padre Ramón! ¿Está usted ahí?

—Sí, monseñor Armenteros, aquí estoy.

—¡Es una lástima que no pueda conocerle mejor! Ha demostrado ser usted inteligente, capaz y tan bien preparado como nos predijo su tío.

—No termino de comprender lo que me dice, monseñor, ¿a qué se refiere usted? —Tenía que disimular tener conocimiento del motivo de aquella llamada, su tío le había pedido que mostrase sorpresa.

—¡Oh! ¡No me he explicado bien! Acabo de enviar un coche del obispado para que lo recoja, debe llevarlo directo a Madrid; al parecer, el tiempo es oro, órdenes de arriba, padre Ramón, de muy arriba.

—¿Se refiere usted al arzobispado? ¿A mi tío?

—¡Oh! ¡No! De mucho más arriba.

—Pienso en mis obligaciones, mis feligreses…

—Esta tarde ya oficiará un nuevo párroco, nos encargamos de todo, avisaremos al sacristán. No se preocupe por nada, nosotros lo arreglamos. Mientras tanto, usted prepárese para partir de viaje en unos minutos.

—¿Minutos?

—Lo que tarde en llegar el coche que acaba de salir.

—Bien, me preparo para el viaje, monseñor.

—No le entretengo más, debe recoger sus pertenencias. Vaya usted con Dios, padre Ramón.

El oro de Hitler

—Gracias, monseñor. —Pensó que el obispo no había escuchado sus últimas palabras, pues había colgado el teléfono sin esperar a oír la contestación.

Él hizo lo mismo con el auricular que tenía en la mano, dio por terminada la llamada y volvió a descolgarlo. Cuando comprobó que tenía línea marcó el único número de teléfono que se había aprendido de memoria. Al segundo tono de llamada, recibió respuesta.

—¡Diga!

—Gregorio, ¿estás muy ocupado?

—Sabes que tengo la consulta llena por las mañanas. Debe ser algo importante para que tú me interrumpas.

—Acaba de llamarme el obispo, me mandan a Madrid, mi sustituto llega hoy.

—¿Cuándo te vas?

—En cuanto llegue un coche que ya ha salido de Almería.

—¡Rayos! —Las siguientes palabras las escuchó en un tono más bajo, Gregorio no hablaba al aparato. —Tengo que salir a una emergencia, no sé lo que tardaré, esperen un poco.

Gregorio era su compañero de partidas de ajedrez, de charlas interminables en el porche del cortijo del cura. También era el médico del pueblo, le había ayudado a resolver el misterio que se escondía entre las ramas de los naranjos de la Vega del río Andarax. En su defensa, el joven párroco lo había salvado de una acusación injusta, aunque si el buen doctor tuviese que decir algo de él, seguro que hablaría de la ayuda que le proporcionó en temas del corazón; le llevó a los brazos de Marisa.

El padre Ramón salió de la casa acompañado de su perro. Al lado vivía Fernando, era el sacristán de su iglesia, también era el arrendatario del cortijo del cura. Esta era una finca propiedad de la Iglesia, donde además de cientos de naranjos estaba la vivienda

El oro de Hitler

habitual del párroco de Benahadux. Junto a ella, aunque independiente, se encuentra el cortijo de Fernando. Esperaba pillarlo antes de perderse en la vega con su tarea entre los frutales. Lo consiguió. Le explicó los cambios que se avecinaban. El obispo le comentó que ellos pondrían al tanto de todo al sacristán, sin embargo, él quería hacerlo en persona. Se había convertido en un gran amigo, sentía que se lo debía. Ambos habían colaborado para resolver el misterio de la mano asesina que, entre otras víctimas, había matado a la buena mujer del sacristán. Este, al enterarse de su inminente partida, abrazó al sacerdote y rompió a llorar. Eran muchas las emociones que habían sufrido juntos en aquellos días.

El rugido del motor de un coche a lo lejos llamó la atención de ambos, produjo el inmediato efecto de separarse. No se dijeron nada más. El clérigo volvió al cortijo del cura para descubrir al coche que había llamado su atención, era el de Gregorio, el médico de aquel rincón de la vega del Andarax. Este descendió del coche bastante alterado. El joven cura lograba mantener su rostro libre de lágrimas con esfuerzo, no estaba preparado para despedirse tan pronto de los buenos amigos que había conseguido durante su tensa estancia en ese pueblo.

—¿Entonces? —Mientras decía estas palabras, una furtiva lágrima cruzaba la mejilla del doctor, lenta, pausada, no pasó desapercibida para el padre Ramón.

—Parece ser que me voy, compañero.

—¿Tan rápido?

—Yo tampoco lo entiendo, al parecer me reclaman en otro sitio.

—No te perdonaré en la vida si te olvidas de nosotros. —Gregorio se abalanzó sobre su amigo y le dio un fuerte abrazo.

—Eso será imposible, no conozco ningún cura que haya olvidado su primera parroquia, imagínate, si a eso añadimos todo lo que nos ha

El oro de Hitler

pasado, este pueblo, esta gente, permanecerá siempre entre mis mejores recuerdos.

—¡Y entre tus peores! Tengamos todos en cuenta.

—Por supuesto. ¡A pesar de esos malos ratos, jamás podré olvidaros!

A lo lejos se escuchó un motor, segundos después hacía su aparición en la pequeña entrada el gran coche negro del obispado que le había llevado hasta aquel mismo lugar semanas antes. Observó que quien conducía no era el mismo sacerdote del viaje anterior. Con la agilidad de una ardilla, un joven bien vestido, aunque a nadie se le escapaba que aquel traje no se había confeccionado para él, bajó del coche. Se dirigió al párroco sin dudar.

—¡Buenos días, padre! Dígame que lo tiene todo listo, me han dicho que debemos partir lo antes posible. ¡No podemos perder tiempo!

—Buenos días nos dé Dios. Tranquilo, salimos enseguida, recojo mi equipaje. —Acompañado de Gregorio, entró en la vivienda para recoger su maleta. —Oye, cuando me vaya deja los embutidos y todo lo de comer para mi sucesor, cuídalo bien.

—¡Tendrás tú queja! ¡Te tratamos como uno más!

—¡Sabes que no la tengo! Escúchame bien. No tengo tiempo. El vino, el brandy y el whisky, llévatelo, te lo tomas con Indalecio, tu futuro suegro, o con quien quieras. No quiero que piense el nuevo párroco que soy un bebedor.

—No te preocupes, yo me encargo. —En ese instante, una mujer entró a la carrera en la casa. Fue directa a abrazar al padre Ramón

—¡Marisa! ¿Quién te avisó? —Preguntó mientras ella le mostraba su afecto.

—Gregorio me ha llamado, he venido lo más rápido que he podido. ¿Se va usted ya?

El oro de Hitler

—¡En cuanto me sueltes! —Rieron los tres. La joven dejó de abrazarle para tomar el brazo de Gregorio. —Ya has visto que me espera un coche.

—¿Y esas prisas?

—Sé lo mismo que vosotros, nada. No tengo ni idea de mi destino. —Un claxon sonó en la puerta. —Tengo que irme. Una cosa te voy a pedir, Marisa.

—Lo que usted quiera.

—Cuida de Capitán por mí. Está acostumbrado a vivir en esta zona, no tengo ni idea de cómo será mi nueva parroquia.

—Eso está hecho, sabe usted que lo quiero mucho.

—Lo sé. Vamos, no hagamos esperar más a este hombre. —El padre Ramón cogió la maleta que ya tenía preparada al lado de la puerta, salió de la vivienda con la intención de no mirar atrás y contener cualquier signo de tristeza. El conductor ya tenía abierto el maletero.

—Viaja usted ligero de equipaje. —Le dijo al ver lo único que llevaba.

—No necesito mucho.

—Mejor, más rápido vamos.

El conductor colocó con cuidado la pequeña maleta dentro de aquel gran compartimento. Pensó que con las curvas y frenazos estaría dando bandazos de un lado a otro y cambió de opinión. A continuación, cerró el compartimento con el equipaje aún en la mano. La depositó con cuidado en los asientos traseros; ahora sí estaba satisfecho. Miró a su pasajero. Entendía su demora, no era fácil despedirse de los amigos. Se sentó frente al volante para esperar que el cura terminara con ellos. A nadie haría daño unos momentos de intimidad, lo recuperaría si pisaba el acelerador con algo de disimulo.

—No te olvides de nosotros, llámanos para contarnos cuál es tu

El oro de Hitler

nuevo destino y cómo te tratan. —Le comentó Gregorio. Mientras le hablaba, puso la mano sobre el hombro de su amigo.

—Puedes contar con eso, el único número de teléfono que he conseguido memorizar es el tuyo.

—Pues anótalo, se te olvidará con el tiempo.

—No creo. Aunque te haré caso, lo anotaré por precaución, si así te quedas más tranquilo.

—Padre Ramón, mi madre ha preparado esto para su viaje. —Marisa le dio la cesta que llevaba, cubierta por un paño. Nadie se había percatado de ella hasta ese instante.

—No se tenía que haber molestado, no hace falta, llévatela de vuelta.

—¡Ni loca! No se imagina la que me montaría si vuelvo con ella, quiere agradecerle todo lo que ha hecho por nosotros.

—No tenía por qué hacerlo.

—Seguro que sí. —Al decir esto, la mirada de Marisa se dirigió a su novio, Gregorio. Con ese simple gesto entendió el clérigo a qué se refería.

—¡Ah!, ¡claro! Dile a tu madre que se lo agradezco mucho, aunque no es mérito mío, yo solo di un pequeño empujoncito a dos jóvenes que estaban predestinados a terminar juntos. Todo hubiera salido igual sin mi intervención.

—¡De eso nada! —Ahora era Gregorio el que hablaba. —Si tú no me abres bien los ojos, no sé si algún día me hubiera atrevido a dar el primer paso. Te debo mucho, amigo.

—Yo sí que os debo a vosotros. Me voy, un último adiós.

Abrazó a la pareja de enamorados, se agachó para acariciar con cariño a Capitán, le dijo algo al oído y se subió al coche. Marisa le dio la cesta. El padre Ramón cerró la puerta, el auto se puso en marcha casi al instante, él giró su cuerpo para ver por la ventanilla trasera a

El oro de Hitler

sus amigos abrazados mientras Capitán corría detrás del vehículo. Terminó por sentarse en el camino mientras veía cómo el coche se alejaba de él. Tras pasar por la puerta de la iglesia, en lugar de girar a la izquierda y cruzar el paso a nivel para tomar dirección a la capital, el coche fue a su derecha.

—¿No vamos a Almería?

—¡No! Tengo orden de llevarle lo antes posible directo a Madrid. Eso significa realizar el viaje en coche. Es quizás el medio más incómodo, sin embargo, le aseguro una cosa, llegaremos antes que el ferrocarril, la única alternativa posible. Perdone si soy algo bruto. Espero que vaya meado y listo, quiero parar lo menos posible, es el primer encargo importante que me hacen.

—No lo termino de comprender, debo estar espeso esta mañana.

—Yo tampoco entiendo mucho toda esta situación, no soy mucho de pensar, solo voy a hacer lo que me dicen. Por cierto, padre, tiene que perdonarme, con las prisas no me he presentado, me llamo Claudio, para servir a Dios y a usted.

—Gracias, mi nombre creo que ya lo conoce.

—¡Por favor! Si es usted ahora mismo la persona más famosa de Almería. Todo el mundo habla de usted y de lo que hizo.

—No debería ser así, se tuvo mucho cuidado de que no saliera en la prensa, no se me nombró en ningún noticiario.

—¡No hace falta! Aquí las noticias corren boca a boca, todos sabemos lo que consiguió, lo que más nos fascina es cómo lo hizo.

—Veo que conduces bien, además de hacerlo bastante rápido. —Pretendía cambiar de conversación.

—No se preocupe, conozco bien esta ruta. Antes daba viajes de pescado desde la lonja de Almería a Madrid, creo que por eso me han elegido, conozco cada curva y cada bache de la carretera.

—¿Llevabas pescado a Madrid? ¡Cuéntame más!

El oro de Hitler

Claudio tenía la habilidad de un buen profesional del volante, mientras sus sentidos estaban centrados en conducir, era capaz de mantener cualquier conversación, por intrascendente que pareciera. Pararon pocas veces durante el viaje, solo a repostar, momento que aprovechaban para ir al baño y continuar su ruta. El padre Ramón le ofreció comer algo de la cesta que le había proporcionado Marisa, Claudio le respondió de forma negativa, él no comía mientras conducía, esperaría a llegar a Madrid. Nuestro joven párroco decidió hacer lo mismo, acomodó la cesta junto a la pequeña maleta en los asientos traseros, sin tocar ninguno de los alimentos que le habrían preparado con tanto cariño. A pesar de que nunca había viajado tan rápido en coche, no tenía sensación de peligro, Claudio manejaba con suavidad aquel vehículo, no transmitía otra cosa que tranquilidad y seguridad, los adelantamientos a los muchos camiones que se encontraron durante el viaje los realizó de tal forma que parecían la maniobra más sencilla y evidente. Varias horas después entraban en la capital de España. El reloj en una fachada le avisó de que habían pasado algunos minutos de las cinco de la tarde. Claudio conocía a la perfección su destino, no dudó en ninguno de los complejos cruces y desvíos rodeado de coches por todos los lados. En un momento dado, paró frente a una gran puerta de garaje. Tocó dos veces la bocina, segundos después, desde el interior abrían aquella puerta. El conductor conocía aquel sitio de viajes anteriores, aunque ninguno con tanta urgencia. Entró despacio y avanzó hasta el interior. Cuando se detuvo, se dieron cuenta de que junto al coche les esperaba sonriente el padre Damián.

—¡A mis brazos, Ramón! —Le dijo a la vez que le daba un sincero abrazo.

—¿Esperabas mi llegada?

—¡Como agua de mayo!, ¡por supuesto!

El oro de Hitler

—Supongo que debo darle las gracias. Espere que recoja mi maleta.

—De eso nada. Claudio, si fuera tan amable de esperar unos instantes, ahora vendrán para recoger el equipaje, también le acompañarán a una cómoda habitación para que descanse, hasta mañana no tiene que regresar a Almería. Ahora le preparan una buena comida y se ocuparán de usted. Estoy seguro que llega sin probar bocado.

—Muchas gracias, padre Damián.

—No hay por qué darlas. —Se despidieron de él. Comenzaron a caminar mientras guiaba al recién llegado a través del arzobispado.

—Veo que se conocen. —Comentó con naturalidad el joven párroco.

—¡Oh! Siempre es bueno conocer a todo el mundo, nunca sabes a quién vas a necesitar mañana, ¿no te parece?

—Cierto.

—Su tío no ha comido, espera compartir mesa con usted, supongo que quiere hablar de sus cosas.

—¿Comerá usted con nosotros?

—Me temo que no, hoy tratarán temas que no deben estar a mi alcance.

—¡Qué exagerado es usted!

—Para nada, ya le digo yo que no exagero ni un ápice. ¿Qué tal el tiempo por Almería? ¡Calor!, supongo.

—Una de las mejores cosas de aquella tierra es su clima, hace algo más de calor que aquí, por supuesto, olvídese usted del frío, de los días lluviosos y esas cosas. Aunque no debe pensar que las temperaturas son mucho más altas, las máximas no, desde luego.

—Puede que contemple mi retiro por aquellas tierras.

—¡Su retiro! ¡Usted nunca abandonará esto!

El oro de Hitler

—Veo que me conoce muy bien. —Rieron los dos de buena gana.

El padre Damián abrió una gran puerta, en su interior había una mesa preparada, al fondo, el arzobispo hablaba por teléfono. —Ya está aquí su sobrino.

—¡Un momento! Pues tráiganlo de inmediato, empezaremos con eso. Bien, hasta luego.

El arzobispo dio por terminada la llamada y colgó. Abrió sus enormes brazos y se dirigió a su sobrino. Le dio un cálido abrazo lleno de sentimientos encontrados.

—¡Ramón! ¡Con lo preocupados que llegamos a estar por ti!

—No era para tanto.

—¿Cómo puedes decir eso? Terminar con el misterio del asesino del Andarax ha sido toda una proeza, en la que no has estado libre de peligro, todo hay que decirlo. Hay que reconocer los hechos, no subestimarlos, querido Ramón. Perdona un momento.

Con unos gestos inconscientes de autoridad, algo innato en el arzobispo de Madrid, pidió a Damián que acompañase al conductor. No debía sentirse solo y abandonado tras un largo viaje, de paso le proporcionaba la oportunidad de conversar en soledad con su sobrino, sin parecer grosero con su ayudante de confianza. El padre Damián comprendió a la primera las intenciones de su superior, se despidió con cortesía y cerró la puerta para dejarlos solos.

—Tío, me tiene usted sobre ascuas. No demore más sus respuestas. ¿Cuál es la urgencia para semejante traslado?

—Que conste, Ramon, este movimiento no es cosa mía. Esta situación me supera. Ahora te contaré todo lo que pueda.

—¿Todo lo que puedas?

—Sí. Estos son temas delicados, más de lo que crees, de vital importancia, parece ser. Mientras nos traen la comida, sentémonos aquí, esta conversación podría alargarse, prefiero realizarla con el

El oro de Hitler

máximo de comodidad. Si te parece bien, vamos a comenzar por el principio. ¿Te suena de algo la Santa Alianza?

—¿Existe de verdad?

—¡Por supuesto que sí! Aunque esto te lo digo a ti, al resto del mundo se lo negaré con vehemencia. Por cierto, una buena recomendación, debes hacer lo mismo. ¿Qué sabes?

—En el seminario escuché varias veces hablar de la Santa Alianza. Por lo poco que pude entender, la trataban como si fuese un servicio de información del papa, algo así como sus espías.

—Como base está bien, ahora te explicaré algo más. Prepárate para conocer algunas verdades sobre la Entidad.

El padre Ramón miraba a los ojos del arzobispo, buscaba las palabras adecuadas para romper el silencio incómodo que había provocado su tío con alguna intención que todavía desconocía.

—Solo escuché hablar de la Santa Alianza en pequeños corrillos durante mi estancia en el seminario, casi en secreto. Era un rumor. Algo así como las historias de príncipes y dragones, parecían cuentos para niños.

—Bueno, yo te explicaré lo poco que llegó hasta mis oídos, supongo que ahora podrán contarte algunos detalles más. —Sin previo aviso, una pequeña puerta que permanecía camuflada en la pared se abrió. Un criado avisó de que la mesa estaba preparada. —¡Perfecto! Sígueme, Ramón.

Atravesaron aquella pequeña puerta. En el centro de la estancia les esperaba preparada una mesa redonda, presidida por una espléndida botella de vino, un gran pan casero y una fuente de embutidos. El joven clérigo reconoció al instante aquellos productos. Eran los de la cesta que le había dado Marisa. El arzobispo se disculpó por abusar de la confianza que tenía con él. Eran su capricho, ese vicio escondido que todo el mundo tiene, al que no puede renunciar. Entre risas, su

El oro de Hitler

sobrino le perdonó al instante, dieron buena cuenta de toda aquella comida. Mientras tanto, se olvidaron por un momento del motivo del viaje del joven párroco.

—¡Qué maravilla! ¿Quién te ha preparado semejante banquete?

—Pues amigos que uno ha hecho en Almería. No sé cómo han tenido tiempo para preparar todo, poco después de tú avisarme ya estaba el coche en la puerta para recogerme.

—Me alegro de que seas capaz de crear lazos de amistad por donde andas.

Por unos momentos, se centraron en los pequeños placeres que los sencillos manjares proporcionan, sobre todo a las personas que no acostumbran a tomarlos con frecuencia.

—Te voy a contar lo que sé mientras comemos. Sobre la Santa Alianza, muchos piensan que es la más grande agencia de información o espionaje que existe. No me mires así, lo dicen con toda la razón, solo tienes que darte cuenta de una cosa, la cantidad de personas que tiene la Iglesia repartidas por todos los lugares del mundo, ciudades grandes o pueblos pequeños, montañas o llanuras, en todas las islas o selvas. Piensa en todo el personal con el que cuenta el papa en cualquier sitio: curas, sacerdotes, monjas, obispos, cardenales y tantos más. Yo solo te puedo decir una cosa, todos los entendidos tienen claro que es el más grande. Yo, si me lo permites, añado también que es el mejor servicio de espionaje que haya existido en todos los tiempos.

—¿Incluso en la actualidad?

—En la actualidad también, sobrino. Nunca ha dejado de trabajar desde que se creó. Si algo te tiene que quedar claro, atiéndeme bien, muy claro, es que existir, existe, como el sol que nos alumbra cada mañana, aunque nadie jamás te lo va a reconocer. ¿Entiendes lo que quiero decirte?

El oro de Hitler

—Sí, me hago una idea.

—Yo no tengo todos los datos, ni mucho menos. Puedo decirte que hoy me han llamado a primera hora, alguien muy importante y cercano al papa.

—Tú estarás acostumbrado a ese tipo de llamadas.

—¡Para nada! En la Iglesia, la cadena de mando es sagrada. Lo normal, lo que suele ocurrir, es hablar solo con tu inmediato superior o inferior, saltarse ese escalafón no es nada habitual. Nunca ocurre un caso semejante, recibir una llamada directa de la parte alta del Vaticano para un arzobispo de Madrid.

—Creo que entiendo lo que me quieres decir, más o menos.

—Como te contaba, me llaman esta mañana, me dicen que esperase un momento, que se ponía el cardenal Cicognani.

—¿Cardenal Cicognani?

—¿No te suena el nombre?

—¡No! Ahora mismo no.

—Ya te sonará, ya. Sobre todo, a partir de ahora, por lo que sospecho. El cardenal Amleto Giovanni Cicognani, te digo el nombre completo para que intentes recordarlo en un futuro, es el Secretario de Estado de la Santa Sede. Para que lo entiendas con facilidad, su cargo equivale al de primer ministro; ministro de interior, también recaen sobre sus espaldas las relaciones exteriores de la ciudad del Vaticano.

—Después del papa, será quien más manda.

—Exacto. Comprenderás que al principio pensé que era una puñetera broma. Sin embargo, empecé a dudar al ver que no esperaron para reírse de mí. Antes de que pudiera reaccionar ya sonaba el tono de llamada de nuevo. No te miento, reconozco que estaba muy nervioso con el auricular en la mano. Al poco tiempo una voz ronca, que hablaba un pésimo español, me decía que este asunto era de la

El oro de Hitler

máxima importancia para él mismo. También tenía gran interés Pablo VI.
—¿El papa? ¡No entiendo nada!
—¡Espera! ¡No te impacientes! Aunque imagino cómo te sientes ahora mismo, piensa que así estaba yo también. Me dice que atendiera a su directo colaborador, monseñor Herrera, al ser español domina mejor nuestro idioma. No hubo cambio de conexión, quiero decir, que estaba a su lado mientras hablaba conmigo, le dio el teléfono para que nos entendiésemos. Más o menos esta fue la conversación:
—¡Buenos días, arzobispo!
—¡Buenos días, monseñor Herrera!
—No estoy muy seguro si me recuerda, yo a usted no le he olvidado.
—Creo que sí le tengo en mi memoria, hemos coincidido algunas veces.
—Exacto, la última vez en Barcelona, si mi memoria no me engaña.
—Eso mismo pensaba yo. Barcelona, hace medio año, tal vez.
—Bien, ahora que nos hemos presentado, nos reconocemos más o menos, si le parece, vamos a lo que en realidad importa esta mañana.
—Lo que usted diga, creo que será lo mejor.
—Bien. Estamos al corriente de lo sucedido con su sobrino.
—¿Con mi sobrino? ¿Me habla usted de Ramón?
—Por supuesto, conocemos el interés suyo para enviarlo a la parroquia de Benahadux.
—¿Conocen Benahadux en el Vaticano?
—¡Conocemos todas las parroquias del mundo!
—¡Perdón! Tiene que comprender mi sorpresa inicial. ¡Por supuesto que las conocen todas!
—Debe entender esta situación, no solo las conocemos, nos

El oro de Hitler

preocupamos por ellas, por tanto, «sabemos» lo que sucede con nuestros feligreses. Entenderá que también estábamos preocupados por lo sucedido al padre Venancio, su amigo.

—Ya veo, es lo más lógico, claro está.

—No nos dio usted tiempo para preparar una misión directa desde aquí, sin embargo, mostramos interés, quizás debería decir «especial atención» por los avances de su sobrino. Le puedo asegurar que hemos quedado muy sorprendidos al conocer su intervención y acierto para terminar con el asesino del Andarax. Un caso muy difícil en el que nuestro joven párroco ha mostrado buenas cualidades en asuntos de especial delicadeza, incluso peligro, debería decir.

—No puedo estar más de acuerdo con usted, monseñor, en cuanto a mi intervención en ese caso, espero no haber hecho nada mal a ojos vista del Vaticano.

—Utilizó alguna influencia, cierto, aunque siempre fue con buena intención. No abusó de su papel en la Iglesia para un fin poco ejemplarizante. Más bien lo contrario. Por tanto, no se preocupe, su papel en esta historia está bien visto, sobre todo ahora, una vez conocido el desenlace final.

—¿Entonces? ¿Esta llamada se debe a...?

—Comprendemos su curiosidad, querido arzobispo, deberá entender que no es frecuente encontrar personas con un perfil como el de su sobrino. Lo digo en cualquier grupo de personas en la vida real, imagine si reducimos ese círculo a los hombres y mujeres de la Iglesia.

—Perdone la curiosidad, ¿dice usted «un perfil como el de mi sobrino»?

—Sí, alguien curioso, capaz de realizar deducciones complejas, prudente cuando hay que serlo, también con la inteligencia y talento para actuar si es necesario. Hay que reconocer una cosa, pocos

El oro de Hitler

hombres se atreverían a desenmascarar un asesino múltiple como lo hizo él.

—Eso es cierto, fue muy valiente.

—Ese es el perfil que buscamos en cualquier momento, nos interesa ver su evolución. *Nuestra intención es trabajar con él para mejorar sus cualidades, si fuera eso posible. Desde aquí somos capaces de reconocer su enorme potencial, confiamos en poder convertirlo en un valor muy importante y provechoso para la Iglesia.*

—Veo su interés con cierto orgullo, no le voy a engañar, aunque no sé muy bien qué papel debo realizar yo ahora. Por favor, ilumíneme.

—Usted deberá atenderle, hoy mismo llegará desde Almería, ya hemos gestionado su traslado y sustitución. *Estará en su arzobispado a lo largo del día, ya está todo organizado desde aquí.* Usted lo atiende, se preocupa de que mañana esté en la base de Torrejón de Ardoz a las nueve. A esa hora le espera el comandante Giovanni Lima, de la fuerza aérea italiana.

—Monseñor Herrera, quisiera solo hacerle una consulta, si fuera tan amable de ser sincero conmigo.

—Hasta donde pueda ser sincero, le prometo contarle lo que sepa.

—¿Cuál es el destino que tienen previsto para mi sobrino?

—¡No se preocupe! *Queremos que analice y busque información sobre un tema muy concreto. Es un viejo asunto, no correrá riesgos, no va a ir tras un despiadado asesino en serie esta vez.*

—Es el hijo de mi hermana, comprenda mi inquietud y curiosidad. ¿Podría saber qué tema es?

—Solo puedo decirle una cosa, querido arzobispo. —Lo dijo en un tono que dejaba claro el rango y autoridad de quien hablaba, no por maldad, con la única intención de dar mayor énfasis a su siguiente frase. —El papa tiene un directo interés en este asunto, no

El oro de Hitler

puedo decirle nada más.
—Me hago cargo.
—Un consejo le quiero dar, cuando vuelva a ver a su sobrino, me refiero a después de visitar el Vaticano, ahórrese las preguntas, lo pondría en un compromiso.
—Me hago una clara idea de lo que quiere decir, monseñor.
—A partir de este momento, todo lo concerniente a su sobrino es de carácter confidencial. ¿Puede hacerse cargo de lo que le he comentado?
—¿De atender a mi sobrino? ¡Por supuesto!
—Le estamos muy agradecidos, queremos que sepa que seguimos con interés su trayectoria, somos conscientes de que realiza usted una gran labor.
—Gracias, monseñor.
—Nos veremos pronto, arzobispo. Quede usted con Dios.

Un silencio sepulcral se produjo al terminar aquellas frases. El padre Ramón intentaba asimilar toda la información que había recibido en ese momento. No estaba preparado para semejantes datos; el Vaticano, el papa... Le costaba asimilar que tuvieran algún interés en su persona.

—Eso es todo lo que te puedo contar, sobrino.
—A ver si lo he entendido bien, si analizo todo esto que me has comentado, llego a la conclusión de que no sabes gran cosa.
—Si te soy sincero, así es.
—Una consulta, en ningún momento nombró nada parecido a la «Santa Alianza».
—Ni tampoco a «La Entidad», porque también la llaman así. No lo reconocen. Ahora, piensa por un momento en esto que te voy a decir, ¿quién estaría en el Vaticano pendiente del padre Venancio?

El oro de Hitler

¿O de ti? Yo no se lo he contado a nadie, solo lo sabíamos tú y yo.

—También todas las personas con quien contactaste para que me trasladaran. Tengo en mente un nombre, aunque solo es una posibilidad.

—¿En quién piensas?

—En alguien que está siempre a tu lado, conoce todos tus pasos. También me conoce a mí.

—¿El padre Damián? ¿Quieres decir que podría ser él un miembro de la Santa Alianza?

—Por ahora solo es una suposición, aunque eso es lo que a mí me parece.

—Sí que tienen un buen servicio de información. —El arzobispo ya daba por segura la sospecha de su sobrino.

—Bien, ha llegado el momento.

—¿Qué momento?

—El de que me cuentes todo eso que sabes de la Entidad.

—¡Ah! ¡Bien! Esto es todo lo que recuerdo, aunque te puedo asegurar que presumo, con razón, de tener una buena memoria. En eso has salido a mí, sobrino. En el siglo XVI, bajo el pontificado de Pío V se fundó la Santa Alianza. Debes poner cada cosa en su lugar, imagina la situación mundial entonces. El protestantismo crecía a pasos agigantados con la inestimable ayuda de Isabel I de Inglaterra, que convertía de forma paulatina a los súbditos de su reino a esa religión. El nombre proviene de un pacto secreto que firmó la reina católica escocesa, María Estuardo, con la Santa Sede. De ahí el término de la «Santa Alianza». Lo que se vistió como espionaje al servicio de Dios terminaría convertido en algo más. La idea inicial era sencilla en realidad, los espías debían recabar información veraz para, de forma rápida, trasladarla a los monarcas católicos europeos, de manera especial a la reina de Escocia. Debes tener en cuenta que

El oro de Hitler

en aquel tiempo no existían los medios que tenemos hoy, cualquier dato o información podía tardar días, semanas, o no llegar a su destinatario. Ya en aquellos días comprendieron la importancia de conocer cualquier noticia o acontecimiento antes que los demás. Recuerda esto, aquella organización se convirtió en algo más que un servicio de información. Imagínate cómo sería todo en aquellos tiempos.

—Con sinceridad lo intento, tío, me cuesta trabajo comprender todo esto. Es difícil creer todo este relato. ¿Lo que me cuentas es cierto?

—¡Qué gracioso eres! Todo es verdad, puedes buscarlo en los libros de expertos sobre esta materia. ¡Todavía no te he contado la parte buena de esta historia! Piensa en esto, lo primero que hicieron fue organizar un grupo especial, creado con un puñado de jesuitas, fueron elegidos por su especial fidelidad al papa. Para financiar este servicio de espionaje, el papa contó con los inmensos fondos de Felipe II, que fue quien pagó la creación de la Santa Alianza. Su primera misión fue, agárrate fuerte sobrino, asesinar a Isabel I.

—¿Asesinar?

—¡Sí! Pensarás que esto es leyenda o invención de alguien. Debes tener la siguiente certeza. Está confirmado, muchos historiadores lo certifican. Los espías del papa son tan reales como eficaces. En todos los ámbitos, incluido el de asesinar. Para ser sincero, intentaron acabar con Isabel de Inglaterra y, de esa forma, restaurar en el trono a María Estuardo, reina de Escocia. La idea básica era eliminar una reina que fomentaba el protestantismo para ser sustituida por una católica, además, afín a la Santa Sede. Quizás recuerdes que Isabel I no murió en aquel momento, primero falleció María Estuardo. Parece que aquella primera operación no terminó como habían previsto. Uno de los primeros agentes, quizás el primer espía del papa, fue un

El oro de Hitler

sacerdote italiano, David Rizzo, designado por el papa Pío V para el servicio de la reina de Escocia y aspirante al trono de Inglaterra, María Estuardo, con la misión de asistirla como confesor. Este sacerdote, apuesto y de buen ver según todas las informaciones, amplió su radio de influencia desde el confesionario hasta el gobierno, sumó a sus funciones de confesor, las de asesor y amante.

—¿Amante?

—Sí, sobrino, amante. Sin embargo, piensa que eran los principios de la Santa Alianza y no se tenía la experiencia de hoy. David Rizzo terminó asesinado por celos, sin cumplir la pincipal misión que le fue encomendada. A pesar de este fracaso en su verdadera tarea, desde ese momento se sabía que aquel servicio de información, sobre todo aquellos espías, serían de vital importancia para la Iglesia en momentos futuros. La red de espionaje se había tejido, cubría toda Europa y no dejaría de crecer con el paso de los años. Todo esto convirtió a la Santa Alianza en el servicio de espías más longevo y numeroso del mundo. Nadie confirmará nunca nada, debes saber que es *vox populi* un detalle muy importante. Desde sus primeros días La Entidad ha interferido en la historia del mundo. A la Santa Alianza le han achacado, con grandes visos de veracidad, algunas operaciones encubiertas, muchas de ellas oscuras e inconfesables, que se dictaron desde la Santa Sede. Se habla de muertes de reyes, como por ejemplo Enrique IV de Francia; de la misma forma se le atribuye el asesinato de Guillermo de Orange. Además, también cuentan que fueron artífices de las muertes de diplomáticos, políticos y financieros. Hablan de la Santa Alianza cuando se refieren a la creación de Holanda o la Armada Invencible, hay muchos más ejemplos. Aseguran, sin lugar a dudas, multitud de acontecimientos en los que su intervención fue algo más que importante. Por ejemplo: tuvo algo que ver en el ascenso y posterior caída de Napoleón, o cuentan su

El oro de Hitler

intervención en la guerra hispanoamericana por Cuba o, como no podía ser de otra manera, sus movimientos durante la Segunda Guerra Mundial, incluso al finalizar, cuando se creó el llamado «Pasillo Vaticano» para ayudar a los criminales de guerra nazis a fugarse y eludir las consecuencias de sus actos.

—¡Vaya! Es mucha información. No me entiendas mal, creo lo que me dices. Ahora piensa una cosa, para mí es difícil asumir todo lo que me has contado al instante, jamás escuché muchas cosas de las que hablas.

—Y, sin embargo, te puedo asegurar que todo es cierto. Los profesores no suelen comentar *estos detalles* en clase.

—¡Vaya historia!

—¡Pues sí! ¡Creo que llegó el momento de ir a descansar! Algo me dice que mañana te espera un día muy interesante.

—Intentaré dormir, tío, no sé si podré olvidarme de la Santa Alianza.

—Ahora que lo dices, yo tampoco estoy seguro de poder eliminarlo de mis pensamientos.

—¡La Santa Alianza!

El padre Ramón no podía dejar sus pensamientos en blanco, no sería fácil descansar aquella noche, sin embargo, todo parecía indicar que el día siguiente sería aún más complejo. Al final el cansancio acumulado por el largo viaje le ayudó a dormirse. Su inquieta mente decidió soñar con los recuerdos frescos de aquel día. Su pensamiento estaba lleno de espías, reinas, sacerdotes amantes; hasta el mismísimo Napoleón apareció de vez en cuando, sin embargo, no era un mal sueño. O eso pensó al despertar.

Después de desayunar, el padre Damián se ofreció para acompañar al joven cura a Torrejón de Ardoz. Este se despidió con cariño de su

El oro de Hitler

tío y siguió los pasos del anciano, solo llevaba consigo su pequeña maleta. En el garaje del arzobispado, un chófer uniformado cogió su maleta sin decir palabra y la introdujo en un maletero inmenso. Aquel momento le recordó algo.

—Padre Damián, quisiera hacerle una consulta. ¿Y Claudio?

—Se fue esta madrugada, bien temprano.

—Lástima, me hubiera gustado despedirme de él.

—Tiene gracia, él ha comentado lo mismo. —Le invitó a sentarse en el asiento trasero de un gran coche, de importación y exquisito lujo. —Hoy disfrutaremos del mejor vehículo del arzobispado, este solo se utiliza para las grandes ocasiones.

—¿Quiere decir que esta lo es?

—No es frecuente que el propio **papa** pida algo concreto a una congregación lejana al Vaticano. Si quieren que estés en la Santa Sede, está claro, es una gran ocasión, sin duda. —Dio un golpe en el hombro del conductor, este puso en funcionamiento el motor. El coche avanzó con suavidad y elegancia, se incorporó rápido al denso tráfico de Madrid. —Te he visto muy serio en el desayuno, no es así como te recuerdo. ¿Quizás hay algo que te preocupa?

—Si bien toda esta historia de ir al Vaticano me extraña, faltaría a la verdad si no dijese que me preocupa, una duda me ronda la cabeza.

—Si puedo ayudarte en algo, cuenta conmigo.

—Nadie mejor que usted.

—Entonces dime qué es eso que ronda por tu mente.

—Me gustaría ser discreto. —Hizo un gesto con su cabeza. Dirigió la mirada al chófer, esperaba que comprendiera lo que quería decirle.

—¡No te preocupes! Por desgracia para él, no puede oírnos, Cristóbal es sordomudo, por eso no te lo he presentado, puedes hablar delante de él con toda confianza.

El oro de Hitler

—¡Vale! —Se quedó pensativo unos segundos, calibraba cómo resolver aquella duda que rondaba su cabeza. Si quería conocer la respuesta, tenía que hacerla de forma directa y clara. —Padre Damián, tengo una sospecha y me gustaría despejarla, si es posible. ¿Forma usted, de alguna manera, parte de la Santa Alianza?

—¡Vaya pregunta! —Se hizo el silencio dentro del coche, solo roto por el suave ronroneo de su potente motor. Se encogió de hombros, le miró fijo, directo a los ojos. —Ramón, te lo digo en el mayor de los secretos, necesito que tú sepas mantener esta información silenciada.

—Cuente usted con eso.

—En realidad no tengo la sensación de formar parte de nada, sin embargo, hay algo de cierto en lo que comentas. Por mi parte solo puedo decirte que me preguntan cosas, yo las contesto en la medida que me es posible. Si algo ocurre fuera de lo normal, hago un comentario al respecto con quien puede estar interesado. No tengo conciencia de formar parte de ningún servicio secreto, si a eso es a lo que te refieres. No me siento como un espía.

—Sin embargo, creo que, si en el Vaticano se sabía algo de mí o de las circunstancias que rodearon a la muerte del padre Venancio, se debe en gran parte a su intervención.

—Eso no te lo voy a negar. Tienes toda la razón.

—Gracias.

—¿Por qué? No te he dicho nada que no supieras.

—Por confirmarlo.

—No le des tanta importancia. La Santa Sede puede presumir de recibir información de todas las partes del mundo, bien por un canal fluido, o por otro más urgente. Sus fuentes son innumerables, aunque algunas no sean conscientes de lo que hacen. Espero haberme explicado bien.

El oro de Hitler

—Como la cristalina agua de una «fuente».
—Me alegra verte de buen humor.
—Pueden ser los nervios.
—¿Nunca has volado?
—¿En avión? ¿Yo? ¡Jamás!
—¡Pues va a ser inolvidable! ¡Te lo puedo asegurar! Disfruta de este viaje. Ya me gustaría a mí, ya.

Llegaron a la base militar. Para conseguir acceso, el padre Damián bajó del coche para presentar una serie de documentos al oficial de guardia. Mientras tanto, dentro del coche, el padre Ramón se puso a hablar en voz alta.

—¡Comprendo! ¡Bueno! Más bien, creo que intuyo qué es lo que pasa aquí. Cristóbal, si es ese su verdadero nombre, ¿acierto al pensar que es usted también miembro de la Santa Alianza? —Mientras decía estas palabras tenía fijada su mirada en los ojos del conductor, reflejados en el espejo retrovisor. El silencio se prolongó durante varios segundos.

—¡Que me aspen! Sí, ese es mi verdadero nombre. ¿Cómo me ha pillado?

—En primer lugar, me extrañaría mucho que permitieran conducir a alguien que de verdad estuviera sordo, no podría atender a las señales acústicas. Aunque, si le soy sincero, lo que me ha convencido es un pequeño detalle, insignificante diría. Sus ojos, por el retrovisor, seguían a quien hablaba de nosotros dos, algo imposible si fuera sordo de verdad. Entonces, ¿es usted de la Santa Alianza?

—¡Sí! Por favor, no se lo diga usted a nadie, he sido más torpe que de costumbre. La historia de ser sordomudo me ayuda a escuchar conversaciones que de otra manera sería imposible. Luego solo tengo que repetirlas si han dicho algo interesante.

—¡Tranquilo! Esto quedará entre nosotros.

El oro de Hitler

—Gracias, padre. Disimule, por favor, viene el padre Damián, él no sabe mi secreto.

—Descuide. —Esperó a que su acompañante se acercara para bajar del automóvil.

—Tendrá que pasar usted solo, no nos permiten entrar con el coche. Ya sabe quién debe contactar con usted.

—El comandante Giovanni Lima, si mal no recuerdo.

—Exacto. A partir de este momento vuela usted solo, nunca mejor dicho. —El padre Damián rio su propia gracia mientras el joven sacerdote recogía su pequeño equipaje del gran maletero. Se dieron un sincero abrazo. Cuando subía al coche le habló en voz baja. —Si puede, nos gustaría que nos mantuviese informados. A su tío y a mí, me refiero.

—Ya me imagino. Veré qué puedo hacer, no le prometo nada.

—¡Por supuesto! ¡Tenga buen viaje! ¡Vaya usted con Dios!

Realizó un ligero gesto de despedida mientras su mente intentaba centrarse en el inesperado viaje. Mientras se dirigía al soldado americano que le esperaba con los papeles del padre Damián en la mano, el gran coche de importación se alejó despacio. El padre Ramón quedó pensativo en la entrada de la base militar. Suspiró, se encontraba otra vez solo. Al darse la vuelta vio a lo lejos cómo un soldado armado le hacía señas. Comprendió sus gestos, le pedía que le siguiera; así lo hizo, sin mediar palabra. El militar que llevaba la documentación le acompañaba, pasaron por delante de una garita, el soldado que estaba dentro se cuadró y le realizó un saludo militar. El padre Ramón se acercó a su guía para hacerle una pregunta en voz baja.

—¿Por qué me ha saludado su compañero?

—Si tenemos orden de acompañar a un civil, dentro de la base, sin inspeccionarlo, con instrucciones precisas de llevarlo rápido y directo

El oro de Hitler

a la pista de despegue, entendemos que debe ser alguien muy influyente. Mi compañero ha pensado que había que tratarle como a una persona importante, de ahí su saludo.

—¿Y usted qué piensa?

—Yo ya imagino que es alguien poderoso, aunque su sotana me confunde.

—A mí también me confunde algunas veces, para qué le voy a engañar.

—No se preocupe, yo sigo órdenes, no busco respuestas. Suba al Jeep, por favor.

—Claro, lo que usted diga.

Aquel pequeño todoterreno sin capota, conducido por el mismo soldado que le acompañó desde la entrada, cruzó entre barracones y compañías. Las dejaban atrás a una gran velocidad. Entraron en una enorme explanada asfaltada, el padre Ramón nunca había estado en un aeropuerto, veía por primera vez una pista de aterrizaje y despegue. Al fondo de aquella zona, en un rincón se encontraba un avión pequeño, un reactor de entrenamiento, parecía esperar el momento de hacer compañía a las nubes. A su lado permanecían tres soldados que conversaban de forma animada. Los militares se dieron cuenta de que el pequeño Jeep se acercaba hacia el lugar donde se encontraban, dos de ellos corrieron en dirección a las ruedas del avión. El otro, se quedó a la espera en su misma posición. El vehículo paró, el conductor movió su mano y señaló al suelo. El padre Ramón entendió que su viaje en coche había finalizado. Sin olvidar su pequeño equipaje, descendió despacio, al instante el Jeep se alejó tan rápido como había llegado. El hombre uniformado que se había quedado a la espera se acercó a él, le ofreció su mano como saludo mientras mostraba una amplia sonrisa.

—¡Buenos días! Supongo que es usted mi acompañante esta

El oro de Hitler

mañana. No quiero saber su nombre si prefiere mantenerlo en secreto, sin embargo, le puedo decir que soy el comandante Giovanni Lima.

—Un placer, comandante. Soy el padre Ramón.

—¡Encantado! Espero que piense lo mismo cuando aterricemos.

—¿Vamos a volar en este avión?

—¡Por supuesto!

—¡Es un avión militar!

—¡Sí! ¡Y vuela! Se lo puedo asegurar. Esta maravilla es un avión de instrucción de la Fuerza Aérea Italiana, para ser exactos es un Aermacchi MB-326. Un avión a reacción, rápido y muy ágil. Intentaré que disfrute del vuelo. Suba por esta escalerilla.

Le indicó una estrecha pieza metálica, a modo de escalón, estaba destinada a facilitar su acceso a la pequeña cabina. Con unos pocos movimientos y algún gesto brusco el comandante acomodó al joven cura. Este encontraba su boca cada vez más pastosa y seca. No se atrevía a pedir agua, aquel no era el momento más indicado, seguro. Miraba a todos lados sin comprender para qué podrían servir tantos mandos y botones. Antes de poder protestar, entre las piernas le había colocado su maleta.

—¡Menos mal que lleva equipaje pequeño! Lo tendrá que llevar en su zona, no hay espacio dentro de este aparato, cuando se diseñó no pensaron en equipaje, por tanto, no pusieron maletero. —Se rio de su propia broma, no se cansaba de repetirla. —Póngase el casco que está frente a su asiento.

—¿Es esto habitual?

—¿El qué?

—Llevar pasajeros en este avión.

—Usted no es un pasajero.

—¿No?

—¡No! Es un vuelo de prácticas, ayer volamos desde Roma dos

El oro de Hitler

pilotos militares. Hoy regresamos con toda normalidad. —Al decir estas palabras, el comandante Lima le guiñó un ojo. Comprobó que se había colocado bien el casco, le ayudó a tensar las cintas que lo mantenían en posición, abrochó el complejo sistema de sujeción. — Déjeme que le apriete bien el arnés de seguridad. ¿Ha volado alguna vez?

—Si descartamos el viaje que se supone hice con usted ayer, de Roma hasta aquí, puedo asegurarle que no he volado antes.

—Pues intentaré que no lo pase mal. ¡Por favor, no toque nada! Procure que su equipaje tampoco lo haga. Guarde este puro hasta que yo se lo diga.

—No fumo.

—Hoy tampoco lo hará, si no quiere. Le voy a dar un buen consejo, hágame caso. Guarde el puro y téngalo a mano para cuando yo le diga. —El padre Ramón, obediente, guardó aquel puro. Entendía que lo mejor era seguir las instrucciones del experto. — Hablaremos a partir de ahora por el casco, hasta que no estemos en pleno vuelo, por favor, absténgase de hacer ningún ruido. Más que nada por el procedimiento de despegue. ¡Intente disfrutar del viaje!

El piloto se aseguró de nuevo, comprobó otra vez el correaje de su pasajero, como no podía ser de otra forma, estaba bien tenso. Le hizo una señal con su pulgar hacia arriba, el padre Ramón le contestó con el mismo gesto, por imitación. Notaba su respiración más acelerada de lo normal. Podría decirse que se habría encontrado más cómodo en cualquier otra situación, por ejemplo, en una plaza frente a un toro de lidia con un capote en la mano. El comandante tomó su casco, también estaba frente a su correspondiente asiento, se lo abrochó antes de colocarse en su puesto. Una vez dentro del aparato, los soldados retiraron la escalera por la que habían ascendido. La cúpula de cristal que hacía las veces de techo en aquella cabina descendió

El oro de Hitler

sobre ellos, los aisló del mundo exterior, el sonido que les rodeaba instantes antes, desapareció. Un chasquido les demostró que se había cerrado de forma hermética. El padre Ramón escuchó por los altavoces acoplados en su casco cómo el comandante Lima hablaba en inglés con alguien. Imaginó que sería la torre de control, era una base americana y lo lógico era utilizar su lengua, pensó. Poco después un ensordecedor ruido inundó todo el habitáculo. Sin duda, el piloto había puesto en marcha el motor. El comandante, como había realizado cientos de veces, comprobó todo antes de comenzar el vuelo, era su rutina antes de cada despegue. El padre Ramón, por su parte, no quería tocar nada, miraba a todos lados sin ser capaz de entender todo lo que pasaba en aquel momento, abrazó la pequeña maleta. Pensaba evitar que esta golpeara de forma fortuita algo que no debía. También era una manera de no sentirse solo en esos instantes.

Tras una larga contestación del comandante, el motor cambió su sonido por uno más ronco y profundo, el avión dio un pequeño salto, tras él comenzó a deslizarse por la pista de forma suave y tranquila. Sin aviso previo, el reactor comenzó a rugir de forma ensordecedora, el padre Ramón sintió cómo se desplazaba más rápido que ninguna otra vez en su vida, veía los árboles y edificios lejanos perderse de vista a enorme velocidad cuando, sin esperarlo, el sonido que le envolvía se transformó en un ronco trueno. Se vio empujado por una fuerza invisible que lo pegaba al respaldo de su asiento. Apretó contra su pecho la vieja maleta. El ruido que inundaba todo se volvió ensordecedor. En un momento algo cambió, el sonido era otro, se dio cuenta de que la tierra, los edificios, los árboles, la base, todo había desaparecido de su campo de visión. Aquella fuerza le empujaba contra el cuero a su espalda mientras él comenzaba a tener la certeza de volar alto, muy alto. Todo lo que su vista podía percibir en ese

El oro de Hitler

momento era cielo, solo cielo y alguna nube dispersa que desaparecía de su campo de visión a la misma velocidad que había irrumpido en él. Algunos minutos después, el rugido del impulsor volvió a evolucionar, esta vez se suavizó mucho. El pequeño reactor se estabilizó en el aire, dejó de ascender. Desde el momento que comenzaron a moverse, no había oído nada en los altavoces de su casco.

—Padre, ¿todo bien?

—¡Eso me lo tiene que decir usted!

—Ja, ja, ja. Sí, todo va bien, en pocos minutos estaremos sobre Zaragoza. Quería saber si no había perdido el conocimiento, más de una vez ha pasado.

—Entonces ha llevado usted civiles más veces.

—¿Por qué piensa que hablo de civiles? Se desmaya mucha gente, más de la que se imagina. No se preocupe, procuraré que sea un vuelo suave y tranquilo.

—¿Ha dicho que pasaremos por Zaragoza?

—Cerca, un poco al sur, luego volaremos sobre Tarragona, después cerca de Cerdeña, antes de lo que se imagina aterrizaremos en Roma, en el aeropuerto de Pinciano.

Conforme volaban, el comandante le explicaba los avances del viaje, comentaba por dónde pasaban, como si fuese un simple guía turístico. Lo hacía siempre en ocasiones similares, era una forma de tranquilizar a unos pasajeros poco acostumbrados a un viaje tan incómodo e inusual. Pronto dejaron de ver tierra, sobrevolaban el mar mediterráneo. El padre Ramón se maravillaba al ver las nubes, parecían estáticas en el cielo, flotaban sin rumbo fijo. Estas se quedaban atrás mientras la pequeña aeronave avanzaba con aparente facilidad. El sonido del motor volvió a cambiar. El cura imaginó que algo nuevo para él pasaría pronto.

El oro de Hitler

—Padre, ¿recuerda el puro que le di al despegar?

—Sí, aquí lo tengo.

—Póngaselo en la boca, como si quisiera a fumar, no apriete con los dientes, será mejor que no lo muerda, o se romperá antes de tiempo.

—Supongo que tendrá una explicación.

—Por supuesto, todo tiene una buena explicación, o debiera tenerla. Para el descenso, si mantiene su boca abierta, evitará que se le taponen los oídos, algo que puede ser muy molesto, incluso llegar a ser doloroso. Si ha visto fotos o documentales de pilotos, muchos de ellos aterrizan con el puro en la boca, algunos piensan que es porque somos muy chulos y fumamos en cualquier situación. La verdad es que es por el tema de la congestión de los oídos.

—¡Entiendo! —El padre Ramón hizo lo que le había comentado, puso aquel puro en su boca, aunque no había terminado de comprender el motivo.

—También es cierto que la mayoría de pilotos somos muy chulos, ¡para qué le voy a engañar!

El comandante Lima reía de buena gana sus propias bromas. El padre Ramón mantuvo silencio desde ese momento. Su estómago tenía sensaciones extrañas, el aparato descendía, aunque lo hacía de forma suave y tranquila, los cambios de altura se percibían en todo su cuerpo. Los oídos captaban las diferencias de presión. Comprendió que, sin el puro que le había facilitado aquel italiano, tenía muchas probabilidades de pasarlo muy mal. El comandante, por su parte, comenzó a comunicarse con alguien, preparaba la maniobra de aterrizaje. En pocos minutos habían dejado el mar atrás, volaban sobre pequeñas granjas. El cura miraba todo con sumo interés, intentaba no perderse nada de aquel espectáculo al aterrizar, no se había dado cuenta de todo lo que había sucedido durante el despegue.

El oro de Hitler

Eso era algo que no volvería a suceder. Vio cómo el comandante dirigía con maestría aquel avión hacia una pequeña línea asfaltada donde debía llevar su aparato. Aquel aeropuerto parecía crecer conforme se acercaban, el pequeño jet descendía hacia él con bastante suavidad. Un ligero golpe seguido de un ensordecedor ruido le hizo comprender que ya rodaban por la pista. El avión estaba de nuevo en contacto con tierra, habían aterrizado en Roma. El comandante Lima, una vez llegados al final de la zona asfaltada, dirigió el pequeño reactor a unos hangares que estaban situados a su derecha. Uno de ellos tenía su enorme puerta abierta. Sin dudar ni un instante, el avión se perdió dentro de aquel hangar. Les esperaban algunos soldados. La aeronave se detuvo sin brusquedad. Antes de que se pudiera dar cuenta, la cúpula comenzó a levantarse, unas manos cogieron su maleta, soltaron el arnés y le quitaron el casco. El comandante Lima puso su dedo índice sobre la boca, le pedía que guardara silencio. El padre Ramón realizo un leve movimiento de cabeza para que entendiera que le había comprendido. Para disimular el gesto, el comandante aprovechó la posición de la mano para quitar su puro de los labios. Le ayudaron a descender, un soldado le devolvió su equipaje, el comandante comenzó a andar despreocupado, el joven párroco lo siguió como si eso fuera lo más normal del mundo, algo que hacía todas las mañanas. Aquellos soldados se quedaron junto al avión, realizaban las labores normales de mantenimiento y control. Mientras tanto, ellos salieron del hangar por una pequeña puerta que había en un lateral. El comandante se dirigió hacia uno de los coches que estaban aparcados en aquella zona. Le abrió una de las cuatro puertas de aquella berlina, era un modelo que no había visto antes. El piloto italiano puso en marcha el motor de aquel coche y con tono tranquilo se dirigió a su acompañante.

—En situaciones normales no nos pararán ni preguntarán. En el

El oro de Hitler

caso de que lo hicieran, algo poco probable, ya se lo digo yo, guarde usted silencio. Yo me encargo de todo, entregarle a usted es mi misión, ¿comprende?

—Creo que sí, permaneceré mudo. Es lo que hago todo el día, no habrá problema.

El comandante era un hábil piloto en el aire. En tierra, con su coche, era un conductor rápido. Puso su vehículo en movimiento, circulaba a gran velocidad, seguro de sí mismo, si se cruzaba con alguien levantaba su mano de forma ostentosa o hacía sonar la bocina. Salió del aeropuerto sin proporcionar ninguna oportunidad para que le preguntaran, saludó a los carabineros del puesto de control con cordialidad, les mostró que los conocía, sin darles opción a preguntas incómodas. Pocos minutos después cruzaban Roma mientras buscaban el punto final de su viaje, el Vaticano. Para el padre Ramón, poco acostumbrado a las grandes ciudades, le parecía igual que Madrid, mucho tráfico y una cantidad exagerada de gente. No era su ambiente ideal, se encontraba igual que un pez fuera del agua. Como no disfrutaba del viaje, miraba a todos lados, intentaba descubrir algo interesante, quizás el motivo que obligaba a toda aquella gente a moverse con tanta prisa y desesperación. Ya en su destino, la Santa Sede, frente a un edificio similar a cualquier otro de aquella zona, el comandante paró el coche, se bajó y facilitó salir del mismo al joven cura. A modo de despedida, realizó el saludo militar, como si se tratase de una alta personalidad. El padre Ramón no entendía aquel gesto de respeto inesperado, sin embargo, le realizó un leve movimiento de cabeza a modo de respuesta.

—Entre por esa puerta, la principal, no dude. A la primera persona que vea, diga usted que tiene una cita con monseñor Herrera.

—Comandante, ha sido un placer viajar con usted.

—¡Eso es algo que no me dicen todos los días! El placer ha sido

El oro de Hitler

mío. *Ciao.*

El comandante se subió a su coche, lo puso en marcha con su habitual velocidad, instantes después se perdió entre el caótico tráfico de aquella ciudad. El padre Ramón giró sobre sus talones, llevaba su pequeña maleta en la mano derecha. Entró en aquel edificio. Junto a la puerta, en una pequeña mesa, un viejo sacerdote leía la prensa. Al verlo entrar, dejó el periódico doblado en un cajón.

—*Buongiorno, cosa posso fare per voi?*
—¿Monseñor Herrera?
—*Mi scusi. Seguimi.*

El viejo sacerdote se movía con lentitud, era lo que se debía esperar si tenía en cuenta su avanzada edad. Abandonó la mesa y le hizo un gesto para que le siguiera. Conforme entraban en las dependencias del edificio, se cruzaron con otro sacerdote, también mayor, de aspecto muy similar al que le precedía. El padre Ramón giró su cabeza para comprobar cómo el nuevo sacerdote se sentaba en la misma mesa donde antes estaba el que le guiaba, abría el cajón y tomaba el periódico que había dejado su compañero; segundos después simulaba leerlo. El joven cura sonrió al darse cuenta de lo que había pasado. Caminaba detrás de su guía mientras mantenía una prudente distancia. El anciano sacerdote abrió una puerta, dentro estaba un joven que, sin dudarlo un momento, tomó del brazo al padre Ramón y le hizo sentarse en un pequeño taburete. Antes de que pudiera darse cuenta le habían realizado varias fotografías. El joven masculló rápido unas palabras de las que solo pudo entender una, «controlo», o algo parecido. En un momento dado, el viejo sacerdote movió su mano para que le siguiera, continuaron a través de un largo pasillo, subieron por unas escaleras al piso superior, se detuvo, casi con delicadeza golpeó una gran puerta; con su amplia sonrisa le pidió con su mano que se detuviera y esperase. Entró en la estancia,

El oro de Hitler

momentos después abrió la puerta para dejarle pasar, le indicó que debía esperar. Cuando comprobó que le había entendido, le dejó solo en aquella estancia mientras él volvía sobre sus pasos. La pequeña sala tenía poco mobiliario, una vieja mesa a modo de escritorio, detrás se podía ver un sillón que parecía fuera de lugar debido a su gran tamaño, frente a la mesa se encontraban dos sillas sencillas para los visitantes. Un pequeño armario en un rincón y una imagen del papa Pablo VI que colgaba en una pared eran los únicos elementos que completaban aquel despacho. Sentado en el gran sillón había un hombre bajo, su cuerpo era voluminoso. La escasez de su pelo rubio y sus gestos pausados le proporcionaban un aspecto de persona mayor. Parecía más viejo de lo que en realidad era, algo que había procurado en su juventud y que ahora conseguía sin pretenderlo. Se levantó más rápido de lo que su imagen podía hacer esperar. Mientras rodeaba la mesa en dirección al visitante, sus ojos claros dieron un rápido repaso al joven, una pequeña sonrisa de aprobación apareció en su rostro durante un breve instante, gesto que quedó grabado en la memoria del joven clérigo.

—¡El famoso padre Ramón!

—¿Famoso?

—¡Por supuesto! Es toda una celebridad. Déjeme que le dé un caluroso abrazo. —Sin esperar respuesta, sus brazos ya rodeaban al cura. —¡Qué descortés! Debe perdonarme, olvido mis modales y las buenas costumbres. No me he presentado. Soy monseñor Herrera, uno de los pocos españoles que podrá encontrar en la actualidad dentro de la cúpula de mando del Vaticano. Hubo un tiempo en el que nuestros paisanos tenían un gran peso en la Santa Sede, hoy no es el caso. Aunque debo confesar que alguno hemos conseguido un puesto de relativa importancia.

—Si me lo permite, monseñor, es uno de los colaboradores de

El oro de Hitler

confianza del cardenal Amleto Giovanni Cicognani, supongo que ocupa usted uno de los puestos más importantes.

—Cierto, lo es, no me quejo. Vamos a continuar nuestra conversación sentados, si le parece bien, paisano. —Le ofreció una de las sillas frente a su mesa, él fue a sentarse en su butaca. El padre Ramón comprendió que, a pesar de su calurosa bienvenida, quería dejar claro quién era el superior en todo momento. Se trataba de un sencillo movimiento, perfecto para lograr su objetivo, la cadena de mando debía permanecer clara y nítida a los ojos del recién llegado. No podía equivocarse por una mala interpretación. —Antes de nada, supongo que tendrá muchas dudas.

—¡Bastantes, monseñor! —Dejó junto a su silla la pequeña maleta.

—Pues este es el momento de resolverlas, después será tarde.

—La primera es fácil, monseñor. ¿Ha dicho usted «famoso» en referencia a mi humilde persona?

—¡Oh! ¡Eso! Es bien sencillo, su nombre ha sonado en varias ocasiones, cierto que en un ambiente muy concreto, en un círculo muy reducido. En la Santa Sede sabemos que, para la mayoría de la opinión pública, usted no intervino en la resolución del misterio sobre el asesino del Andarax. Tiene que comprender que cuando me refiero a nuestro pequeño círculo, me refiero a una parte muy restringida de la Iglesia, en ese grupo todos sabemos de su buen hacer en este asunto.

—¿Todos sabemos?

—¡Nada se escapa a los ojos y oídos del Señor!

—¡Entiendo! Hablamos, sin hacerlo, de la Santa Alianza.

—¡Quien me comentó que no se le escapa una, acertó de pleno! —Su actitud cambió de forma radical, su pose, su mirada, su tono de voz dejó de ser tan cordial como al inicio. Aquella reunión se había transformado de pronto en algo mucho más serio. —Bien, me alegro de dejar los paños calientes y las formalidades iniciales de lado. Hablemos con claridad.

—Se lo agradezco.

—Ni la Entidad ni la Santa Alianza existen. No encontrará un solo documento que lo atestigüe, no hay un cargo ni una partida de dinero, nada se hallará nunca en ese sentido. ¿Me entiende?

—A la perfección, monseñor.

—Sin embargo, el papa es, sin duda, la persona que maneja más y mejor información del mundo. Esto es posible gracias a la gran red de personas que formamos la Iglesia y, sobre todo, a una correcta canalización o depuración de todo tipo de información. Solo la que es imprescindible para el papa llega a sus oídos.

—No quisiera pecar de indiscreto, he oído que, si existiera la Santa Alianza, no solo se encargaría de la información, a veces actúa, en otros sentidos.

—Debe imaginar que, para un enfermo, de nada sirve que el doctor sepa que tiene un tumor, si en su ámbito nadie es capaz de extirparlo. Sin embargo, sigo con el ejemplo médico, eliminar un cáncer, solo lo hace un cirujano experto, no el médico de familia, cada uno tiene una tarea. Para que todo vaya bien, cada persona debe centrarse en su trabajo. Hay veces que no sé si me explico bien. ¿Me comprende?

—Lo he entendido, monseñor.

—Me alegro. Supongo que tendrá más dudas.

—Varias, la principal es el motivo de encontrarme aquí, por no hablar de lo rápido e insólito del viaje.

—¡Es verdad! Supongo que, como siempre, el comandante Lima es un encantador compañero de viaje.

—Lo es.

El oro de Hitler

—¡Bien! Creo que ha llegado el momento de revelar el motivo por el que está usted aquí hoy. Ya que tiene tantos conocimientos, le voy a hacer una pregunta sencilla, por curiosidad, ¿ha oído hablar alguna vez de algo así como «el oro de Hitler»?

El oro de Hitler

El oro de Hitler

3

EL ORO DE HITLER

Monseñor Herrera miraba con gesto de burla al joven que tenía frente a él. De la misma forma que un profesor miraría a su alumno en el examen decisivo. ¿Aprobaría con nota o suspendería de forma estrepitosa? En el fondo de su ser esperaba que su nuevo discípulo encontrara las respuestas correctas y precisas. Este no era un examen corriente, el alumno tenía un tremendo inconveniente en su contra, no había tenido acceso al temario de aquella prueba.

—¿El oro de Hitler? Perdón, monseñor, quizás no lo entendí bien. ¿Hablamos del mismo Hitler de la Segunda Guerra Mundial?

—¡Sí! Del mismo. Ese dictador, prepotente y embaucador. Merece que me porte bien con usted, hermano Ramón. Le voy a contar la versión completa. Hace unos días Pablo VI, nuestro papa, me hizo llamar, nada extraño, es algo muy frecuente. Quería que le contase, yo, la versión de su historia. No es lo habitual, aunque quiero que sepa una cosa, tampoco es la primera vez que solicita una explicación completa sobre alguno de los sucesos que llegan a su conocimiento, por muy sencillos y pequeños que estos sean. Aunque

El oro de Hitler

este no era uno de esos asuntos sobre los que suele preguntar, caería en el apartado de sucesos, tema que no suele llamar la atención a Su Santidad. Sin embargo, cuando terminé de narrar su historia, me preguntó de forma directa: «¿*Su compatriota tiene un buen poder de deducción?*». Le dije que debería tenerlo, ya que resolvió un buen enigma.

—Perdone, monseñor, me vi envuelto por las circunstancias, estoy seguro que cualquier otro en mi lugar hubiera hecho lo mismo. Yo no le doy tanta importancia.

—No sea modesto, no le conviene, hágame caso. A continuación, el papa me preguntó si un par de ojos nuevos podrían ver algo que se nos escapara en intentos anteriores de una cuestión en la que nos vimos envueltos. Me pidió que me informara sobre usted, que le trajera rápido para ver si es capaz de poner luz donde otros solo encontraron oscuridad. En resumen, quiere ver si puede resolver este misterio. No piense que va a ser fácil, tampoco será el primero en intentarlo.

—No estoy muy seguro de salir victorioso donde otros han fallado.

—Solo se le pide que lo intente. Debería estudiar, analizar y, en caso de ser posible, resolver uno de esos pequeños enigmas que, hoy por hoy, permanecen olvidados como un oscuro secreto. Unos ojos nuevos, una visión diferente, puede encontrar las soluciones correctas a viejos problemas. ¿Comprende lo que quiero decirle?

—Puedo probar, monseñor. Solo deseo no defraudar al mismísimo papa.

—¡Por supuesto que va a probar! ¡Y va a conseguir llegar más lejos que nadie! No en vano, ya es uno de los agentes de la Santa Alianza.

—¿No habíamos quedado, monseñor, que la Santa Alianza no

El oro de Hitler

existe? —Dijo bajando su tono de voz el joven párroco.

—Esa es la actitud, lo que debe decir si alguna vez le preguntan o sale el tema. Dependerá hacia dónde nos lleven sus averiguaciones, al concluir su investigación le daremos un destino u otro.

—Solo me queda saber cuál es ese misterio.

—En confianza, una de las mayores virtudes de la Entidad es también uno de sus más grandes problemas.

—No termino de comprender lo que quiere decir.

—Para mí lo más sencillo del mundo sería darle un dossier, una carpeta o algo con toda la información en este momento.

—Supongo que lo va a hacer.

—¡Imposible! La Santa Alianza no deja ningún rastro por escrito.

—¿Entonces?

—Vamos a utilizar el mismo sistema que usamos desde el siglo XVI.

—¿Cuál?

—El que no deja rastro físico que puede ser usado en nuestra contra, el boca a boca. Una de las razones del secreto de la Entidad es esa, nadie ha podido mostrar un papel que confirme su existencia, no hay un informe, una conclusión, una orden. Nada.

—¡Entiendo!

—Una vez aclarado este punto, voy a intentar ser capaz de contarle todo. Procuraré no olvidar nada importante, aunque tampoco quiero aburrirle con datos innecesarios. Voy a comenzar por darle algunas nociones básicas, debe tenerlas en cuenta para hacerse una idea más completa de nuestra situación real. Muchas son de conocimiento público, aunque se procura que pasen inadvertidas en la mayoría de las clases de historia, no sé si comprende lo que quiero decirle.

—Creo que lo entiendo bien, monseñor.

—Mejor, a buen entendedor... usted ya me entiende. La Santa

El oro de Hitler

Alianza actúa fuera de las murallas del Vaticano. Para que lo asimile mejor, es un servicio de información en el extranjero. Debe saber que, como todos los países, el Vaticano cuenta también con un servicio de contraespionaje, se llama *Sodalitium Pianum*, aunque todo el mundo lo nombra como SP. Ellos son los que hacen la misma función, aunque siempre dentro del Vaticano. Son complementarios y se apoyan uno en el otro para mejorar sus capacidades y servicios.

—Se supone que el misterio tiene algo que ver con algún oro de Hitler, ¿no?

—Sí, todo a su tiempo, debe saber el conjunto de sucesos que envuelven esta historia desde su inicio para hacerse su propia idea del asunto de la forma más clara. Piense que el poder de la Iglesia, con su influencia, ha conseguido con el tiempo multitud de amigos y aliados. De la misma forma logró grandes y mortales enemigos a lo largo de la historia. Estos han intentado vencerla o aprovecharse de ella. Antes del inicio de la Segunda Guerra Mundial, algunos de los enemigos declarados del Vaticano eran tres dictadores europeos: Stalin, Hitler y Mussolini. Estos consideraron que enfrentarse de manera directa al Vaticano no podía salirles bien, por lo que los tres intentaron sonsacar el máximo de información para, con la ayuda de esta, socavar su poder. Para conseguirlo buscaron la manera de introducirse en las entrañas de cualquier organismo de la Iglesia, con la idea de mezclarse entre nosotros. Querían introducir el mayor número de espías posible en el pequeño estado del Vaticano. Desde finales de los años veinte, Mussolini intentó infiltrar topos en todas las dependencias papales. El más famoso e importante de estos espías fue monseñor Enrico Pucci. Sí, sé lo que piensa en este momento, uno de los nuestros. Debe entender que, en la guerra sucia, en la guerra de trincheras, se aprovecha de todo el mundo de una manera u otra. No piense que nosotros no lo hemos hecho cada vez que nos ha sido

El oro de Hitler

posible. Vaya, me despisto y pierdo el hilo, como siempre, perdóneme. Este tal Pucci fue reclutado en 1927 por el jefe de la Policía fascista, por tanto, trabajaba para Mussolini, no para nosotros. Era monseñor Pucci un hombre que tenía importantes relaciones dentro de ese mundo del periodismo. Tanto es así que consiguió actuar, aunque siempre de forma extraoficial, como portavoz del Vaticano. Editó un pequeño boletín donde se seguían los acontecimientos que ocurrían en la Santa Sede, sobre todo los que rodeaban al papa, también trabajaba en algunas ocasiones como periodista independiente, escribía artículos para diversas publicaciones italianas. Nuestro particular espía lo sabía todo sobre la Santa Sede, no ocurría nada dentro del palacio del Vaticano sin que él lo supiese. Nadie podía imaginar que Enrico informaba de todo a la Policía fascista de Mussolini desde 1927. No debes olvidar que toda agencia de información o, como dicen de forma vulgar, de espías, cuenta con su propio servicio de contraespionaje. ¿Recuerda que se lo había comentado? En nuestro caso, la SP, para simplificar. No quiero que llene su cabeza de paja y se olvide del grano, de lo importante.

—Sí, me acuerdo, continúe.

—Ya entrada la década de los años treinta, nuestro servicio de contraespionaje comienza a tener sospechas fundadas sobre la presencia de un delator en el Vaticano. No es de extrañar que lograran descubrir la existencia de un soplón. Su cometido fundamental era perseguir a los espías infiltrados, también a aquellos religiosos que defendiesen ideas discordantes, modernizadoras en exceso o contrarias sobre la Iglesia. Estaban seguros de que un confidente trabajaba desde dentro, por tanto, comenzaron a investigar esta posibilidad con mayor empeño. Lo primero que confirman fue la existencia de un espía, en los ambientes adecuados era conocido

El oro de Hitler

como «agente 96», sin embargo, se desconocía su identidad real. También confirmaron que pasaba a los italianos todo tipo de información, sin importarle si era importante o simples cotilleos. Algún miembro de nuestro servicio tuvo un brillante plan, todo hay que decirlo. Se puso entonces en circulación un documento falso, firmado por el Secretario de Estado, nada más y nada menos, en él se decía que un tal Roberto Giannile había transmitido informaciones sobre Italia y el propio Vaticano a la embajada británica en la Santa Sede. Los agentes de la SP lograron hacer creer que toda esta historia era verdadera, la hicieron llegar a manos de todo el mundo, entre ellos las de nuestro pardillo, monseñor Enrico Pucci. En poco tiempo, se emitió una orden de arresto contra Roberto Giannile, acusado de alta traición. Ni los italianos, ni Pucci sabían que el supuesto espía era en realidad una invención del SP para interceptar al topo. Este, sin percatarse de lo que en realidad pasaba, se sentía confiado en exceso, nunca pensó que lo pillarían, repitió la información por su conducto habitual. De forma casi ingenua cayó en la trampa. Pocas horas después de haber sido identificado, Pucci desapareció de la Santa Sede y, con él, toda la red de agentes que consiguió crear, la mayoría eran funcionarios de nivel bajo o medio. Todo aquel que tuvo contacto o relación con el «agente 96» fue expulsado del Vaticano de manera automática. Retirado de todos sus cargos oficiales, lejos de la Santa Sede, este espía trabajó después para el régimen fascista hasta la caída de Benito Mussolini. Sin embargo, esta historia no pasó del todo desapercibida. Los nazis permanecían atentos a nuestros movimientos, aprendieron algo de todo esto. Admiraban la efectividad y productividad de la Santa Alianza desde hacía mucho tiempo, habían encontrado la prueba de que, en determinadas circunstancias, eran vulnerables. Sin olvidar este importante detalle, comenzaron un nuevo plan; el primer paso era vigilar a todos los

El oro de Hitler

religiosos que residían en Alemania. El Führer sentenció en alguna ocasión para dejar claras sus intenciones que «o se es cristiano, o se es alemán». Bajo esta premisa pusieron la lupa sobre los católicos que vivían en su país. La persona encargada de dirigir estas persecuciones, porque no se pueden llamar de otra forma, era el jefe del servicio de espionaje del partido nazi, ayudado por un antiguo agente de la Santa Alianza, que era primo de un alto cargo íntimo de Hitler. Todo debía quedar dentro de un círculo cercano, fácil de controlar. Si bien esta persecución fue cruel y despiadada desde su inicio, empeoró de forma drástica, alcanzó las máximas cotas de depravación y crueldad. No se sabe con exactitud sus intenciones, aunque en un momento dado iniciaron una feroz persecución de cualquier religioso que mostrase el más mínimo signo de antipatía hacia el régimen del Tercer Reich. Para ellos, cualquier seminarista, monja, clérigo u obispo era un peligro potencial, por tanto, debía ser investigado. Para su mayor gloria, a ojos del Führer, descubrieron casos que fueron sonados, como por ejemplo el de un pobre cura que desde su seminario distribuía panfletos de propaganda antinazi. Fue detenido y torturado durante una semana. Este hecho, como no podía ser de otra manera, se conoció en el Vaticano, donde tomaron buena nota del horror que podría venir de manos del mismísimo canciller alemán. No terminó la persecución con este pobre sacerdote, varios miembros de la Santa Alianza fueron apresados, acusados de actos contra la moral o el régimen nazi.

—Estoy muy sorprendido. No sabía que todo esto había pasado.

—Sin embargo, todo es cierto. Es muy fácil de comprobar, si necesita nombres y apellidos, se los puedo facilitar todos, hay listados enormes y, por desgracia, contrastados sin lugar a dudas.

—¡Le creo! Por favor, continúe.

—A eso voy. Si todo lo anterior se podía considerar un éxito del

El oro de Hitler

servicio de espionaje alemán, aquello quedó en poca cosa cuando consiguió infiltrar a uno de sus agentes en la sede del Vaticano mientras se elegía a Eugenio Pacelli como nuevo papa, tras la muerte de Pio XI. Le hablo, por supuesto, de Pío XII. En los pocos días entre el fallecimiento del anterior y la elección del nuevo Santo Pontífice, los movimientos internos se multiplicaron muchas veces, entre todos ellos destacaba un confidente. El espía en cuestión se llamaba Taras Borodajkewycz. Era un estudiante de teología de origen Vienés, contaba con muy buenos contactos en la curia romana. Envió informes a Berlín, al principio de pequeños asuntos, nombramientos de obispos en tal país, un cardenal que había perdido todo el apoyo del Vaticano, cosas así, sin más importancia. Sin embargo, a raíz de los últimos acontecimientos, explicaba quién optaba a ser elegido como próximo papa, qué cardenal contaba con más apoyos, qué facción tenía un favorito…, en definitiva, mucha información, aunque en realidad muy difícil de confirmar o comprobar. De hecho, se ratificó que gran parte eran invenciones de este agente, una forma de darse importancia, para que me entienda. Les vendía humo, pues nadie podría confirmar o desmentir sus informaciones. A todo esto, no se olvide de este importante detalle, los alemanes no tenían forma de comprobar la veracidad de aquellos informes, aquel joven descerebrado engañaba al gran Hitler. Estas predicciones de una forma u otra fueron pilladas, la SP pudo detectar la presencia de un espía dentro del círculo más secreto y protegido de la Santa Sede, el ámbito de los papables, incluido el personal cercano a ellos. Alguien proporcionaba datos y detalles sensibles al exterior, no les importaba si la información era veraz, eso les daba igual, preocupaba que alguien quisiera saber lo que pasaba dentro del cónclave. Mientras tanto, Hitler, que admiraba la Santa Alianza, pensó que necesitaba con urgencia poder usar todos los conocimientos que esta agencia

El oro de Hitler

generaba. Siempre tuvo una idea clara, abusar de este servicio de información en su propio beneficio. En esos días, a Borodajkewycz le apretaban las clavijas. Desde Alemania exigían cada vez más información en sus mensajes, entonces a Taras se le ocurrió ofrecer algo que Hitler no podría rechazar, aunque, en realidad, tampoco le sería posible confirmar. Aseguró a sus superiores que varios cardenales podrían votar por alguno de los obispos favoritos del Führer, aseguró que, con el incentivo adecuado, podía unirlos a su causa para, de esta forma, manipularlos a su antojo. En un principio propuso usar sus influencias para conseguir los votos necesarios para la elección de alguno de aquellos cardenales, el sugerido por el Führer, aquel que podría dominar.

—Entiendo. ¿Se sabe quién era el favorito de Hitler?

—En principio, por lo que se pudo descubrir, los dos elegidos eran Maurilio Fossati y Elia dalla Costa. Dejó muy claro en sus informes que él podía «convencer» a algunos cardenales sobre votar de forma que se pudiera conseguir que el nuevo papa fuera el «favorito» de Hitler. Se podría lograr, no obstante, este hombre dejó claro que aquella operación tenía un coste. También dejó constancia de que comprar al nuevo jefe de la Santa Sede no sería barato. Desde Alemania veían con buenos ojos las maniobras propuestas por Taras, si bien Hitler concluyó que el candidato más pro fascista, por tanto, más manipulable de todos, no era ninguno de los previstos, el elegido por el dictador resultó ser un tal Ildefonso Schuster, en aquellos momentos arzobispo de Milán. Aunque este siniestro personaje no aparecía en ningún pronóstico como favorito para dirigir la Iglesia. Taras estudió la compra de los votos necesarios para la elección de Schuster, o eso hizo creer a los alemanes. Tras realizar un exhaustivo estudio prometió que, si le entregaban tres millones de marcos alemanes en lingotes de oro, conseguiría los votos suficientes para

El oro de Hitler

que el próximo papa fuera el deseado por Hitler para sus planes. La operación «soborno» se llevaría a cabo con la ayuda de un sacerdote apóstata llamado Nicola Storzi, que trabajaría en combinación con Taras, el principal encargado de hacer llegar el tesoro a las manos adecuadas para lograr el siniestro fin del canciller germano. El plan se estudió en Alemania de forma concienzuda. Tras largas reuniones consiguió obtener el respaldo personal del Führer. Se llamó de manera oficial «Operación Oro Puro», en inglés «Eitles Gold». Uno de los problemas que se presentaban, no el menor de ellos, era que tenían pocos días para poder llevarla a buen término, circunstancia bien conocida por el embaucador que presionaba todo lo que podía para que le enviaran la cantidad pedida cuanto antes, o no podría cumplir el deseado plan. Tras la aprobación directa de Hitler, se cursó al Banco del Reich la orden de liberar el tesoro pedido por su infiltrado en el Vaticano. El oro se cargó en un tren con destino a Roma, allí Taras se haría cargo de él para culminar aquel encargo. Con este plan en marcha, Hitler se aseguraba el papa adecuado para los malévolos fines que tendría en mente. Tendría un títere a sus órdenes como cabeza de la Iglesia, conseguiría un aliado bien visto por todo el mundo, no obstante, lo más importante para sus secretos intereses, tendría a su servicio de forma discreta e indirecta a la Entidad. Con todo este plan en marcha, se las prometían muy felices. Recuerde una cosa, ya te había comentado sobre la existencia de la SP, imagine que era igual de eficaz o incluso superior a la Santa Alianza. Estos agentes ya habían detectado la presencia de un espía dentro del mismo corazón del Vaticano; recuerde que se lo comenté, en cuanto se pusieron a trabajar con esta certeza, dieron con el personaje en un breve espacio de tiempo. Detectaron a Taras Borodajkewycz, como habían hecho en multitud de ocasiones antes. Demostraron gran inteligencia, en lugar de expulsarlo de forma

El oro de Hitler

automática del Vaticano, decidieron usar en su propio beneficio este conocimiento para ver qué podían sacar de ello. La Santa Alianza tenía certeza sobre la existencia de este trato entre Hitler y Taras. Más importante aún, sabían que vendría hacia Roma un tren cargado con oro.

—¡El oro de Hitler!

—¡Exacto! Esta operación secreta, «Eitles Gold» estaba en marcha. Lo que no se imaginaban ni la SS, ni la Gestapo, ni tampoco la mismísima Santa Alianza, era que las verdaderas intenciones de Taras Borodajkewycz eran las de quedarse con gran parte de ese oro, por no decir que lo quería todo para él. No olvidemos que pendiente a todo este entramado estaba nuestro servicio de información y, lo que es más importante en este caso, su faceta de contraespionaje, la SP. Casi nadie en el mundo sabía nada de esta actuación, mientras tanto, nuestro servicio secreto ya había conseguido que el único contacto en el que confiaba el estafador Taras fuera uno de sus agentes encubiertos. Este era un sacerdote agregado a la Secretaría de Estado Vaticana, el padre Nicola Storzi, apodado «El mensajero» en sus operaciones clandestinas, estaba bien visto por varios servicios extranjeros, los alemanes y los italianos entre ellos. Cuando tuvo conocimiento de los primeros movimientos de Taras, la SP decidió usar a nuestro agente. Le conocía con antelación, pues habían intercambiado algunas informaciones de menor importancia, sabíamos que eran filtraciones interesadas por parte de ese hombre, era algo que sabíamos, piense que nosotros hacíamos lo mismo, les proporcionábamos las tonterías que queríamos difundir. Para cuando la operación tomó forma, ya era un colaborador imprescindible para él, estaba al corriente de todo. Desde el primer momento informó a la Santa Alianza de lo que sucedía con «Eitles Gold» mientras él recibía órdenes directas acerca de cómo debía proceder en cada momento.

El oro de Hitler

—¡Vaya historia!

—¡De locos! Imagine la situación como un gran tablero de juego. Hitler quiere tener en su mano, en su poder, al nuevo papa. Está seguro de conseguirlo, para ello debe pagar tres millones de marcos en lingotes de oro, casi nada, una autentica fortuna en aquellos años.

—¡Y en estos!

—Tiene razón, en cualquier momento es una fortuna de lo que hablamos. El Führer valora todo el provecho que podría sacar de la situación, comprende que es un buen precio, lo entiende como una cantidad razonable, lo puede pagar, a cambio del poder que le facilitaría, si lo analiza bien, se puede considerar barato si considera lo que va a recibir. Por tanto, manda el oro. En la otra parte del tablero tenemos al Vaticano que, en lugar de ser ignorante de esta estratagema, no solo la conoce, sino que ha conseguido infiltrar a uno de sus agentes en la operación para comprar al papa. Como peones de este juego están el estafador Taras Borodajkewycz, que se cree el más listo de todos, rodeado de agentes de Hitler, la Santa Alianza y de la SP.

—¡No estoy de acuerdo con usted!

—¿No?

—¡No! ¡Para nada! Pienso que el personaje que se cree más listo, superior a todos los demás, es Hitler. Piensa que va a salirse con la suya de una manera tan sencilla, además de por un «módico» precio.

—¡Tiene razón! Él estaba seguro de ser el más inteligente, de que conseguiría engañar a todos, sin embargo, se equivocó, y de qué manera. Continúo con la historia: llegó el día del cónclave, he repasado los datos, este comenzó a las seis de la mañana del primer día de marzo de 1939. Fue el más rápido de los últimos trescientos años hasta ese momento. En la primera votación, el papable con más votos, un total de 28, fue Pacelli. Por tanto, fumata negra. Se realizó

El oro de Hitler

una segunda votación en la que el más votado en aquella ocasión fue Maglione, con 35 votos, que resultaban insuficientes, pues el «Quorum» era de 72 cardenales. Nueva fumata negra. El día siguiente, el dos de marzo, a las cinco y veinticinco de la tarde apareció la esperada fumata blanca, «*Habemus papa*». En la última votación el cardenal Eugenio Pacelli había recibido 48 votos, este decide, en homenaje a sus antecesores, utilizar el nombre de Pío, con el correspondiente ordinal XII. Parece ser que en todas las votaciones nunca se escuchó el nombre del cardenal Schuster. Analizado todo desde Alemania, Hitler no veía con malos ojos la elección de Pacelli, que había sido nuncio en Berlín, por tanto, conocía el idioma, la cultura y la idiosincrasia de los alemanes. Sin embargo, no era «su elegido». Además, está el «pequeño detalle», ha pagado tres millones de marcos en oro para que saliese elegido un cardenal al que no votó nadie. Desde el mismo instante en el que se recibió la noticia del nuevo papa, dio la orden urgente de que se recuperara de forma inmediata el oro. Desde Alemania se ordenó localizar cuanto antes a Taras Borodajkewycz para recuperar el oro del Führer. Pese a múltiples esfuerzos, Hartl no fue capaz de localizarlo. Utilizó todos los contactos e influencias que pudo comprar, incluso consiguió la ayuda de la Policía y el servicio secreto italiano, pues tenía conocimiento de que estos habían puesto bajo vigilancia al espía desde hacía un tiempo, seguro que bajo las indicaciones de alguien que conocía las intenciones de Taras.

—Entonces imagino que quien avisó a los italianos para controlar a este espía tuvo que ser de los nuestros, nadie más conocía la operación. Descarto a los alemanes, ellos preferían el secreto de sus movimientos.

—Yo no lo he dicho. Ha sido usted. En confianza le diré que tiene razón, siempre que podemos intentamos que los trabajos rutinarios

El oro de Hitler

nos los hagan otros. Continúo con la explicación: Días antes del Conclave, Taras había sido visto de visita por varias fundiciones de las afueras de Roma, con la clara intención de fundir el tesoro para borrar de los lingotes las marcas originales del Tercer Reich. Estas visitas no levantaron excesivas sospechas, pues todas las partes implicadas entendían que los receptores de aquel soborno querrían borrar las huellas del Führer de los lingotes, necesitaban que fuese un pago lo más anónimo posible. Según los informes del servicio secreto de Mussolini, Borodajkewycz realizó esas inspecciones a las fundiciones en compañía de un hombre joven, fuerte y moreno. Los italianos no supieron decir quién era aquel acompañante, sin embargo, la Santa Alianza sabía que aquella descripción coincidía con la de un agente suyo, en concreto, el apodado como «El mensajero». Taras fue visto por última vez, en compañía de este agente el 27 de febrero, unos días antes de la votación para el nuevo papa, en un piso de los arrabales romanos. La búsqueda del escurridizo espía se intensificó por toda Italia hasta que, avanzado el mes de marzo, varios días después de la fumata blanca, la Policía italiana localizó su cadáver ahorcado de una viga localizada sobre un templete que había en algún parque de Roma. Una versión dice que fueron miembros de la SS o de la Gestapo quienes lo asesinaron en venganza por la estafa que había realizado, nada menos que a su Führer, aunque otra, no sabría decirte si algo más fiable, afirma que quien acabó con la vida de Taras fue uno de los sicarios de la sociedad secreta vaticana llamada «los Assassini», heredera de la Orden Negra, sociedad creada en el siglo XVII con el fin de asesinar a todo enemigo o espía extraño a la Santa Sede. Cuentan que el miembro que pertenecía a esta sociedad, encargado de acabar con la vida de Taras, no era otro que Storzi. Le comento todo esto, aunque entienda que sea tirar piedras sobre nuestro tejado, para que tenga toda la

El oro de Hitler

información disponible, no hay certeza alguna de ninguna de estas informaciones. Si alguien dio la orden de esta eliminación, nunca se ha llegado hasta quien pudo darla. No hay constancia.

—Ya, no hay nada por escrito en la Santa Alianza.

—Eso puede tenerlo claro. Puedo asegurar una cosa, no hay ningún motivo para que esa orden se diera, se lo aseguro.

—¿Y los Assassini?

—Igual que la Santa Alianza, no hay constancia de su existencia.

—Ya imagino.

—Lo siguiente que yo le puedo decir son rumores, estos cuentan detalles o sucesos. Uno dice lo siguiente: En la isla de Murano apareció por aquellas fechas una gran cantidad de oro, venía en un tipo de lingotes muy particular, estas piezas de metal precioso se fundieron para borrar su procedencia, fueron marcados esta vez con la marca de las llaves de San Pedro, lo que los identificaba como propiedad del Vaticano. Poco tiempo después, unos lingotes de oro ingresaron en un banco suizo, bastante discreto, esto aumentó mucho una de las cuentas secretas de la Santa Sede.

—Comprendo. Si lo he entendido bien, su historia tiene un final, más o menos cerrado. Algo me dice que hay una parte que no me cuenta, si no fuera así, mi presencia aquí sería incomprensible.

—Veo que demuestra por qué le hemos traído con nosotros. Si bien es cierto que el Vaticano, poco después del nombramiento de Pio XII, realizó un importante ingreso de oro en alguna cuenta secreta suiza, puedo confirmarle que ese ingreso no correspondía con el oro de Hitler. Era una cortina de humo por si alguien buscaba respuestas que podían llegar a ser incómodas para la Santa Sede. Recuerde la presencia de Storzi en toda esta historia. La cantidad de oro ingresada en aquel banco dista mucho de la enviada por Hitler. Algo así como la noche y el día, nada que ver.

El oro de Hitler

—Para que nadie buscara el oro estafado al Führer, corrieron la voz de que este había sido ingresado en Suiza.

—Eso es lo que pasó, veo que su fama es bien merecida.

—No se crea.

—El caso es que este tema se olvidó con el tiempo, todos dieron por buena la versión oficial, sin embargo, de alguna manera, el nuevo papa, Pablo VI, sí que sabía con certeza que este oro no ha aparecido. Por lo que pensó que quizás usted podría dar luz sobre este asunto.

—Con dar luz se refiere a encontrar un oro perdido hace veinticinco años.

—Su análisis es impecable, aunque los motivos que impulsan al santo padre a conocer la verdad de este asunto, creo que son otros.

—La verdad es esta, monseñor, me gusta resolver algún que otro enigma, sin embargo, debe tener en cuenta que, este en concreto, no va a resultar nada fácil.

—Somos conscientes del hecho.

—¿Puedo realizar alguna consulta?

—¡Por favor! Intentaré resolverla.

—¿La identidad del fallecido, de Taras Borodajkewycz, se confirmó con absoluta certeza?

—Sin duda alguna. Uno de nuestros agentes lo confirmó con la Policía italiana. Taras cojeaba en ocasiones, con mucha frecuencia, debido a la falta de tres dedos de su pie izquierdo, parece ser que por un accidente cuando era niño, según informó el propio Nicola. En el depósito de cadáveres comprobaron la falta de esos dedos, la identificación no ofrecía duda alguna. Piense en la deformación facial de cualquier persona cuando muere ahorcado, este presentaba también signos de golpes salvajes en su rostro antes de la muerte. Para los agentes, además de reconocerlo por su ropa o aspecto físico, el hecho de encontrar la amputación de los dedos de su pie, no dejó lugar

El oro de Hitler

a dudas. La Policía italiana había observado la cojera de Taras, figuraba en varios informes oficiales, por tanto, era una característica específica del sujeto bien documentada.

—¿Comprobaron si el oro se había fundido en Roma?

—Se comprobó que jamás llegó ese oro a la capital de Italia. No se pudo usar ninguna de las fundiciones que habían visitado Taras o Storzi, comprobaron todas las de la capital italiana, las cercanas y alguna lejana también. Descartadas sin duda.

—¿Fue posible hablar con Nicola Storzi?

—Murió un par de semanas después que Taras. En una escaramuza con la SS lo mataron de varios disparos con armas distintas, para terminar, le dieron un «tiro de gracia» en la nuca. Un ajusticiamiento propio de los alemanes. No sabemos si conocían su intervención con el oro de Hitler, o fue por cualquiera de esos otros asuntos en los que había tomado parte.

—¡Qué oportuno!

—No se lo voy a negar. ¿Alguna otra pregunta?

—Sí, por favor, si es tan amable. ¿Hay algo de cierto en lo que comentó sobre la isla de Murano?

—La mejor manera de esconder una mentira es disfrazarla con la mayor cantidad de verdad posible. En una fundición de esa isla se encontraron unos moldes con el emblema de la Santa Sede preparados para, una vez fundidos, marcar de nuevo aquellos lingotes, esto les proporcionaría la apariencia de una procedencia «normal». Como detalle adicional, le digo que estos moldes nunca llegaron a usarse. La fundición permaneció días con el horno preparado para recibir un oro que nunca llegó.

—¿Por qué piensa que pudieron elegir Murano para fundir el oro?

—Esa isla, muy cercana a Venecia, es famosa porque muchas familias, casi todas las que habitan allí, se dedican a crear fabulosas

El oro de Hitler

piezas de cristal; el famoso cristal de Murano. Por tanto, en la isla existen muchos talleres con hornos en los que fundir el cristal. Estos hornos se pueden usar para fundir oro, sin ninguna modificación. Sería una operación que se realizaría en secreto, con la ventaja de que casi todas las fundiciones tienen acceso rápido o incluso directo al mar, una vía de escape fácil, segura y secreta.

—Entiendo.

—Tiene en su poder la parte central de este enigma, su misión es resolverlo. Somos conscientes de la gran dificultad que entraña, sin embargo, confiamos en sus cualidades para llegar a buen puerto. Toda la maquinaria del Vaticano está disponible para que logre su cometido. Me queda una consulta que realizar. ¿Cuál será su primer paso?

—Pues pienso que lo más inteligente es descartar Roma, creo que lo utilizaron para engañar y confundir a los que les seguían. Imagino que Taras y Storzi estarían al tanto de que eran vigilados, no los supongo torpes e inocentes, por consiguiente, les enseñaron los señuelos que querían para confundirlos. Por eso sabía el servicio secreto de Mussolini sobre sus andanzas por las fundiciones de Roma. Imagino que ellos querían que los vieran allí, su intención no era otra que despistar a sus vigilantes. Por tanto, si esos moldes aparecieron en Murano, creo que ese es el primer paso que se debe dar. No olvido el detalle que ha mencionado, no fueron usados, estaban preparados, aunque nunca los utilizaron. Estas piezas también podrían ser otra maniobra de despiste, empezaré por ahí, si a usted le parece bien.

—¡Padre Ramón! Desde este momento no tiene que pedir permiso, es un encargo directo de nuestro papa, dicho de otra manera, cumples órdenes de tu máximo superior. Pida lo que quiera, intentaré concedérselo. Para ser sincero, ya le puedo adelantar que lo obtendrá con total seguridad. Mientras tanto, ¿qué le parece si tomamos algún

El oro de Hitler

panini para continuar con la jornada?

—Pues será un placer acompañarle. Una simple consulta, ¿qué es un *panini*?

—Olvidaba que es usted un recién llegado, por tanto, no conoce las costumbres de esta tierra a la hora de alimentarse. Un *panini* es algo así como un bocadillo, un tentempié que le permitirá llegar a la comida fuerte. Aquí es la cena. Eso sí, se celebra bastante más temprano que en España. Deje su maleta ahí.

Monseñor Herrera se había puesto de pie, su actitud era más relajada. Él había realizado su trabajo, ahora era el momento de que el nuevo agente comenzara a asimilar la verdadera dimensión de la labor encomendada. Este, mientras tanto, intentaba analizar toda la información recibida de sopetón, sin aviso. Una idea rondaba su cabeza, estaba seguro de algo, su primera conclusión tenía que ser cierta, se la preguntaría a su superior en la primera oportunidad que se presentase. Mientras tanto, monseñor avanzaba hacia la pared del fondo, accionó un discreto resorte que abrió una puerta disimulada que daba acceso a otra habitación contigua. Le invitó a pasar. Era tan austera como su despacho, solo una mesa con dos sillas, había dispuesto un pequeño servicio para comer.

—¡Estos viejos palacios están llenos de secretos! Me he permitido pedirle lo mismo que tomo yo.

—¡Me parece bien!

—Dos sencillos *paninis*, acompañados de un vasito de Chianti. ¿Supongo que tendrá alguna otra consulta o duda?

—Muchas, monseñor, hace tiempo que una me ronda la cabeza.

—Si puedo resolverla... —Sirvió un vaso de vino para el padre Ramón y otro para él.

—¿Cuándo pensaba contarme que usted intentó localizar el oro de Hitler?

El oro de Hitler

—¿Por qué piensa eso? —El tono de aquella pregunta sonaba más a divertido que enojado.

—Me comentó que en la Entidad no hay informes escritos.

—Cierto.

—Pues si analizo todo lo que me ha contado esta mañana, y tengo en cuenta un detalle, a saber, usted es la persona que me ha puesto al tanto de todo el asunto, la razón lógica es esta: debe ser por conocer este caso mejor que cualquier otro. Esto me da pie a pensar que ya estuvo tras los pasos del oro.

Monseñor Herrera estaba sorprendido. Aquel nuevo discípulo había demostrado con una sencilla deducción que era la persona que esperaba, era el indicado. Su intuición había vuelto a acertar. El padre Ramón sería un gran agente para la Santa Alianza, tendría que instruirlo, formarlo para conseguir todo el potencial de su nuevo hombre de confianza. Fue un gran acierto atreverse a sugerirle al santo padre que conociese toda la historia del joven párroco de Almería, una palabra por aquí, una sugerencia por allá y la peregrina idea de reclutar al novicio que descubrió y terminó con el asesino del Andarax, a ojos de todo el mundo, incluido el propio papa, había surgido de manera directa del primer hombre de la Iglesia. La rapidez con la que llegó a saber de su intervención en este mismo misterio le hacía sonreír, sería un gran miembro en un futuro, quizás incluso acertara en un caso que él mismo no pudo resolver. No disimuló su sonrisa, había acertado.

—Tiene toda la razón. Busqué lo mismo que va a hacer usted. ¡Hace ya tanto tiempo! El caso es que todo este asunto se olvidó con el paso de los años, ya le he comentado que Pablo VI no lo hizo, muy al contrario, tiene un gran interés en localizar ese oro perdido, supongo por imaginar que está escondido en algún lugar, como un viejo tesoro que espera a ser encontrado. Se quedó muy asombrado al

El oro de Hitler

conocer sus, ¿cómo decirlo, padre Ramón?, «habilidades» quizás sea la palabra, por lo que pensó en usted para dar luz sobre este asunto.

—Con dar luz se refiere a encontrar un oro que desapareció hace veinticinco años, un cuarto de siglo.

—Su análisis es impecable.

—La verdad es esa: me gusta resolver algún que otro enigma, más como un juego que otra cosa, supongo tendrán bien asumido que este reto no va a resultar fácil.

—Somos conscientes de eso, por esa parte, no va a tener problema.

—¿Puedo suponer que usted no fue la única persona que lo buscó?

—Pues vuelve a estar en lo cierto, hubo otros antes de mí, aunque creo que ninguno llegó a avanzar más que yo en la investigación. Ese tesoro desapareció por completo, no se ha vuelto a saber de él. Le decía que el papa preguntó por ese oro, poco después llega a conocer de su... ¿cómo la he llamado antes?, «habilidad» para resolver enigmas, pensó que sería una buena idea ponerle tras la pista.

—¿Era necesario un traslado tan rápido y particular?

—Cuando Pablo VI plantea un deseo, se mueve cielo y tierra para concederlo de forma inmediata y urgente, para algo es el papa. Por eso está aquí, si hubiéramos conocido una forma más rápida de traerle con discreción, lo habríamos hecho, no lo dude.

—Me gustaría hacerle otra consulta, monseñor. —Sin dudarlo, este le hizo un gesto afirmativo con la cabeza, le dio pie a continuar la conversación. —Cuando usted investigó este asunto, ¿cuál fue su primer paso?

—Coincidí con usted, fui a Murano. De todas maneras, allí es donde terminaron todas mis pistas, no fui capaz de avanzar más. El taller donde aparecieron los moldes había desaparecido, conseguí hablar con un empleado de aquel horno, les enviaron los moldes con el emblema de la Santa Sede, aunque nadie los reclamó jamás, ni

El oro de Hitler

volvieron a preguntar por ellos. Puede ser que el oro llegara allí, existe esa posibilidad, sin embargo, yo no fui capaz de avanzar más.

—¿Y eso?

—Venecia no es un puerto como los demás. A ver cómo se lo explico, son varios puertos para atracar gran numero de barcos, cientos, si considera que una embarcación mediana o pequeña puede atracar en la puerta de cualquier casa. Además, en el conjunto de Venecia existen varias islas, donde un pequeño barco puede acceder al sitio que desee, sin control alguno, en el más estricto anonimato, de la misma forma que pueden desaparecer entre cientos de embarcaciones hacia cualquier destino. Quien organizó esa vía de escape lo había preparado a conciencia.

—Eso me lleva a otra pregunta. Sabemos que son tres millones de marcos en oro, tengo dificultad para entender o imaginar de qué valor monetario y volumen hablamos. ¿Cuánto dinero es?

—Buena pregunta, yo también me la hice en su momento. Se trata de una enorme cantidad de dinero, si tenemos en cuenta que, en el año 1939, cuando Hitler envió el oro, el marco alemán cotizaba a la mitad del dólar americano. Realicé un cálculo aproximado para saber cuánto metal envió el Führer en su afán por comprar al nuevo papa. A mí me impresionó en su día, según mis cuentas, debían ser algo más de mil doscientos kilos.

—¿Cuál sería el valor de ese oro hoy?

—El precio de la onza de oro ha variado muy poco, hablamos de una cantidad similar, algo más de millón y medio de dólares[1].

—Bien pensado, mover mil doscientos kilos, en aquellos días, no

---

[1] *El precio del oro actualizado a agosto de 2020, cuando escribo estas letras, es de unos 66 $ el gramo, por tanto, el valor del oro de Hitler, hoy, rondará los 80 millones de dólares).*

El oro de Hitler

era una tarea tan difícil. Se trata de una carga pesada, sin embargo, debemos tener en cuenta que no mayor que cualquier otra. Se podía camuflar entre cargas similares, por ejemplo, grandes maquinas industriales.

—No olvide que no es necesario que esa tonelada y pico de oro vaya en un mismo paquete. Se puede dividir y de esta manera facilitar mucho su movimiento, además de pasar más desapercibido a los ojos de cualquiera.

—Si se tiene todo eso en cuenta, monseñor, mover ese tesoro no fue tan difícil.

—Cierto. Un gran coche o un pequeño camión eran suficientes para mover esa carga.

—Si fallecieron tanto Taras como Storzi, se me ocurre otra pregunta que usted seguro ha tenido en cuenta. ¿Puede ser que algún familiar o amigo suyo recibiera ese oro?

—Se controlaron esos círculos, nadie mostró nunca un enriquecimiento, ni normal, ni extraordinario.

—¿Y su contacto alemán?

—¿Albert Hartl? Después de la Segunda Guerra Mundial fue detenido y llevado al juicio de Nuremberg, aunque no se le consideró un criminal de guerra. En la actualidad malvive olvidado de todo el mundo. Llegué a tener una entrevista, se podría decir así, con él. Cuando Hitler se dio cuenta de que le habían estafado todo aquel oro tuvo que reaccionar muy mal, sobre todo en el momento de tener la certeza de que su recuperación era imposible. Su mal genio era conocido, lo pagó con las personas que estuvieron relacionadas de algún modo con aquella operación. Este hombre fue castigado con severidad por aquel caso, aunque no tuviera la culpa. A mí me contó que él nunca se fio de Taras, lo repitió muchas veces en cada reunión. Me pareció sincero, aunque reconozco que suena a excusa barata a posteriori, puede ser una manera de intentar quitarse responsabilidades de encima a toro pasado. Es cierto que fue el Führer quien tomó la decisión final en solitario, aunque una personalidad como la suya jamás reconocería su propio error.

—Otra consulta.

—Dígame.

—Creo recordar que comentó una cosa, el servicio secreto italiano, también la Policía, siguieron a Taras y a Nicola Storzi.

—Sí, así fue.

—Me gustaría leer ese informe.

—No hay problema, la Santa Alianza no guarda ningún informe suyo, en la práctica porque no los realiza. Aunque eso no nos impide ser cuidadosos, no tenemos problema en guardar los de otros. Ese informe lo leí en su día, aunque no encontré nada que llamase mi atención. Se lo voy a hacer llegar. Si mal no recuerdo, hice una traducción al español.

—Sería perfecto.

—¿Qué quiere hacer esta tarde? ¿Turismo, quizás?

—Preferiría descansar, si fuera posible.

—¡Ningún problema! Venga conmigo, no se preocupe por nada. —Se levantó con calma, abrió una gran puerta, el padre Ramón le siguió. En el pasillo les esperaba el mismo sacerdote que le había acompañado al entrar. Le dio algunas instrucciones en italiano. — Sígalo, le va a llevar a su lugar de descanso. Está aquí al lado, de hecho, es un corto paseo, un par de minutos, todo lo más. Estará tranquilo, es un convento que utilizamos para huéspedes especiales, le llevaran la cena a su habitación. Mañana deberíamos vernos, más que nada para hablar de sus siguientes pasos. No se preocupe, tenemos preparada la forma de acompañarle. Espero verle mañana.

—Cuente con mi visita.

El oro de Hitler

—Seguro, si piensa en cualquier otra pregunta, mañana se la resuelvo, siempre que pueda. ¡Que descanse!
—Gracias, le deseo lo mismo.

Antes de darse cuenta, caminaba detrás de aquel viejo sacerdote mientras la gran puerta era cerrada tras él. Suponía que era el mismo, aunque no podía asegurarlo. Caminaron de forma pausada, uno detrás del otro, salieron a la calle, avanzaba como un pesado tanque entre una pequeña multitud y todos se apartaban a su paso. El padre Ramón admiraba todo lo que le rodeaba mientras seguía los pasos de su predecesor. Este le llevó hasta un gran edificio, sin adornos. Tomó el bello aldabón que adornaba la puerta y lo hizo sonar dos veces. Poco después esta se abrió con suavidad, les hicieron pasar a ambos, una monja entrada en años habló con su guía, los dejó allí, los miró y obsequió con una ligera sonrisa a modo de despedida. Poco tiempo después se acercó otra hermana, no mucho más joven que la primera. Saludó de forma cortés a los dos con una ligera reverencia. En ese mismo momento, el viejo sacerdote giró su cuerpo sobre sus talones y dijo una sola palabra.

—¡*Ciao*!
—¿*Ciao*? —Contestó el padre Ramón.
—En Italia se utiliza casi siempre esta palabra, tanto para saludar como en el momento de despedirse. Sígame, padre. Me han pedido que le acompañe por que hablo bien su idioma. Soy de Cáceres, como para no hacerlo. —La vieja monja, con su hábito blanco, caminaba entre los pasillos de aquel convento, veloz, con pasos muy cortos. No se veían sus pies, parecía flotar mientras avanzaba. Se paró delante de una puerta, igual a otras muchas frente a las que habían pasado. —Esta será su estancia, padre, nos han dicho que no pensaba salir, si cambia de opinión, solo tiene que descolgar su teléfono, una hermana le atenderá. Aquí se suele cenar a las siete de la tarde, le traemos la

El oro de Hitler

cena a su celda, aunque si usted prefiere otra hora, solo tiene que decirlo.

—Me parece bien, no quiero causar ninguna molestia.

—Padre, no molestará nunca, estoy segura. —Dijo esto mientras abría la puerta. Ladeó su cuerpo para dejar pasar al padre Ramón.

—Gracias, hermana.

—No tiene porqué darlas. Que descanse. —Cerró la puerta, le dejó solo mientras descubría su nuevo alojamiento.

Él había estado en alguna que otra celda de varios conventos y monasterios. Sin embargo, no se esperaba lo que vio al entrar en aquella. Su primera impresión fue que era de mayor tamaño de lo que imaginó en un principio. El mobiliario, lejos de ser robusto y viejo, como era habitual en cualquier estancia religiosa que había visitado, era moderno y elegante. Aquella habitación estaba mucho mejor iluminada de lo esperado, contaba con una gran cama de aspecto acogedor, una mesita a su lado, sobre la que había una lámpara de lectura y un teléfono, un amplio armario, un escritorio equipado con todos los utensilios que pudiera necesitar. Descubrió una puerta al fondo y se decidió a explorar qué había tras ella. Un espacioso cuarto de baño completo, con excelente luz, una enorme bañera, un sencillo espejo y un bello lavabo. Nunca había visto una celda con baño, ni sabía que podían existir, aquella era una estancia de lujo. Comenzó a fijarse en los detalles, sobre el lavabo tenía una cesta con todo lo necesario para su aseo, incluso para afeitarse. En ese momento sonaron dos suaves golpes en la puerta, esta se abrió, sin esperar a que le dijeran nada. La hermana que le había acompañado entró con su característico caminar, sin realizar ningún comentario depositó con suavidad su pequeña maleta sobre la cama. En el escritorio dejó una carpeta, hizo una leve reverencia y salió de la celda sin decir nada ni dar tiempo a que el padre Ramón reaccionara para agradecerle su

El oro de Hitler

trabajo. Se había olvidado por completo de su equipaje. Menos mal que alguien estaba pendiente de todo.

Decidió darse un largo y agradable baño. Una vez finalizó, había llegado el ansiado momento de descanso, se dirigió a estudiar aquella carpeta que le habían dejado sobre el escritorio. Era la mejor forma de pasar el tiempo hasta que le trajeran la cena. Aquella era la traducción del informe italiano sobre Taras Borodajkewycz, en él se encontraban todos los movimientos de sus últimos días. Comenzó a estudiar aquella documentación, tomó una de las hojas en blanco del escritorio, escogió un lápiz, comenzó a anotar acciones y horas, realizó un calendario con todo lo que hizo Taras en aquel tiempo. Mientras completaba su tarea le trajeron la cena, comió sin dejar de estudiar las anotaciones de la Policía italiana. Continuó hasta que dio por concluida su labor.

Se despertó con buen ánimo y ganas de hacer cosas. Ya se había aseado y afeitado cuando la hermana trajo una nueva bandeja. ¿Cómo sabía que ya estaba activo? Lo ignoraba. Pese a su curiosidad innata, no cometería la descortesía de preguntárselo, se quedaría con la duda. Si la cena fue magnífica, el desayuno era excelente, abundante y todo exquisito. Dio buena cuenta de él, recordó que allí, en Italia, no se volvía a hacer una comida fuerte hasta la cena. Una vez terminó su pequeño banquete, dio un pequeño repaso por aquella celda, estaba todo ordenado, en su sitio. Recogió la carpeta que le habían dejado la tarde anterior, confirmó que el calendario realizado por él estaba dentro. No se veía tan seguro como para no perderse entre las calles del Vaticano, aunque el despacho de monseñor Herrera se encontraba bastante cerca, también dudaba si era capaz de salir de aquel convento a la primera. Levantó el auricular, esperaba encontrarse el tono de línea habitual. Al instante escuchó una agradable voz de mujer que rompía el silencio.

El oro de Hitler

—Buenos días, padre Ramón. ¿Necesita alguna cosa?

—Buenos días, quisiera reunirme con monseñor Herrera, si fuera posible.

—No se preocupe, espere en su celda, pronto irán a buscarle.

—De acuerdo, gracias.

—No hay por qué darlas.

Se sentó sobre la cama, abrió la carpeta para sacar el calendario que había preparado. Lo estudió una vez más, esperaba convencer a su superior, aquello podía ser una pista. Quizás la única, él no veía otra. Poco después, un golpe suave en la puerta de su celda le sacó de su ensimismamiento. Al salir al pasillo se encontró con el que ya podía considerar su amigo, el sacerdote del día anterior. O alguien muy parecido, no estaba seguro.

—*Buon giorno.*

—Buenos días.

—*¿Andiamo?*

—Por favor.

El sacerdote comenzó a caminar sin duda por aquellos pasillos, igual que la tarde anterior. No se cruzaron con nadie en el silencioso interior de aquel convento. Una vez en la calle, un espléndido día soleado les recibió caluroso. Poco tiempo después entraron en el mismo palacio del día anterior. Junto a la entrada, otro sacerdote muy parecido al que caminaba delante de él, leía un periódico sentado en aquella mesa, saludó con un leve balanceo de cabeza al que respondió su guía. El padre Ramón hizo lo mismo. Llegaron al despacho de monseñor Herrera. Este se encontraba de pie junto a su silla, en cuanto lo vio entrar le invitó a sentarse frente a él, su guía cerró la puerta sin decir nada y los dejó solos.

—Buenos días, ¿ha descansado usted bien?

—Buenos días. No imagino poder descansar mejor. Me ha

El oro de Hitler

sorprendido mucho ese «convento».

—Ja, ja, ja. Suele ocurrir con nuestros huéspedes. Somos un Estado, pequeño, aunque todo un Estado en toda regla, hay que asumirlo, es lo que somos. Por tanto, recibimos muchos visitantes, unos muy ilustres, otros muy necesarios para nuestros fines. Los turistas se alojan en Roma, a nuestros invitados debemos hospedarlos aquí. No estaría bien visto que llenáramos el Vaticano de hoteles, con sus carteles luminosos y todas esas cosas propias de estos establecimientos. Ahora, si de manera discreta, reconvertimos el interior de algunos palacios o conventos para alojar de forma digna a nuestros amigos e invitados, creo que es un acierto. Mantenemos el exterior de nuestras calles, a ojos de todos nuestros visitantes, igual que se encontraban siglos atrás; mientras tanto, modificamos el interior de la mayoría de palacetes y casas señoriales. Ahora son edificios que tienen un uso institucional para la Santa Sede, sin llamar de una forma ostentosa o discordante la atención de los turistas.

—Como este edificio.

—Exacto, un antiguo palacio que hoy es el ministerio de relaciones exteriores de la ciudad del Vaticano, sin embargo, cualquier visitante pasará por la puerta sin darse cuenta de que es un edificio oficial.

—Es una solución inteligente.

—¡Sin duda! Piense que no hay espacio, somos uno de los países más pequeños del mundo, sin embargo, necesitamos los mismos mecanismos oficiales que cualquier otro estado. Dejemos ese tema y, si le parece, vamos a lo que nos interesa. ¿Ha reflexionado algo sobre lo que hablamos ayer?

—¿Sobre nuestro enigma? —Dijo con una sonrisa el padre Ramón. Mientras hablaba, sacaba de la carpeta que traía el esquema que había efectuado la noche anterior en su celda.

El oro de Hitler

—Sobre eso mismo. —Contestó de buen tono monseñor Herrera.

—Creo que he hecho algo más que eso. Esta noche, mientras estudiaba el informe de los italianos, he trasladado todos sus movimientos a esta especie de calendario. —Mientras decía esto, se ponía de pie y extendía aquella hoja sobre la mesa.

—Pensaba que lo leería, no qué haría tanto trabajo con este informe. Nosotros no le dimos mucho valor en su día, solo sirvió para confirmarnos que estaba vivo el día veintisiete de febrero, que había visitado fundiciones por la zona de Roma y que lo hacía en compañía de Nicola Storzi, quien, no debe olvidar, era uno de los nuestros. ¿Ha sacado algo más?

—Fíjese en las anotaciones que he realizado en este calendario con las actividades de Taras. Dígame si usted ve lo mismo que yo.

—Lo único destacable que puedo decir es que hay cuatro días en blanco. Desde el diecinueve hasta el veintidós de febrero.

—¡Ahí quería yo llegar! Los italianos siguieron todos los pasos de Taras y Nicola Storzi, siempre iban juntos. De pronto, durante cuatro días no los ven, no son capaces de localizarlos, no tienen ningún dato de ellos. Sin embargo, el quinto día, con toda normalidad, el primer movimiento que registran en el informe es al salir de casa de Taras, los dos juntos, por la mañana, como si no hubiera pasado nada. Los registros son similares a los días anteriores, más visitas a fundiciones en Roma o sus cercanías.

—No me había fijado. ¿Qué piensa hacer con esta pista?

—Si le parece bien, me gustaría investigar en Murano, como había previsto, aunque voy a centrarme en buscar algo en esos días.

—Cuando nosotros buscamos en Murano, siempre nos fijamos en cualquier suceso que ocurriera después del día veintisiete de febrero, después de la desaparición de Taras. Piense que la estafa a Hitler no se descubrió hasta el dos de marzo, después de la elección de Pio XII.

El oro de Hitler

—Sí, creo que Taras desde el primer momento tenía claro que su plan era un gigantesco y monumental engaño. Su único objetivo era quedarse con el oro alemán. Pio XI murió el diez de febrero de 1939, si mal no recuerdo.

—Está en lo cierto.

—Desde ese momento comenzó a funcionar el mecanismo para el cónclave que elegiría al nuevo papa. Mientras tanto, en esos días tuvo que convencer de alguna forma a Hitler de que era capaz de conseguir los votos necesarios para que el candidato que le interesaba fuera el elegido. No podemos olvidar que, una vez se inicia el cónclave para la elección del nuevo Pontífice, los cardenales son aislados de cualquier interferencia del mundo exterior hasta la fumata blanca, por tanto, el presunto soborno se debe realizar antes del enclaustramiento de los papables.

—Tiene toda la razón.

—¡Gracias! Sabemos que la decisión debía ser rápida, voy a suponer que en nueve días consigue que el Führer, ciego por su ambición de poder, caiga en la trampa, por tanto, envía el oro para el soborno.

—Podría haber sucedido así.

—De momento es solo una idea.

—Sí, es una buena idea, sin duda.

—Ahora imaginemos la situación. Taras y Nicola saben a ciencia cierta que les siguen y controlan, no imagino a los policías italianos tan discretos que unos agentes experimentados no sean capaces de captar la presencia de estos tras sus pasos. Me imagino que forma parte de su plan que ellos realicen una especie de teatro para tener entretenidos a sus seguidores, los italianos, saben que pasará algo sin tener muy claro qué será. Ellos tienen orden de vigilarlos, imaginemos su escaso interés, lo hacen sin esforzarse mucho, ya se

El oro de Hitler

encargan nuestros dos bribones de no ponérselo difícil. Como el cónclave no ha empezado aún, quedan varios días para que se produzca, no le dan mayor importancia a su ausencia; mientras tanto, nuestros estafadores se apropian del oro y lo hacen desaparecer. Para conseguirlo todo en secreto, pueden haber utilizado esos cuatro días.

—Es una teoría que parece posible.

—Una vez han completado su estafa, vuelven a una rutina normal, son vistos de forma descarada, continúan con sus visitas a las fundiciones, realizan las mismas cosas que hacían los días anteriores. Sus vigilantes imaginan que nada ha cambiado, que no ha pasado nada importante, pues son las mismas rutinas que tienen registradas, nada nuevo o extraordinario. Yo sospecho que era su idea, despistar a los que les vigilaban.

—Parece una teoría válida. Mucho, si le soy sincero.

—Eso es lo que yo he deducido. Días más tarde, cuando se realice el cónclave, en cualquier momento se producirá la elección del nuevo papa y se destapará de manera inevitable su engaño, es el momento de desaparecer otra vez. Tendré que investigar qué hicieron esos días. Yo calculo que el oro ya debía estar a buen recaudo. Si tengo razón, supongo que buscarían la forma de borrar sus huellas. ¿Le parece que voy por el buen camino?

—¡De momento, sí!

—Quizás encontremos más datos que nos den pie a nuevas opciones.

—Me parece correcta su forma de pensar. ¿Cuándo le gustaría viajar a Venecia?

—No hay urgencia, en teoría no hay alguna pista que se pueda perder, aunque me gustaría ir cuanto antes.

—Bien, déjeme organizar un poco todo. Vaya a la habitación donde comimos ayer, siempre hay un café preparado, hago unas

El oro de Hitler

llamadas y voy yo también. Después le digo cómo se harán las cosas.

—Por supuesto. Gracias, monseñor. —El padre Ramón se levantó de su silla para dirigirse hacia la puerta camuflada.

—Algo me dice que al final le daremos las gracias a usted.

—¡No creo!

—Tengo una certeza casi absoluta. No me suelo equivocar.

Como había comentado monseñor Herrera, en la misma mesa había un servicio de café preparado. Dos tazas vacías junto a una cafetera llena; a su lado, una bandeja con pequeños dulces. Se sirvió una generosa taza, la saboreó con tranquilidad. Aunque los pasteles llamaron su atención, decidió esperar para probarlos. Algunos minutos después su anfitrión se unió a él. Insistió para que probara aquellos dulces, eran su debilidad.

—Bien, ya está todo organizado, en poco más de una hora tomará un tren que le llevará hasta Venecia. Nada más salir de la estación, le esperará el padre Stefano, él le acompañará y guiará. No solo conoce muy bien aquel rincón de Italia, le podrá ser de gran ayuda, es muy apreciado por todo el mundo, está al tanto del asunto que le lleva allí.

—Gracias, monseñor. Prepararé mis pertenencias para el viaje.

—Debo decirle que no, por partida doble. Primero: no me dé las gracias, realiza usted una gran labor para nosotros, muy importante desde nuestro punto de vista. Segundo: tampoco debe preparar su equipaje. Ahora trabaja usted en un puesto distinto, debe mantener una cierta imagen, no sé si sabré explicarme. Ya no es usted el párroco de un pequeño pueblo, aunque es una de las labores que más respeto merecen. Ahora es usted un alto funcionario de la Santa Sede, puede usted citar sin ningún miedo al cardenal Amleto Giovanni Cicognani, ya que es nuestro directo superior. ¿Me comprende? Él estará al tanto de todos sus movimientos, le proporcionaré su nueva documentación, esta le acredita como diplomático Vaticano de alto nivel.

El oro de Hitler

—¿Perdón?

—A partir de ahora es usted un hombre intocable, gracias a la reciente Convención de Viena sobre Relaciones Consulares que se ha firmado en abril del año pasado. Si en algún lugar del mundo intenta preguntarle, registrarle o molestarle una autoridad local, usted solo deberá presentar su pasaporte diplomático. Recuerde que, para nosotros, Italia es un país extranjero. Es un país amigo, aunque no debemos olvidar que no es el nuestro.

—Lógico, hay que mantener la estructura del estado.

—Exacto. Si fuera preciso, por su tranquilidad, puede ir armado sin tener que rendir cuentas ante ninguna autoridad oficial, siempre que ese sea su deseo. Le proporcionaremos lo que necesite para su propia seguridad o de la misión que lleve a cabo en ese momento. Quiero que le quede muy claro, desde ahora solo tiene que darnos explicaciones a nosotros. —En ese momento tocaron a la puerta. Sin esperar contestación entró su sacerdote guía con una pequeña maleta negra, se acercó en silencio y le ofreció el maletín al padre Ramón. Mientras se marchaba de la misma forma que entró, monseñor Herrera había abierto la puerta que comunicaba con su despacho. —Por favor, sígame, no queremos que pierda su tren. Abra su nueva compañera de viajes, puedo comprender que esté unido a la suya, por un tema sentimental, sin embargo, esta es más práctica, elegante y discreta. Tenga su nuevo pasaporte. Es su carta de presentación, su actual documentación, con ella, como le he comentado, es usted intocable, grábeselo a fuego en su cabeza. En esa cartera lleva usted una buena cantidad de liras, en este momento es la moneda que puede necesitar. No necesitamos que nos explique en qué ha gastado el dinero, confiamos en su discreción y saber hacer. A partir de ahora, no debe usar sotana, mientras no la utilice como parte de un disfraz. Eso sí, el alzacuellos es aconsejable, aunque no imprescindible. ¿Me

El oro de Hitler

entiende?

—¿No debo usar sotana?

—¡No! La primera imagen que debe dar es que usted forma parte de nuestra Iglesia. Aunque no sea un párroco con una congregación asignada, debe proyectar una imagen superior, quien le vea debe entender que es usted parte de la élite de nuestra organización. De todas formas, nuestro papa, Pablo VI, está convencido que debemos demostrar un acercamiento con el pueblo llano, una de esas vías es la normalización de nuestras vestimentas. En su caso, también debe ser signo de estatus entre el personal eclesiástico. En muchos casos no le interesará que le traten como igual, deberá imponer su criterio, sobre todo a la hora de buscar información, ya es usted un miembro activo de nuestro servicio. Hay momentos en los que voy muy rápido, es usted el que debe asimilar todos estos conceptos. ¿Comprende lo que le digo?

—Creo que sí.

—¿Todo el alcance de sus nuevas obligaciones?

—Es mucha información en poco tiempo, haré todo lo posible por estar a la altura de lo que esperan de mí.

—No se preocupe, confiamos en sus habilidades. En Venecia, Stefano le ayudará con algún buen consejo. Su tren le espera y tiene alguna cosa más que hacer. Quiero verle pronto, deseo que sea con algún avance. Sabemos que es difícil, de la misma forma, tenemos la certeza de que es usted muy capaz de hacerlo.

—Lo intentaré. —Tomó su nueva maleta y fue detrás de su guía habitual, caminaba hacia la salida a su ritmo de siempre.

—Estamos seguros de que lo va a conseguir. Ahora le tomaran una serie de medidas, a continuación, Venecia le espera.

No entendió aquellas palabras, aunque minutos después todo estaba claro. Se hallaba en una pequeña habitación del piso inferior

El oro de Hitler

de aquel palacio reconvertido. Un eficiente sastre le medía el largo de manga, la entrepierna o el tiro, las anotaba en una libreta mientras permanecía en total silencio. Una vez dio su tarea por terminada, el sacerdote le acompañó a la entrada donde un coche de color negro le esperaba. Instantes después el vehículo circulaba a gran velocidad sin que hubiese cruzado una sola palabra con el conductor. Se perdió entre el denso tráfico de la capital italiana.

El oro de Hitler

4

LOS SECRETOS DE MURANO

El tren cruzaba verdes campos cubiertos por un luminoso cielo azul, rara vez salpicado de alguna nube solitaria. Hacía tiempo que habían dejado la vieja Roma atrás. Su mirada permanecía perdida en el paisaje mientras su mente analizaba todos los cambios que se habían producido en su vida durante el transcurso de unos pocos días. Aunque todo había cambiado para él, algunas cosas permanecían igual. Se encontraba de nuevo en la misma situación, solo en el compartimento de un tren que le llevaba a un nuevo destino desconocido para él. Cada vez que alguien pensaba en entrar para acomodarse, al ver la sotana, sonreía, saludaba de forma cortés y desaparecía de su vista. Con las ganas que tenía de hablar con alguien en aquellos momentos, aunque solo fuera del paisaje, del tiempo o cualquier tema sin importancia. Pensó que era un buen momento para ver qué llevaba de equipaje. Aún no había revisado su maleta nueva, solo un rápido vistazo que le ofreció monseñor Herrera.

Al abrirla, el primer objeto que vió fue aquel pasaporte, lo cogió

El oro de Hitler

y abrió. Allí estaba la foto que le habían tomado la mañana anterior, pensó que no era su mejor fotografía, ni de lejos. Parecía que todo estaba muy bien controlado y dirigido en el Vaticano. En la cubierta imitación a piel negra se podía leer grabado, sin tinta, «STATO DELLA CITTÀ DEL VATICANO», en la parte superior, en dos líneas. En la parte central, también grabado, el escudo de la Santa Sede. Debajo de esta imagen, «STATE OF THE VATICAN CITY», mientras que, en la inferior, con un tamaño más pequeño, figuraban las siguientes palabras en distintas líneas: «PASSAPORTO» y «PASSPORT». Ya en las páginas interiores aparecía su fotografía en blanco y negro. También estaban sus datos conocidos, fecha de nacimiento, lugar, nombre y apellidos. Unas páginas más adelante, pudo leer el siguiente texto.

AMLETO GIOVANNI CICOGNANI

Cardenal Obispo de la Santa Iglesia Romana

Del Titulo Sububicario de Frascati

Secretario de Estado

De

SU SANTIDAD EL PAPA PABLO VI

Ruega a todas las autoridades Civiles y Militares

Tengan a bien otorgar al portador del

Presente documento, el oportuno permiso de

Libre tránsito, así como la ayuda y protección convenientes.

El oro de Hitler

Del Vaticano, 7 de Noviembre de 1963

Pudo comprobar que el mismo texto figuraba en otras páginas en distintos idiomas. Una vez había analizado su pasaporte, asumió todo lo que eso implicaba. Buscó en su maleta alguna cosa más. Se sorprendió al encontrar en un compartimento independiente sus propios utensilios de aseo personal. Alguien había mirado sus cosas y decidido qué podía usar y qué no. Estaba aquella cartera llena de dinero, una libreta, además de algunos lápices. Aquella maleta no contenía nada más. El exterior, de piel negra, parecía de gran calidad. Destacaba en sus manos, las de un humilde sacerdote ataviado con su gastada sotana. El traqueteo del vagón le ayudó a dormirse. Abrió los ojos cuando le despertó un largo silbido de la locomotora, minutos antes de llegar al final de su viaje. Compuso un poco su vestimenta, se asomó para mirar despreocupado el entorno a través de la ventana de su compartimento. El paisaje era verde, salpicado con alguna pequeña casa aquí y allá. A diferencia del paisaje que veía al inicio de su viaje, el verde era de una tonalidad más oscura. Minutos después el convoy llegaba a su destino. El padre Ramón decidió seguir al resto de pasajeros. Anochecía en Venecia cuando salió de la estación de Santa Lucia. Al salir se encontró con los famosos canales, alguna góndola y un par de barcos que parecían cargar, o descargar, productos que estaban en reparto.

Quería asimilar lo que sus ojos le trasmitían cuando notó que intentaban llamar su atención. Miró en aquella dirección, se encontró con un hombre alto, de anchas espaldas, piel blanquecina, su gran cabeza lucía un cabello bien cortado repleto de canas, ojos claros y

El oro de Hitler

amplia sonrisa. Se dirigía a él, sin duda era el padre Stefano, su contacto en Venecia. Vestía un traje de chaqueta negro, camisa negra con alzacuellos.

—¿Padre Ramón?

—¡El mismo!

—¡Soy Stefano! —Sin pensárselo dos veces, le dio un gran abrazo. —Voy a ser su guía o su ayudante, joven. Debo advertirle, ante todo, quiero ser su amigo.

—¡Por supuesto!

—Vienes cansado, supongo, es un largo viaje.

—No se crea, me acostumbro rápido a esto de levantarme en un sitio y acostarme en otro.

—Vamos a tutearnos, por favor, que estaremos juntos los próximos días, codo con codo.

—¡Por supuesto!

—Pues, Ramón, sígueme, vas a continuar con tu viaje. Esta vez lo vas a hacer como un privilegiado. —Dirigió sus pasos hacia el canal, avanzaba a un lugar donde no había nada. Si miraba a su derecha, una barcaza con barriles y cajas de fruta, bastante lejos; hacia su izquierda, una góndola dejaba a una pareja. —¡Vas a conocer a Giovannina!

—¿Giovannina?

—¡Sí! A ver cómo te lo explico. Si Giovanni es Juan en español, sería algo así como Juanita.

—Sigo sin entender nada.

—Pues es bien fácil, mira. —Habían llegado al borde de la plaza, junto a un sencillo embarcadero. Allí permanecía amarrado un largo bote de madera con un pequeño motor fueraborda en su popa. Aunque había pasado tiempos mejores, se veía limpio, pintado de blanco, en la banda destacaba en letras negras, «Giovannina». —Aquí te la

El oro de Hitler

presento, es nuestra joya. Sube.

—Por lo que dices, no me queda otra opción.

—Podemos caminar todo el trayecto, en Venecia no hay coches, ni motos, como puedes comprobar si das un vistazo alrededor. Te aviso: donde vamos está lejos. ¿Nunca habías subido en un barco?

—No.

—Pues aquí es nuestro medio de transporte habitual. Sube, es de lo más tranquilo y seguro, te gustará. —El padre Stefano ya estaba subido en el bote, este se había balanceado algo con su gran peso, tendió la mano a su compañero que, con precaución, puso un primer pie sobre el bote. La embarcación reaccionó con una leve inclinación hacia esa banda, sensación que no dio mucha seguridad al cura español. Al notarlo, con un suave tirón, el italiano le obligó a subirse en el bote. Con sus dos pies dentro, este volvió a moverse un poco.

—Siéntate, Ramón, Giovannina te tratará con cariño. Disfruta de esta pequeña travesía, conoce la bella Venecia.

El padre Stefano soltó el cabo que les mantenía unidos al embarcadero temporal, su compañero se había sentado en una tabla central, como le indicaba su anfitrión. Este empujó con determinación el muro, de esta forma consiguió que el bote se alejara de la piedra, flotando hacia el centro del canal. Enrolló una corta cuerda en el mecanismo de arranque del motor fuera borda. Al primer tirón el motor comenzó a petardear. Se sentó en la popa del bote, miraba a proa, empuñaba con semblante serio el mango del acelerador; accionó una pequeña palanca, con ese gesto embragó avante. Tenía la actitud de un experimentado capitán que gobernaba un gran buque. El bote dio un ligero salto, comenzó a avanzar por el canal. Mientras aceleraba con suavidad, le hizo un gesto a su acompañante para que mirase hacia delante. El padre Ramón entendió lo que pretendía decirle su compañero, giró su cabeza y se quedó extasiado por la

El oro de Hitler

belleza de la ciudad que parecía envolver el canal. Edificios majestuosos miraban hacia aquella arteria de Venecia plagada de todo tipo de embarcaciones, dedicadas a cualquier labor. Muchos de los que se cruzaban saludaban con un grito a Stefano, otros le hacían un simple gesto con su mano o se tocaban la gorra, este devolvía todos los saludos con una amplia sonrisa en su rostro. El joven cura español quería ver todo lo que ofrecía aquella hermosa ciudad, giró su cuerpo y se acomodó, continuó el viaje con la mirada hacia proa. De vez en cuando el canal presentaba un puente que permitía cruzarlo a pie, les obligaba a pasar por debajo de él. Algunos eran muy altos, no presentaban problema, otros obligaban al padre Ramón a agachar su cabeza, pues le daba la sensación de que se golpearía si no lo hacía. Este gesto hacía reír a su anfitrión. Mientras permanecía imperturbable en su puesto, disfrutaba de las magníficas vistas.

Cruzaron varios canales, unos grandes; otros más pequeños, hasta que aminoraron la marcha. Con la maestría que da la práctica, dejó el bote junto a uno de los muchos embarcaderos de piedra, en un pequeño canal, el más estrecho de los que habían transitado. Antes de que el padre Ramón pudiera reaccionar, ya había amarrado a Giovannina de popa y proa, la inmovilizó hasta un nuevo viaje. Le ofreció su mano para que desembarcara, este tomó su flamante maleta y lo hizo. Por fin en suelo firme de nuevo, se giró para contemplar aquel impresionante entorno.

—Padre Ramón, a lo mejor me equivoco, parece que te gusta Venecia.

—¡Mucho! Uno ha leído sobre el encanto de la ciudad, la belleza de los canales…, toda esa información no es suficiente, uno no llega a imaginar cómo es en realidad, tienes que verlo con tus ojos.

—¡Cierto! Me alegra que te guste nuestra ciudad.

—Supongo que todos los visitantes terminan enamorados de

El oro de Hitler

Venecia.

—Mentiría si no te diera la razón, la mayoría seguro. Ven conmigo. —Comenzó a caminar, tomó la maleta del visitante.

—No me has dicho aún donde vamos.

—Nos dirigimos a la calle «Tredici martire», en español sería la calle de los trece mártires, está junto a la iglesia de San Moisés, muy cerca de la plaza San Marcos, por tanto, de su basílica.

—Parece un sitio excelente.

—¡Sí! Lo es. Una viuda sin descendencia dejó al convento en herencia sus pertenencias, es algo bastante habitual en esta zona, entre ellas había una pequeña vivienda y este bote, yo me encargué de que se arreglaran las dos cosas, abusé un poco de algunos amigos. Gracias a eso el bote me hace un estupendo servicio, también yo puedo alojarme con independencia. Además, se hospedan de vez en cuando a los enviados de monseñor Herrera, de forma discreta.

—Comprendo, algo importante en según qué ocasiones.

—¡Por supuesto! No imaginas cuánto. ¡Bien! Hemos llegado. —El padre Stefano se había detenido ante una pequeña puerta de madera, la cerradura era moderna, entraron en el interior de aquella modesta vivienda, vista desde el exterior, dentro se apreciaba una vivienda sencilla, aunque cómoda. —Sígueme, te muestro dónde vas a descansar, a continuación, me pones al día mientras cenamos.

Le llevó a una habitación sencilla, aunque de apariencia cómoda. El mobiliario y la decoración era austero, simple, nada que ver con el confort y elegancia de la noche anterior en el convento del Vaticano. Dejó su maleta, localizó la cocina, donde Stefano ya estaba en los fogones. El anfitrión preparó rápido la cena, era sencilla en apariencia, abundante desde el punto de vista del español, resultó muy sabrosa. Hablaron de cosas intrascendentes mientras preparaban la cena. Cuando comían, Stefano confesó estar al corriente de casi todo

El oro de Hitler

lo que rodeaba al viaje del padre Ramón. Tenía orden directa de monseñor Herrera de ayudarle en todo lo que pidiese, el joven estaba al mando, él era el encargado de proporcionarle toda la ayuda que fuera posible. Al terminar de cenar recogieron todo y lavaron los platos como dos buenos compañeros de piso. Stefano quería ayudar.

—Bien, si te parece, mañana comenzaremos tu búsqueda. ¿Tienes claro por dónde quieres hacerlo?

—La verdad, sí, sé lo que quiero hacer. Dudo en un pequeño detalle, no sé muy bien por dónde empezar.

—Pues, si puedo ayudarte, para eso estamos.

—Por supuesto, necesito cotillear en las noticias que ocurrieron en febrero de 1939.

—Entiendo, no sé muy bien cómo pretendes hacerlo. Listo, todo limpio. Vamos a sentarnos en el salón. Ven.

—Creo que no será tan difícil.

—¡Me alegro! ¡Un momento! Antes de continuar, yo necesito un digestivo, ¿te apetece acompañarme?

—¡Un digestivo! Por supuesto que te acompaño.

—Siéntate en este cómodo sillón, ahora vengo. —Poco después volvió con dos pequeñas copas llenas de un líquido transparente. Le dio una al padre Ramón, se sentó en el sillón vecino y brindó con una sonrisa. Dieron un pequeño trago, apenas se mojaron los labios.

—¡Digestivo, dice! Esto es agua de fuego.

—Grappa. Se llama así. Te facilitará mucho la digestión.

—Confío en que sea así.

—¡Te lo aseguro! Estoy bastante familiarizado con el perdido oro de Hitler. Ayudé a monseñor Herrera cuando lo buscó en su día, supongo que por eso ha decidido que trabajemos juntos en esto.

—Es bastante lógico, entonces voy a compartir compañero con monseñor Herrera, el gran Stefano.

El oro de Hitler

—¡Muy gracioso! Ahora que lo mencionas, me has recordado algo importante. Mi viejo amigo me ha dado instrucciones precisas. A partir de mañana quieren que vistas con el nuevo traje oficial. Pantalón, chaqueta, camisa negra y alzacuellos.

—¿Cómo voy a hacerlo? ¡Solo dispongo de un par de sotanas!

—¡Poco conoces el poder del Vaticano! Ya te darás cuenta de que has entrado en un nuevo nivel. Antes eras una persona importante e influyente, ahora eres un agente secreto de la Santa Alianza. Tu vida ha cambiado y no te imaginas cuánto. Estoy seguro de que pillarás rápido la idea. De momento, tienes dos trajes colgados en el armario de tu habitación. También un par de zapatos nuevos.

—¡No puede ser!

—Te tomaron las medidas necesarias, se las enviaron a un sastre de aquí que, según mi opinión, ha hecho un trabajo magnífico mientras tú dormías en el viaje en tren.

—Muy eficientes.

—¡No te quepa la menor duda, Ramón! ¿Puedo llamarte Ramón?

—¡Querido Stefano!, tú puedes llamarme como quieras.

—Vamos a lo que nos interesa, decías que no será difícil cotillear las noticias de aquellos días. ¿En qué piensas?

—Supongo que algún periódico se publicaría en esas fechas.

—Varios.

—¿Tienes algún amigo que pudiera ayudarnos un poco?

—¡Por supuesto! Francesco es redactor de deportes de Il Gazzettino. Mañana lo visitaremos, aunque no creo poder encontrar ninguna referencia de lo que buscamos.

—¡Espero que sí! Aunque no será con el titular de «aquí está el oro de Hitler».

—¡Lo sé! Vamos a encontrar el hilo que necesitamos.

—¡Por ese hilo! —Brindaron entre risas y apuraron sus copas.

El oro de Hitler

No hacía mucho tiempo que la oscuridad envolvía los canales de Venecia, sin embargo, en aquel momento todo era radiante luz. El padre Stefano amarró a Giovannina, con un gesto rápido ayudó a pisar tierra al joven cura español. Este todavía no se había adaptado a su nuevo traje. Solo el alzacuellos evitaba que lo pudieran confundir con un empresario o político importante. Se sentaron en una de las pocas mesas frente a un coqueto y viejo café. Un gentil camarero con un bigote llamativo saludó a su compatriota, preguntó al padre Ramón qué deseaba tomar, este se limitó a pedir que le sirvieran lo mismo que su a anfitrión. No habían traído aún sus consumiciones cuando un hombre pequeño, con cara de enfadado, comenzó a dar voces al gran párroco italiano. La diferencia de tamaño entre ambos era manifiesta y bastante cómica, el recién llegado vociferaba de puntillas para mirar a los ojos del cura al mismo nivel, mientras este continuaba sentado. Mantuvo la calma, Stefano se puso de pie, a la vista de cualquier curioso quedaba claro que un enfrentamiento físico sería muy perjudicial para su oponente. Para sorpresa del cura español, se fundieron en un abrazo entre risas.

—No le hagas caso, siempre monta el mismo espectáculo, lo hace para llamar la atención.

—¡Si no lo hago, nadie se fija en mí!

—¡Te he dicho mil veces que dediques un poco de tiempo a crecer!

—¡Eso es muy aburrido! Hay tantas cosas que hacer, algunas tan interesantes… —Rieron los tres, momento que aprovechó el nuevo compañero para tomar asiento.

—Francesco es el mejor periodista deportivo de este rincón del norte de Italia. Te presento a un reciente fichaje, desde España, nuestro amigo el padre Ramón.

—Encantado de conocerle. —El aludido se puso de pie para

El oro de Hitler

saludarle.

—*Il piacere è mio.* Por favor, siéntese, que nos miran todos. Cada vez parezco más bajito.

El cura español no pudo evitar mostrar su sorpresa ante la contestación del reportero, los dos italianos no paraban de reír su buen humor. El camarero debía estar acostumbrado a aquellos numeritos, además de conocer bien a Francesco, pues trajo tres cafés sin preguntarle ni hacer comentario alguno.

—¡Bien! ¿Qué necesitas, viejo amigo?

—A mi colega le vendría bien dar un vistazo a algún periódico antiguo.

—¿Cómo de antiguo? —Los dos miraron al español, esperaban que este les diera la respuesta.

—Febrero de 1939.

—Puedo sacar los periódicos que necesita, aunque son muchos. ¿Podría ser más concreto? En el archivo están empaquetados por semanas, sacar cuatro o cinco paquetes de periódicos sería llamativo.

—Mi interés se centra en cuatro días, del diecinueve al veintidós, ambos incluidos.

—Entiendo. Me tomo el café y voy al archivo, está aquí al lado.

—¿Sería posible llevarme los periódicos para estudiarlos con tranquilidad?

—Siempre que me los devuelva, no veo ningún inconveniente. Aunque ya le advierto que no voy a pedir permiso. —Cogió su taza y la apuró. Se levantó rápido, antes de comenzar a caminar, le dijo a voz en grito. —Esto no lo vas a pagar solo con un café, pide unas copas de prosecco para cuando vuelva.

—¡Eso está hecho!

—¿Prosecco? ¿Qué es eso?

—Es un vino espumoso, seco, típico de aquí, de Italia

El oro de Hitler

—¡Entiendo!
—¡Pues hay una cosa que yo no entiendo!
—¡Dime!
—Has pedido los periódicos del diecinueve al veintidós de febrero.
—Cierto.
—Aunque Taras no desapareció hasta días después, recuerdo que fue visto casi a final del mes. Con monseñor Herrera analizamos marzo y alguno de los últimos días del mes anterior, febrero.
—¡Sí! Creo que pudo ser parte de su plan. Imagina esta situación: se deja ver fácil hasta el día veintisiete, sin embargo, unos días antes, no se les ve para nada durante cuatro jornadas completas y seguidas. Yo sospecho que en ese momento reciben el oro, imagino que es cuando lo hacen desaparecer. Piensa que el cónclave para elegir al nuevo papa se celebraría en pocos días. El pago de los sobornos debería hacerse efectivo antes de que enclaustraran a los papables. Entra dentro de lo posible que Taras acuciara a los alemanes para recibir el oro cuanto antes. Una vez en su poder, con la ayuda de Storzi lo hacen desaparecer, una vez conseguido, solo tenían que dejarse ver, para despistar, de visita por las fundiciones en Roma.
—¿Has dicho que Storzi era su cómplice?
—Eso creo, veo muy difícil que, sin ninguna ayuda, Taras pudiera volatilizar mil doscientos kilos de oro.
—Entiendo tu razonamiento. Nosotros siempre buscamos pistas a partir del último día de febrero. Aunque tampoco creas que encontramos gran cosa. Para serte sincero, solo localizamos los moldes que nunca llegaron a usarse.
—Algo me hace pensar en un cebo, para despistar a quien consiga acercarse.
—Ramón, me gusta cómo piensas.

El oro de Hitler

Pasó un buen rato, los dos curas habían hablado de temas intrascendentes mientras tanto. Poco después regresó Francesco, les había dado tiempo para tomar un segundo café y hablar de muchas cosas sin importancia. El reportero había vuelto con una saca de correos que llevaba en la espalda, no muy voluminosa. La dejó en el suelo, a su lado, cuando se sentaba. Stefano había pedido prosecco para los tres cuando lo vio aparecer a lo lejos. El camarero les sirvió tres generosas copas de aquel espumoso antes de que comenzara a hablar el periodista.

—No quería dar muchas explicaciones, de ahí lo de la saca, para traer camuflados los diarios. Puedo ver números antiguos del archivo, para documentarme y eso, algo que no tengo muy claro es si puedo tenerlos fuera del periódico. También te voy a decir una cosa, para evitar que me negaran el permiso de estudiar estos números atrasados, no lo he pedido.

—¡Te lo has concedido tú mismo!

—Por supuesto, Stefano. Vienen dos paquetes, al guardarlos en paquetes semanales, el día diecinueve de febrero, era domingo aquel año, por tanto, viene en uno. El resto en otro.

—No hay problema.

—Bien, me tomo esta copa y me iré a la redacción. Ya me los devolverás.

—¡Seguro! No lo dudes.

—Nunca dudo de tu palabra, Stefano. ¡Si tuviese la más mínima sospecha de que no me los pensabas devolver, jamás los habría traído! ¿Qué digo? ¡Sabes que te los dejaría en cualquier circunstancia! ¡Para mi amigo lo que sea! —Apuró su bebida, se levantó, dio un paso para volver por donde había venido, giró el cuerpo mientras se despedía al alejarse. —Hasta pronto, Stefano. Españolo, me gustaría volver a verle.

El oro de Hitler

—Cuente con ello, Francesco.

Stefano pagó la cuenta, el padre Ramón tomaba la saca, despreocupado. No le daba ninguna importancia, procuraba disimular. Los dos se dirigieron al bote sin decir ninguna palabra. Minutos después estaban de vuelta en su casa, colocaron sobre la mesa los dos paquetes de periódicos que les había prestado su amigo. Como les había dicho, estaban atados con un fino cordel por semanas. De su nueva maleta sacó la libreta y uno de los lápices para apuntar las notas de cualquier cosa que pudiera ser de interés. Una vez se puso a leer los periódicos, el italiano decidió no molestar a su compañero y se encerró en la cocina. El padre Ramón daba muestras de estudiar cada página de aquellos viejos diarios. Oscurecía cuando el español se acercó a ver qué hacía Stefano en los fogones.

—¿Qué es eso?, ¡huele que alimenta!

—¡Hombre! ¿Ya has decidido dejar la prensa a un lado por el momento?

—Creo que ya he terminado con Il Gazzettino. No tiene nada más que decirme, supongo.

—Me alegro, hoy me he centrado en la cocina, algo que me gusta, de paso no te distraigo con la tarea.

—Te lo agradezco, creo que me ha venido bien enfrascarme en esta búsqueda.

—¿Ha dado resultado?

—Digamos que tengo una clara idea de por dónde debemos empezar a buscar.

—¿En serio? ¡No me lo puedo creer!

—¡No he dicho que lo sepa todo! Solo que tengo alguna idea. Ahora vamos a lo importante, Stefano, no me tengas en la duda. ¿Qué maravilla tienes en el horno?

—Uno de mis mejores secretos, por estas cosas me vas a recordar

El oro de Hitler

toda tu vida, Ramón. Canelones con salsa boloñesa y trufa, he hecho una buena cantidad para los dos, nos vamos a poner las botas.

—Como estén igual que huele, seguro. Tengo mucha hambre.

—¡Normal! No has comido nada, lo último que te has metido en el estómago fue la copa de prosecco. Ayúdame a montar la mesa, que voy a sacar la cena.

Dieron buena cuenta de la fuente de canelones que había preparado el italiano. Entre bocado y bocado, comentaron algunas de las costumbres en la mesa de italianos y españoles, comprobaron que, si bien eran diferentes, tenían algunos puntos en común. Al terminar, recogieron y limpiaron todo entre los dos sacerdotes.

—¿Sabes?, hoy necesito un buen digestivo, Stefano.

—¿Nos tomamos una grappa?

—¡Por supuesto! Aprovecharé para ponerte al día.

—¡Gracias!

—¿Por qué?

—¡Por incluirme en tu búsqueda! Monseñor Herrera nunca compartió conmigo sus pensamientos o sospechas, yo solo era quien lo llevaba de un sitio para otro o le presentaba a quien necesitara conocer. Para que me entiendas bien, del asunto en cuestión, solo conocía lo básico. —Al decir esto, servía dos copas de grappa, una se la dio al padre Ramón, después se sentó junto a él con la otra.

—No tengo nada que esconder. Brindemos. Salud.

—¡*Salute*! Bien, entonces, debes aclararme una duda, ¿te han ayudado los viejos periódicos que nos ha dejado Francesco?

—Creo que Il Gazzettino me ha proporcionado una excelente ayuda.

—Cuéntame.

—Como tenemos constancia de que el día dieciocho de febrero Taras y Nicola estaban en Roma, empecé por el periódico de la fecha

El oro de Hitler

posterior, domingo diecinueve. No esperaba encontrar nada, por muchas vueltas que le he dado a las noticias del periódico de aquel domingo, ninguna ha llamado mi atención.

—Lógico, supongo. Es normal, ese sería su primer día en Venecia.

—Lo mismo he pensado yo. El mismo resultado he obtenido de leer los periódicos que le he pedido a Francesco.

—¿En serio? ¿No has encontrado nada?

—Ninguna noticia para resaltar en los periódicos del diecinueve al veintidós, aquellos días que nuestros «amigos» desaparecieron de la vista de sus seguidores.

—¡No entiendo! Decías que te habían prestado una «excelente ayuda».

—¡Y tanto! Recuerda una cosa, pedimos solo los que correspondían a las jornadas donde Taras y Nicola dejaron de dar señales de vida en Roma, al empaquetar los diarios por semanas, también nos ha proporcionado periódicos de días anteriores y posteriores, siempre dentro de la misma semana, ahí es donde he encontrado dos posibles pistas.

—¡Cuenta!

—La primera noticia que me llamó la atención es esta. —El padre Ramón tomó su hoja de apuntes para leer sus anotaciones. —En el diario del día veintitrés aparece una noticia. Recuerda que no le pedí de forma directa la publicación de aquel día, pues ya teníamos informes de nuestros investigados en Roma aquella jornada. Sin embargo, un titular me ha llamado la atención: «Tragedia en Murano». En el que relata cómo un taller de fabricación de cristal, parece que no muy grande, se ha quemado por completo, los cinco operarios del mismo murieron calcinados. Por lo que he podido deducir con la lectura, no era raro si un taller sufría un incendio, lo que no sucedía nunca es el fallecimiento de *todos* los trabajadores, sin

El oro de Hitler

dejar supervivientes.

—¿Crees que puede tener relación con nuestro oro?

—Imaginemos que consiguen contactar con un horno discreto, este accede a fundir el oro para borrar la marca de Hitler.

—Podía ser, es muy posible.

—Eso pienso yo. Tienes que tener en cuenta una cosa, hablamos de una cantidad enorme, tres millones de marcos alemanes en oro. Una fortuna, de las de verdad, antes y ahora. Puedo imaginar que alguien capaz de estafar al Führer todopoderoso es lo bastante inteligente para borrar sus huellas. Pensó en el mejor método, debía asegurar no dejar testigos, por eso no duda en matar a los cinco hombres que podrían dar pistas del tesoro perdido.

—Si consideramos que eso es lo que pasó, parece muy lógico, tiene una implicación muy grave y que nadie ha contemplado.

—Me imagino que te refieres al bueno de Nicola Storzi.

—Pensaba en él, no termino de entender su papel en esta parte de la historia. Si asesinaron a sangre fría a todos los empleados del taller, no podía ser un simple observador o colaborador, estaba implicado en la estafa hasta las cejas.

—Piensa en el fin de ambos: uno ahorcado, con toda probabilidad a manos de la SS o Gestapo, el otro ajusticiado de un tiro en la nuca, también parece cosa de los alemanes. Si solo estuvieran en la estafa los dos personajes conocidos hasta ahora, el oro habría aparecido de una forma u otra, tengamos en cuenta que es una cantidad muy importante, es imposible que pasara desapercibida. Se sabría.

—Entonces propongo una hipótesis nueva: alguien más, un tercer hombre, estaba metido en el ajo. Un personaje sobre el que no tenemos ninguna pista ahora mismo, tiene conocimiento completo del asunto. Creo que esta persona es la que desaparece con el oro.

—Esa parece la opción más lógica, Stefano. Hasta aquí la primera

El oro de Hitler

pista.

—¡Que no es poca cosa! Nadie ha llegado a localizarla hasta hoy.

—¡No está confirmada! Es solo una suposición. ¡Ojo! Aunque es muy posible que tenga razón.

—¡Tienes que tenerla! Es mucha coincidencia. Ramón, dijiste que habías localizado dos pistas, ¿cuál es la segunda?

—La que puede confirmarnos, o no, la primera pista. En el diario fechado el día veintitrés encontré la noticia sobre el incendio, en el del veinticuatro nada relevante. Sin embargo, en el periódico del día veinticinco he localizado un pequeño artículo que hace referencia al entierro de los cinco fallecidos en el incendio. En el texto se habla de un joven aprendiz, un niño, diez años tenía cuando el suceso. Tuvo la fortuna de librarse de la tragedia al no ir a trabajar.

—¿Eso significa que puede seguir vivo un testigo?

—Imagino que, si en el taller se realizaba alguna vez un trabajillo ilegal, los jóvenes aprendices, niños todavía, eran mandados a casa para que no vieran algo inconveniente. Un niño no entiende de secretos, en esos casos, cuanto menor sea el número de personas que conozca el tema, mejor.

—Todo eso está muy bien, Ramón, excelente, diría monseñor. Ahora dime lo importante de verdad, ¿tenemos pista o no?

—En el texto del periódico nombra al niño, Maurizio Noceti. Si en 1939 tenía diez años, debe andar por los treinta y cinco. Sería interesante si pudiéramos hablar con él.

—Creo que en este punto puedo ayudarte, es fácil.

—¿Cómo?

—Mañana visitaremos a mi buen amigo Luca, es el cura de la iglesia de San Pedro Mártir, esta es la parroquia de la isla de Murano. Este hombre lleva mucho tiempo allí, no tanto como veinticinco años, sin embargo, debes tener en cuenta que, si alguien puede ayudarnos,

El oro de Hitler

ese debe ser él.

—Hay otra cosa que te quiero pedir. ¿Sabes en qué taller aparecieron los moldes que no se usaron para fundir el oro?

—¿Los que localizó monseñor herrera?

—Los mismos.

—Podemos visitar ese taller, aunque una cosa te digo ya, no saben nada. Les dejaron los moldes, eran demasiado llamativos para ser discretos, Herrera pensó que se trataban de una distracción, por eso terminó con ellos su búsqueda.

—Estoy convencido de que eran una manera de despistar, solo quiero saber si ese taller tiene relación con el que sufrió el incendio.

—Comprendo. Mañana lo comprobamos.

Aquella noche el padre Ramón no descansó como de costumbre. Pasó mucho tiempo a oscuras, acostado en su cama, mientras repasaba una y otra vez las posibilidades que le ofrecían las noticias halladas en el periódico. Siempre llegaba a la misma conclusión, los acontecimientos debieron suceder como había deducido. Esperaba con ansiedad poder encontrar al pequeño niño que evitó las consecuencias del incendio. Hoy será todo un hombre. Aquella era la única opción posible para localizar algún hilo con el que tirar hasta deshacer el misterio. Su cabeza continuaba de un pensamiento a otro hasta que el sueño le venció por fin.

El día amaneció nublado, amenazaba tormenta. A pesar de este pronóstico, no dudaron en subirse a Giovannina y poner su proa rumbo a Murano. Stefano había tomado varios canales pequeños y medianos, en ellos su bote se desenvolvía con soltura, hasta llegar a lo que parece mar abierto, aunque en realidad no lo es. Le explicó a su compañero anécdotas sobre la cuadrada isla de San Miguel. En la práctica es el cementerio de Venecia, a eso se dedica cada palmo de

El oro de Hitler

su excéntrico terreno. Dejaron a su derecha aquella extraña isla consagrada a la muerte que se encuentra a mitad de camino hacia el punto que tenían previsto como destino. Tras la esquina del camposanto apareció ante sus ojos la isla de Murano. Para asombro del padre Ramón, aquella imagen que le ofrecía era extraña, una casa junto a otra que parecían flotar en el mar. Toda la isla estaba cubierta de viviendas y talleres. El bote era pequeño, la imagen de dos curas navegando en él sería cómica en casi todas las ocasiones, sin embargo, no era este el caso. El patrón no daba la imagen de un marinero experto, aunque afrontaba la travesía con aplomo y seguridad. Sin dudarlo, Stefano embocó un canal de los que cruzan la isla hasta llegar a la altura de una iglesia. Amarró a Giovannina, paró el motor; a continuación, se miraron con solemnidad. Stefano hizo un gesto y su acompañante entendió que le daba permiso para desembarcar. Con una seriedad casi profesional, ambos pusieron pie a tierra. Al ver el cielo amenazante, Stefano había preparado un paraguas para cada uno, por lo que pudiera pasar. Los llevaba en su mano derecha, tenía la certeza de que los necesitarían más pronto que tarde.

—Ramón, ¡hemos llegado!

—Bien, esta es la iglesia que me comentaste.

—¡Sí! Aquí debe andar Luca. Entremos, parece que va a llover de un momento a otro.

—La verdad es que sí, eso anuncian esas nubes.

—¡Mucha agua! Ven conmigo.

Entraron en el templo, se santiguaron con agua bendita de una pila que estaba junto a la entrada. Sin dudarlo, Stefano avanzó por el pasillo central, directo hacia el altar. Frente a él, hizo el gesto de hincar la rodilla, miraba hacia la imagen de San Pedro Mártir, volvió a realizar la señal de la Santa Cruz. Mientras tanto, el padre Ramón

El oro de Hitler

realizaba los mismos gestos un paso por detrás de él. Giró su cuerpo hacia la izquierda, avanzó con decisión hacia una pequeña puerta, era la sacristía. Al abrirla se encontraron con una imagen que no esperaban. Sentado en una silla, un pequeño cura de avanzada edad los vio llegar, limpiaba un gran candelabro. Al reconocer a uno de los visitantes sonrió.

—¡Stefano! Qué bien me vas a venir. ¿Quién te acompaña hoy?

—¡Un compañero español!

—¡Oh! ¡Qué bonito país! Sabéis que vais a ayudar a este cura debilucho, ¿verdad?

—Sin dudarlo, lo que necesites.

—Termino de limpiar esto y vamos a la tarea. —Frotó con el paño una zona que no terminaba de quedar como a él le gustaba, hasta que la dio por buena. —¡Listo! Ayudadme los dos. Español, tú conmigo desde arriba, Stefano está más fuerte, que se vaya a la parte de abajo, esa pesa bastante más, aunque se las apañará sin problema.

—¡Tú siempre tan cariñoso! Para mí la parte más pesada.

—¡El Señor te hizo más fuerte! Seguro que en ese instante pensaba en situaciones como esta, estoy seguro de que sabía en su inmensa sabiduría que un día tendrías que ayudarme.

Entre los tres alzaron el gran candelabro. El padre Ramón no imaginaba cómo había llevado aquel viejo flacucho el candelabro hasta el interior para limpiarlo. Tuvo que pedir ayuda, igual que hacía entonces, era la única solución posible. Con precaución lo trasladaron junto al altar, cuando vieron la pareja del que habían traído, sin limpiar aún, comprobaron el buen trabajo de pulido y limpieza que había hecho el padre Luca. Este les hizo un gesto, sin decir palabra lo entendieron a la perfección, tomaron las mismas posiciones, de forma que el candelabro sucio llegó sano y salvo hasta la sacristía.

—Perdonadme que abuse de vuestra confianza, solo no puedo

El oro de Hitler

traerlo.

—¡Podrías limpiarlo en su sitio!

—No quiero dar explicaciones si algún feligrés entra en la iglesia. No me gusta que me vean realizar tareas cotidianas, aunque las haga siempre. ¡Caprichos de viejo!

—¿Le ayudamos a limpiar? —Intervino el padre Ramón.

—¿Entonces qué haré yo? No hay prisa, son tareas para cuando estoy solo, ahora no es el caso. ¿Qué se os ofrece? No habéis venido hasta aquí para mover candelabros con este viejo cura.

—¡Siempre tan directo!

—Dime que no te gusta.

—La verdad es que lo prefiero así. Luca, necesitamos un poco de información.

—Si tiene que ver con Murano, podré ayudaros, si no es así, lo veo difícil, vivo por y para mi parroquia.

—Dos cosas son las que nos interesan. La primera es sobre un incendio que pasó hace tiempo en esta isla, la segunda es preguntarte si sabes algo de Maurizio Noceti.

—¡Vaya! Creo acertar con el incendio al que te refieres, si no me equivoco es el del taller Fratelli Rizzi. Hacía tiempo que no oía hablar de aquello.

—¿Puedes contarnos todo lo que sepas?

—No sé muy bien qué os puede interesar de aquella tragedia. ¡Ocurrió hace tanto tiempo! Yo no estaba destinado aquí en esos días. El taller de los Rizzi era pequeño, aunque capaz, fabricaba algunos de los mejores cristales de Murano. El fuego se llevó la vida de los dos hermanos, propietarios del taller, también acabó con la casa que parecía formar un solo edificio. En la práctica, muchos talleres forman parte de la vivienda del artesano. Por si todo lo anterior no fuera suficiente, también murió el primogénito de uno de los

El oro de Hitler

hermanos y dos empleados, una catástrofe, ¡que aún podía haber sido mayor!

—¿Mayor? —Preguntó Stefano.

—¡Imagina! Por fortuna las mujeres y el resto de niños no estaban en Murano, tampoco Maurizio, que por entonces ya era un joven aprendiz, había acudido a su trabajo.

—¡Qué afortunada coincidencia! —El padre Ramón dijo estas palabras con un gesto de complicidad hacia su compañero. El gesto parecía decir: «Hay que sospechar de las coincidencias». —¿Cómo imaginó que nos referíamos a este incendio?

—Al preguntarme por Noceti supuse que os referíais a aquella desgracia. Creo que era familiar de alguno de los fallecidos, no recuerdo bien, sobrino de algún empleado, creo recordar. Sin tener en cuenta que a día de hoy es un gran soplador, quizás el mejor, no hay otra cosa resaltable en su vida.

—¡Claro! Una consulta, debe perdonar mi ignorancia, ¿ha dicho soplador?

—¡Sí! Se llama así al artesano que está encargado de soplar la masa incandescente de cristal cuando este llega a una temperatura que lo permite, de forma que con el aire soplado crea una burbuja en el vidrio, en el momento que la masa está al rojo vivo. Es la que da forma a las botellas, por ejemplo. Ver cómo trabajan es hipnótico, me quedo embelesado cada vez que los puedo ver crear auténticas maravillas de un puñado de arena fundida.

—¿Crees que podríamos hablar con él?

—Hay que consultarlo. La gente de esta isla es distinta a todas las demás. Para haceros una ligera idea de lo que os digo, debéis saber una cosa. Los vidrieros de Murano eran artesanos del más alto nivel, su trabajo era considerado un tesoro incomparable, tanto es así que, si un vidriero salía de la isla, debía pagar una multa, por miedo a que

El oro de Hitler

sus conocimientos se extendieran a otros lugares. El interés por mantener sus técnicas en secreto era extremo, incluso llegaron a castigos físicos, trabajos forzados, prisión, o incluso la muerte durante la Edad Media, a todo aquel que osara exponer o difundir los conocimientos de la isla.

—¡Qué barbaridad!

—Sí, con esto quería explicaros que muchos de mis parroquianos tienen grabado a fuego en su pensamiento ser celosos sobre todo lo que está relacionado con su oficio. Por eso pienso que no será fácil poder hablar con Maurizio antes de terminar su jornada laboral. No vamos a intentar visitarlo, desde hace muchos años está empleado en un gran taller, muy celoso de su intimidad. Hay otros que te dejaran ver cómo soplan el vidrio y podrás descubrir el arte de su trabajo. Eso sí, ninguno permitirá que veas cómo se crea ese cristal, solo dejarán que veas su maestría para darle la forma, esa parte la realizan igual todos los vidrieros del mundo.

—Entiendo, la fórmula de su cristal es única, por eso la guardan con gran celo. —Dijo el sacerdote español. —Padre Luca, por otra parte, ¿sabe usted si en el registro parroquial de fallecimientos en esta iglesia, estarán anotados los datos de aquellos cinco hombres?

—Supongo que sí, nunca lo he comprobado, es bastante probable.

—¿Podríamos buscarlos?

—¡Vamos a intentarlo! Esperen, voy a tomar el registro que corresponde.

El padre Luca se levantó de la mesa, se dirigió a un gran armario, estaba en la pared más lejana al altar. Tenía una llave en su cerradura, la giró y abrió las dos puertas de aquel mueble. Aparecieron ante su vista unos libros de gran tamaño, pasó el dedo índice por los lomos de aquellos grandes volúmenes hasta dar con el que buscaba. Lo cogió con sumo cuidado, lo depositó despacio sobre la mesa y abrió

El oro de Hitler

de forma delicada. Buscó la fecha que tenía en mente, 1939. Avanzó páginas hasta localizar el año.

—Hoy tenemos una población de unos tres mil habitantes en la isla, no debería variar mucho la cifra veinticinco años antes. Si, como imagino, la ceremonia del funeral de estos hombres se realizó en esta iglesia, no tardaremos en encontrar la inscripción. —Pasó la hoja que estudiaba, buscaba mientras deslizaba el dedo por las fechas escritas con una bella caligrafía. —¡Ajá! Aquí lo tengo. Aparecen dos Giovanni Rizzi, padre e hijo. Luciano Rizzi debe ser el hermano y tío de los anteriores. Filipo Grassi y Matteo Noceti, este último es pariente de Maurizio.

—Dime una cosa, Luca.

—¿Qué necesitas saber, Stefano?

—¿Cómo crees que debemos actuar para hablar con este hombre?

—Aunque yo sea muy apreciado por todos los habitantes de la isla, no estaría bien visto que interrumpiese su labor para hacerle algunas preguntas. Lo mejor es pedírselo al jefe o esperar a que termine la jornada. Si os parece, vamos a la casa parroquial y descansáis un momento. Mientras, yo me acerco con discreción al taller para ver si lo puedo conseguir. No prometo nada, creo que me hará ese favor. ¿Os parece bien?

Asintieron los dos, ayudaron a guardar el registro que habían estudiado, ordenaron la iglesia, siguieron las instrucciones del párroco titular de buena gana. Un buen rato después, caminaban tras su anfitrión hasta una casa vecina, hablaban de la misma forma que lo harían unos viejos amigos. La pequeña casa parroquial se veía limpia y sencilla, todo parecía estar en su sitio desde hacía mucho tiempo. Cada cosa parecía tener su lugar, en propiedad, no podía estar en un lugar distinto. Cada detalle, cada recuerdo, ocupaba el mismo espacio desde tiempo inmemorial. El padre Luca encendió una vieja estufa de leña y les pidió que se pusieran cómodos mientras él iba al taller. El cielo había amenazado lluvia durante toda la mañana. Comenzó a cumplir su promesa, una espesa cortina de agua envolvía cualquier zona en aquel rincón de Italia. En ocasiones todo se iluminaba con algún relámpago al que seguía pocos instantes después el crujido de un gran trueno. Stefano se ofreció para acompañar a su camarada, este se negó con rotundidad, tomó un gran paraguas negro que había vivido tiempos mejores y salió decidido de la casa para perderse en la tormenta. Un buen rato después regresó empapado. Se cambió de sotana y se reunió con sus invitados, con la clara intención de retomar una temperatura corporal aceptable junto a la estufa.

—Os cuento cómo me ha ido. Ya suponía que trabajan a marchas forzadas, un pedido para no sé dónde. Le he transmitido al dueño del taller nuestro interés por hablar con él, se lo pedí como un favor hacia mi persona, debo decir con humildad una cosa: en esta isla me tienen bastante cariño. Quizás por eso me ha prometido una cosa; en cuanto pueda desenvolverse sin su mejor soplador, le dirá que venga aquí. Será al final de la jornada, aunque existe la posibilidad de que aparezca antes. ¡Qué frío! Esto tiene mala pinta, va a llover todo el día, Stefano.

—Sabes que puede ser así, es bastante habitual.

—Pues debéis plantearos la idea de dormir esta noche en Murano.

—¡Hombre! Yo creo que…

—¿Vas a coger tu bote hoy con esta lluvia? ¡Ni hablar! No me lo permitiría jamás, eso sin contar con el riesgo de que se enterasen nuestros superiores. Dejar partir a dos buenos hombres de la Iglesia en un día como este, no me lo perdonarían mientras viva. No va a ser, de ninguna manera, hoy os quedáis conmigo.

—Ya veremos, lo mismo deja de llover en un rato. Según se presente el día, así haremos.

El oro de Hitler

—No voy a discutir contigo, todavía.

—¡Padre Luca! —Interrumpió el padre Ramón. Tenía algunas dudas que resolver. —Quisiera hacerle una consulta.

—Si conozco la respuesta, no hay problema.

—Gracias. Necesito conocer algo sobre un taller de la isla.

—Bien. ¿Cuál es el que le interesa?

—Padre Stefano, ahora necesito su ayuda. ¿Recuerda el horno en el que aparecieron los moldes de los lingotes con el sello del Vaticano sin usar?

—¡Ah! Sí, mi compañero se refiere al Taller Constanza.

—Lo recuerdo, continúa activo, aunque no lo dirige el mismo hombre, falleció hace unos años. Ahora lo llevan sus hijos.

—¿Estaba cercano al de los Fratelli Rizzi?

—Si mirásemos un mapa, en los lados opuestos de la isla.

—Stefano, una consulta, ¿tú verías bien realizarles una visita?

—Si es para preguntar por esos moldes, no es necesario. Ese interrogatorio ya se hizo. Les llegaron las piezas, con una carta dando unas simples indicaciones. Esperar a que el cliente llegara para usarlos siguiendo sus instrucciones.

—¡Bien!

—Para nada. No tiraron los moldes por el sello del Vaticano. Sabían muy bien cómo se usaban y para qué. En su taller nunca se realizó una tarea similar. Esperaban la llegada del famoso cliente, que nunca apareció, para mostrarle su indignación y rechazar el trabajo. Siempre han sido un taller con muchos pedidos, no han pasado necesidades que les obligaran a realizar ciertas tareas, ya me entiendes.

—Sí, comprendo, era una burda distracción si alguien quería seguir el rastro. Podemos olvidar esa pista.

—Eso mismo pienso yo.

El oro de Hitler

—Si os parece bien, voy a preparar misa de doce. —Comentó el padre Luca.

—Te acompañamos. Coge tu paraguas, Ramón, que vamos a necesitarlos.

La iglesia estaba cerca, por lo que no llegaron muy mojados al oficio. A pesar del día frío y lluvioso que hacía, la iglesia contó con un buen número de feligreses durante la misa. Al terminar, el padre Luca fue a quitarse su casulla, con la que había celebrado el culto, mientras los asistentes se armaban con el valor suficiente para enfrentarse a las rachas de agua. Desalojaban lentamente y en silencio la nave central. En los últimos bancos, un hombre grande y empapado permanecía sentado. Los tres curas se acercaron a él.

—Amigos, os presento a Mauricio Noceti, uno de los mejores artesanos que viven y trabajan en la isla de Murano.

—Padre, buenos días. Mi jefe dice que necesita hablar conmigo. ¿Sucede algo?

—¡Oh! Por favor, espero no haberte asustado. Nada que deba preocuparte. Es muy simple, estos compañeros que te presento quieren hacerte algunas preguntas. Este es el padre Stefano, de Venecia; el padre Ramón, viene de España, imagina.

—¿España?

—Sí, de allí vengo. ¿Conoces España?

—No, recuerdo que una vez trabajé para un cliente español. Le preparamos muchas lámparas de araña.

—Bien. Veo que no tienes paraguas, ven, yo te cubro con el mío, vamos a la casa parroquial, debe estar caldeada con la estufa, no quiero que pilles una pulmonía. —Dijo Luca mientras le invitaba a acompañarle.

El día se mostraba más oscuro y frío que antes, el agua parecía venir de todas las direcciones, incluso desde el suelo. Llegaron los

El oro de Hitler

cuatro hombres a la casa parroquial bastante mojados, por lo que, sin decir palabra, una vez dentro rodearon la estufa para entrar en calor. Los cuatro hombres se olvidaron de todo mientras intentaban expulsar el frío de sus cuerpos.

—Menos mal que vives cerca, no quiero imaginar tener que cruzar la isla. —Dijo Stefano mientras secaba sus manos cerca de la estufa.

—Ya supondrás que hoy duermes aquí, con este tiempo no os permitiré subiros en el bote para regresar. Ya te lo había dicho antes.

—Esperemos que deje de llover esta tarde, Luca.

—Sabes que eso no va a pasar.

Cuando recuperaron algo la temperatura corporal, se sentaron alrededor de la mesa, el anfitrión trajo una botella de vino y cuatro vasos que casi llenó. El artesano miraba a los curas con desconfianza, sobre todo al joven español. Este se daba cuenta e intentaba parecer amable con la sana intención de tranquilizarle. Un observador cualquiera podía deducir sin temor a equivocarse, al mirar el rostro, moreno por el fuego del horno, que no lo conseguía. La pierna del soplador temblaba de nervios. El padre Ramón le mostró una sonrisa amigable, levantó su vaso de vino y dio un buen trago. Este gesto invitó al italiano a imitarle, tomó un buen trago de vino, se limpió los labios con el reverso de su mano derecha. Sin darle importancia, el joven cura llenó su vaso de vino, hizo lo mismo con el de Maurizio, se ganó un gesto de aprobación y simpatía. Su pierna dejó de temblar. El hábil gesto no pasó inadvertido al padre Luca. Este decidió que era el momento de intervenir.

—Esto es para que entremos en calor, también por dentro.

—Gracias, padre. No quisiera tardar mucho, debo regresar al trabajo. Mi jefe es muy bueno conmigo, me ha pedido que venga sin ponerme hora de vuelta, aunque quisiera estar allí cuanto antes, es mi obligación.

El oro de Hitler

—Lo entendemos. El padre Ramón te quiere hacer algunas preguntas.

—Bien, por mí no hay problema. No imagino en qué asunto puedo ayudarle.

—No te preocupes, no es nada malo, tampoco complejo. Sin embargo, puede que sea algo doloroso para ti. Quiere preguntarte por el incendio del taller de los Fratelli Rizzi.

—Hace mucho tiempo que nadie se acuerda de aquello. Tampoco hay nada que yo pueda contar, no estaba allí cuando ocurrió.

—Lo sé, esa es mi primera pregunta. ¿Por qué no fuiste aquel día?

—El taller trabaja muchas horas al día, a mí me encanta trabajar con el vidrio, desde pequeño acompañaba a mi padre a su horno. Sin embargo, en el taller donde trabajaba mi tío Matteo, pude comenzar de aprendiz. Era uno de los mejores talleres, no muy grande, aunque con calidad para realizar trabajos magníficos, recibían encargos de todo el mundo. Algunas veces me decían «quédate en casa hasta que te avisemos». Eso pasaba cuando venía alguna visita y no querían que vieran a un niño pequeño que trabajaba el taller. Este es un oficio peligroso, supongo que estaba mal visto.

—¿Alguna visita?

—Eso es lo que me decían. No lo entendía entonces, no se escondían de mí para hacer sus trabajos más complicados, por eso no creo que fuera para proteger algún secreto del oficio.

—Sería otro motivo. No lo entendías entonces, has dicho. Quizás ahora tienes una ligera idea.

—Sí. En algunos hornos de vez en cuando se presenta algún encargo más especial, algo que no deben conocer fuera del taller. En esos días, los aprendices sobran. No sé si me explico bien.

—¿Me puedes poner un ejemplo más concreto?

—Padre, no sé si debo. —Miró al padre Luca, pedía su

El oro de Hitler

aprobación, este le hizo un gesto afirmativo mientras permanecía en silencio. —Le explico, nuestros trabajos de cristal están bastante bien mirados y pagados, la mayoría de los talleres sobreviven sin problemas, aunque en algún momento, un horno puede tener problemas económicos. En estos casos se aceptan pedidos extraños. Yo nunca he visto ninguno, ni he trabajado ese tipo de encargos, no obstante, sé que se han usado hornos en esta isla para fundir objetos de plata o de oro con dudosa procedencia. Borran así cualquier rastro, nadie puede adivinar su origen. Imagino que pudo tratarse de ese caso.

—Entiendo. Imagino su forma de actuar, en trabajos como ese, prefieren que los niños no se involucren, así no verán nunca algo inconveniente. No podría traerles nada bueno, tampoco pueden realizar ningún comentario si son ajenos a todo lo que se hiciese aquellos días. ¿Puedes contarme algo de tus últimos días en el taller?

—Su pregunta me recuerda tiempos olvidados, perdidos en mi memoria. ¿No he comentado antes que le hicimos muchas lámparas de araña a un cliente español?

—Sí.

—Pues los días anteriores al incendio se trabajaba en ese pedido. Fue el último trabajo que realizaron en aquel horno. No se me olvidará. Uno de los trabajos que yo realizaba entonces era construir embalajes para los pedidos, se fabricaban con madera, nada hermoso, cajones muy bastos, pensados para proteger el cristal. Me hicieron preparar muchas cajas para enviar las lámparas que pidieron. No podían permitir que un maestro o un buen artesano empleara su tiempo en preparar los embalajes, eso era cosa de los aprendices. Hoy se hace de la misma manera.

—¿Muchas cajas?

—Había pedidos grandes, algunos muy grandes, y también

El oro de Hitler

pequeños. Aquel era mediano. Treinta y dos embalajes, no se me olvidará nunca. Para aquel envío preparé todas esas cajas de madera, me exigieron que fueran las mejores y más resistentes, tenían un largo viaje hasta España. Luego, cuando estaban realizadas las primeras lámparas de araña, tendríamos fabricadas una decena completa, me mandaron a casa.

—Entiendo. ¿Cuántos días no fuiste a trabajar?

—Creo que solo falté un par de días.

—¿Qué hiciste en ese tiempo?

—Ayudaba en casa, también vigilaba el taller para saber cuándo podía volver a trabajar.

—¿Vigilabas?

—Claro, tenía que controlar cuándo terminaban ese trabajo especial, para volver al taller.

—¿Cómo podías saberlo sin entrar en el taller?

—Eso era muy fácil, cuando cargaban la mercancía. La mañana de aquel día, el del incendio, se cargaron las cajas en un pequeño barco pesquero. Aunque no era habitual, en aquella ocasión fue lo que hicieron.

—¿Cuál era el procedimiento habitual?

—La mayoría de las veces, se carga la mercancía en un pequeño bote que lleva el pedido a un gran barco carguero en el puerto de Venecia. Si el pedido era grande, se daban varios viajes. Pocas veces se carga directo desde el taller, hoy tampoco es lo más frecuente. Cuando vi que cargaban las cajas en un pesquero, me puse muy contento, eso significaba que regresaba a mi tarea. Horas después de que el barco se perdiera de vista, el taller ardía por completo. Todo fue muy extraño aquella tarde.

—¿Por qué lo dices?

—Cuando terminaban un pedido importante, lo celebraban a lo

El oro de Hitler

grande, no se quedaba nadie en el taller. Sin embargo, parece que el fuego los atrapó mientras trabajaban, limpiaban, o lo que hiciesen.

—¿Por qué dices que les atrapó el incendio?

—Tuvo que pillarlos desprevenidos, no hay forma de explicar que ninguno pudiera escapar ni pedir ayuda. De alguna forma el fuego tuvo que atraparlos dentro del taller sin darles opción de salir.

—¡Claro! Entiendo lo que quieres decir. Otra cosa, ¿sabrías decirme quién era, o algún detalle, del cliente español?

—Solo recuerdo que era de su país. Tengo que tener por mi casa el único recuerdo de aquel taller; me guardé una lágrima de aquellas lámparas. Era un trabajo excepcional, todas tienen el mismo dibujo con una fina línea roja. Hoy sería difícil hacer un trabajo como aquel.

—Imagino que se tardará mucho tiempo en hacer una lámpara de araña como esas.

—Varios días. Además, no todas eran iguales, algunas las recuerdo muy grandes.

—¡Comprendo! No quiero entretenerte más, supongo que quieres volver a tu trabajo. Una última cosa, si recuerdas algún otro detalle, por favor, díselo al padre Luca, él nos lo hará llegar. No es un tema urgente, aunque sí es importante para algunas personas de la Iglesia.

—Cuente con eso, padre. Con su permiso, me vuelvo para el taller.

—Espera, ahora parece que llueve menos, te acompaño con mi paraguas y me quedo luego en la iglesia, siempre hay algo que hacer. —Dijo el padre Luca. Se puso en pie, con la clara intención de acompañar a Maurizio. Se dirigió a los otros dos curas en un tono autoritario. —Relajaos un poco, luego preparamos algo de cenar.

—¡Como usted diga! Déjame acompañaros, aunque sea hasta la puerta. —Dijo el padre Stefano. Una vez cerró la puerta cuando salieron Luca y Maurizio, volvió a sentarse en la mesa. —¡Una lira por tus pensamientos!

El oro de Hitler

—¡Creo que hemos encontrado solución a parte del enigma!
—¿Solución?
—Sí, aunque hay algo que no me gusta nada.
—Explícate, he debido quedarme dormido en algún instante, no me he enterado de nada.
—¡No me lo creo! Es bastante evidente.
—Aclara mis dudas, que son todas.
—Queda bastante claro que el taller de los Fratelli Rizzi es el lugar donde fundieron los lingotes de oro para borrar todo rastro de Hitler en ellos.
—Eso creo, hasta ahí fui capaz de llegar yo, debo confesar que no me veo capaz de avanzar mucho más.
—Voy a intentar llegar un poco más lejos con mis pensamientos. Mira si te parece lógico lo siguiente: Una lámpara de araña, del tamaño y características que había pedido el cliente español, necesita varios días de trabajo, durante varias semanas habían realizado unas diez lámparas, bastaba con que Maurizio preparara el mismo número de cajas para embalarlas. ¿Para qué querrían las otras veintidós cajas? Imagino que para guardar en ellas los lingotes recién fundidos. Puestos a suponer, tendrían interés en cambiar aquellas cajas, las originales, me refiero a las que llegaron de Alemania llenas de oro. Llevarían de alguna forma el sello del Tercer Reich. He realizado un pequeño cálculo, mil doscientos kilos entre veintidós cajas nos dejan un reparto de algo más de cincuenta kilos por embalaje, es un peso que se puede manejar fácil entre dos hombres, dentro de lo que cabe.
—Bastante sensato, Ramón, bien pensado. Es muy probable todo lo que comentas, creo.
—Eso me parece a mí. Una parte de mis imaginaciones no me gusta nada. Es la siguiente: creo que, en su afán de borrar todo rastro, para no dejar testigos, mataron a los cinco hombres, terminaron su

El oro de Hitler

macabra tarea cuando prendieron fuego al taller. De esa forma, el fuego limpió la escena del crimen de cualquier huella suya, así despistan a todo el que intente olfatear el rastro del oro.

—¿Sabes dónde puede estar esa fortuna?

—Imagino que donde la llevase ese barco pesquero. Si le hacemos caso a Maurizio, rumbo a España. Aunque puede ser otra maniobra de despiste y estar en cualquier parte del mundo, si queremos llevar nuestra imaginación hasta el último resquicio posible.

—Recapitulemos un poco, voy a seguir tu hilo de pensamientos, bastante lógico hasta ahora, todo el planteamiento cambia mucho.

—Más de lo que imaginaba. La misión ha variado en lo principal. Hemos pasado de seguir el rastro de unos grandes estafadores a intentar localizar a unos temibles asesinos. Ahora mismo nos encontramos con la posibilidad de haber adelantado algo gracias a nuestras nuevas suposiciones, la pena es que estas nos han metido en un callejón sin salida.

—¿No sabes cuál será tu siguiente paso?

—No tengo ningún hilo del que tirar. El pesquero se fue cargado, suponemos que, con lámparas y oro, sin embargo, desconocemos su destino. Taras asesinado días después, lo mismo Nicola. Sospechamos de un tercer hombre, del que no sabemos nada hasta ahora. Este podría haber zarpado con el barco, entre otras cosas para vigilar su preciada carga. Supongo que embarcó el personaje desconocido, los otros dos fueron vistos en Roma antes de que el pesquero llegase a España, si ese era el verdadero destino de las lámparas y del resto de la carga. También hay que tener en cuenta otro detalle. Imagina lo siguiente: el cliente podría haber dado otra pista falsa, de forma que el oro y las lámparas nunca tenían como destino ese país. Aunque también es posible que una de las cargas sí tuviera ese destino, por ejemplo, las lámparas. El resto de la carga,

El oro de Hitler

podía continuar viaje hasta Senegal, China o Tombuctú. No tenemos ninguna certeza. Estamos tras la huella de un verdadero estafador, no podemos dar nada por sentado o seguro.

—Entiendo todo lo que dices, estoy de acuerdo con tu razonamiento.

—Ahora mismo no sé dónde buscar. Llamaré a monseñor Herrera, le contaré mis avances, y en un plazo breve de tiempo volveré a estar en una pequeña parroquia española, perdida para todo el mundo, en cualquier parte. Dedicaré mi tiempo a atender a los feligreses.

—Algo me dice que ese no va a ser tu futuro.

—¿Tú crees?

—No has asimilado que ya tienes un destino, estas al servicio directo del papa. Eres parte de una élite a la que no ha podido acceder todo el mundo. Yo mismo, sin ir más lejos, no he llegado a ese nivel, Ramón.

—Esto es temporal o a prueba, en mi primera misión, o encargo, como quieras llamarlo, he llegado a un callejón sin salida.

—Yo no lo veo así, me imagino que en la Santa Sede lo contemplarán de la misma forma. Donde otros muchos han buscado hasta donde no fueron capaces de poder avanzar, tú has dado varios pasos más. Has llegado hasta el lugar donde fue fundido el oro, algo que ni el mismísimo Herrera consiguió. Si no se puede avanzar más, pues se acabó este tema. Además, lo has hecho en un par de días. ¡Has sido muy rápido, muchacho! Debes valorarte mejor, los demás ya lo hacemos.

—Es un discurso muy bonito, veremos lo que dicen cuando les llame.

—No hay prisa, llamaremos desde Venecia, si te parece, mañana. Tienes tiempo para darle otra vuelta a todo, aunque parece que tienes tus ideas bastante amarradas.

El oro de Hitler

—Me parece bien.

—Mentalízate, has conseguido un gran triunfo. Por cierto, supongo que no tienes idea de que nuestro amigo Luca es un excelente cocinero. Vamos a disfrutar de una gran cena, seguro.

Hablaron de cosas intrascendentes durante un buen rato. Cuando volvió Luca de realizar sus obligaciones, se unió a la conversación hasta el momento que decidieron preparar la cena. Comieron tranquilos, comentaron anécdotas casi olvidadas, recogieron la mesa y, gracias a una ligera sugerencia de Stefano, sobre el mantel aparecieron por arte de magia tres copas pequeñas y una botella bellísima. Lucía una pequeña etiqueta en la que se leía «grappa».

—Son magníficas estas copas, la botella es una auténtica maravilla. —Comentó el padre Ramón.

—No esperarías que en la casa parroquial de la isla de Murano tuviéramos vasos de barro. Esto es una pequeña muestra de lo que pueden hacer nuestros artesanos, ni te imaginas las maravillas que he visto, espectaculares trabajos. Bien, ¿por qué vamos a brindar?

—En primer lugar, siempre por la salud, luego ya, por lo que quieran.

En ese momento sonaron dos golpes en la puerta. La lluvia mojaba todo a esa hora, aunque caía con bastante menos intensidad. Los tres párrocos giraron sus cabezas para mirar a la puerta. El padre Luca se levantó para ver quién podía llamar en aquel momento, esperaba que no fuera un aviso que le obligara a salir con aquel tiempo, aunque estaba preparado para cualquier cosa. Al abrir la puerta se encontró con Maurizio, esta vez protegido con una especie de capa, saludó a todos. A sugerencia del dueño de la casa, puso aquella prenda mojada sobre una silla, frente a la estufa, para que se secara durante la visita. Para acompañarlos y entrar en calor, el padre Luca fue a buscar una copa en la que sirvió un buen trago de grappa. Brindaron los cuatro.

El oro de Hitler

A continuación, el padre Stefano tomó la palabra.

—Has venido con este tiempo. Quiero suponer una cosa, Maurizio, has recordado algo que puede ayudarnos.

—Eso creo, padre. Al finalizar esta tarde de trabajar en el taller, busqué en casa aquel viejo recuerdo, el único que conservo del tiempo que pasé con Fratelli Rizzi. Es este. De su bolsillo sacó un cristal, por su brillo bien pudiera parecer un auténtico diamante. Lo puso sobre la mesa y sus destellos provocaron la admiración de los tres curas. Una fina filigrana de color rojo convertía aquella singular pieza en obra de arte. Segundos después, cuando la lágrima había pasado por las manos de todos, ya habían admirado y asimilado la belleza, el gran trabajo que había detrás de aquella pequeña pieza, Maurizio volvió a hablar.

—Esta era una pieza de las que se prepararon para el cliente español, formaba parte de una lámpara. Yo la conseguí y guardé como recuerdo.

—¿Quieres decir que una lámpara se fue incompleta, o quizás es de esas piezas realizadas de más, como repuesto, para sustituir en caso de rotura?

—No es nada de eso. Después del incendio, una vez se llevaron todos los cuerpos, fui al taller, quería ver con mis propios ojos lo que había quedado. Perdida entre los restos del taller, descubrí una de las lámparas encargadas, supongo que no la enviaron, parecía no estar completa, le faltaba poco, quedó sin terminar. Me dieron permiso para quedarme con una lágrima de aquella lámpara. Ya en mi casa la limpié, imaginen a ese niño que lloraba mientras lustraba esta pequeña pieza, estaba negra del humo, sin embargo, era el único recuerdo que me quedaba de mis compañeros, amigos, de mi primer trabajo. La he guardado desde entonces.

—Perdóname, Maurizio, una pregunta, ¿era normal que no

El oro de Hitler

estuviera terminada la lámpara? —Dijo el padre Ramón.
—Yo siempre había visto avisar para el envío de un pedido cuando este estaba terminado. No sé por qué vino aquel pesquero antes de completar el pedido, ni el motivo para dejar una lámpara sin terminar.
—Entiendo, imagino que para un cliente tan lejano no estaría previsto un segundo envío.
—Eso no lo he visto nunca, no es lo normal, aunque tampoco existió la oportunidad, el taller desapareció bajo las llamas.
—No era mi intención interrumpirte, continúa.
—No pensaba venir a enseñarles esta pieza, no creo que pueda ayudarles mucho por sí sola.
—¿Por sí sola? No comprendo tu comentario, ¿qué quieres decir? —Preguntó el padre Luca.
—Esta solo es una, entre los cientos de piezas de aquella lámpara.
—Bien, aunque supiéramos dónde están los restos de esa lámpara, cosa bastante improbable después de tantos años, no sé muy bien como podría ayudarnos.
—Yo sé dónde está esa lámpara incompleta.
—¿Seguro?
—Y tanto, está en el Museo del Cristal de Murano. —Aseguró Maurizio.
—¿Ese museo está lejos? —Preguntó el padre Ramón.
—Para nada, desde nuestra iglesia, sigues este canal, donde amarrasteis el bote, si caminas un par de minutos, tropiezas con el museo un poco más allá. —Contestó el padre Luca. —Era un antiguo palacio, hoy es donde se guarda una muestra de lo que nuestros artesanos son capaces de crear. Se pueden ver muchos trabajos realizados, hay cristales antiquísimos, es algo así como una memoria de sus obras.
—Puede que en el museo tengan algún dato más de aquella

El oro de Hitler

lámpara. Cuando recuerdo a aquellos compañeros, a mi tío, voy al museo, solo miro aquella vieja pieza, tan bonita y bien construida. No me fijo en otra cosa, no sé lo que pone en su cartel, allí explica los datos o características de la pieza, yo conozco demasiado todo lo que tiene que ver con su historia y realización. A ustedes puede interesarles más lo que pone en esa explicación, quizás hable del destino de las lámparas.

—¡Puede que sí! ¡Mañana toca visita al museo! —Dijo el cura español con una ligera sonrisa en sus labios.

El resto de la velada transcurrió entre conversaciones intrascendentes y anécdotas varias. La botella de grappa se agotó, dando paso a otra muy similar. El joven soplador se marchó sin permitir que ninguno de los curas le acompañaran bajo la suave lluvia que caía en el momento de irse. Pasada la noche, después de desayunar, los tres curas pasearon al borde del canal, desde la iglesia hasta el Museo de Murano. Tras un día lluvioso, aquella jornada se presentaba fría y nublada, aunque no parecía que amenazase ninguna tormenta. Después de un corto paseo, se encuentran frente a una imponente fachada.

—¡El Museo del Vidrio! —Dijo el padre Luca. Se acercó a una placa que presentaba claros síntomas de necesitar un buen pulido para leer en voz alta. —Museo de la Historia y Artesanía del Vidrio. ¿Os digo lo que recuerdo de este sitio? ¡Me lo han contado tantas veces que podría ser guía de este lugar!

—¡Por favor! Eso no se pregunta, díganos lo que sabe de este impresionante museo.

—Usted lo ha querido, Ramón. Es normal que les parezca un edificio extraordinario. Debe saber una cosa, en origen, era un auténtico palacio, a finales del siglo XVII el obispo de esta zona trasladó aquí su sede, pasado un tiempo compró el edificio con una

El oro de Hitler

sola intención, donarlo a la diócesis. El palacio pasó a ser la sede del obispado durante muchos años, desde aquella fecha hasta principios del siglo XIX. No se sabe muy bien qué circunstancias fueron las que desembocaron en un cambio radical de propietario. Terminó vendido al municipio de Murano pocos años después, pasó a ser el edificio que albergaba el ayuntamiento de la isla. Los principios del archivo o museo de la isla empezaron entonces, en una sala central. La colección comenzó a crecer poco a poco, de forma constante, todos los artesanos contribuían, pues era un orgullo para ellos ser parte de la historia Veneciana. Imaginen el número de piezas que se pudo llegar a reunir, terminaría por llenar todo el edificio. Es en 1861 cuando se funda de manera formal el Museo del Vidrio. Todo fue obra de un alcalde enamorado del arte de sus paisanos, con una buena intención, establecer un archivo sobre la historia y vida de la isla, todo ello a través de las creaciones en el famoso cristal de Murano. El museo no paró de crecer gracias a numerosas ofrendas realizadas, todo tipo de vidrio antiguo y contemporáneo. Donaciones que en su mayoría realizaron los hornos de la isla. A principios de nuestro siglo, creo recordar que por el año 1923, Murano pasó a formar parte del Ayuntamiento de Venecia. En aquel momento quedaron a su cargo el palacio y todo su contenido. Lejos de olvidarse del museo, este ha crecido mucho con el tiempo y más aportaciones.

—Interesante. Vamos a ver si somos capaces de localizar la pieza en cuestión.

—Tranquilo, Ramón, vamos a tener algo de ayuda.

—¿Ayuda?

—¡Por supuesto! De la mejor. ¡Ah! Por ahí viene. Les presento a Alessandra, la directora del museo.

—¡Perfecto! —Dijo el padre Ramón.

Hacia ellos se dirigía una pequeña mujer, con su pelo recogido en

El oro de Hitler

un moño alto. Llevaba unas gafas que no le favorecían. Era mayor, eso parecía evidente, lo difícil era adivinar cuánto. Su semblante mostraba un enfado permanente. Parecía decidida a expulsarlos sin contemplación de aquel palacio. Se paró en seco delante de los tres curas y extendió su mano para saludar. La tomó en primer lugar el padre Luca.

—Bienvenidos a mi humilde museo.

—Muchas gracias, Alessandra. He traído a mis amigos, este es el padre Stefano, de Venecia. —En ese momento la directora del museo trasladó su saludo al gran hombre, para instantes después hacer lo mismo con el tercero. —El padre Ramón, viene nada menos que de España.

—Bello país, estudié y aprendí mucho en el Prado.

—¡Me alegro! Entonces, ¿conoce mi país?

—Si le soy sincera, debo decir que no. Sin embargo, conozco muy bien ese museo.

—Entiendo. —Aunque en realidad no comprendía la intención de un comentario tan seco y desagradable. Imaginó que era parte de su personalidad, decidió no mostrar la habitual simpatía, aquella mujer no la valoraría ni apreciaría.

—Alessandra, mis compañeros están muy interesados en una de las piezas que exponéis, les gustaría verla, saber todo sobre ella.

—¿Solo de una?

—Por extraño que te parezca, tienen un motivo especial.

—Entiendo que no me lo van a contar, tampoco me interesa. ¿Cuál es la pieza que llama su atención?

—La lámpara inacabada rescatada del incendio en el taller de los Fratelli Rizzi.

—¿De todas las piezas que hay en mi museo, esa llamó su atención?

El oro de Hitler

—Me temo que sí.

—¡Increíble! —Realizó un ligero gesto de menosprecio, giró sobre sus talones y comenzó a caminar con pasos cortos y rápidos. Levantó su mano derecha mientras hacía un gesto para que la siguieran.

Los tres curas se habían quedado petrificados al escuchar aquella contestación de la directora del museo, no obstante, decidieron activarse y seguirla. Obedecieron las instrucciones de su gesto. Atravesaron varias salas donde se podían apreciar hermosas creaciones en cristal de múltiples colores, con formas espectaculares y usos de lo más variado. Tras caminar varios minutos llegaron a una sala pequeña, en ella había algunas lámparas, pocos segundos después, los tres concentraron su mirada, una de las piezas expuestas llamó su atención. Las lágrimas brillaban con bellos destellos, todas eran de cristal transparente, parecían verdaderos diamantes, atravesadas por una fina filigrana en color rojo.

—Por lo menos reconozco una cosa, saben lo que buscan. Han localizado la lámpara en cuestión de entre todas las de la sala. Admírenla unos momentos. Si me permiten, vuelvo enseguida.

—Por supuesto, no queremos molestarla.

—No es ninguna molestia. —Dijo estas palabras en un tono algo estridente, todos entendieron lo contrario de lo que parecía afirmar.

—La pieza es maravillosa. —Dijo el padre Stefano cuando se quedaron solos en aquella sala.

—Cierto, lo es. Vamos a ver qué podemos sacar de la información. —El padre Ramón se acercó para leer lo que ponía en un pequeño letrero. A los pocos instantes se reunió de nuevo con sus compañeros. —No dice nada que no sepamos, es una pieza inacabada, rescatada tras un terrible incendio, este se cobró la vida de varios artesanos. Los nombra, poco más.

El oro de Hitler

—¡Qué lástima! Pensé que habías encontrado un hilo para tirar de él hasta hallar la pista definitiva.

—Yo también lo pensaba, llegué a estar bastante seguro. Al final nos encontramos frente a un callejón sin salida. Este es el final de nuestra investigación.

—¿Final? ¿Qué final? —Detrás de ellos se encontraba Alessandra con su serio semblante. Entonó su voz de profesora. —En un museo no se encuentra nunca el final de una investigación, más bien el comienzo. Ya han visto la pieza que llamaba su atención. Ahora les toca analizar todos los datos de la misma.

—No dice nada que no sepamos, gracias por su interés.

—Qué gracioso el español. ¿De verdad usted pensaba que todos los datos acumulados de una pieza son los expuestos en esos cartelitos descriptivos para turistas o visitantes?

—No lo había pensado.

—Los dejé mientras admiraban su querida lámpara para averiguar el número de catalogación que le asignaron cuando se inscribió en nuestro museo. Síganme si quieren saber algo más. —De la misma forma que había hecho unos minutos antes, volvió a girar su cuerpo sobre los talones, a continuación, empezó a caminar rápido con sus pasitos cortos.

—¡Muchas gracias!

—Démelas cuando encuentren la información que buscan, no puedo asegurar tenerla entre todos estos documentos.

—Entiendo, le agradezco su interés y preocupación.

—Es lo menos que puedo hacer por mi amigo Luca y sus acompañantes.

Todos entendieron el tono empleado para decir aquellas palabras, no tenía nada que ver con su significado. Sin embargo, no dudaron en volver a caminar tras los pasos de aquella extraña mujer. Cerca de la

El oro de Hitler

entrada, una gran puerta doble daba acceso a otra estancia, solo permitido para el personal autorizado. No sin esfuerzo, la pequeña directora abrió la puerta. Con un amplio gesto, invitó a los visitantes a pasar al interior. Estos se quedaron paralizados. Acababan de entrar en una gran sala, rodeada por estanterías repletas con libros, archivos y carpetas. En el centro de la estancia, una gran mesa con varias sillas parecía esperarles. Les invitó a sentarse mientras ella buscaba documentación de la pieza que interesaba a aquellos hombres. Poco después apareció con una pequeña carpeta.

—Lo siento, debe ser una de las piezas con menos documentación en este museo, alguien no se tomó mucho interés. Aquí les dejo la carpeta, vuelvo a mis quehaceres, no me busquen al terminar. Padre Luca, nos veremos como siempre. Caballeros, les deseo lo mejor, hasta cuando quieran.

—Muchas gracias por todo, Alessandra.

—No las merece, español, de verdad que no. Hasta más ver. —Sin dar tiempo para realizar una despedida mejor, cerró la puerta con un gesto rápido y desapareció tras ella.

—No sabría definir a esta mujer. —Dijo el padre Stefano.

—Pues os sorprendería saber que es muy bromista, además de poseer una cultura exquisita. Es listísima, suele acompañarme después de la misa, los domingos, os puedo asegurar que pasamos unas veladas muy entretenidas. Aunque no se lo crean, hablamos de cualquier cosa, tiene unos conocimientos muy amplios, por lo que tiene una opinión sobre cualquier tema, siempre bien formada.

—No entiendo.

—Pues es muy fácil, Stefano. Su fachada fría y malhumorada no es verdad, en realidad es un encanto de persona. Este domingo vamos a pegarnos unas buenas risas mientras recordamos vuestra visita al museo, teníais que veros las caras. Ella es así, lo tiene asumido,

El oro de Hitler

aunque en el fondo se burla de sí misma.

—Tienes unas amistades muy raras, amigo Luca.

—No te lo voy a negar. Podíamos empezar por ti, Stefano. —Rieron la broma, después abrió la carpeta que había dejado su amiga. Habló con tono serio. —Vamos a ver qué dice la carpeta. Hazlo tú, Ramón. Sabes lo que necesitas encontrar.

—De acuerdo. Veamos. Aquí hay una especie de informe. Parece que narra la historia del taller, sobre los fundadores, Fratelli Rizzi. Parece que fue su padre quien le puso ese nombre al negocio. Pensó que los hijos continuarían su labor.

—Como así fue. Es lo habitual en esta isla

—Cierto. Habla de gente que pasó y trabajó por el taller. De algunos clientes importantes. Poco más.

—¿Y de la lámpara?

—Hay una hoja aparte que habla de ella. Dice bien poco. Que formaba parte de un gran pedido que realizó en una visita al taller un nuevo cliente.

—¿Nada más?

—Espera, aquí hay una copia del albarán para la entrega de mercancía. Dice así: Vale por treinta y dos lámparas a juego, de varios tamaños, realizadas según las instrucciones del cliente, entregadas tras su pago al legal representante. Aquí viene su firma, es ilegible para mí, aunque debajo pone muy claro, «por orden del marqués de Setefilla».

—Con eso no llegamos a ningún lado. —Dijo con desánimo el padre Luca.

—Puede ser, amigo, sin embargo, existe una posibilidad. Puede llevarnos más lejos de lo que pudiera pensar.

Abandonaron el museo sin volver a ver a su directora. A pesar de su insistencia, no comieron con el padre Luca, se subieron a

El oro de Hitler

Giovannina para regresar directos a Venecia. Una vez en la vivienda de Stefano, el padre Ramón llamó a monseñor Herrera para comunicarle sus avances. Su superior le dijo que tomase el primer tren para Roma, quería conocer de primera mano todas aquellas novedades, de su propia boca.

—Debo ir lo antes posible al Vaticano. —Comentó el padre Ramón a su compañero al terminar la llamada.

—Pues haz tu equipaje rápido, si no me equivoco en una hora y poco sale un tren para Roma. Date prisa, debes tenerlo todo recogido cuanto antes. Te llevo en cuanto estés listo.

—Gracias por todo, no sé qué habría hecho sin ti.

—No tienes que darme las gracias, todavía no te has dado cuenta, somos soldados del mismo ejército, buscamos idéntico fin, amigo.

—Tienes razón, somos compañeros.

—Eso es. Vamos, que el tren no espera.

El nuevo maletín estaba preparado en su mano minutos después. Stefano miró su reloj, tenía el tiempo justo para lo que quería hacer. Se subieron en su bote, arrancó el motor fuera borda y comenzó a navegar por los canales de la vieja Venecia. A medio trayecto hacia la estación, paró el bote junto a una vieja escalera en piedra de las muchas que facilitan el acceso al canal. El veneciano invitó a su compañero a que tomara tierra. Amarró a Giovannina con la rapidez que da mucha práctica. Cuando estuvo convencido de tener seguro el bote, se encaminó hacia un pequeño local.

—Ha sido todo tan repentino que no te he preparado nada para el viaje. Mi amigo Enzo va a solucionar este problema. Quiero que sea una sorpresa, espérame aquí, junto al canal.

—Lo que tú digas. Esperaré, aunque no entiendo lo que me dices.

—Confía en mí, Ramón.

El oro de Hitler

—Confío.

Stefano se perdió dentro de aquel establecimiento. Minutos después salió con una cesta de mimbre en su mano, el contenido permanecía oculto, a modo de tapa habían colocado con sumo cuidado una servilleta a cuadros rojos y blancos. Sin pronunciar palabra volvió a subirse al bote, lo soltó. Pocos instantes después comenzó a navegar veloz entre muchas embarcaciones de distintos tamaños, todas se movían a la vez, cada una hacia un destino diferente al resto, con las más diversas funciones: reparto, recogidas, traslados de personas o cualquier mercancía variada. Atracó el bote en la misma zona donde estaba cuando el padre Ramón llegó a Venecia. Lo aseguró con un par de nudos, ayudó a su compañero a pisar tierra firme, sin decir palabra se fundieron en un sincero abrazo.

—No soy hombre al que le van las despedidas, Ramón, toma esta cesta, no la abras hasta estar bien lejos, con ella me recordarás durante el viaje, amigo.

—Stefano, no te olvidaré tan fácil, grandullón. Ha sido una estancia breve, aunque bien intensa. Esta ciudad es difícil de arrinconar en la memoria, igual que los buenos amigos de aquí. Creo que os tendré bien presentes. Además, reconozco que sin ti no habría avanzado en el caso del oro de Hitler. Te estoy muy agradecido.

—Menos palabras, joven. No me gustaría que perdieras el tren, está a punto de salir.

—Vale, me voy. Ha sido un verdadero placer conocerte.

—Lo mismo digo, Ramón.

Estrecharon sus manos como despedida formal. La imagen de un cura bien vestido, que luce un elegante traje negro, lleva un maletín de piel del mismo color en su mano derecha, mientras de la izquierda cuelga una cesta de mimbre cubierta con una servilleta a cuadros rojos y blancos, llamó la atención de varios viajeros. Una vez adquirido su

El oro de Hitler

billete, localizó el tren que le alejaría de Venecia. Subió al primer vagón, se sentó en uno de sus compartimentos. Junto a la ventana, miraba cómo el resto de pasajeros se movían por la zona sin ningún interés especial. Como en sus anteriores desplazamientos en tren, el alzacuello le proporcionó un trayecto tranquilo y solitario. Varios viajeros abrieron la puerta corredera, todos reaccionaron de la misma manera, ya se había acostumbrado, sonreían, saludaban con cortesía y cerraban al instante, cuando reconocían la profesión de su único ocupante.

Un buen rato después decidió que era el momento idóneo para ver el contenido de aquella cesta. Suponía que era algo para alimentarse durante el trayecto, aunque no imaginó semejante cantidad de cosas. Contó tres *paninis*, algún tarro de acompañamiento, una botella de vino, varias piezas de fruta, un par de pequeños dulces; también había una pequeña botellita que contenía algo parecido a la grappa. Abrió el pequeño corcho y olió el contenido. No había duda, era el aguardiente que suponía. Pensó que era mucha comida solo para él. Sin pensarlo fue dando cuenta de ella durante el transcurso del viaje, bocado a bocado.

Cuando el tren se detuvo al llegar a su destino, Roma, bien entrada la noche, en la cesta quedaba la grappa sin tocar, el resto había sido consumido. Salió de la estación perdido entre una pequeña multitud con su maleta en una mano y la llamativa cesta en la otra. Caminaba sin rumbo fijo, con la mente perdida, no tenía ningún plan para su llegada a la capital italiana. Sin embargo, le pareció escuchar su nombre, gritado desde la calle. No esperaba que en allí se encontrasen muchos hombres que atendieran por Ramón. Buscó desde dónde le llamaban y localizó a un hombre con traje. Este era muy similar al suyo, también llevaba alzacuellos, estaba junto a un coche negro, destacaba entre la multitud de personas que esperaban a la salida de la estación. Aquel hombre le hacía señales con la mano. Hacia él se dirigió.

—¿Padre Ramón?

—El mismo.

—Me pidieron que lo recogiera, debo llevarle sin tardanza a ver a monseñor Herrera.

—¿A esta hora?

—Monseñor sabe con exactitud a qué hora llega usted.

—Pues entonces, si es lo que desea, eso haremos. Que no espere.

El oro de Hitler

5

UNA SENCILLA CONVERSACIÓN

El coche se detuvo en la puerta de un edificio que ya conocía. El conductor le dijo al padre Ramón que esperase, no debía bajar del automóvil. Esa había sido su primera intención. En la entrada se observó algo de movimiento con algunos sacerdotes de un lado para otro. Instantes después, monseñor Herrera salió del edificio. El conductor se había bajado con antelación y esperaba junto al vehículo, le abrió la puerta, lo que obligó al padre Ramón a desplazarse para dejar acomodo a su nuevo acompañante.

—¡Buenas noches!

—Buenas noches, monseñor.

—Quiero suponer una cosa, padre, ¿no le molestará que vayamos juntos? —Dijo mientras le hacía gestos al conductor para que se diera prisa. El coche avanzó a buena velocidad.

—¿Molestar? ¡Para nada! Lo que sí me intriga es hacia dónde vamos.

—Debería imaginarlo, padre Ramón.

—Pues no llego a ninguna conclusión lógica.

—¿En serio? Me cuesta trabajo creerlo, voy a darle una sencilla pista: vamos a dar novedades.

El oro de Hitler

—¿Novedades?

—Por supuesto. Se me ocurrió una idea loca, es mejor que escuche de su propia voz los avances, será una comunicación directa, mucho mejor que repetir sus palabras, podría suceder el olvido de algún detalle importante, una mala explicación por mi parte, o peor, un error al recordar ciertos hechos. Ni hablar, fuera el mensajero; charla directa del protagonista, de esta manera también puede contestar cualquier consulta. He tomado una decisión, lo mejor es que nos cuente usted todo en persona.

—Eso puedo entenderlo. Hay algo que no tengo claro, no sé muy bien a quién.

—Sí que lo sabe.

—¿Me quiere decir que vamos a ver a…?

—¿Su Santidad? ¿Eso es lo que quiere decir?

—Supongo que sí.

—¿Ve usted como sí que lo sabía?

Desde ese mismo instante, un discreto silencio invadió el interior del automóvil. Por una puerta de servicio discreta, entró el coche en un sencillo garaje que hacía las veces de recepción para altas autoridades, lejos quedan las miradas indiscretas. Monseñor Herrera le pidió que dejase en el coche su equipaje. Un joven sacerdote, de una edad similar a la del padre Ramón, les recibió y guio hasta unos aposentos; conocía sin duda a monseñor Herrera, pidió que esperasen mientras él desaparecía de su vista. Se acomodaron junto a una pequeña mesa, donde habían preparado un ligero refrigerio.

—¿Tiene usted apetito?

—Ahora mismo no sería capaz de comer nada.

—No tiene que pasar ningún nerviosismo, el santo papa todavía no se ha comido a nadie.

—Ya me imagino, aunque debe reconocer que impone.

El oro de Hitler

—Supongo que la primera vez suele ser normal. También imagino, por cómo es Stefano, se ha asegurado de que no pasara usted hambre.

—Veo que lo conoce muy bien. En efecto, me cargó de provisiones para el viaje.

—Muy propio de él, nadie puede negar que es una excelente persona y mejor amigo.

—Debo reconocer que estoy de acuerdo con usted.

En ese momento entró por una pequeña puerta lateral Pablo VI, con paso decidido y firme. Mostraba semblante serio, sus vestimentas eran más cómodas y mucho más sencillas que las usadas con frecuencia en público por el más alto representante de la Iglesia. No dudó ni un instante, hizo un leve gesto a modo de saludo a monseñor Herrera y continuó su avance implacable. Se dirigió directo al joven cura, este de forma automática realizó una reverencia, mientras acercaba el rostro a su mano, hizo el ademán de besar el anillo del papa.

—¡Bien! Una vez realizado el saludo protocolario, si le parece, padre Ramón, me gustaría conocer sus avances en la cuestión que nos traemos entre manos.

—Como usted ordene, Su Santidad.

—Por favor, cuéntenos todo, con el mayor lujo de detalles que su memoria pueda proporcionar. Debe olvidar hoy los formalismos, guárdelos para otras ocasiones. Estamos juntos en el caso, con un único interés por nuestra parte en la actualidad, resolver por fin este asunto.

El padre Ramón consiguió sobreponerse a la tormenta de sensaciones que recorrían su mente. Se encontraba en una habitación privada, trataba de forma directa con el jefe de la Iglesia, hablaba con Pablo VI. ¡El papa escuchaba sus explicaciones con gran interés! Los

El oro de Hitler

nervios iniciales dieron paso, conforme hablaba, a una relativa seguridad al comprobar que sus interlocutores estaban atentos a sus palabras y deducciones. Les explicó su estancia en la zona de Venecia, incluyó los más mínimos detalles y pensamientos, anécdotas o sucesos, querían conocer todo lo averiguado en su viaje, se lo contaría sin dejar ningún elemento, por insignificante que fuese. También les explicó cómo había llegado hasta sus conclusiones. Al terminar la narración, esperó para atender a las impresiones de sus superiores. Guardó un prudente silencio. Quien se encargó de romper aquel mutismo fue el santo padre.

—Veo tus progresos, me impresionan, ¿verdad, Herrera? Has sido capaz de encontrar un camino para continuar con la búsqueda. Sabía que tu perspicacia podría ayudarnos a resolver este misterio. Sin embargo, hay algo en tu actitud, no acabo de comprenderlo, me intriga. Noto algún recelo o duda en tu forma de expresarte. Por favor, explícate, Ramón.

—No se le escapa nada, Su Santidad. Hay algo que me inquieta desde hace tiempo.

—Es el momento de hablar. Piensa en esto, nadie sabe más de este tema. En la práctica, tu trabajo solo es conocido por los que estamos aquí y el padre Stefano. De hecho, es muy posible que nosotros seamos las únicas personas con conocimiento real sobre el oro de Hitler en la actualidad, nadie recuerda esa fortuna. Dinos tu inquietud, por favor. —Monseñor Herrera le invitaba a continuar dando explicaciones.

—Es por el tema moral, no sé si sabré decirles lo que siento, este pensamiento me ataca directo a mi conciencia. Estamos centrados en la búsqueda de un rastro del oro de Hitler, sin tener muy claro cómo podría reclamar para la Iglesia ese tesoro. No sé si me explico con claridad. Nunca fue de nuestra propiedad, ese oro nunca fue del

El oro de Hitler

Vaticano, ni de ningún hombre relacionado con nuestra institución, en todo caso, lo podrían reclamar los alemanes, en nombre del Tercer Reich. ¿Entienden mi duda?

—Comprendemos que te plantees esas dudas. Puedes estar tranquilo, es por culpa nuestra. No te hemos explicado todas las razones que nos empujan a buscar todas las respuestas de este suceso, si bien debo aclararte un pequeño detalle. Si bien el caso concierne, en parte, a monseñor Herrera por haberlo investigado hace tiempo, eso lo conocías, es de justicia que sepas mis propias razones, la necesidad de descubrir la verdad directa que tengo en este mismo asunto. Tienes todo el derecho. Debes saber mi motivación para conocer el secreto. Ha llegado el momento de intentar descubrir este misterio en el que tengo un especial interés. Te lo voy a explicar, con la confianza plena de que comprenderás al instante mi verdadera motivación. El tesoro, esa tonelada larga de oro que se usó para intentar comprar un papa, no nos interesa. No vamos detrás de la fortuna, no queremos esos lingotes. Como bien dices, no tenemos razón material o moral para reclamarlos, tampoco ha sido nunca nuestra intención hacerlo. Por otra parte, creemos, con bastante vehemencia, que el rastro del oro nos guiará al culpable, para descubrir la verdad de este enigma, eso nos ayudará a aclarar un borrón de nuestra historia.

—Todavía no entiendo lo que Su Santidad quiere decirme, si me lo permite.

—Tranquilo, a mí me cuesta encontrar las palabras exactas para explicar esta historia de forma que pueda ser comprendida en su totalidad. Antes que tú, hace bastantes años y por indicación expresa mía, monseñor Herrera buscó el rastro de ese oro, como ya descubriste en Venecia. Desconoces mi implicación en este asunto, te lo diré sin más rodeos: yo era amigo personal de Nicola Storzi. No

El oro de Hitler

era su superior directo, algo parecido. En aquellos días, cuando sucedió todo, busqué cualquier pista que me indicase quién era la persona que mató a Taras. Ese es mi principal interés en este misterio, Ramón. Siempre he pensado una cosa: esa misma mano fue la que provocó la muerte de mi querido colega, aunque fuera de forma colateral. Él era agente nuestro, para ser más concretos, era mi amigo y subordinado. Puedo asegurarte algo importante para tus conclusiones. No creo que nos engañase, tengo la certeza de su buen hacer, me informaba, sobre todos los pormenores del caso. Sabíamos que el oro se fundiría en Murano para hacer desaparecer cualquier rastro del Tercer Reich en los lingotes, gracias a Nicola, pues ayudaba a Taras en esta secreta tarea. Storzi realizó una excelente labor, como hizo siempre. Era un gran profesional, para él se trataba de una misión controlada y ordenada desde el Vaticano. Sus superiores pensamos que era la única forma para estar cerca de aquel oro y poder neutralizar el fraude en la votación del nuevo papa, si esta opción llegaba a producirse. Taras se guardaba toda la información que podía, era muy celoso con su secreto plan, el verdadero. Escondió información hasta a su único ayudante, el bueno de mi amigo, por eso no sabíamos los detalles concretos. Siempre le informaba en el último instante, justo antes de producirse cualquier movimiento. No sabemos las verdaderas razones para actuar así, si no llegó a confiar del todo en Nicola, o era por pura y simple prudencia. Nuestra situación era la siguiente: ignorábamos qué fundición era la elegida para el cambio de imagen previsto para los lingotes. Tampoco teníamos la certeza de si eran ciertos los contactos entre los cardenales que decía tener, era una terrible posibilidad que debíamos contemplar, imagina nuestro nerviosismo, un papa comprado. Eso significaba que toda la Iglesia estaría bajo la supervisión de una persona con intereses ajenos a la Santa Sede, seríamos peones de un dictador sin escrúpulos. ¿Imaginas

El oro de Hitler

qué habría pasado si Hitler llega a tener a toda la Iglesia bajo su yugo? ¿A sus órdenes? Pensamos en la única manera de poder estar preparados para detener ese golpe. Teníamos un plan seguro, debíamos estar junto al traidor, o lo más cercanos a él como fuera posible. Aunque muchos dudamos sobre la veracidad de su afirmación, no creíamos que tuviese el poder para conseguir la elección del papa que el Führer quería, había un hecho incontestable: Hitler había enviado el oro. Esta era una prueba irrefutable, él si lo creía. En la Santa Sede analizamos todos los acontecimientos. Llegamos a una conclusión tras varias discusiones. Por mucho que nos pareciese imposible o improbable, había convencido al canciller alemán de que era una opción viable. Si lo piensas bien, alguna seguridad tuvo que proporcionar Taras para conseguir que el oro terminase en sus manos, por consiguiente, debíamos controlar todos los pasos que diera, tanto como nos fuera posible. Imaginen si se diera la circunstancia de que todo fuese cierto y en realidad podía comprar alguna voluntad para forzar la elección del nuevo sucesor. No sin esfuerzo conseguimos que Storzi se aproximara a él, consiguió ganarse su confianza en un tiempo record, con gran trabajo logró ser su único ayudante, con la intención secreta de evitar cualquier soborno a los cardenales en el caso de presentarse una oportunidad cierta para realizarlo.

—Creo que comprendo todo lo que comenta.

—Me alegro. A la Iglesia le encantaría, como no podría ser de otra forma, que mil doscientos kilos en oro incrementasen sus cuentas. Sin embargo, nuestra idea entonces, también ahora al ponerte a seguir este olvidado rastro, no tiene ningún interés directo sobre la fortuna en lingotes que debe estar guardada en algún lugar, si no se ha gastado ya. Nuestro verdadero interés es conocer quién estuvo detrás de todo este plan. Nos interesa, sobre todo, la motivación que terminó con la

El oro de Hitler

vida de Taras, pues estamos convencidos de una cosa, de forma indirecta también es el responsable de la muerte de Nicola Storzi. Muchos pensarán que se trata de un personaje secundario en este caso, para nosotros es el principal motivo para no dejar olvidada esta investigación. Ahora comprendes que es un tema personal. Te hablo de mi amigo, además de un subordinado directo. Su seguridad era mi responsabilidad, comprenderás mi sentimiento de culpa en este suceso. Ahora sabes el interés real que tenemos en este asunto.

—Entiendo. Parece ser que el oro no es el objeto principal de esta búsqueda, es el hilo conector, solo necesitan información, entonces. El interés principal es descubrir qué persona está detrás de la estafa, no se puede llamar de otra manera, al todo poderoso Hitler.

—Exacto, nunca los hombres de la Iglesia han buscado venganza, nos interesa el conocimiento y la información. En este caso, me centro en mi amigo Nicola, aunque no olvido el misterio. Yo no fui capaz de resolver el enigma, por eso encargué a mi subordinado más fiel e inteligente un serio estudio y análisis en cuanto tuve oportunidad. Tengo que confesar con tristeza que él no consiguió avanzar hasta su solución.

—Sin embargo, ha llegado el momento ahora para que una mentalidad nueva y despierta como la suya, encuentre las respuestas que se nos negaron a nosotros. —Monseñor Herrera había tomado la palabra. —Usted mira este caso desde una nueva perspectiva, con otros ojos, se fija en detalles que pasaron desapercibidos para muchos, aunque vieron lo mismo que usted años antes, como ya ha demostrado. Si Su Santidad me lo permite, me gustaría saber cuáles son los pasos que se atrevería a tomar para seguir ese rastro que ha encontrado.

—No solo lo permito, también quiero saber qué piensa hacer nuestro joven investigador. Quiero llegar hasta el final de un misterio

El oro de Hitler

que está sumergido en un mar de intrigas y secretos muchos años, demasiados. Ha llegado el momento de sacarlos a la luz, padre Ramón. Cuéntanos qué harás a continuación.

—A pesar de no tener un interés directo en esa gran cantidad de oro, como bien ha explicado Su Santidad, este es el único rastro que puedo seguir. Debo ir tras las lámparas de Murano, pienso cómo ese «cerebro», el que preparó todo el engaño, acompañó en el viaje a los lingotes de oro. No imagino que alguien que consigue mil doscientos kilos del más preciado metal, en este caso se lo robó a militares despiadados, después los abandona, no me lo imagino tan tranquilo mientras este tesoro navega en un barco ajeno a él, sin vigilancia y control. Estoy convencido de una cosa, la persona que buscamos viajaba en ese barco, no se separó de ese oro. ¿No piensan lo mismo?

—Después de oírte contarlo, no puedo suponer que lo hiciera de otra forma. Tienes razón, una vez conseguido el botín, no se separaría de él, yo tampoco lo haría.

—¡Exacto! Eso es lo que yo pienso. No creo poder conocer nunca la ruta utilizada por el pesquero que las transportó desde la isla, solo puedo suponer que debieron llegar al mismo destino lámparas y oro, sería lo más lógico. De esa forma evitarían llamar la atención en el caso de separar las cajas que pertenecían a un mismo envío. Recuerden que localizamos un albarán, hablaba de treinta y dos cajas, sin embargo, sabemos que no se fabricaron tantas lámparas. Supongo una cosa: es muy posible que tanto las lámparas como los lingotes compartieran el mismo rumbo, creo que el envío terminó en el mismo punto final de aquel viaje. Debo buscar al marqués de Setefilla y su colección italiana, las famosas lámparas de Murano.

—Me parece una buena idea. Es momento de descansar, padre. Herrera, debe preparar todo para que mañana mismo Ramón esté tras la pista de ese marqués. Infórmame de cualquier avance. Padre

El oro de Hitler

Ramón, te deseo la mejor de las suertes en este encargo, te doy mi más sincera bendición, rezaré por el buen término de su investigación.

—Mientras decía estas palabras, alzaba su mano, el joven cura realizó el gesto que simula besar el anillo del Pescador. A continuación, monseñor hizo lo mismo. Ambos se despidieron de Su Santidad.

En la puerta de aquella estancia, al salir, esperaba el mismo joven que los había acompañado a la llegada. Les guio de regreso a su coche entre los múltiples pasillos y puertas, todos muy similares. Esto no era casual, se había realizado para engañar y perder a cualquier extraño que intentara avanzar entre los muchos aposentos de aquel palacio. Para llegar hasta las habitaciones privadas del santo padre debían recorrer varios cuartos y pasillos, todos similares, con varias puertas idénticas que obligaban a tomar una elección que te llevaba a otra estancia o corredor muy similar a los anteriores, de ahí a las siguientes habitaciones. De esta manera, un hipotético intruso se perdería con facilidad, sin llegar a su destino dentro del laberinto que era, en realidad, aquella residencia. Lo llaman seguridad pasiva. Ese, y no otro, era el motivo de que todas las visitas fueran guiadas por miembros del círculo personal de Su Santidad. Es el método utilizado para evitar que los invitados se encuentren con alguna de las sorpresas preparadas para «recibir» como merecía cualquier intruso. El padre Ramón tenía muchas preguntas en su mente, sin embargo, monseñor Herrera le había realizado un gesto con el dedo índice cerca de su boca, debía mantener silencio nada más alejarse del sumo pontífice. No se pronunció ninguna palabra mientras el coche realizaba aquel trayecto. Nadie había dado instrucciones al conductor, este se detuvo frente a un edificio similar a todos los demás, sin ningún adorno o característica que lo hiciese diferente a cualquier otra construcción de aquella calle, de aquel barrio. Monseñor Herrera le dijo que descansara y fuera a verle a su despacho nada más levantarse. El

El oro de Hitler

joven cura descendió del coche. Nada más cerrar su puerta, el automóvil se puso en marcha, desapareció de su vista al girar por la primera calle a su derecha. El padre Ramón dio unos pasos para acercarse a aquella gran entrada, golpeó suave la madera con un discreto llamador metálico. Al instante, como si llevara tiempo a la espera, la vieja monja de siempre, mientras le sonreía, abría la puerta invitándole a entrar. Ella guio en silencio al padre Ramón hasta la misma celda que había usado en días anteriores. Declinó todos los ofrecimientos de la mujer. No tardó en darse una larga ducha. Se acostó nada más terminar de secarse. Un fuerte cansancio, acumulado en el largo viaje, unido al estrés de los últimos acontecimientos, le ayudó a conciliar un sueño reparador de forma casi instantánea.

El padre Ramón despertó con la sensación de haber descansado muy bien, se sentía feliz. La noche anterior había estado en una agradable conversación con el mismísimo jefe de la Iglesia, tenía que asimilar todavía lo sucedido, podía significar un cambio radical en su vida, pues resultó ser una conversación con Su Santidad, donde él llegó a tutearlo. Se hablaron con total normalidad, de la misma forma que habría sucedido en una charla entre compañeros del seminario. La sonrisa que veía reflejada en el espejo mientras se afeitaba era difícil de disimular. Sus pensamientos volaban hacia la noche pasada, conversó como sucedería en cualquier reunión de viejos conocidos o amigos, lo hizo con total naturalidad en su momento. Ahora comenzaba a valorar el encuentro nocturno, era algo muy importante, una de esas cosas que se recuerdan durante toda la vida. Se vistió con calma, recogió y guardó todo en su flamante maletín. Cuando abrió la puerta de su celda, una monja que no había visto nunca realizó un leve gesto. Entendió el significado, debía seguirla y así lo hizo. Le llevó a un pequeño comedor donde la hermana que ya conocía tenía preparado un desayuno completo en una mesa dispuesta solo para él.

El oro de Hitler

Cuando terminó su primera comida del día, se levantó de la mesa, al girarse para salir, reconoció al viejo sacerdote que le esperaba junto a la puerta. Como siempre, caminó detrás de él hasta el despacho de monseñor Herrera. Este mantenía una conversación telefónica. Sin dejar de escuchar lo que le decían por el auricular, hizo un gesto, le invitaba a sentarse frente a él.

—¡Perfecto! Lo tengo todo previsto. Me avisarán en cuanto esté aquí. Yo me encargo de todo. Gracias, amigo, le debo una. —Colgó el teléfono y se dirigió a su visitante. —¡Buenos días! Tengo la esperanza de que haya descansado bien.

—Debo reconocer que, si bien mi cuerpo ha descansado, mi mente todavía intenta comprender lo sucedido ayer. Hablé con Su Santidad como si fuéramos viejos conocidos.

—Por mi parte deseo de todo corazón que no sea la última vez, sería una buena señal repetir varias reuniones como esa.

—Monseñor, conozco mi posición, mi lugar y mis limitaciones. Debe comprender que solo soy un joven cura, con muy poca experiencia en una pequeña parroquia de provincias.

—Dicho así nadie lo entendería, ahora, si añade que este sacerdote terminó con los crímenes de un asesino en serie, sin contar con que dejó en evidencia a todos los investigadores oficiales, si tenemos todo esto en cuenta, ya se puede entender de otra manera.

—Le agradezco mucho su comentario, creo que me valoran más de lo que merezco.

—Pensamos lo contrario, pudo comprobarlo ayer. Bien, mientras descansaba puse a trabajar nuestra maquinaria.

—No le entiendo.

—La Santa Alianza, recuerde una cosa, jamás reconoceremos su existencia, sin embargo, funciona. ¡Y de qué manera! Ayer solicité información sobre el marqués de Setefilla. Si no me equivoco, ya está

El oro de Hitler

en nuestro poder toda la que podemos necesitar al principio.

—¡Vaya eficacia!

—¡Por algo Hitler se atrevió a pagar un pequeño tesoro con un único fin, tener esta agencia de información bajo su poder! Tenemos localizado el palacio de los marqueses de Setefilla. Se encuentra cerca de Lora del Río, ¿sabe dónde está?

—Ese pueblo me suena cerca de Sevilla, creo.

—Cree bien. A unos setenta kilómetros de la capital, si sigue el cauce del río Guadalquivir, a contra corriente, dirección al nacimiento.

—Entiendo.

—El pueblo, o pedanía, no sé muy bien cómo definirlo, tiene incluso un viejo castillo y una ermita. Va a presentarse allí como si fuera a hacer algún tipo de prácticas a Lora del Río, llegará a la parroquia de Nuestra Señora de la Asunción. No se preocupe, el párroco sabe su cometido, entiende que no tiene usted ninguna obligación con la congregación, debe ayudarle en todo. Si necesita cualquier cosa, por extraña o insólita que pueda parecer y no pueda proporcionarle el padre Sebastián, solo descuelgue el teléfono y llámeme.

—¿Llamarle?

—Sí, guarde esta tarjeta, es la mía personal, le anoté mi número directo, pocas personas lo tienen, cuando suena ese teléfono ya sé que es algo importante. Tiene total libertad para llamarme, da igual el día o la hora, cualquier cosa que necesite, me la pide. En este momento, su misión es lo más importante. Desde comentar alguna duda, hasta la petición más estrafalaria, nuestra red puede darle una rápida solución a lo que se le ocurra. El padre Sebastián es quien lleva la parroquia a donde se dirige.

—La de Nuestra Señora de la Asunción, supongo.

El oro de Hitler

—Supone bien, forma parte de nuestra red, por tanto, su vivienda tiene teléfono, desde el que se puede poner en contacto conmigo sin intermediarios. Él podrá proporcionarle lo básico, ayudarle en cualquier cosa, es un hombre bastante capaz. No sabe nada de este caso, hasta ahora, confiamos en su discreción, puede informarle sin problema. Necesitará su apoyo en algunas situaciones, cuéntele solo aquello con lo que se sienta cómodo o crea necesario para conseguir sus propios fines. Es su compañero, sin embargo, usted es quien lleva el peso de esta misión, ¿me comprende?

—Entiendo que pronto regresaré a España.

—Entiende bien. De hecho, se va a ir en breve, ya debe estar un coche preparado cerca de la puerta para acompañarle.

—¿Regreso a España con el comandante Lima?

—Va a crear un pequeño conflicto diplomático, no se preocupe, lo resolveré en dos minutos cuando llamen para reclamarme.

—No entiendo a qué se refiere.

—Son simples detalles. Recuerde una cosa, no hay registro de su salida de España. El servicio de inteligencia español no tiene constancia de su viaje, no tiene conocimiento de que no está en su país. Por si eso fuera poco, dese cuenta, va a provocar más de un sofoco en algún despacho. En unas horas va a entrar a su propio país sin que sepan que ha salido del mismo, ni cuándo. Si todo esto no fuese bastante, llegará con un nuevo pasaporte diplomático del Vaticano, gracias al cual no le pueden detener, ni registrar sus pertenencias, ni preguntarle nada en absoluto.

—Lo dice con una sonrisa en sus labios, ¿le divierte esta situación? —El padre Ramón no encontraba la gracia a que tuviese tener que dar explicaciones a todas las preguntas que se agolpaban en su cabeza, imaginaba un interrogatorio a su llegada al aeropuerto de Barajas.

El oro de Hitler

—¡La verdad es que sí lo encuentro divertido! Me van a llamar mientras usted, tan tranquilo, vuela sobre el mediterráneo. Cuando detecten su nombre en el listado de pasajeros, con la anotación al margen: Pasaporte Diplomático. Como imagina, no solo lo tengo previsto, quiero provocar esa situación. Podría volver de la misma forma que vino, nadie sabría nada. Sin embargo, me interesa que se fijen en usted, Ramón, ya entenderá por qué. Yo nunca doy puntada sin hilo, ya lo aprenderá, con el tiempo.

—¿Debo decir algo cuando me pregunten?

—Solo tiene que enseñar su pasaporte, con ese simple gesto deben dejarle circular sin preguntar nada. Arreglaré las cosas para que le esperen a la salida del aeropuerto. Un simple detalle, no creo necesario darle este aviso, sin embargo, debo asegurarme. ¡No debe contar a nadie lo que hace! Si tiene alguna presión, puede decir que ahora trabaja como ayudante para mí, desde aquí le cubriremos si fuera preciso.

—¿Ni a mi tío?

—El querido arzobispo de Madrid está al tanto, él no le preguntará, lo sabe ya. Le informé yo en persona, sin entrar en detalles, aunque no es lo habitual, en este caso me pareció lo más correcto. Bien, no demoremos más el siguiente paso, hasta ahora ha demostrado ser muy diligente, continúe dando este tipo de sorpresas, nos gustan. No olvide esto, tanto Su Santidad como yo mismo, estamos ansiosos de conocer nuevas conclusiones suyas.

—Intentaré no defraudarles. —Decía a la vez que se ponía de pie mientras alargaba su mano derecha para despedirse.

—Estamos seguros de que no lo hará. —Rehusó su mano, monseñor Herrera se levantó y dio un cálido abrazo al joven cura. —El conductor que le acompaña tiene instrucciones para ayudarle a embarcar en el aeropuerto. Parta rápido para resolver este misterio de

El oro de Hitler

una vez.

—Así lo haré.

El padre Ramón sonrió, tomó su nuevo maletín, mostró una actitud decidida, realizó un leve gesto con la cabeza a modo de despedida, giró sobre sus talones y se dirigió a la puerta para encontrarse tras ella al viejo sacerdote que le esperaba como si aquello fuera lo más normal del mundo. En la salida, un coche negro le esperaba. Su conductor tenía la puerta abierta, le ofreció un cómodo asiento trasero para realizar aquel desplazamiento. Le saludó con cortesía, el chófer devolvió el gesto con una sonrisa, cerró aquella puerta para situarse en su asiento habitual. Instantes después iniciaron la marcha a buen ritmo, circularon durante algo más de media hora, aparcó en un espacio reservado para coches oficiales. Solo entonces se dio cuenta de que aquel vehículo llevaba unas banderitas sobre las luces delanteras, amarillas y blancas. El conductor descendió, le abrió su puerta, mientras hacía un sencillo gesto, le invitaba a acompañarlo. Mientras caminaban le dio un sobre, no estaba cerrado, por tanto, decidió curiosear el interior. Contenía el billete del viaje, pudo distinguir unas palabras que llamaron su atención.

—¿Pone en el billete «primera clase»?

—No se esperaría otra cosa en su caso, recuerde que ahora es usted un alto diplomático, representa al estado del Vaticano.

—No sé si me podré acostumbrar a esto.

—Debe hacerlo, padre Ramón, esos pequeños detalles pueden ser los que le salven de muchas situaciones desagradables.

—Tendré que sacrificarme por el bien común. —Suspiró con amargura. Sin darse cuenta dejaba entrever su estado de nervios.

—No esté nervioso, lo hará bien. Enseñe el billete al pasar por aquella puerta que dice «pasajeros VIP», le acompañarán hasta su asiento cuando llegue el momento. Mientras tanto podrá descansar en

El oro de Hitler

una sala especial. No permita que le hagan ningún control, ni registro, salvo mostrar su pasaporte.

—Entiendo.

—Gracias.

—Buen viaje.

—Hasta otra ocasión.

El padre Ramón sacó su billete de aquel sobre, con menos seguridad de la que quería aparentar, se aventuró a cruzar la puerta que le había indicado. Tras ella un serio carabinero estudió aquel billete, después hizo lo propio con su flamante pasaporte, comprobó que la persona situada frente a él era la misma que aparecía en la fotografía. Cuando estuvo seguro realizó un saludo militar, con un gesto amable le acompañó a la sala para altas personalidades, le indicó dónde podía esperar. El carabinero volvió a su puesto en el control de pasaportes. A continuación, hizo una llamada telefónica. Mientras tanto, el joven párroco se sentaba en la zona indicada, poco después, una amable azafata le ofreció con insistencia bebidas o aperitivos de todo tipo; accedió a tomarse un zumo de naranja. Pasados unos minutos la misma mujer se lo servía mientras le regalaba una amplia sonrisa. No había consumido su bebida cuando otra joven azafata le invitó a seguirla, atravesaron algunos pasillos reservados para pasajeros «especiales». Aquella auxiliar de vuelo le acompañó hasta su asiento. El avión, un DC-8 de Alitalia, tenía algunos asientos de mayor calidad, con más espacio, reservados a los pasajeros de primera clase. Se encontraban en la parte delantera, junto a la cabina para los pilotos. Se acomodó en una de aquellas butacas, la que le había indicado la azafata. Le ofrecieron prensa y más bebidas. Pidió un poco de agua, rechazó leer nada en aquel momento. Recordaba el despegue que realizó tan solo hacía unos días en un pequeño reactor. Antes de que se pudiera dar cuenta, el avión recorría

El oro de Hitler

la pista de aquel aeropuerto a gran velocidad para realizar un despegue suave, poco después las azafatas corrieron unas cortinas, estas separaban los asientos de primera del resto de pasajeros.

Mientras aquel avión comenzaba a tomar altura tras su despegue, el teléfono sonaba en un despacho del Vaticano. Monseñor Herrera esperaba aquella llamada, dejó que diera el tercer timbrazo antes de descolgar.

—¿Dígame?

—Hola, Herrera. Soy Vargas, tu viejo compañero de los escolapios. ¿Cómo estás, querido amigo?

—No me puedo quejar, aquí andamos, intentaba resolver esos pequeños problemas diarios. ¿Y tú?

—¡Sabes que me toca hacer lo mismo!

—¡Si me llamas por que necesitas de mi ayuda para solucionar uno de esos problemas, cuenta conmigo!

—¡Qué gracioso! ¡Sabes que tú me has creado un gran problema! ¡No uno pequeño que se soluciona con una simple llamada!

—¿Yo?

—¡Si no te conociera!

—¿Qué he hecho ahora?

—Lo sabes muy bien, truhan. Aterrizará dentro de poco un avión en Madrid, por casualidad en ese vuelo viene... ¿cómo te lo diría para que me entiendas? Ya sé, viene un pasajero particular.

—¡Llegarán cientos de pasajeros particulares esta mañana a Madrid!

—¡Oh!, sí. Sin embargo, qué casualidad, solo uno con pasaporte diplomático. Sin olvidar que debo añadir otro pequeño detalle, no

El oro de Hitler

tenemos constancia de que esa persona haya salido nunca de nuestro país, aunque no te lo puedas imaginar. Por casualidad, es un párroco español.

—¡Ah! ¿Era eso? —Monseñor Herrera se divertía con esta situación. Los dos fingían, lo peor era que los dos lo sabían con certeza. Parecía una comedia ligera del gato y el ratón. —No creo que tengas ningún problema con mis decisiones, he nombrado ayudante directo mío a un compatriota de ambos, al final es algo que suele gustar a vuestro gran jefe. Españoles que ocupen cargos importantes por el mundo. Tienes que entender mi forma de proceder. Nuestro joven compatriota deberá resolver mil asuntos en mi nombre en cualquier lugar del planeta, lo normal es que le concediésemos el pasaporte diplomático. Hasta aquí no veo problema ninguno.

—Qué cachondo eres. Recuerda desde cuando nos conocemos, hace tiempo, Herrera. Sé que la concesión de un pasaporte con una nueva nacionalidad conlleva unos trámites largos, por regla general necesita de bastante tiempo, no es algo que se realice en un par de semanas.

—En este caso, te puedo asegurar que ha transcurrido el plazo necesario, podrás comprobar que los trámites se han realizado de manera escrupulosa. —Mintió monseñor Herrera con una sonrisa en los labios. Había confirmado unos minutos antes que el empleado de la embajada en Roma ya tenía archivadas todas las copias que le facilitaron desde la Santa Sede esa misma madrugada.

—¡Ya! Supongo también que no habréis tenido ningún problema con la llegada de nuestro paisano a tu país.

—¿Problema? ¡Ninguno! Te lo puedo asegurar.

—Es un tema más complejo, viejo amigo. No encontramos registro alguno, nada parece indicar que el padre Ramón abandonase España en ningún momento. Lo peor para nosotros es la

El oro de Hitler

particularidad de no tener constancia de la fecha y del lugar que usó cuando salió de nuestro país.

—¡En ese tema no puedo ayudarte! Ignoro esos detalles.

—¡Ya me imagino, ya! ¿Por qué será que me cuesta creerte?

—Sabes que yo no te mentiría. —Se reía, lo hacía en ese momento. —Será un error de esos tan habituales.

—¡Ni es un error, ni es habitual! Oye, ¡tú te diviertes con todo esto!, ¿verdad?

—La verdad, sí, no te voy a engañar, viejo amigo. Imagino que estarás cabreado como una mona por no saber qué contestar cuando te pregunten.

—Vaya, veo que te lo pasas en grande con mis desgracias.

—No puedes decir eso, me parece que te ahogas en un vaso de agua.

—Para mí es un auténtico océano. Puede salpicarme y hundirme, no te imaginas de qué manera.

—Voy a ayudarte, recuerda quién te saca las castañas del fuego cuando lo necesitas, Vargas. Busca mi último viaje a España, hace de esto unos tres meses.

—¿Qué hago con eso?

—En el listado de pasajeros deben figurar dos acompañantes míos, junto a mi propio nombre. Uno de ellos es francés. Sustituye el nombre de ese hombre por el del padre Ramón, ya tienes registrada su salida.

—Veo que lo tenías estudiado. ¿Tan fácil lo ves?

—Sabes que este asunto se puede resolver de modo simple y sencillo, por ejemplo, como yo te digo, o complicarlo mucho, con todas las consecuencias que puede acarrear.

—¡Sobre todo para mí! Eres un cachondo, Herrera.

—Voy a recordarte un pequeño detalle. Vargas, me debes un

El oro de Hitler

favor, lo sabes.

—Lo sé.

—Si solucionas este tema así, de esta manera, no solo estaremos en paz, te deberé yo una.

—De las gordas.

—De las que tú quieras. Hazme otro favor personal, tienes que ser muy discreto con mi hombre. Trabaja bajo mi directa supervisión, ya sabes lo que esto significa.

—Entiendo. Veré lo que puedo hacer, aunque tú ya lo sabes. Debo hacerte caso, no me queda otra. Si levanto la liebre, el primero en recibir bofetadas seré yo. Te recordaré este día durante mucho tiempo. Me debes una, Herrera, me la cobraré.

—Ya contaba con eso. Vargas, ha sido un placer hablar contigo. Como detalle, te haré llegar una cajita con dulces de ese convento que tanto gustan a tu mujer. ¿Sigue tan encantadora?

—Sí, sigue igual que siempre. Le diré que te acordaste de ella.

—Siempre os tengo en mis oraciones. Hasta cuando tú quieras, Vargas. Un abrazo.

—Otro fuerte, amigo. Algo me dice que volveremos a hablar pronto. —En aquel momento, el jefe de sección del Servicio de Información de la Dirección General de Seguridad, el coronel Vargas, colgó el teléfono. Frente a él estaban tres altos mandos, todos bajo sus órdenes. —Ya lo han oído. Ese padre Ramón es un nuevo agente de la Santa Alianza, con pasaporte diplomático, a lo grande, delante de nuestras narices. Sin ningún disimulo. ¡Trabaja nada menos que bajo la supervisión directa de monseñor Herrera!

—¿Eso qué significa, mi coronel? —Preguntó el más veterano.

—Pues, ni más ni menos, que cumple órdenes directas del mandamás de la Entidad.

—¿De...?

El oro de Hitler

—¡De ese mismo!

—¿Qué vamos a hacer?

—¡Aquí alguien maquina algo gordo! En nuestro propio jardín, mientras nosotros continuamos sin saber nada de nada. ¡No quiero perder ni un detalle! Envíen ahora mismo dos hombres al aeropuerto, quiero que lo sigan y me informen a diario de todos los movimientos que realice, con quién habla o dónde va. Necesito saber todo lo que haga.

—¡A sus órdenes, mi coronel!

—¡A ver si nos entendemos! He dicho que quiero dos hombres, a poder ser los mejores. Necesitamos tener controlado a este cura, quiero saber cuándo respira, qué come, en qué momento mea o caga. ¿Ha quedado lo bastante claro? ¡Es el único pasaporte diplomático que ha presentado el Vaticano en nuestro país hasta la fecha! Si está bajo el paraguas de Herrera será porque es de los mejores, seguro que va tras algo gordo, será alguien experimentado y preparado, es español y nosotros no teníamos ni pajolera idea. ¡Joder! ¡Hacemos el mayor de los ridículos sin todavía saber cómo! No se les olvide, quiero informe diario, no lo duden, si está con un conocido, si da misa, escucha confesiones o celebra bautizos, quiero saberlo. ¿Saben por qué? Se lo voy a decir: cuando menos lo esperemos, se habrá liado la Tercera Guerra Mundial en nuestras narices y no tendremos ni idea de cómo ha sido. ¡Cagando leches todo el mundo! ¡Quiero los agentes listos para tenerlo controlado desde el momento que pise suelo español! —Dos de sus contertulios se levantaron rápido, abandonaron el despacho para cumplir las órdenes que había dado el coronel Vargas. Se quedó sentado frente a él su hombre de confianza, el capitán Sepúlveda. Este sabía que no había quedado en todo aquello la cosa, le tenía reservado algo más. —¿Qué te parece?

—Pues que tienes razón, como siempre. No es habitual que

El oro de Hitler

manden a alguien tan rápido.

—Eso mismo digo yo. Búscame toda la información que tengamos del tal padre Ramón.

—Por supuesto. Intentaré pasarte un informe antes de que el avión toque suelo español.

—Pues ya puedes darte prisa. No va a tardar mucho.

El oro de Hitler

El oro de Hitler

6

RUMBO A SEVILLA

El vuelo fue cómodo y tranquilo, aunque nada que ver con el maravilloso viaje de ida. Sin las explicaciones del comandante Lima, el viaje no era lo mismo. Tendría que acostumbrarse a volar como el resto de los mortales, de los pocos que podían permitirse viajar en avión, eso sin pensar en primera clase. Sonrió sin disimulo. Ahora era una persona importante, no un simple curita recién ordenado, era un diplomático y su pasaporte daba fe de ello. Tenía que mentalizarse para pasar las pruebas que, estaba seguro, tendría que afrontar. Nada más aterrizar, la azafata facilitó la salida a los viajeros de clase preferente en primer lugar, ellos salían del avión antes, después el resto. Esa era una de las muchas ventajas de viajar en clase superior. Como el único equipaje del padre Ramón era su nuevo maletín, no necesitó facturar, nada más mostrar su pasaporte le indicaron la salida directa, sin mayor control. El pasaporte diplomático funcionaba, ni una pregunta, solo alguna mirada de curiosidad o admiración entre el resto del pasaje. En la puerta le esperaba aquel gran coche de importación que le había llevado pocos días antes al aeropuerto de Torrejón de Ardoz. El mismo chófer estaba junto al vehículo. Cristóbal, nada más verlo realizó un guiño disimulado, le sirvió como

El oro de Hitler

saludo, le abrió la puerta para facilitarle el acceso a su interior antes de que pudiera delatarle con algún gesto amistoso. Allí le esperaba el padre Damián.

—¡Qué alegría volver a verte! —Dijo el viejo sacerdote. Abrió los brazos para recibirle.

—¡Nos despedimos hace pocos días!

—¡Sí! Pensé que no nos veríamos en varios años, sin embargo, ya ves, aquí estás de nuevo. ¿Por mucho tiempo?

—Creo que no. Me gustaría irme mañana mismo, debo solucionar algunas cosillas que puedo necesitar, detalles en los que he caído mientras pensaba en mi próxima tarea durante el vuelo.

—Si puedo ayudarte en algo, ya sabes, siempre estaré encantado de hacer lo que sea por ti.

—Gracias, sé que puedo contar con usted.

—¡Claro! Supongo que vamos al arzobispado.

—Sí, debo hacer una llamada desde allí. Después, dependerá de lo que me contesten, haré una cosa u otra.

—Pues no se hable más. Vamos a casa.

El padre Damián dio dos toques al conductor para avisarle, él continuaba convencido de su sordera. Al instante el gran coche comenzó a moverse con suavidad, aunque a buena velocidad. El conductor lanzó una discreta mirada por el retrovisor, el joven cura comprendió el sencillo gesto, el chófer parecía incómodo por conocer su secreto. Afirmó con su cabeza, no le descubriría.

—¿Has visto bien el Vaticano?

—No le voy a engañar, no he visto gran cosa.

—¿Tampoco Roma?

—Si le soy sincero, he conocido mejor Venecia que Roma o la Santa Sede.

—¡Venecia! ¿Es tan bella como dicen?

El oro de Hitler

El resto del trayecto transcurrió mientras le contaba alguna de las cosas que había visto en su viaje, se guardó mucho en su explicación, nada sobre la isla de Murano, o sobre su investigación. Pronto llegó el final de aquel trayecto, el coche entró en la cochera del Arzobispado, los dos curas se bajaron, continuaban su animada charla mientras se dirigían al despacho del arzobispo. Ahora hablaban del cambio de imagen del padre Ramón, el traje que sustituía a la sotana mejoraba mucho la presencia del joven párroco. Al llegar a una gran puerta, el padre Damián la abrió, dejó pasar a su acompañante y cerró la misma mientras él se quedaba fuera. Sabía cuándo debía dejar solo a su superior. El despacho de su tío estaba inundado por la luz que entraba a través de los grandes ventanales, este levantó la mirada de unos documentos que leía en ese momento. Al reconocer a su visitante cambió el gesto aburrido por otro que reflejaba asombro.

—¡Por los clavos de Cristo! ¡Ya estás aquí! ¡Pensaba que te quedarías en el Vaticano una buena temporada, por el contrario, estás de vuelta a los pocos días! ¿Qué has hecho con tu sotana? —Mientras hablaba le había dado tiempo a levantarse, rodear su mesa y fundirse en un abrazo con su sobrino. Después le ofreció sentarse en uno de los dos sillones que estaban en un rincón, él hizo lo propio en otro. Entre ellos una mesita baja, sobre la misma había una jarra de agua con dos vasos.

—Pensaba que te gustaría el cambio de imagen.

—La verdad es que te veo mucho mejor. Si mi hermana te viera ahora mismo estaría orgullosa de ti. ¿Vas a ir a visitarla?

—Espero poder hacerlo pronto, aunque creo que ahora no es el momento.

—¿Qué piensas hacer?

—Lo primero que debo hacer es una llamada.

El oro de Hitler

—Puedo dejarte un despacho para que hables con total intimidad.
—No hay nada secreto en lo que debo decir.
—Entonces puedes usar mi teléfono, siéntate a mi mesa como si fuera tuya.
—Gracias, tío. Si me perdonas, quiero resolver este tema cuanto antes, más que nada para saber lo que debo hacer a continuación.
—Por favor, procede.

El padre Ramón se levantó con determinación, se dirigió al asiento ocupado por su tío unos segundos antes, sin llegar a sentarse en él. Mientras caminaba la corta distancia, había sacado de su cartera la tarjeta que le había proporcionado monseñor Herrera horas antes. De pie, marcó aquel número escrito a mano en la pequeña cartulina y guardó otra vez la tarjeta en su cartera mientras sonaba el tono de llamada.

—¡Pronto!
—¿Perdón?
—¿Padre Ramón?
—¡El mismo! Me ha sorprendido su forma de contestar el teléfono.
—¡Estamos sumergidos dentro de Italia, queramos o no! Algunas cosas se pegan, la forma de contestar el teléfono es una de ellas. Pensaba que tardaría algo más en tener noticias suyas.
—Es solo una consulta, monseñor. Durante el vuelo me he dado cuenta de una cosa, si debo moverme con cierta soltura y rapidez, necesito poder prescindir de un chófer que me lleve de un sitio para otro. Lo primero es nuestra misión, necesito ser lo más discreto y eficaz posible.
—Comprendo, tiene toda la razón, no sé cómo no nos dimos cuenta de ese detalle. Tiene que perdonarme, di muchas cosas por sentadas. Con su juventud es normal que no tenga el permiso de

El oro de Hitler

conducir, el seminario tampoco le dejó mucho tiempo para conseguirlo. —Monseñor quedó pensativo unos segundos con el auricular pegado a su oreja. Por fin volvió a activarse. —¿Sabe llevar un coche?

—Nunca lo he hecho.

—Eso se va a solucionar esta misma tarde.

—¿Esta tarde? Creo que sacarse el permiso de conducir puede llevar varias semanas, algunas personas tardan meses.

—¡No se preocupe! Está conmigo, con el santo padre, alguna ventaja debemos tener. Si mañana por la mañana tuviera ese tema resuelto, ¿qué haría a continuación?

—Ir a Lora del Río. Seguir la pista de las lámparas de Murano.

—¡Bien! Avisaré al padre Sebastián de que mañana por la tarde estará con él.

—¿Monseñor?

—¡No te preocupes! Coma con su tío, le espera una tarde intensa y divertida. Siempre que necesite cualquier cosa, llámeme. Ahora, lo siento, debo colgar para organizar lo suyo. Además, otros asuntos reclaman mi atención. ¡La Santa Sede no se gobierna sola!

El padre Ramón se quedó con su contestación en la boca, ya que escuchó cómo colgaba su interlocutor. Sin terminar de entender lo que había pasado durante la conversación, decidió dejarse llevar por la situación, volvió a sentarse en el sillón frente a su tío. Le hubiera gustado hablar con su familia, aunque solo fuera una corta conversación, sin embargo, por aquel entonces pocas casas tenían teléfono. La suya no era una de ellas. Hablaron de muchas cosas hasta que llegó el momento de la comida. Volvieron a compartir mesa con el padre Damián. En el momento de los cafés les llegó un aviso, un hombre preguntaba por el padre Ramón de parte de monseñor Herrera. Este se excusó, se levantó de la mesa para ver quién era

El oro de Hitler

aquella visita inesperada, tendría que averiguar qué quería esa persona. En la entrada del arzobispado, un hombre de mediana edad le esperaba.

—¿El padre Ramón?

—El mismo.

—Me envía su amigo Herrera.

—¿El...?

—El mismo. Cuando usted quiera, debe venir conmigo.

—Si me permite un momento, quiero excusarme y despedirme, debo evitar preocupaciones sin motivo.

—Puede decirles que estará de vuelta para la cena.

—Está bien saberlo, gracias. Espéreme aquí, no tardo.

El joven sacerdote entró en el edificio para salir poco después. Su acompañante le guio hasta un pequeño Seat 600, se sentó en el puesto de conductor, mientras el padre Ramón procuraba encontrar una posición cómoda en el asiento del acompañante. El espacio parecía insuficiente para un cura tan grande, no obstante, después de varios gestos, logró encontrar una posición algo más cómoda.

—Me llamo Manuel, padre, tengo el encargo de enseñarle a conducir.

—¿No debería primero aprender la teoría, las normas, las señales y todas esas cosas?

—Le dejaré un librito para estudiar todo eso, mi trabajo es otro, debo adiestrarlo para que conduzca como una persona experimentada. ¿Me ha comprendido bien?

—Creo que sí. Aprenderemos pues.

—No lo dude.

Comenzó dando explicaciones, en voz alta y despacio, de todos los movimientos que realizaba para poner el coche en marcha, cómo metía la marcha, en qué momento soltaba el embrague, cuándo

El oro de Hitler

miraba al retrovisor, en qué situaciones debía indicar con el intermitente, todos los movimientos para cambiar de marcha, etc. Todo esto mientras el coche se desplazaba entre el abundante tráfico y se alejaban del centro de la capital. Minutos después, lejos de la carretera principal, llegaron a un descampado apartado. Cambiaron de posición, el padre Ramón se acomodó en el puesto de conductor. Nervioso, comenzó a mover el coche. Las primeras veces el motor se paraba antes de empezar a desplazarse. Manuel, con bastante paciencia, le aconsejaba cómo debía realizar los movimientos para conseguir conducir. Varios minutos e intentos después, el coche avanzaba suave, sin movimientos bruscos. Llegó a hacer algún cambio de marcha mientras daba vueltas por el descampado. Cuando avanzó la tarde hizo prácticas de aparcamiento y otras maniobras un poco más complejas. Se movía con soltura al volante, parecía una actividad innata en él, algo que practicaba desde hacía mucho tiempo.

El maestro presionó para que el cura fuese quien llevase el coche en el trayecto de vuelta, hizo caso omiso a todas sus protestas. El joven clérigo no se sentía muy seguro al volante, reconoció que la práctica era necesaria, obedeció a su instructor. En el viaje de regreso, el alumno pasó con nota hasta las difíciles maniobras de adelantamiento que le sugirió su profesor. Oscurecía cuando el nuevo conductor accedió con el coche al garaje del arzobispado, paró el motor y sacó la llave del contacto con la intención de dárselas a Manuel.

—No, padre, este coche no me pertenece. Es de su tío desde esta mañana.

—No lo entiendo, no estaba en el garaje cuando me ha recogido.

—Normal, recibí instrucciones claras de venir hoy aquí, entregarle este coche y enseñarle a conducir. Me indicaron con mucha precisión una cosa, mañana tiene que emprender un viaje. Si me lo permite, le acompañaré unos kilómetros, hasta la mitad del camino, más o

El oro de Hitler

menos, para ver que se desenvuelve con soltura. Aunque después de lo visto esta tarde, no sería necesario.

—No sé si entendí bien. Pretende que mañana salga de viaje, alguien no recuerda un pequeño detalle, ¡no tengo permiso de conducir!

—Yo no entiendo de esas cosas, ni me preocupan. Mis instrucciones son claras y precisas. ¿A qué hora quiere que esté aquí mañana?

—¿Para comenzar el viaje?

—Eso es, veo que ya se hace a la idea.

—¿Qué otra opción me queda? Toca resignarse y obedecer. ¿Le parece bien a las diez?

—A mí me parece bien cualquier hora que usted decida. Las diez es perfecto.

—Así quedamos. Nos vemos mañana.

—Hasta mañana, padre. No se preocupe, conduce mucho mejor que otros con muchos años de experiencia.

—Le agradezco mucho sus palabras, aunque no crea, no termina de tranquilizarme.

Manuel se alejó entre risas, levantó la mano a modo de despedida. El padre Ramón se dirigió al despacho de su tío, este hablaba por teléfono cuando abrió la puerta y le hizo un gesto para que se sentara delante de él. Mientras se acercaba a la mesa, escuchó cómo se despedía.

—¿Cómo estás, sobrino?

—Supongo que bien.

—¿Ya conduces?

—¡De eso quería yo hablarte! ¿Qué sabes tú de todo este tema?

—Poca cosa. Si nos centramos en lo importante, te han enseñado a conducir, ya tienes un coche para moverte por España con

El oro de Hitler

independencia, sin tener que contar con nadie, además, de forma discreta. Me hablaron de proporcionarte otro coche, más grande y potente, sin embargo pensé en lo que necesitas en realidad. Si tu interés se centra en no llamar mucho la atención, un «seilla» es lo mejor.

—Todo eso está muy bien, solo veo un pequeño inconveniente, casi nada. ¡Sigo sin tener un permiso válido para conducir!

—¡El Señor proveerá!

—No sé si es correcto citar esa frase.

—¡Nunca tan correcto como ahora, sobrino! Descansa, disfrutemos de esta noche. El padre Damián está en una misión muy urgente que le obligará a ausentarse un par de días.

—Lo lamento, tocará cenar solos usted y yo.

—Yo no diría tanto. Acompáñame al salón comedor, lo tengo todo previsto.

El arzobispo hizo las veces de anfitrión, guio a su sobrino hasta una gran puerta, con teatralidad la abrió de par en par, esperaba ver la reacción de su sobrino. En el salón estaban los padres del joven sacerdote. Sin dudarlo un instante abrazó y besó a su madre, a continuación, hizo lo mismo con su padre. Hacía varias semanas que no los veía, tenían muchas cosas que contar, sobre todo el hijo. La velada transcurrió mientras explicaban algunas novedades que habían ocurrido durante los últimos meses. El padre Ramón tuvo que narrar cómo había llegado a su primera parroquia, donde tuvo que enfrentarse al asesino del Andarax. Contó todo su empeño para pillar al criminal, sin olvidar evitar los detalles peligrosos de aquella misión, lo último que pretendía era asustar a su madre. La cena, con su sobremesa, se prolongó hasta altas horas de la noche. Quedaron para desayunar todos juntos, ya que a media mañana tomarían rumbos distintos.

El oro de Hitler

El desayuno se sirvió en el mismo salón que la cena, la luz de la mañana entraba por los ventanales, daba un aspecto reluciente a aquella estancia. El padre Ramón llegó el último para reunirse con el grupo, saludó con alegría a todos. Al llegar a su sitio en la mesa, se dio cuenta de un detalle. Encima de su plato había un sobre.

—¿Esto qué es?

—A primera hora lo ha traído un mensajero para ti.

—¿Para mí? —Miró a sus padres, estos hicieron un gesto, dejaban claro que no tenían nada que ver con ese asunto. Abrió el sobre, de él extrajo un permiso de conducir italiano. Comprobó los datos que figuraban en el mismo, eran los suyos. También reconoció la foto que figuraba en aquel documento, era la misma de su pasaporte. —Parece ser que ya tengo permiso de conducir.

—Junto con tu pasaporte diplomático, puedes ir a donde quieras, nadie puede decirte nada.

—Un problema solucionado, tío. Hablemos un poco de todo. ¿Sabe alguien quién falta por venir?

—¿Quién va a faltar? ¡Nadie!

—Pues ya me dirás quién se va a comer todo lo que han preparado para desayunar.

—¡Qué exagerado eres! Si mal no recuerdo, mi cuñado es capaz de dar cuenta él solito de la mitad de este desayuno.

Rieron un buen rato, comieron hasta rozar el exceso. Mientras tanto, no paraban de comentar anécdotas y pequeños cotilleos sin parar. En un momento dado, un joven sacerdote entró en silencio. Le comentó al oído algo al arzobispo.

—Sobrino, sé que has quedado a las diez para iniciar tu viaje, solo te lo comento, no es mi intención presionarte. Ya te espera en las cocheras tu acompañante.

—¡Vale! Llegó el momento. Yo he terminado de desayunar, no

El oro de Hitler

quiero hacerle esperar de forma caprichosa. Me espera un largo viaje y me gustaría llegar temprano.

—Nosotros nos quedamos con tu tío hasta mañana. Avisa cuando llegues. —Le ordenó su madre.

—Tranquila, lo haré. No me ocurrirá nada. Es un viaje corto, me lo tomaré con mucha calma.

Abrazó y besó a su familia. La despedida fue breve. Abandonó aquel salón para ir a su habitación con la intención de recoger su maletín. Guardó en él su nuevo permiso de conducir, junto al flamante pasaporte diplomático. Sin dar más rodeos se dirigió al garaje donde le esperaba Manuel.

—¿Listo para volver a conducir?

—Supongo que sí.

—Pues en marcha, padre. No le voy a decir nada, a ver si recuerda todo lo que aprendió ayer.

—Mal alumno sería si me olvido de todo de un día para otro. Espere, que pongo este maletín en los asientos traseros.

A continuación, se pusieron en marcha, no tuvo problema para incorporarse al tráfico como un conductor más. Manuel le indicó con paciencia los movimientos que debía hacer para salir del centro de la ciudad, le avisaba con suficiente antelación sobre los desvíos que debía tomar hasta circular, con bastante soltura, por la carretera de Andalucía, dirección a Sevilla.

—Padre.

—Dime, Manuel.

—Una cosa voy a explicarle, supongo que esta lección tocaría darla más adelante. Bastante tiene con ser capaz de llegar a su destino con una tarde de clases.

—¿Qué lección es esa?

—Le expliqué que debía estar atento al retrovisor en el momento

El oro de Hitler

de adelantar, ¿lo recuerda?

—Sí, también para aparcar.

—Cierto, también en el momento de aparcar. No está de más una cosa, siempre debe controlar todo lo que le rodea. Hablo de ir pendiente a los coches, a los movimientos de todos los vehículos, no solo del que tenemos justo delante, también debe fijarse si hay tráfico denso, camiones en nuestra ruta que no son fáciles de adelantar, algún coche detrás desesperado por llegar antes que nosotros..., todo eso. En definitiva, debe estar pendiente del tráfico en su ruta.

—Entiendo.

—No es nada preocupante, esperaré a que usted se dé cuenta, tardará un tiempo, no se preocupe. Estoy convencido, más pronto que tarde lo hará.

—¿Es esto un examen?

—Podría decirse así, aunque yo lo veo más como una lección complementaria.

—Voy a intentar aprobar. —Continuó su marcha con normalidad, aunque estaba más pendiente al tráfico desde ese momento. No tardó mucho en descubrir a qué se refería Manuel. —Imagino cuál es la respuesta de su examen.

—Dígame cuál cree que es.

—Hay un coche que parece seguirnos.

—Bien hecho, padre.

—Gracias. Aunque ahora tengo una gran duda, una curiosidad. ¿Desde cuándo?

—Creo que nos siguen desde primera hora. Creo haberlo visto cuando salimos del garaje.

—¿Estás seguro?

—Bastante, es un Seat 1500 bastante nuevo, negro, no se ven muchos. Me atrevería a dar algún dato más; si no me equivoco, es un

El oro de Hitler

coche oficial. ¡Vaya! Parece ser que he enseñado a conducir a un famoso.

—No se burle de mí, no me hace ninguna gracia esta situación. ¿Qué hacemos?

—En primer lugar, vamos a confirmar que nos siguen, aunque yo lo tengo bastante claro. Si le parece, vamos a tomarlo como una lección nueva, una asignatura complementaria. ¿Qué se debe hacer cuando creemos que nos siguen? Vamos a comprobar si estamos en lo cierto. Eso sí, lo haremos con discreción, puede sernos útil para un futuro. Por ejemplo, pararemos en la primera gasolinera que veamos.

—De acuerdo.

Pararon en una estación de servicio, llenaron el depósito de combustible, aprovecharon para ir al baño, de esta manera la parada era más prolongada. Un buen rato después reanudó la marcha.

—Procura circular detrás de un camión.

—¿Para?

—Otra lección más que añadir a su preparación, padre.

—Entiendo, vamos a ver si la aprobamos. ¿Ese mismo te parece bien?

—Me parece perfecto. Para enseñarle este nuevo ejercicio, vamos a controlar la situación. Si no me equivoco, no tardaremos mucho, pronto volveremos a ver a nuestro amigo. Después, vamos a despistar a nuestro seguidor, de forma discreta, como si fuese algo fortuito, no premeditado. ¿Te ves preparado?

—¡Por supuesto! Me tienes en ascuas. —En ese momento su mirada se dirigió al espejo retrovisor. Allí se veían reflejados los faros y la rejilla del coche que les seguía toda la mañana. —¡Ahí está de nuevo! ¡Los tenemos detrás otra vez!

—¡No se ponga nervioso! En primer lugar, debe estar tranquilo, no ha hecho nada.

El oro de Hitler

—¡Eso es cierto! ¿Por qué nos siguen?

—Supongo que ha levantado usted alguna curiosidad. No se preocupe, nada tiene que temer.

—Tienes razón.

—Si le apetece, vamos a jugar un poco con quien sea. Comienza la nueva lección que le prometí. Vamos a despistarlos, tómelo como un juego de niños.

—No sé si seré capaz.

—Lo va a hacer muy bien. ¿Recuerda lo que debía hacer para adelantar?

—Asegurarme de tener espacio de sobra y reducir una marcha para que el coche tenga más potencia para realizar la maniobra con seguridad y rapidez.

—¡Perfecto! ¡Es usted mi mejor alumno! —Rieron la broma. — Ahora, calma, no realice ningún movimiento brusco. Prepárese para adelantar, debe buscar el momento para hacerlo un poco más ajustado de lo normal, sin tener mucho espacio de margen, la intención es que nuestro 1500 no pueda adelantar al camión en el mismo tramo, veremos luego si tiene prisa. ¿Comprende lo que quiero decirle?

El padre Ramón asintió con gesto serio, esperó un buen rato hasta encontrar el momento que le pareció más ajustado sin ser peligroso. Realizó un adelantamiento limpio, sin brusquedad, con la idea de simular una maniobra sin intención oculta. Procuró hacerlo sin dejar espacio para que su perseguidor hiciera lo mismo, lo dejó detrás de aquel camión. Siguió las instrucciones de Manuel, puso el coche a buen ritmo, con la intención de dejar atrás el camión, para unos minutos después volver a circular a la velocidad tranquila que había utilizado hasta el momento del adelantamiento. No tardó mucho tiempo, en su retrovisor apareció la silueta de aquel coche negro. Continuaron su viaje con tranquilidad. Ahora tenían la certeza de que

El oro de Hitler

alguien les hacía compañía, no viajaban solos. Cumplió con las claras instrucciones de Manuel, no realizó ninguna maniobra brusca más, devoró kilómetros de carretera con maniobras suaves y sin movimientos llamativos. Era un coche perdido entre el tráfico normal de aquel día. Un buen rato después, el instructor decidió que era el momento de dar el siguiente paso.

—Padre, veo que se maneja usted muy bien, no tiene ninguna duda, no comete errores.

—Bromeas.

—Para nada, conduce mejor que muchos veteranos del volante.

—No sé a dónde quieres llegar.

—Ha llegado el momento de separarnos, padre. Usted debe continuar su camino, ya está preparado para llevar este coche a donde usted quiera.

—¿Tan pronto?

—No se preocupe, lo hace muy bien. ¿Recuerda la maniobra de adelantamiento del camión?

—Si se refiere a perder al coche que nos sigue, la recuerdo, sí.

—Pues la vamos a hacer otra vez. Busca un vehículo grande para conseguirlo. Después te daré más instrucciones.

—No entiendo que debamos separarnos.

—Entra dentro de lo razonable que le sigan a usted. Yo debo seguir invisible para todo el mundo, nadie debe relacionarnos, padre.

—No entiendo nada.

—No se preocupe, ya lo entenderá. Péguese a ese autocar. Será nuestra pieza de bloqueo.

El padre Ramón siguió las instrucciones de Manuel, aprovechó el final de una cuesta, realizó un adelantamiento que obligó a su perseguidor a permanecer detrás del autocar. El 600 avanzó todo lo rápido que pudo durante unos kilómetros, se detuvo de forma un poco

El oro de Hitler

brusca a la puerta de una venta, así se lo había indicado Manuel, este descendió rápido, mientras ordenaba al sacerdote que reanudara su marcha y recuperase cuanto antes la velocidad normal. Mientras veía cómo desaparecía a lo lejos el coche en el que había viajado unos segundos antes, pasó a su lado, muy rápido, un Seat 1500 negro.

Se encontraba solo, con una extraña misión por realizar y siendo el dueño de sus propios pasos. Tenía que elegir el mejor camino para llevar a buen fin su cometido. Parecía despertar de un largo sueño, el ronroneo del motor le decía que la realidad estaba ahí, frente a él, apretó el volante y dejó de pensar en algo que no fuera llegar a su destino. En el retrovisor volvía a reflejarse la imagen de aquel coche. Tenía su conciencia tranquila, no había ningún motivo por el que alguien debiera seguirlo. Lo único que pasaba por su imaginación podría ser el permiso de conducir, aunque eso no explicaría aquella situación, no había motivos para que un coche lo siguiese desde el arzobispado, no tenían forma de saber que aquel carnet había sido obtenido gracias a la «magia del Vaticano». Tampoco esperaba que montaran una operación de ese calibre por unas dudas con un permiso de conducir. Prefirió olvidarse de aquel perseguidor, se concentró en la «sencilla» tarea de conducir hasta llegar a salvo a su destino. Bastante tenía que controlar ya, lidiar con el tráfico, las señales y circular en la dirección adecuada. Varias horas después de su partida dejó la carretera principal atrás y tomó el desvío a Lora del Río.

Una vez llegó al pueblo, vio el campanario de la iglesia, a simple vista se veía muy cuidada. Sin pensarlo dos veces, aparcó cerca de ella. Pensó que debía preguntar en la casita que estaba al lado. No era adivino, tenía buena vista, se había dado cuenta de un pequeño detalle, lucía un letrero que decía «Casa parroquial». Cogió su maletín, cerró el coche, se percató de que varios lugareños lo miraban con curiosidad. Pensó que no estarían acostumbrados a ver muchos

El oro de Hitler

curas sin la habitual sotana, mucho menos bajando de un seiscientos. Mostró la mayor naturalidad y decisión posible, caminó con paso firme hacia aquella pequeña vivienda, sus nudillos golpearon con firmeza la madera. Pocos segundos después, un párroco algo mayor que él, con gafas, bajito y de bastante más envergadura, abrió la puerta.

—¡Buenas tardes! ¿En qué puedo servirle?

—Buenas tardes. Supongo que le han avisado de mi visita, soy el padre Ramón.

—¡Cierto! Por favor, pase, no se quede en la puerta. ¿Sabe usted?, me comentaron su visita ayer, nunca imaginé que fuese tan rápido.

—Espero no molestarle.

—¿Molestar? ¡Nunca! Por favor, pase, pase. —Movió su mano, le invitaba a entrar. Una vez dentro, cerrada la puerta, decidió que era el momento de presentarse. —Soy el padre Sebastián, confío en poder ayudarle, pídame cualquier cosa que necesite. Llevo varios años en esta parroquia, creo poder informarle de cualquier cosa, suceso o persona de esta zona.

—Pues me vendrá muy bien su ayuda y conocimientos.

—¿Por dónde quiere empezar?

—Necesito algo de información, me gustaría saber si tiene tiempo libre para responder a algunas cuestiones.

—Esta es una parroquia tranquila, tengo que celebrar misa a las cinco de la tarde, después puedo dedicarle todo el tiempo que sea preciso.

—Si le parece bien, me aseo un poco y le acompaño a la iglesia.

—Me parece estupendo, así le verán los primeros fieles, podrá comprobar lo poco que tarda todo el pueblo en saber de su presencia aquí.

—¿Son muy cotillas?

El oro de Hitler

—Lo preciso y necesario. Vamos, lo suficiente para que esta noche, a la hora de cenar, todo el pueblo sepa la noticia de su llegada.

—¿Vienen muchos parroquianos a misa de tarde entre semana?

—¡Casi nadie! Eso sí, no debe preocuparse, entre los pocos asistentes vendrán algunas de las mayores chismosas de Andalucía. Como siempre, estarán en primera fila, ellas se encargan, propagarán la noticia a todo el pueblo.

—Pues mejor. ¿Dónde puedo lavarme un poco?

—Perdóname, estoy tan emocionado por recibir a alguien tan importante que me olvido de mis deberes como anfitrión. —Realizó un gesto para que le siguiese y comenzó a andar con pasos cortos y rápidos.

—¿Ha dicho «alguien tan importante»?

—¡Claro! Imagina mi situación. Si en lugar de darme las órdenes o instrucciones desde el arzobispado de Sevilla, a través de un triste secretario, de donde vienen siempre, me han llegado todas desde Roma. ¡Conferencia directa, nada menos! Perdóname, tú no te considerarás importante, aunque sin duda, debes serlo.

—¿Roma?

—Perdona, para un cura que lleva tanto tiempo perdido en un pequeño pueblo, es normal confundir Roma con el Vaticano en una conversación normal.

—De acuerdo. Aunque creo que me concedes más importancia de la que en realidad tengo.

—Un momento. —Abrió la puerta de una habitación, dejó espacio para que el padre Ramón pasara. —No se equivoque, padre Ramón. Aquí donde me ve, yo también sé lo que es la Entidad desde dentro. No a su nivel, por supuesto. ¿Me entiende?

—Le comprendo muy bien, padre Sebastián.

—Vamos a dejarnos de tonterías, somos algo más que simples

El oro de Hitler

compañeros, llámame Sebastián, la gente debe escucharnos como amigos y colegas, demasiado respeto infundiría sospechas.

—Tienes razón. No pretendía haberte dado una mala imagen. Para mí todo esto es nuevo.

—Supongo. ¿Cuántos años hace que saliste del seminario?

—¿Años? ¡Meses, Sebastián, hace unos meses estaba aún sin ordenar!

—Pues vaya carrera llevas. Aséate un poco, vamos a oficiar la misa, si te parece. Después cenamos mientras me pones al día.

—¡Por supuesto!

El padre Ramón se aseó, dejó sus cosas en la habitación para después dirigirse hacia el salón, donde esperaba su anfitrión. Le preguntó cómo pensaba celebrar la misa, era una estrategia para que la conversación circulara por derroteros sin importancia, era una forma de romper el hielo sin que su interlocutor se diera cuenta. Quería crear algo de confianza entre ambos. Salieron juntos de la casa parroquial mientras el párroco local intentaba explicar cuáles eran sus tareas más habituales. Entraron en la sacristía. Minutos después, mientras se ponían las vestiduras sagradas, aparecieron dos críos, corrían y hacían mucho ruido. Parecía evidente, a ojos del recién llegado, que estaban muy acostumbrados al lugar y a las ropas, pues tardaron poco tiempo en estar vestidos a la perfección como monaguillos.

—¡Venid! Angelitos míos, este es el padre Ramón, que nos va a acompañar durante un buen tiempo.

—Mucho gusto, padre. —Dijo el más bajo de los dos.

—El gusto es mío. ¿Cómo te llamas?

—¿Yo? José. Este es mi amigo Samuel.

—Un placer, confío en que seamos buenos amigos. —Les decía mientras les tendía su mano, a modo de saludo formal. Los dos niños,

El oro de Hitler

muy serios, devolvieron el gesto como si fuesen adultos, muy prudentes.

—Una vez realizadas las presentaciones, vamos a celebrar la misa, hoy va a salir mejor que de costumbre. ¡Nos van a mirar con lupa! —El padre Sebastián hablaba con rapidez tras comprobar la hora. —Samuel, es el momento justo para llamar a los feligreses con el primer toque de campanas.

—¡Voy, padre! —Lo que más le gustaba de ayudar al párroco era hacer sonar las campanas. En un instante se perdió entre las columnas, poco después el tañido resonaba en toda la iglesia y llamaba a los feligreses del pueblo.

La ceremonia se celebró como era habitual. El padre Ramón no realizó nada, era un creyente más. A pesar de su discreción, no pasó desapercibido para ninguno de los asistentes al oficio, su presencia fue la comidilla de todos los presentes. Los cuchicheos y miradas entre todos los feligreses llamaron la atención de ambos curas. Sus dudas se resolvieron al finalizar, al salir, en las puertas de la iglesia. Varios vecinos preguntaron si se preparaba la sustitución del padre Sebastián. Era algo que les importaba, el actual párroco era muy conciliador, trabajaba mucho por todos los vecinos, se ganó el cariño de los habitantes de Lora del Río. No les gustaban los cambios, siempre que no fueran a petición de los propios feligreses, algo que había ocurrido en multitud de ocasiones; sin embargo, en aquellos momentos no era el caso. El padre Sebastián se había ganado el respeto y aprecio de los habitantes de aquel pueblo, por tanto, no esperaban ninguna sustitución repentina. El recién llegado escuchó al sacerdote titular dar las explicaciones necesarias, dejó muy tranquilos a todos al comentar que preparaba a su compañero para realizar una labor parecida a la suya en otra parroquia. Cuando quedaron todos convencidos, estaban solos frente a la iglesia. Comenzaron a pasear

El oro de Hitler

sin prisa, tranquilos. Aprovechaba el titular para explicarle quién vivía en aquella vivienda o alguna pequeña anécdota al pasar frente a alguna casa. Tras un largo paseo, retornaron a la casa parroquial. Una vez cerrada la puerta, el padre Sebastián le invitó a sentarse.

—¡Bien! Vamos al grano. Siéntate aquí. —Comentó mientras sacaba una carpeta de un cajón del aparador que presidía el salón.

—Si tú lo dices.

—Yo digo poco, sin embargo, tengo la costumbre de actuar rápido. He seguido las instrucciones que me dio monseñor Herrera. En esta carpeta tienes todo lo que he conseguido reunir de los marqueses en un día. Quizás sea la familia más importante y poderosa de esta comarca. Desde luego, son los grandes benefactores de esta parroquia.

—Bien, explícame lo que tú opinas de ellos, ya leeré luego el contenido completo de esta carpeta.

—¡Oh! Entiendo. —Aunque en realidad no comprendía nada. Pensaba en todo lo que había recopilado, creía que eso necesitaba su nuevo compañero. Reunió durante el día anterior toda la información posible sobre los marqueses y ahora terminaba todo en un resumen de viva voz. Intentó disimular su decepción. —El marqués falleció hace varios años. Un trágico accidente mientras realizaba sus tareas.

—Entonces, ¿solo vive la marquesa?

—Sí. Bueno, también su hijo, que será el que herede el título, aunque aún no puede ostentarlo. De hecho, su madre es la legítima poseedora del título, ella es la descendiente de los anteriores marqueses, se casó en el año 1941 con Alfred Koháry.

—¿Cómo? —Al padre Ramón se le iluminó la cara, algo pareció llamar su atención.

—¿Qué es lo que no entiende?

—El nombre del marido no es de por aquí, ¿no?

El oro de Hitler

—La verdad es que no, era extranjero, un descendiente de príncipes. Parece ser que sus antepasados reclamaban un título, no recuerdo si duque o conde, por desgracia, las peleas de palacio los dejaron sin ninguno. Resultó ser un noble que su familia había venido a menos. Sin embargo, era de la aristocracia, lo único que resultaba imprescindible para que aquella historia pudiese acabar en boda.

—¿Cómo llegó a conocer a la marquesa?

—Si lo entendí bien, era un experto en minas. Después de la Guerra Civil, el marqués, ahora hablo del padre, contrató a dos ingenieros, los buscó en Europa, lejos de aquí. Estos le ayudaron a reflotar su vieja mina. Consiguieron que fuera rentable, de hecho, es la mayor fuente de trabajo para esta comarca aún hoy, en la actualidad. Este ingeniero, con el trato, consiguió que la hija quedara atrapada en sus redes, se casaron poco después, fue una boda por todo lo alto, todavía hoy nadie cree que se haya celebrado una boda mejor. Ahora esperan al marquesito. Si alguien puede superar aquella boda, tiene que ser su hijo. Nos gustaría verlo en un breve espacio de tiempo.

—¿Cuándo crees que podría visitar el palacio?

—Si quieres, mañana mismo, con la excusa de presentarte, podemos acercarnos.

—Es una idea fabulosa. Ahora, si te parece, voy a descansar, el viaje ha sido largo. De paso aprovecharé para estudiar todo lo que has recopilado. —Se levantó con la carpeta en la mano.

—¡Mañana hablamos! —Se sentía feliz, su trabajo sí serviría de algo. Ramón pensaba estudiar la información que había recopilado. —¿Cuándo quieres que te despierte?

—Procuraré madrugar. Una cosa, si te levantas antes que yo, despiértame, por favor.

—Cuenta con eso.

El oro de Hitler

El padre Ramón buscó entre todos los apuntes que figuraban en la carpeta sin localizar nada llamativo o relevante. El cansancio le venció, había realizado una revisión superficial de aquella información. Poco tiempo después dormía con un sueño profundo.

El canto de un gallo lejano le despertó. La claridad del día no había logrado olvidar la noche anterior. Se vistió con calma, al salir de su habitación casi tropieza con su compañero.

—¡Dios! Qué susto me has dado, venía medio dormido aún, por poco chocamos.

—Buenos días, Sebastián.

—¡Perdón! Buenos días, Ramón. ¿Qué tal la lectura de anoche?

—Si te soy sincero, no encontré datos nuevos de importancia. Tu resumen era bastante completo.

—¡Muchas gracias! Se agradece que aprecien el trabajo de uno.

—Por supuesto, sobre todo cuando está bien realizado de verdad.

—Sabía que su nuevo compañero necesitaba escuchar palabras de ánimo, él conseguiría elevarle su autoestima.

—Vamos a desayunar, tenemos que realizar una visita.

—¡Por supuesto!

—Va a ser divertido.

—No entiendo.

—En esta parte del mundo no están muy acostumbrados a ver dos curas que viajan en su propio coche.

—¿En serio?

—¡Y tanto! Además, uno de ellos con traje, sin sotana. Las más beatas tienen que estar santiguándose todo el rato.

—No creo.

—Es lo que tiene venir al último rincón del mundo, las novedades llegan tarde y con cuentagotas.

El oro de Hitler

Prepararon entre los dos un buen desayuno, hablaron de cosas banales mientras compartían tostadas regadas con buen aceite. Una vez terminaron la primera comida del día, recogieron y limpiaron todo. Salieron de la casa parroquial, se subieron al 600 y el padre Ramón lo puso en marcha. Conducía mientras seguía las instrucciones de su compañero.

—Puedes comprobar que no te engañaba, ¿ves cómo nos miran y señalan?

—No hacemos nada malo.

—¡Por supuesto que no! Ponte en su lugar, eres nuevo para esta gente, debes saber que mis feligreses son muy tradicionales, no les gustan nada los cambios. Este caso es peor aún, ignoran el motivo de tu presencia, les asusta lo desconocido, no saben lo que pasa.

—Se adaptarán, tranquilo, tampoco rompemos con nada. Pensaba que los feligreses se alegrarían al ver que cada vez nos acercamos más a ellos. Hoy es frecuente ver trajes entre los hombres de cualquier lugar, las sotanas son un uniforme diferenciador, se podría decir clasista.

—Me has convencido, a mí ya me tienes conquistado. Ya verás esta tarde, después de misa, estoy convencido de tener cónclave con mis beatas.

—Qué exagerado eres.

—Ya, ya. Luego me lo cuentas. Ese camino de la derecha nos lleva hasta el palacio de los marqueses.

—Entonces no hay duda, vamos para allá.

—Los marqueses tienen una gran extensión de olivar, sin embargo, su mina es la que ha proporcionado la enorme fortuna que poseen. En ocasiones da generosos donativos a nuestra iglesia. Cuando nos vea llegar pensará que venimos a darle un sablazo.

—¿Y eso?

El oro de Hitler

—Me recomendaron que cada cierto tiempo les pidiera alguna ayuda, ahora para arreglar un tejado, mañana una ermita necesita reparación, un manto nuevo para la virgen..., cosas así. La verdad, nunca se han negado.

—¿Te recomendaron? ¿Quién?

—El obispo.

—¡Me pinchan y no sangro!

—Tras esa curva del camino, aparecerá el palacio. —El padre Sebastián nunca se había sentido cómodo con aquella tarea, buscó cambiar rápido de conversación.

—No hace tanto estuve yo en otro palacio, también era de unos marqueses.

—¿En serio? ¿Dónde?

—Te hablo de Almería, en la Vega del Andarax, ya te lo contaré cuando llegue su momento.

—Te lo recordaré. —En ese instante apareció ante ellos la imagen del palacio. —Ahí está, ¿qué te parece?

—¡Magnífico! Este es más grande.

—Aparca a la sombra de ese árbol.

—Me parece bien.

Descendieron los dos, caminaron juntos hacia la gran entrada. Un joven moreno, delgado, sonrió al verlos, levantó de lejos la mano para saludarlos. Sin pronunciar palabra, se subió a un descapotable de importación, puso en marcha el motor y aceleró. Pocos segundos después se perdía entre una nube de polvo y un ruido ensordecedor.

—Le conocen por el marquesito, algún día heredará todo, incluido el título. Hay que llevarse bien con él, aunque nunca será como su madre. —Explicó el padre Sebastián.

—Quizás sea nuestra labor ganarnos a los jóvenes.

—Este en concreto será difícil de convencer, en cualquier

El oro de Hitler

circunstancia, o está en la universidad, o está en la mina. —Una mujer del servicio, menuda, se acercó a recibirlos. —Quisiéramos ver a su señora, la marquesa, si fuera posible.

—Está en el patio. Acompáñenme, le alegrará su visita, padre, sobre todo cuando descubra que le acompaña el nuevo párroco.

—La seguimos. —Entonces susurró al oído del padre Ramón— En los pueblos pequeños las novedades vuelan. ¿Me comprendes ahora?

—Estoy al tanto, vengo de una pequeña parroquia, no lo olvides.

—No puedo olvidar otra cosa, no se va de mi cabeza. Para mí vienes directo desde la Santa Sede.

Seguían a la mujer cuando entraron en una gran estancia que hacía las veces de recibidor o entrada del palacio. Era de gran tamaño, tenía un techo muy alto, del centro colgaba una espléndida lámpara con cientos de lágrimas que formaban un conjunto espectacular, cada pieza era un brillante cristal transparente. Si se fijaba bien, era capaz de apreciar con meridiana claridad una delicada filigrana en color rojo que cruzaba todos los cristales. El padre Ramón se detuvo, admiraba la belleza del trabajo realizado por los artesanos de Murano. ¡Estaba en el sitio correcto!

Solo una persona permanecía durante la hora de la comida en aquella planta, todos los funcionarios disfrutaban del descanso para almorzar. El comandante Vargas trabajaba a cualquier hora del día o de la noche, era difícil no encontrarlo en su puesto. Su persistente calvicie proporcionaba un brillo indeseado a su cabeza, de vez en cuando su mano buscaba en aquella piel lustrosa los cabellos que otros tiempos poblaron la zona. El visitante abrió la puerta con la tranquilidad

El oro de Hitler

proporcionada por la confianza forjada tras varios años de trabajo codo con codo. El alto mando del Servicio de Información de la Dirección General de Seguridad, para todo el mundo «Servicio Secreto», estaba al teléfono. Con la mano libre le hizo gestos para que entrara, después, con absoluta despreocupación, volvió a acariciar su cráneo carente de pelo. Debía ser una conversación interesante cuando no había cortado la llamada en su presencia. La mano que no sujetaba el auricular dejó el brillo de su calva para pedir con otro gesto que tomara asiento. Aquellos dedos tomaron un lápiz, anotó palabras sueltas en un folio

—Por favor, repite lo que me has dicho. ¿Sete.... qué? Deletréamelo. ¿Setefilla? Nunca escuché nada sobre un marqués de Setefilla. Necesito toda la información posible, aunque os parezca una tontería, me la contáis, luego yo decidiré lo que importa y lo que carece de interés. No lo perdáis de vista. —Colgó el auricular, suspiró y sonrió al apuesto capitán Sepúlveda. Se podría decir su único amigo en aquel duro e ingrato trabajo. —Ya reunimos cosas de nuestro querido «Diplomático Vaticano».

—Entonces te vendrá bien el informe que te traigo, es el que me pediste de él.

—La maquinaria empieza a funcionar. Veremos con quién nos enfrentamos.

—¿Han descubierto algo los chicos?

—Belmonte y Ramírez no son nuestros mejores hombres, sin embargo, sí son buenos chicos, y bastante profesionales. Le han seguido con relativo éxito. Su primera tarde la pasó dando vueltas con un 600, no me mires así, yo tampoco lo termino de comprender. Según ellos parecía aprender a conducir, o acostumbrarse a ese coche. ¡Chico, yo qué sé! No sé qué decirte a eso. No termino de creérmelo del todo. Aunque tampoco logro entender qué cojones está haciendo

El oro de Hitler

el curita este.

—¡Qué raro!

—Pues sí, bastante. Algo me dice que Herrera se ríe de nosotros a pierna suelta.

—Eso no termina de encajar en el personaje.

—Tienes razón, sin embargo, a ver qué explicación le encuentras a todo esto. Imagina. A la mañana siguiente, partió con ese mismo coche hacia Sevilla. Los chicos creían que iba acompañado en un primer momento, después confirmaron sin lugar a dudas que llegó él solo a Lora del Río. De momento, nada más que se le ha visto junto al párroco local en sus quehaceres cotidianos. En este preciso momento están los dos curas en el palacio de los marqueses de Setefilla. Por la hora que es, imagino que comerán allí. Hasta el momento parece un curita normal y corriente.

—¡Qué gracioso! No se te escapa una nunca y te encuentro a dos velas. ¿No te suena el nombre? ¿Padre Ramón?

—Refréscame la memoria. ¡Sepúlveda!, ¡no me toques los cataplines nada más que lo justo y necesario!

—Deberías leer mi informe, coronel. —Mientras decía esto, dejaba una carpeta con varios folios en su interior sobre la mesa de su superior.

—No quiero perder mucho tiempo, no dispongo del suficiente, hazme un resumen. Tú sabes ya cómo va el tema.

—¡Sin problemas! Aunque luego leerá el informe completo.

—¡No creo!

—Ya te digo que sí. Ahora mismo no lo recuerdas, aunque verás cómo con pocos datos lo sitúas. Este joven cura es el mismo que intervino en Almería, en el caso del asesino del Andarax. El que solucionó el misterio sin que ninguno de nuestros hombres oliese, ni de lejos, nada de la tostada.

El oro de Hitler

—¡Que me aspen! No me fastidies, Sepúlveda. ¿Es ese padre Ramón?

—El mismo.

—¡Joder! No me jodas, no me jodas. ¿Ya trabajaba para el Vaticano entonces?

—Creo que no, puedes leerlo todo en el informe, no tuvo tiempo material, salió del seminario como sacerdote y directo a esa parroquia. Nunca salió de España, ni un día de margen tuvo.

—Recuerda que tampoco teníamos conocimiento de que hubiera abandonado nuestro país cuando ingresó con el pasaporte diplomático.

—Aun así, no creo que formara parte de la Santa Alianza, por lo menos en aquellos días.

En ese momento, el coronel Vargas tomó el informe y comenzó a leerlo. Sin levantar la mirada de aquellos folios, hizo un gesto con la mano para que lo dejase solo. El capitán Sepúlveda se levantó en silencio y dejó solo a su superior, enfrascado en la lectura que le acababa de dejar.

El oro de Hitler

El oro de Hitler

7

UN HILO DEL QUE TIRAR

El padre Ramón admiraba aquella hermosa lámpara de araña. Se detuvo para comprobar la calidad derrochada por los artesanos venecianos hasta en el más mínimo detalle. No había duda, coincidía con su recuerdo del museo. Mientras tanto, su compañero se adelantaba para saludar a la dueña del palacio.

—¡Querida marquesa!

—Padre Sebastián, debo confesarle un detalle, esperaba su visita. Todo el pueblo sabe que llegó un nuevo párroco, menos yo.

—¡Cómo exagera! Debo aclarar dos cosas, mi querida señora: Uno, nuestro invitado llegó ayer tarde. Dos, la primera visita que realizo para presentar a mi compañero es a usted. Por cierto, padre Ramón, le presento a la ilustrísima marquesa de Setefilla.

—Marquesa, es un honor para mí. Perdone si desconozco el protocolo, no sé cómo tratar con la nobleza.

—Reverendo, tranquilícese, esto no es una recepción oficial, no debe tratarme de manera distinta a cualquier otro feligrés. Por favor, no me gustan los saludos rimbombantes, tengamos una charla normal,

El oro de Hitler

entre amigos. —Entonces se dirigió al padre Sebastián, con un tono de divertida regañina. —No seas malvado, te burlas de tu compañero, como es joven, quieres asustarlo.

—Tranquila, este hombre no es de los que se asustan con facilidad.

—Por favor, siéntense conmigo, aquí permanecemos a la sombra, se está muy bien. ¿Le gusta nuestro humilde palacio? —Preguntó al recién llegado.

La gran entrada, presidida por una espectacular lámpara realizada en Murano, daba acceso a varias estancias, una a la derecha conforme se entraba, otra a la izquierda. En frente de la puerta principal estaba el acceso al «jardín»; una vez dentro, este descubría la grandeza del palacio. Era un gran edificio de tres plantas, contaba con un enorme patio central, desde allí se accedía a cualquier zona del mismo. El jardín estaba presidido por una sencilla fuente de considerable tamaño, cubrían casi todo el patio múltiples macetas de todo tipo y forma, entre ellas había una gran mesa redonda con varias sillas, situada a la sombra del propio edificio. La marquesa y los dos párrocos se sentaron juntos para continuar su conversación.

—Debo reconocer que me gusta, me ha sorprendido, marquesa. Desde el exterior nunca hubiera imaginado este patio con tanta planta.

—Mi tatarabuelo mandó construir este palacio, dio algunas instrucciones muy precisas, una de ellas era primordial, debía ser más fresco que las habituales viviendas de la zona. Debe saber una cosa, aquí, cuando llega la época estival no hay quien respire del calor que puede hacer. Si se queda el tiempo suficiente, lo comprobará, ¿verdad, padre Sebastián?

—¡Es cierto!

—Por eso este patio tan pintoresco tiene una razón de ser, la fuente con el constante correr del agua junto a las abundantes macetas consiguen crear un ambiente húmedo. Esto, unido al

El oro de Hitler

aprovechamiento de la sombra proporcionada por la altura misma del palacio, consigue que en esta zona siempre tengamos un ambiente y temperatura ideal.

—Muy inteligente. Si no le molesta, hay una cosa que me intriga mucho.

—Ninguna molestia, dígame.

—Me ha llamado mucho la atención esa maravillosa lámpara que se encuentra en la entrada, no he podido dejar de admirarla al entrar.

—Veo que tiene usted un excelente gusto. El padre Sebastián ha estado en esta casa muchas veces, nunca preguntó por ella.

—¡No entiendo nada! Es una simple lámpara de cristal, me parece a mí. —Protestó el aludido.

—¡No se enfade! Es sencillo, no se fijó en ella, sin embargo, tiene una buena historia que contar, esa que usted comenta, junto con otras lámparas del palacio.

—Me encantaría conocerla, si es posible. —El padre Ramón quería animarla para contar todo lo posible de la que era su única pista hasta aquel momento.

—Mis padres realizaron un viaje, creo que a Milán, donde visitaron a varios conocidos. En casa de un conde, amigo suyo, vieron una espectacular lámpara que les llamó la atención al momento. Mi madre se quedó prendada del fino trabajo que realizaron los artesanos en una de las lámparas más pequeñas. Siempre contaba que le llamó mucho la atención, era un trabajo de calidad, eran piezas realizadas en cristal transparente con una filigrana de color rojo. Todas las lámparas le gustaban, aquella de manera especial. Mi padre parecía no prestarle atención, pues aquel viaje tenía un propósito principal; nuestra vieja mina no rendía como él esperaba, había buscado consejo de algún experto para mejorar la productividad en su explotación. No era de extrañar que mi padre pasara jornadas enteras en busca de

El oro de Hitler

información para mejorar el rendimiento de nuestro yacimiento. Mi madre no podía imaginar que uno de aquellos días, en compañía del conde, fueran a la isla de Murano, está cerca de Venecia, allí localizaron un taller capacitado para realizar una lámpara como aquella que gustaba a su mujer.

—Entonces nos cuenta una bonita historia de amor.

—Debo reconocer que a mí siempre me lo pareció. Aunque no queda ahí la cosa. En el taller mostraron cómo realizaban sus obras de arte. A mi padre le maravilló ver el proceso completo para crear las piezas con cristal. Durante su visita a aquel horno, realizaban un encargo, varias lámparas a juego para iluminar algún palacio. Vio cómo trabajaban el vidrio, se quedó maravillado con la creación de aquellas piezas. Aunque fueran distintas en tamaño y forma, todas estaban construidas con las mismas lágrimas de cristal de Murano. Mi padre encargó y pagó la lámpara deseada por mi madre. Tiempo después finalizó el viaje y volvieron a Sevilla. Su cabeza no paraba de darle vueltas a una loca idea, llevaba una buena temporada con aquel pensamiento. Después de mucho dudar había tomado una decisión, decidió darse un capricho. Sorprendería a mi madre, le apetecía hacerlo. Mandó una carta con el siguiente encargo: un juego con lámparas variadas como el que realizaban en su visita, aunque con la muestra de cristal que había pedido él. A vuelta de correo aceptaron el pedido, le pidieron la mitad del coste, mi padre se lo envió. Él presagiaba una clara derrota del bando republicano, cuando el ejército nacional entró en Barcelona sin encontrar resistencia, completó el pago del encargo al taller de Murano. Algún tiempo después, no me haga mucho caso, creo que era marzo del año 1939, llegó un aviso, una mercancía era entregada en el puerto de Sevilla, en ese envío vinieron las lámparas que había encargado mi padre, una docena de piezas únicas, distintas, de diferentes formas y tamaños, a

El oro de Hitler

cuál más espectacular, todas realizadas con las mismas lágrimas en autentico cristal de Murano, eran transparentes y lucían ese detalle especial de color rojo. Cuando mi madre las vio recordó la particularidad especial de aquel encargo, eran iguales a aquella que le gustó en su viaje a Milán. Por tanto, se dio cuenta de una cosa maravillosa, mi padre no solo estaba pendiente de ella, también había realizado un bonito gesto de amor. Recuerdo que se abrazaron con lágrimas en sus ojos, terminaron fundidos en un largo beso. Nunca me había fijado en lo enamorados que estaban hasta conocer por completo esta historia.

—¿Ha dicho una docena de lámparas? —Preguntó el padre Ramón.

—Eso mismo he dicho, cada una venía guardada en un embalaje único de madera, algunas cajas eran enormes.

—Entiendo, doce cajas. Perdón por la indiscreción, no quisiera molestarla, ¿qué edad tenía usted por aquel entonces?

—Ya había superado la veintena de años, no quisiera ser más precisa.

—No es necesario, parece usted muy joven aún. Hemos visto a nuestra llegada a su hijo, ¿ya estaba usted casada entonces?

—No, en ese momento no, es curioso que lo comente. Aquel envío trajo, además de las lámparas, otra «mercancía». —En ese momento una sirvienta trajo una bandeja con una jarra de limonada recién elaborada y tres copas. Sirvió la bebida en silencio. —Espero que les guste, aunque a lo mejor prefieren otra cosa.

—Por favor, está perfecto, no se tenían que haber molestado. —Respondió rápido el padre Ramón, no quería que dejara de contar aquella historia, justo en aquel momento parecía llegar a la parte que más le interesaba. —Decía usted que también llegó algo más.

—¡Oh! Sí, y tanto que llegó algo más. Me encanta su curiosidad y

El oro de Hitler

atención, el padre Sebastián ya me ha escuchado contar esta historia varias veces, para usted es toda una novedad.

—Además es una interesante y bella historia romántica.

—Cierto, por lo menos a mí me lo parece. Aunque debe tener en cuenta una cosa, es una historia de amor doble. Le explico, las lámparas eran la confirmación del cariño mutuo que tenían mis padres. Si recuerda lo que he comentado antes, mi padre había realizado aquel viaje al norte de Europa con la idea de aumentar la producción en nuestra mina. Él pensaba potenciar nuestra mayor fuente de ingresos, buscaba acrecentar los resultados de explotación, quería superar las cifras que conseguía hasta esos momentos. La verdad es que, por fortuna, tenía razón. En el mismo paquete, con las cajas de Venecia, llegaron dos pasajeros, esa era la otra mercancía. Mi padre consiguió la ayuda de su amigo, el conde milanés, este localizó dos ingenieros de minas que podían mejorar su explotación. El yacimiento, desde que ellos comenzaron a dirigirlo, con las primeras modificaciones, ya daba una rentabilidad y producción mayor. Otro gran acierto de mi padre. Sin embargo, el mejor, aquel que no había planeado, sucedió sin él pretenderlo. Me enamoré. Uno de aquellos jóvenes conseguía que mi estómago pareciese una jaula de mariposas. Mi querido Alfredo. —Suspiró con la mirada perdida.

—¿Alfredo? —Preguntó el padre Ramón, con la secreta intención de animarla para que continuara su relato.

—Para mí siempre será Alfredo, aunque su verdadero nombre era Alfred. Imagine lo que fue para mí, de repente entra en mi aburrida vida un austriaco guapísimo, simpático, inteligente..., todo lo que yo diga es poco. Me habían presentado a muchos jóvenes y ninguno se podía comparar con él.

—Entiendo. Una consulta, ¿ha dicho que era natural de Austria?

—Exacto. Yo me enamoré de él desde el primer instante, cuando

El oro de Hitler

mis ojos se posaron en los suyos. Creo que a él le pasó lo mismo. Después descubrimos una particularidad. Por fortuna para mí, este hombre contaba con nobles antepasados, esto facilitó en gran manera que pudiéramos iniciar nuestras relaciones con el beneplácito de mis padres. Dos años después nos casamos, fue una boda memorable, se lo aseguro.

—Seguro que fue la mejor boda nunca vista en esta zona.

—¡De eso no le quepa la menor duda!

—Otra curiosidad, señora marquesa, ¿por parte del novio vino mucha familia?

—La verdad es que no vino nadie, mi Alfred quedó huérfano cuando era muy niño aún. Me comentó que, con los líos de los antepasados, en su familia no tenían la mejor relación. Pasaron tres años, fuimos bendecidos con el nacimiento de nuestro hijo, por desgracia su padre no pudo verlo crecer, murió en un desgraciado accidente, tenía el niño algo más de cuatro años. Demasiado pronto me quedé sola para criar al joven marqués.

—Supongo que tendría alguna ayuda y consuelo, sus padres estaban a su lado... —El padre Ramón interrumpió la frase que pronunciaba al ver los gestos urgentes de su compañero.

—Mis padres nos dejaron muy pronto. Dos años antes. Apenas había cumplido mi hijo los dos años. —Una lágrima recorría su mejilla al pronunciar estas palabras. La marquesa quería disimular su llanto, no podía.

—Lamento mucho traerle tristes recuerdos, nada más lejos de mi intención. Disculpe mi curiosidad.

—No se preocupe, me quedo con el recuerdo de nuestra bella historia de amor.

—No queremos molestarla más.

—De eso nada. —La marquesa secó cualquier rastro dejado por

El oro de Hitler

las lágrimas con el dorso de su mano. —Solo hemos hablado de mí, aún nada del recién llegado. Cuénteme cosas de usted, sobre todo su propósito al venir aquí.

—Querida marquesa, nosotros no tenemos potestad para elegir nuestro destino, le voy a contar la razón de venir a Lora del Río. Nada más ordenarme sacerdote, me destinaron a cubrir la vacante de un buen párroco tras su fallecimiento. —Explicó el padre Ramón. Evitó los detalles que rodearon la muerte del mismo, no pensaba que esa parte de la historia fuera de interés en aquel momento. —Hablo de un pequeño pueblo en Almería, nada que ver con el suyo, Lora del Río es más grande. Parece ser que es muy apreciada la labor que realiza desde hace tiempo el padre Sebastián, está muy bien vista por nuestros superiores, tengo entendido que pretenden replicarla en otras parroquias. Supongo que este es el motivo para enviarme aquí, aprender cómo la realiza, de forma que pueda aplicarla a mi nuevo destino, del que, por cierto, desconozco cualquier detalle. No tengo ninguna información de mi próxima parroquia, tampoco de cuándo se producirá, lo mismo es en una semana que en un par de años, imagino que cuando piensen que conozco bien el «sistema» de nuestro amigo.

—Entiendo que eso será lo que se transmite desde el Vaticano como «renovación de imagen» para la Iglesia. —Comentó la marquesa.

—Seguro que esa es la intención de nuestros superiores.

—¿Por eso no viste usted con sotana?

—Normalizar la imagen que nuestros feligreses tienen sobre los curas parece ser una de las intenciones, tengo entendido. Supongo que poco a poco se verán con más frecuencia estos trajes. Se olvidarán las sotanas, aunque no desaparecerán.

—Entiendo, entonces usted viene de Almería.

—Sí, mi parroquia estaba allí.

El oro de Hitler

—Su acento no parece del sur.

—Bien observado, mis raíces proceden de Palencia.

—Buena tierra, la conozco. Entonces, si lo he entendido bien, está usted aquí para aprender.

—Más o menos.

—¿Tendrán la amabilidad de ser mis invitados para comer hoy?

—¡Imposible! Ya le digo que me gustaría, sin embargo, debo presentarme a más gente del pueblo.

—¿En serio?

—¡Al alcalde! —Respondió con rapidez el padre Sebastián, tenía la intención de rescatar a su compañero del lío en el que se encontraba.

—Entiendo, sin embargo, deben recordar aceptar mi invitación para comer.

—Por supuesto, me gustaría que me explicara de dónde viene el nombre del marquesado: Setefilla.

—Se lo contaré con mucho gusto. Mañana, sin excusas, están ustedes invitados a comer. No aceptaré una negativa.

—No seremos nosotros quienes nos atrevamos a llevarle la contraria, querida marquesa. Muchas gracias por su invitación. — Contestó el padre Sebastián mientras se levantaba para abandonar la mesa.

—Así podrá admirar otra de las lámparas venecianas.

—Son maravillosas, será un placer, marquesa.

Se despidieron con la promesa de regresar el día siguiente. Los dos curas salieron del palacio, comprobaron en su piel la diferencia de temperatura del patio con el exterior, una sensación de bochorno asfixiante les empujaba hacia su coche. Este se puso en marcha, tomó dirección al pueblo.

—Gracias por rescatarme, he metido la pata, no conocía el

El oro de Hitler

fallecimiento de sus padres. He comprendido una cosa muy importante: necesito documentarme algo mejor.

—Ahora toca presentarte al alcalde.

—¿Es necesario?

—¿Qué le responderás a la marquesa cuando te pregunte por él?

—Comprendo. ¡Es necesario!

—Ya, imagino que esa invitación a comer te interesa.

—¡No sabes cuánto! Alguna de las historias que comentó me ha llamado mucho la atención.

—¡Me alegro!

—Si tengo en cuenta nuestra conversación, hay dos cosas que ha dicho como si nada que pueden ser muy importantes.

—¿Dos?

—Luego te explico, ahora, mientras llegamos al ayuntamiento, cuéntame lo de sus padres.

—¡Sí! ¡Qué momento, por favor! Imagina que poco después de terminar la Segunda Guerra Mundial, unos viejos conocidos del marqués, entre ellos, el conde milanés que le ayudó con lo de la mina, creo recordar. Pues estos nobles organizan un viaje en velero que parte desde Sevilla, con la intención de conocer el Mediterráneo, también invitan a su hija, yerno y nieto, aunque estos pensaron una cosa: el viaje en aquel barco, por muy cómodo y placentero que pudiera parecer, no sería lo más indicado para un niño pequeño, por tanto, ellos se quedan en el palacio, no realizan el viaje. Por la mañana comienzan a descender el río Guadalquivir. Una vez en océano abierto, toman dirección a Cádiz. Antes de llegar al puerto, el barco con todos los ocupantes desaparece sin dejar más rastro que algún objeto del barco a la deriva.

—¿Ningún superviviente?

—Ninguno.

El oro de Hitler

—Si no recuerdo mal mis lecciones de geografía, esa zona que dices no está lejos de la costa, por tanto, en circunstancias normales deberían existir supervivientes.

—Debes tener razón.

—¿Podrías buscar información sobre ese suceso?

—¡Supongo que sí! Aparca aquí mismo, el ayuntamiento está allí. Vamos a conocer a nuestro «gran alcalde».

—¿Me equivoco si te digo que he notado cierto aire de cachondeo en tu comentario?

—¡Por favor! ¿Cómo puedes decir esas cosas? ¿Cachondeo?

Entraron en la recepción del ayuntamiento, el padre Sebastián saludó a un serio secretario, después le preguntó si podían ver al alcalde, este levantó la vista del documento que redactaba, al ver a los dos curas reaccionó rápido, se puso en pie, murmuró algunas palabras que no entendieron, se acercó a una puerta del fondo, la abrió e introdujo su cabeza. Volvieron a escuchar sus murmullos. Con un gesto casi ceremonial, abrió la puerta de par en par.

—El alcalde les recibirá ahora mismo.

—Muchas gracias, Pedro. Con su permiso, señor alcalde. —Desde la entrada del despacho, el padre Sebastián hablaba con su interlocutor, sin dejar que su compañero viera a la primera autoridad de la zona. —Vengo con la intención de presentarle a un nuevo párroco, está de visita, me acompañará durante algún tiempo.

—Por favor, no se queden en la puerta, pasen, pasen.

—Gracias, alcalde. —Entró, dejó paso a su acompañante mientras hablaba. —Le presento al padre Ramón, como le comentaba, es mi nuevo colega, viene de Almería.

—Mucho gusto, padre. —Le dijo el alcalde.

—El gusto es mío. —No era capaz de articular ninguna otra palabra. Temía que se le escapara alguna risa tonta al descubrir la

El oro de Hitler

sorna del comentario anterior. El alcalde era una de las personas más obesas que había visto nunca. Comprendió al instante el comentario de «nuestro gran alcalde».

—¿Piensa acompañarnos durante mucho tiempo?

—Me gustaría mucho, su pueblo me ha parecido muy acogedor, aunque esa decisión no depende de mí. Nuestros destinos se deciden en otros lugares, solo obedecemos.

—Comprendo, supongo que nos veremos en misa.

—Espero verle allí, por supuesto.

—Como imagina usted, mis obligaciones me impiden acudir todas las veces que quiero, aunque puedo asegurarle una cosa; voy con frecuencia, el padre Sebastián puede confirmarlo.

—Lo confirmo, alcalde, esta visita es pura cortesía, no pretendemos que la tome de otra forma, por favor.

—¡Por supuesto! ¿Necesitan alguna otra cosa?

—Si le parece bien, aprovecho la ocasión. Quisiera consultarle cómo va la última gestión que le comenté.

—Refrésqueme la memoria, padre.

—Recuerde que le expliqué una buena idea el otro día, si fuese posible instalar unos bancos frente a la iglesia. Pienso que nuestros mayores pueden utilizarlos para esperar con algo de comodidad antes de misa, o bien disfrutar de un buen lugar para descansar, reunirse, charlar todos los paisanos en cualquier momento..., ya me entiende.

—Reconocemos su iniciativa, tiene muy buena intención. Sucede que no soy capaz de encontrar fondos con los que llevarla a cabo.

—Comprendo. Existe entonces la posibilidad, si yo consigo financiación para esa obra, de realizarla.

—Veo que me ha comprendido usted a la primera. Si usted consigue los bancos, nuestros operarios municipales se encargarán de instalarlos sin mayor problema.

El oro de Hitler

—Buscaré un alma caritativa que nos pueda ayudar.

—Sabe usted a qué puerta debe llamar, padre.

—Le comprendo. No queremos molestarle más, seguro que tiene mucho trabajo.

—Gobernar un pueblo tan grande exige de mucha dedicación. Ha sido un placer conocerle, confío en verle mucho tiempo por aquí.

—Yo también lo deseo. Gracias por recibirnos.

—No solo es mi obligación siendo alcalde, como creyente es un placer.

Ya fuera del ayuntamiento, el padre Sebastián no podía ocultar su risa.

—Te has burlado de mí.

—Para nada, deberías haberte visto la cara al conocer a nuestro «gran alcalde».

—No me imaginaba esta faceta tuya de bromista.

—No te lo tomes a mal.

—Ha sido un momento incómodo, aunque reconozco que me ha divertido. Oye, una simple consulta te voy a hacer, ¿me puedes explicar esa pregunta sobre los bancos frente a la iglesia?

—Otro tema de conversación, imagina si en algún momento puedo colarlo en la comida de mañana. La señora marquesa puede llegar a la conclusión de que la petición viene del Ayuntamiento, aunque no se atreven a realizarla. Para mí es mejor.

—Bien visto, no quiero que la visita de mañana se vea solo como un interrogatorio. Si añadimos una petición de dinero será mucho más discreta, pasará inadvertida. Vamos a casa, debo hacer una llamada.

El oro de Hitler

El oro de Hitler

8

PISTAS DORADAS

Nada más llegar a la casa parroquial, el padre Ramón había anotado en su cuaderno todo lo que recordaba que pudiera tener algún interés en su investigación. Repasó todo lo escrito, se llevó la libreta al salón y buscó en su cartera la tarjeta para marcar el número de teléfono de su superior. El tono de llamada se hizo esperar, después del segundo zumbido, descolgaron al otro lado de la línea.

—¡Pronto!

—Buenas tardes, monseñor Herrera.

—¡Padre Ramón! Me alegra escuchar su voz, no esperaba volver a tener noticias suyas hoy. ¿Algún problema?

—No, ninguno. Me dijo que le mantuviese al tanto de mis avances.

—Cierto, no quiero presionarle. Ayer nuestro común amigo me demostró que continúa interesado en este caso, me preguntó si tenía noticias de usted. Un poco más tarde nos reuniremos, le alegrará saber todas las novedades que pueda contarme. ¿Ha realizado algún avance?

—Podría decirse que sí. Puedo confirmarle una cosa, estoy en el sitio correcto.

—¿Está seguro?

El oro de Hitler

—He visto una de las lámparas venecianas. No hay error posible. La mercancía que partió de la isla de Murano tenía como destino Sevilla.

—Parece que tenía razón en sus suposiciones.

—Hay más motivos para pensar eso.

—Cuénteme.

—Llegaron a su destino las doce lámparas que encargaron.

—¿Entonces?

—Una lámpara en cada caja.

—Lo entendí la primera vez.

—La cosa es que Maurizio Noceti me dijo con toda seguridad que había preparado treinta y dos cajas. La misma cantidad figuraba en el albarán de entrega que localizamos en el museo de Murano.

—Cierto. ¿Como no he caído antes en el detalle? Ahora comprendo dónde quiere llegar, faltan una veintena de cajas.

—Podrían esconder sin problema el oro en ellas. Si nuestro cálculo era correcto, los mil doscientos kilos de oro, repartido entre veinte cajas nos da un resultado de unos sesenta kilos por caja. Algo más que posible.

—Muy cierto. ¿Qué va a hacer a continuación?

—Comprobar todas las pistas posibles. Para eso necesito de su ayuda en dos cosas.

—Dígame.

—Supongo que en el puerto de Sevilla hay un registro con los barcos y las mercancías que llegan o salen.

—Seguro, es lo más lógico, debe existir.

—Quiero revisar esa información.

—Buscaré un contacto para poder hacerlo. ¿La segunda?

—Hay un austriaco involucrado en este caso.

—No entiendo.

El oro de Hitler

—Taras Borodajkewycz era austriaco, no me gustan las coincidencias. En el mismo barco que aquellas lámparas, donde suponemos, vigilaba la carga el cerebro de la estafa, o quizás fuese un cómplice del mismo, llega un compatriota del artífice del engaño. Si todas estas coincidencias fueran pocas, hay que añadir otra; por casualidad dice ser descendiente de alto linaje, además es un experto en minas. Sabemos que Taras y Nicola no partieron con el barco, además de no tener conocimientos sobre yacimiento alguno ni ser de alta cuna. Sin embargo, con las lámparas llegaron a Sevilla dos personas, quizás también nuestro tesoro. Algo no encaja, o se podría decir que todo encaja demasiado bien. ¿Podría ser el vigilante su compatriota?

—Comprendo sus dudas. ¿Qué necesita?

—Necesito toda la información posible sobre un tal Alfred Koháry, de Austria.

—Espere, que tomo nota. ¿Alfred qué?

—Koháry, con «k», «h» entre la «o» y la «a», terminado en «y» griega.

—Lo tengo. Veremos qué encontramos.

—Gracias.

—Gracias a usted. No imagina la ilusión que le van a suponer todas estas novedades a nuestro compañero de intrigas.

—No hemos encontrado ninguna evidencia, solo alguna pista suelta, pueden ser datos sin importancia. Quiero llegar a alguna conclusión seria en un plazo de tiempo razonable.

—Ha superado nuestras expectativas en este caso con creces, no se preocupe por eso. Una cosa, cuatro ojos ven más que dos, el padre Sebastián es de toda confianza, puede contarle todo a él, en algún momento puede ser una gran ayuda.

—Me parece bien, no he contado nada aún. Le pongo al corriente.

El oro de Hitler

—Seguro que le ayudará a resolver este misterio. Respecto a su consulta, no se preocupe, más pronto que tarde tendrá noticias mías. Debo colgar.

El padre Ramón también colgó el teléfono en la casa parroquial, sabía que su compañero había escuchado su parte de conversación. De hecho, él le había pedido que lo hiciera. Quería evitarle pensar que hacía algo a espaldas de sus superiores. Ahora ellos le autorizaban a ponerlo al tanto de su investigación.

—Dime que no hablabas con quien yo supongo.

—Eso dependerá de quién supones tú que estaba al otro lado de la línea.

—En un momento transitorio de locura total, he llegado a pensar que podrías hablar con el mismísimo monseñor Herrera.

—El mismo.

—Espera, pueden existir varios monseñores Herrera.

—Cierto. Es bastante probable.

—Yo hablo del monseñor Herrera que es la mano derecha de cierto cardenal. Ahora pienso en uno llamado Amleto Giovanni Cicognani, para no confundirnos, hablo del Secretario de Estado en la Santa Sede.

—Exacto, hablamos de la misma persona. —Ahora era él quien se divertía a costa del padre Sebastián.

—¿Me quieres decir que le has ordenado buscar información sobre el difunto marqués al más íntimo colaborador del primer ministro de la Santa Sede?

—Yo no diría que le he ordenado nada.

—Eso es lo que me ha parecido.

—Espero que no haya sonado así.

—Le has pedido eso y acceso a no sé qué archivo.

—No te equivocas.

El oro de Hitler

—Ahora soy consciente de una información, la misma que seguro no debía conocer. ¿Se puede saber cuál es esa misión tan interesante para las altas esferas de la Santa Sede?

—Esa información es muy confidencial, hasta ahora no podía decirte nada, sin embargo, ese monseñor Herrera del que hablabas tan solo segundos antes acaba de darme autorización para ponerte al día.

—Ahora es cuando desde lo más profundo de mi ser, imagino que el mismo papa está metido en todo esto. —Nada más terminar de pronunciar esta frase, el padre Ramón, en silencio, levanta la mirada al techo, da media vuelta y camina despacio en dirección a la sala de estar. —¡No me lo puedo creer!

—Yo no he dicho nada. —Contestó desde lejos.

—Ni falta que hace. ¿Me acompañarás en misa de cinco?

—No me la perdería por nada. Siéntate un momento.

—¡Me pones de los nervios! —Susurró el padre Sebastián mientras se sentaba en un sillón de la sala. Frente a él, con evidentes signos de tranquilidad, le esperaba el padre Ramón.

—Sebastián, una sencilla pregunta, ¿tú sabes algo sobre el oro de Hitler?

Con bastante detalle, contó a su compañero lo sucedido en los últimos días. Para la misa de tarde conocía todos los pormenores del misterio que debían resolver, ahora entre los dos. No interrumpió las explicaciones que le daba, intentó memorizar todo, cualquier detalle podía ser muy importante. Con tanta información en su cabeza, ofició la ceremonia aquella tarde de forma mecánica. Sus feligreses habituales lo notaron, pensaron que se debía a la presencia del padre Ramón.

La noticia del nuevo cura había recorrido toda la comarca, en aquellos momentos era difícil localizar a alguien de la zona que no estuviese al tanto de la reciente incorporación, el flamante compañero

El oro de Hitler

del clérigo titular. La noticia se veía adornada y envuelta en rumores de cambio o sustitución, algo que sorprendía a la mayoría de los vecinos. Después de misa, el párroco titular debió confirmar a todos los curiosos que no se preparaba ningún relevo. Tanto interés confirmó al padre Ramón el cariño que le tenían sus feligreses. En realidad, debía hacer una buena labor cuando se veía tanta preocupación. Esa tarde regresaron directos a la casa parroquial, sin pasear por el pueblo. Poco tiempo después sonaba un timbre de teléfono. El padre Sebastián contestó la llamada.

—¿Dígame?

—Buenas tardes. Supongo que hablo con el padre Sebastián.

—El mismo. Usted me conoce, yo me encuentro en desventaja, no sé con quién tengo el placer de hablar.

—Le ruego me perdone. Fallo mío. Soy monseñor Herrera, quisiera hablar con su nuevo compañero.

—Discúlpeme, monseñor. Ahora mismo le aviso. No tardo nada.

—Dejó el auricular sobre la mesita donde se encontraba el teléfono, corrió hasta llegar sin aliento a la habitación donde su compañero leía documentos de la carpeta que le había proporcionado el primer día.

—¡Monseñor Herrera!

—¿Perdón?

—¡Al teléfono!

—¡Voy! —Sin correr, aunque con rapidez, se dirigió a contestar la llamada. —Soy yo, perdón por el retraso.

—Ningún problema.

—¿Alguna novedad?

—Una que le sorprenderá, o eso creo.

—Usted dirá.

—La familia Koháry existe, podemos confirmar su descendencia de príncipes, por tanto, es una familia que está identificada a la

El oro de Hitler

perfección, todos sus miembros están bien documentados; parentescos, matrimonios, hijos, nietos, biznietos..., la familia completa. Puedo asegurar que no falta nadie. Ya sabe, árboles genealógicos muy estudiados y conocidos, incluso pueden conseguirse datos de descendientes bastardos.

—Algo previsible. ¿Qué información ha obtenido de Alfred?

—Ninguna.

—¿Cómo? ¡No entiendo!

—Es bien sencillo. No existe ningún registro sobre un descendiente Koháry que atendiese por el nombre de Alfred.

—Entonces...

—El difunto marqués era un impostor. Además, era un impostor austriaco.

—Bueno, si mentía sobre sus antepasados y su nombre, podía hacerlo también con la nacionalidad.

—Cierto, aunque algo me dice que esa parte va a ser cierta. ¿Qué piensa hacer con esta información?

—Mantenerla en secreto. Veremos qué conseguimos averiguar ahora que conocemos este dato.

—Por otra parte, tengo la esperanza de que mañana puedan informarle sobre la otra consulta. Ya tengo a alguien sobre el registro del puerto, le he comunicado que buscamos cualquier indicio sobre la llegada de una mercancía muy concreta, suponemos su procedencia, Venecia. Imagino que le llamarán mañana.

—Nosotros tenemos previsto comer mañana con la marquesa, puede resultar interesante lo que nos cuente de su difunto marido, sobre todo con los datos que conocemos ahora de él.

—Entiendo que va a ser difícil preguntarle por el oro a ella.

—Por supuesto, puede darse la circunstancia de que no tenga conocimiento de nada. Por eso mismo no pienso empezar a preguntar

El oro de Hitler

sobre ese tema. Voy a intentar conocer todo lo posible sobre las lámparas, para intentar averiguar la relación que pueden tener con el oro, además de compartir viaje desde Venecia con el único implicado vivo en este caso, en aquel momento, que sepamos nosotros.

—Puede que solo fuera una treta para hacer desaparecer el tesoro. En ese caso, existe la posibilidad de que este nunca llegase a Sevilla.

—Podría ser, por supuesto. Si fuera de esta manera, habría terminado nuestra investigación, no encontraremos ninguna pista, no tendremos un camino para seguir.

—Tiene razón. A ver hasta dónde os llevan las lámparas.

—No va a ser tarea fácil.

—Nunca pensamos que lo fuera. Dígale a Sebastián una cosa, le gustará saberlo: el papa, y yo mismo, os tenemos presentes en nuestras oraciones para que llevéis a buen término vuestro encargo.

—Se lo transmitiré, le va a hacer mucha ilusión.

—Infórmenme de todo avance.

—Descuide, lo haré.

Prepararon la cena entre los dos, el padre Sebastián estaba muy alterado, en su mente un único pensamiento: ¡el papa le tenía en sus oraciones! La idea que le pasaba por la imaginación era estar toda la velada con preguntas para conocer y memorizar todo lo que podía contar su compañero. Por su parte, el padre Ramón estaba muy cansado, necesitaba dormir, se fue pronto a descansar, lo dejó sumido en un mar de dudas, eso sí, una gran ilusión se abría paso en su imaginación, quizás pudiese ir al Vaticano y conocer a Su Santidad. Para que esa posibilidad se convirtiera en realidad, debían resolver las grandes preguntas que envolvían este misterio. ¿Qué fue del oro de Hitler? ¿El vigilante que viajó con el oro tuvo algo que ver con la muerte de Nicola o Taras? Con ese pensamiento en su cabeza, se fue a intentar descansar él también.

El oro de Hitler

Durante el desayuno hablaron de cómo actuar en la comida. Debían trazar un plan de actuación, según el padre Sebastián, mientras que su nuevo colega le recomendaba actuar con más calma, sin precipitación ni demostrar un interés desmedido. Aquello dejaba perplejo al párroco titular. Quería entender bien la idea de su compañero, no quería ser un obstáculo o un contratiempo en la investigación.

—Entonces me quieres decir que lo mejor es no preguntar. ¿Entendí bien?

—No he dicho eso, Sebastián, a ver si soy capaz de explicarme mejor.

—Por favor, me sería de gran ayuda.

—No vamos a llegar hoy con el plan de realizar un interrogatorio, piensa en esto: será la segunda vez que hable con nuestra marquesa, necesito que se sienta bien conmigo, que sea capaz de contarme muchas cosas. Hoy no me va a contar todas, tendremos que conseguirlo con el paso del tiempo y varias conversaciones, piensa en esto, es importante: hay muchas opciones de que ella no conozca las respuestas que buscamos, debes tenerlo en cuenta.

—En ese punto puedes tener razón.

—Por supuesto que puede ser así. He pensado esta noche en este asunto, debemos conseguir la máxima información posible sobre el marqués. Déjame que sea yo quien pregunte.

—Para eso no deberías haberme puesto al tanto de lo que llevas entre manos.

—¡Qué dramático eres! Mira, este es el motivo; sería extraña tu curiosidad. Piensa en esto desde el punto de vista de la marquesa de Setefilla, tú la conoces desde hace tiempo, ¿hoy haces varias preguntas sobre su marido? Sin embargo, yo soy nuevo, desconozco

El oro de Hitler

todo lo que concierne a su familia, nada más normal que tenga cierta curiosidad. Intentaré no presionar, debe ser ella quien quiera comentarnos sus recuerdos. No debe parecer que intentamos sonsacar información. ¿Me he explicado bien?

—¡Qué listo eres! Tienes toda la razón. No pienses mal, no me olvido de tus encargos, voy a salir un momento.

—¿Mis encargos?

—Me pediste que recogiese toda la información posible de los viejos marqueses.

—Los que desaparecieron.

—Sí, creo que sé quién puede tener esa información, voy a ver si estoy en lo cierto, después te cuento. —Se disponía a salir por la puerta cuando el padre Ramón le avisó.

—No quiero llegar tarde, necesitamos tiempo para que nos cuente cosas.

—No creo que tarde mucho. Pronto estaré de vuelta. Hasta luego.

—Ve con Dios.

El padre Ramón se quedó solo, fue a su habitación, abrió el maletín de cuero negro, buscó en el compartimento lateral, sacó la libreta y uno de aquellos lápices. Aquel cuaderno ya no tenía todas sus páginas en blanco. Había anotado sus deducciones y descubrimientos cada noche. No se trataba de un diario, era el registro de la investigación hasta el momento, de sus avances. Decidió repasar aquellos apuntes para saber qué debía preguntar si quería avanzar en su investigación. Había empleado mucho tiempo con el estudio de sus anotaciones cuando sonó el teléfono. Fue a contestar al salón.

—¿Dígame?

—Buenos días, ¿hablo con el padre Ramón?

—El mismo.

—Un placer. A ver cómo me explico. Soy un sacerdote que realiza

El oro de Hitler

una labor de ayuda en el obispado de Sevilla. He recibido el encargo de un conocido común.

—Imagino de quién me habla.

—Necesito saber cuál es la consulta, la tarea exacta que debo realizar.

—Le explico. Imagino que en el puerto de Sevilla debe existir un registro con la entrada y salida de barcos o mercancías.

—Imagino que puedo encontrar esa información. Es lo lógico. Si hay algo lo localizaré, puede estar seguro.

—Le doy los pocos datos que tengo. Debe buscar en los últimos días de febrero y los primeros de marzo de 1939, más o menos, no dispongo de la fecha concreta. En esos días existe la posibilidad de la llegada de un barco a Sevilla, espero que exista constancia de este hecho, pues transportaba una carga registrada con salida de Venecia, para ser exactos, desde la isla de Murano. Yo tengo un albarán que registra 32 cajas como el total del envío.

—Lo anoto todo, no se preocupe. Buscaré toda la información posible sobre este barco, carga y pasajeros. Debo advertirle sobre esta solicitud. Desconozco si podré localizar algún testimonio o documento sobre esto, tampoco imagino el tiempo necesario para conseguirlo.

—No se preocupe, soy bastante consciente sobre la dificultad de este encargo.

—Por favor, no dude ni un momento de mi capacidad de trabajo, haré todo lo que esté en mi mano para proporcionarle esos datos que necesita en el menor plazo de tiempo posible.

—Muchas gracias. ¿Cómo puedo contactar con usted?

—No puede, yo le llamaré. Tengo la confianza de que será pronto. Tenga usted un buen día.

—¡Lo mismo le deseo!

El oro de Hitler

Colgó el teléfono con la certeza de que su interlocutor no le había escuchado despedirse. ¡Qué desagradable había resultado aquella conversación! Estaba con ese pensamiento en mente cuando entró por la puerta el padre Sebastián. Era un torbellino de felicidad y acción a partes iguales. Llegó muy acelerado.

—¡No te arrepentirás de contar conmigo!

—¡Nunca!

—Espero que todos conozcan mis aportaciones en este caso, sobre todo quien tú sabes. —Hablaba mientras se sentaba en uno de los sillones. Indicó a su amigo que hiciera lo propio frente a él.

—Entiendo. Sería muy interesante que compartieras esas aportaciones conmigo. Más que nada para tener ambos los mismos conocimientos.

—¡Tienes razón! ¡Te cuento! —Bajó el tono de su voz, como si fuera a confesarle un secreto. —He ido a ver a mi amiga Miriam. Trabajó al servicio de los marqueses desde joven, no era la gobernanta o camarera, más bien era doncella de confianza para la vieja marquesa. Ahora ya no trabaja, sin embargo, tiene muy buena memoria, recuerda todo lo que pasó.

—Cuéntame lo que te dijo.

—En resumen...

—Nada de resumen, toda la explicación completa.

—¡Vale! Tampoco se trata de una historia larga y compleja, al contrario, es bastante sencilla. Sabía que trabajó toda su vida en el palacio, por tanto, debía tener información sobre la desaparición de los marqueses, no me equivoqué. Te cuento todo, tiene una magnífica memoria. Les llegó una invitación de unos nobles que conocieron en Italia. Para celebrar el fin de la Segunda Guerra Mundial, habían decidido realizar un espectacular crucero. Para aquel viaje eligieron un enorme velero, su nombre era «Il grande Nettuno», algo así como

El oro de Hitler

«El gran Neptuno». Miriam recuerda que el barco partió de Génova, realizaron escala en Barcelona, desde allí les avisaron cuando tenían previsto llegar a Sevilla. Prepararon todo el equipaje para aquel largo viaje, pensaban visitar incluso Grecia y Egipto. Cuando aquel velero atracó en el puerto, los marqueses fueron a recibir a los compañeros de viaje. Estos vinieron un par de días a Lora del Río, invitados en palacio. Pasado este tiempo, los viajeros fueron al muelle de Sevilla para comenzar el crucero. El día de la partida embarcaron todos los participantes. Recordemos que no viajaron solo los marqueses, se llevaron personal de su servicio. También podrían haber viajado su hija, su marido y algún otro invitado. El joven matrimonio no pensaba realizar el viaje, esto ya lo conocíamos, sabemos que fueron a la capital para despedir a sus padres y al resto de pasajeros cuando zarparan. Miriam tenía previsto realizar aquel viaje para servir a los marqueses, incluso llegó a subir al barco, aunque minutos después de estar a bordo, comenzó a cambiar el color de su cara, se mareó de un modo terrible y aún estaba el velero amarrado a puerto, por tanto, decidieron prescindir de ella; estaría mal durante todo el viaje. Por eso volvió a palacio con la comitiva que fue a despedirlos. El barco zarpó antes del mediodía, recuerda que su idea era bajar el río para después ir a Cádiz, conocer la ciudad y su entorno durante unos días, como habían hecho en Sevilla, continuar cerca de la costa hasta Málaga, donde pensaban pasar algunos días, pues los italianos querían hacer lo mismo en cada ciudad del crucero, para saltar a la siguiente, escala tras escala terminarían por recorrer todo el Mediterráneo.

—Hasta ahora todo parece muy normal.
—La verdad, sí. Ya te he dicho mi opinión, esta historia no es complicada. El caso es este: nuestra doncella no se recuperó de su mareo hasta el día siguiente. Para ella era una jornada más, pura

El oro de Hitler

rutina, nada de especial ocurría, salvo la ausencia prevista de los marqueses. En esos días sus tareas consistían en servir al matrimonio y, en ocasiones, ejercer de niñera. Después de comer fue cuando las cosas se complicaron. Avisaron desde Cádiz, el velero no había llegado a puerto el día anterior como estaba previsto. Varios testigos confirmaron verlo pasar frente a Sanlúcar de Barrameda, por tanto, debieron llegar a mar abierto.

—Océano, en este caso.

—Era por usar algo de argot marinero, no soy ningún experto. El caso es este, no se sabe nada del barco desde su entrada en el océano. He preguntado y desde la desembocadura del Guadalquivir hasta Cádiz hay unas veinte millas náuticas, una distancia que, con una navegación muy tranquila, se hace en menos de dos horas, tampoco existe ninguna zona de especial peligrosidad por la que debieran pasar. Algo inexplicable.

—¿El capitán?

—Muy experimentado, de total confianza, parece que conocía aquella ruta a la perfección.

—Ningún superviviente. Es raro.

—Mucho. Piensa en esto, solo se encontró algún objeto que flotaba a la deriva, nada más.

—¿El velero nunca apareció?

—Nunca. Miriam tenía recortes de prensa sobre la desaparición, gracias a ellos he tomado estas notas. Espera un momento. —De un bolsillo sacó una hoja en la que había anotado algunos datos. —Se trata de un velero con tres palos, muy marinero, fabricado en Noruega, la fecha de botadura aproximada es junio de 1937. Debes saber una cosa, yo no entiendo de barcos, sin embargo, a mí me parece que este debía llamar la atención, tengo anotado que su eslora total era setenta y tres metros. Eso es el largo del barco. En mis

El oro de Hitler

apuntes veo que tenía una manga de casi diez metros, supongo que es el ancho. Pone «desplazamiento mil toneladas», mi imaginación me hace pensar que cargado al máximo podía mover un millón de kilos. Con este volumen y peso, este velero podía navegar a vela a unos catorce nudos. Ya sé que no tienes ni idea, yo tampoco imagino si es mucho o poco. Para un velero de semejante tamaño, me han dicho esto: es bastante buena. Quiero que lo comprendas bien, según me han explicado, catorce nudos equivalen a veintiséis kilómetros a la hora. Esta es la velocidad a vela, si funciona solo a motor...

—¿A motor?

—Parece ser que todos los veleros llevan un motor auxiliar, para esas ocasiones que se encuentran sin viento, también para las maniobras dentro de los puertos o accesos complicados, en esos casos no puede desplazarse con los caprichos del viento, se necesitan movimientos precisos y una propulsión estable. Para evitar accidentes recogen las velas y realizan las maniobras con el motor.

—Ahora que lo comentas, es bastante lógico. Perdona, continúa.

—Vale, continúo. A motor desarrollaba una velocidad de diez nudos, para entendernos tú y yo, algo más de dieciocho kilómetros a la hora.

—Si tenemos en cuenta esta información, por muy mal que se dieran las cosas, entre Sanlúcar y Cádiz no debería tardar nunca dos horas.

—Ese fue un detalle que llamó mucho la atención de prensa y autoridades en aquel entonces. Piensa que españoles en el velero no había muchos. Estaban los marqueses y sus sirvientes; entre italianos, franceses, suizos o ingleses viajaban en el barco no menos de veinte altos nobles, con todos sus sirvientes y tripulación. Desaparecieron más de ochenta personas en un momento.

—¡Eso es imposible!

El oro de Hitler

—¡Pues pasó!

—¿Cómo desaparecieron tantas personas, además de un buque tan grande, setenta metros de largo has dicho, sin dejar rastro?

—Ya tienes otro misterio que resolver, añádelo al del oro.

—¡Va a ser algo complicado! No imagino cómo encontrar alguna pista de ese naufragio.

—No te entretengas mucho, tenemos que ir a comer con la marquesa.

—No se me olvida. Prepárate, yo ya estoy listo.

—No tardo nada.

El oro de Hitler

9

COMIDA EN EL PALACIO

El padre Ramón detuvo su 600 a la sombra del árbol de la entrada, como el día anterior. Se bajaron ambos clérigos con gestos claros de arreglar su indumentaria. Se presentaban frente a una señora marquesa, había que cuidar la vestimenta, la primera imagen era muy importante, aunque un cura tenía bien solucionado este tema, el alzacuellos era un salvoconducto en cualquier situación, aunque fuese un poco difícil. El padre Ramón realizó un rápido repaso mental, no quería olvidar ninguna de las preguntas que debía realizar. Se las sabía de memoria, ahora tocaría encajarlas en la conversación como si fuera algo casual. Dio un sonoro resoplido que hizo girar la cabeza a su compañero, extrañado. Le hizo un gesto con la intención de que no le hiciera mucho caso, que solo intentaba relajarse. La cara de su veterano compañero dejaba a las claras que no entendía nada, sabía que era muy capaz de hacer aquello, no comprendía sus nervios. Suponía que era un perfecto profesional, no en vano era el elegido del mismísimo papa de Roma. Entraron en el majestuoso palacio, buscaron la frescura de su patio, no dudaban que la marquesa estaría allí, a la espera de la llegada de sus invitados. La encontraron mientras leía un libro junto a una mesa protegida por la sombra. Les saludó con familiaridad. Levantó la mano mientras les invitaba a

El oro de Hitler

acompañarla a la sombra.

—Esperaba su llegada para dejar de leer esta divertida novela.

—¿Qué lee?, si no es mucha indiscreción.

—Ninguna, padre Ramón, no lo es. Estoy segura de una cosa, no imagina el libro que leo en estos momentos.

—¿Qué imagino, según usted?

—Por mi edad y condición ha supuesto que esta es una de esas novelas románticas, folletines para entretener a mujeres viejas y aburridas.

—¡¿Qué dice?! ¡Nunca hubiese dicho que usted es una mujer vieja y aburrida! Más bien lo contrario.

—No se lo tome a mal, quiero generalizar; no piense que quiero personalizar, quiero explicar el contexto. Estoy con una lectura que me entretiene, leo una novela de Jardiel Poncela, muy divertida, imagine cómo será si tiene este título: «Pero... ¿hubo alguna vez once mil vírgenes?».

—El título es intrigante, la verdad. —Comentó en voz baja el padre Ramón.

—Algo más grave tengo ahora mismo en mi pensamiento. —Aseguró el padre Sebastián.

—¡A eso me refería! —Rio de buena gana la marquesa. —El autor se toma todo a broma, este es un libro que se burla del género de las novelas románticas. Esta novela en concreto aplasta, no se imaginan de qué forma, el tema del donjuanismo.

—Si es así, perdone mi comentario, está fuera de lugar.

—¡No se preocupe, padre Sebastián! La verdad es que quería divertirme un poco a partir del título de la novela. ¿Les apetece una copita de Jerez? —Ambos asintieron, la marquesa ordenó que guardaran su lectura y trajeran un aperitivo. —Recuerdo que quedó

El oro de Hitler

algo pendiente de nuestra conversación ayer, ¿qué fue?

—Si mal no recuerdo, puede ser el nombre de su marquesado, mi compañero imagino que lo conocerá, sin embargo, yo no tengo idea.

¿De dónde procede el título del marquesado de Setefilla?

—¡Cierto! Le dije que se lo explicaría. Tiene ante usted al decimocuarto poseedor del título de marqués. No soy la primera mujer en ostentarlo, si mi memoria no me engaña, creo ser la quinta en hacerlo. La explicación más académica dice lo siguiente: el marquesado de Setefilla es un título nobiliario español, por supuesto, hereditario. Lo concedió a mi antepasado el rey de España, Felipe II, «el prudente», por servicios prestados a la corona. Corre un falso rumor, para nada cierto.

—¡Esos son los mejores! Cuente, cuente.

—Esto lo escuché al personal de servicio. No es muy fiable, aunque debo reconocer que tiene su gracia. Me contaron que mi antepasado invitó a una cacería al rey, a media jornada tuvo algún ligero percance con un jabalí, algo sobre ropa destrozada y manchada de sangre por algún animal. Esto le obligó a retornar al palacio con anterioridad al fin de la jornada. Al regresar con precipitación, sorprendió a Felipe II mientras mantenía relaciones indebidas con una mujer, que no era la reina. Por lo que me contaron, tampoco era esposa de mi ascendiente. Como pago por mantener su secreto, le concedió el título de marqués. Si esta es la verdadera historia, premiaron a mi antecesor por inoportuno. Hay otra versión, digamos que es la oficial y más creíble. Cuenta que mi predecesor era un fiel consejero de su majestad.

—Ambas versiones suenan como posibles.

—Mi padre me confesó una cosa, a él le aseguraron que ambas eran ciertas. Ahora conocen el secreto de nuestra familia, deben tratarlo como si fuese una confesión, estas palabras se irán a la tumba

El oro de Hitler

con ustedes. —Guiñó un ojo y comenzó a reír. Los dos párrocos la acompañaron de buena gana en sus sonoras carcajadas. La marquesa tomó un sorbo de vino y prosiguió con su explicación. —En nuestra familia tenemos la obligación de memorizar la fecha de concesión del título, el catorce de octubre de 1570. Su denominación hace referencia a la villa de Setefilla. Hoy es un poblado o simple pedanía de Lora del Río, en sus buenos días era una noble villa, imagine, cuenta con una ermita donde se venera a Nuestra Señora Santa María de Setefilla, aunque lo más sorprendente, y puede parecer increíble, es que también existe un gran castillo fortaleza.

—¡Qué interesante! Cuénteme más. —El padre Ramón esperaba que la anfitriona se animara a contar más cosas para incluir en su momento las preguntas que le interesaban a él.

—¿Sobre el castillo?

—Sí, sobre su familia también, por supuesto.

—Le hablo de memoria, creo que la fortaleza tiene dos recintos amurallados. El primero, de mayor tamaño cuenta con una puerta majestuosa para entrar a través de su torre rectangular; hay dos torres más en los extremos. El recinto exterior contaba entonces con patio de armas, aljibe y otros edificios para el servicio. En el recinto interior, aprovecharon una cota más alta para localizar allí tres torres, la de mayores dimensiones, también es la mejor conservada, es la que llaman «torre del homenaje». Este recinto tiene una forma irregular, pues adapta su estructura al promontorio donde construyeron el castillo. Aunque no lo parezca, la construcción inicial es islámica. Hasta aquí todos mis recuerdos sobre el castillo que da nombre a nuestro marquesado.

—Excelente memoria, marquesa.

—No tiene ningún mérito, de niña me obligaron a aprenderme esos datos y muchos más. Debía ser capaz de poder recitarlos de

El oro de Hitler

memoria delante de invitados, con el fin de dar la importancia que merece nuestro título. Esto es lo normal, todos los nobles se saben de memoria los acontecimientos que envuelven a su título y antepasados.

—Eso quiere decir que su hijo también lo memorizó.

—Yo soy de otra generación, prefiero que mi hijo tenga una cultura más amplia. No obstante, le he escuchado alguna vez recitar los datos a la perfección. No sé cómo, ni de quién los aprendió, el caso es que lo hizo. Desde niño lo he educado en los mejores colegios ingleses, pronto volverá a sus estudios. Ahora está a punto de finalizar Derecho, sin embargo, cuando viene a casa procura pasar todo el tiempo posible en la maldita mina, dice que le interesa el negocio familiar. Una vez termine la carrera, quiere estudiar ingeniería de minas, como su padre.

—¿Puedo preguntarle por qué ha dicho «maldita mina»?

—Comprendo que usted no lo sepa. Aunque es nuestra mejor fuente de ingresos, no le tengo especial cariño, lo entenderá con mucha facilidad, padre; en la mina fue donde falleció mi marido. — Sus ojos se tornaron vidriosos por un instante fugaz, recompuso el gesto con rapidez. Decidió cambiar de tema. —¡Por favor, qué mala anfitriona soy! Tenemos nuestras copas vacías y hemos terminado las aceitunas. ¿Les apetece un poco más de Jerez?

—Como tenga costumbre, marquesa, por nosotros no hay problema, sabemos adaptarnos a las circunstancias. ¡Lo que a usted le parezca bien!

—Como siempre decía un sabio: ¡Nunca se debe comenzar la comida con solo una copita de oloroso en el estómago, mínimo dos!

—¿Quién decía eso?

—¡Un auténtico experto en el tema! Sin duda el mejor. ¡Mi padre!

Los tres rieron el comentario, que sirvió para relajar aquella situación. La marquesa hizo un gesto con la mano, no parecía haber

El oro de Hitler

nadie más en aquel patio, sin embargo, pocos segundos después apareció un sirviente, rellenó las copas de vino fino, una joven sirvienta se llevaba el plato de aceitunas, mientras dejaba una hermosa fuente con virutas de jamón, también un pequeño cesto de mimbre con pan recién hecho.

—Padre Ramón, ¿sabe usted cuando le sirven un buen jamón ibérico?

—Le mentiría si digo que lo sé. Sería muy aconsejable que pueda usted facilitarme esa información.

—Es crucial, en algunas circunstancias, saber si nuestro anfitrión nos sirve productos de primera calidad. Hay que apreciarlos y agradecérselos como se merece. Aunque pueda parecer algo complejo, es bastante sencillo en realidad. Un buen producto ibérico se puede reconocer a simple vista.

—¿Sin probarlo puede decir usted si es o no?

—En cuanto se lo explique usted también podrá reconocerlo, es muy sencillo. Un buen jamón proviene de un cerdo que ha sido alimentado con bellota, el animal ha pastado en libertad por las dehesas, rodeado de encinas que dejan caer sus frutos cuando maduran. Este alimento produce de forma natural su propio sebo, se puede ver en el jamón, esas vetas blancas entre las virutas o lonchas son la grasa que le comento. Si esta procede de bellota se funde a temperatura ambiente, dan al jamón recién cortado el aspecto similar a sudado, ese brillo es el típico de un excelente producto ibérico.

—Entonces debo fijarme bien, ¿en el caso de no brillar como si estuviese bañado en aceite, significa que no es de bellota?

—Veo que lo ha entendido. Ahora debe probarlo, es un manjar de dioses.

—¡Marquesa! —Exclamó el padre Sebastián.

—Bueno, digamos que es un manjar de reyes.

El oro de Hitler

—También podríamos incluir a los papas. —Comentó entre risas el padre Ramón, intentó cambiar la situación incómoda a un momento divertido.

—Por supuesto, es un manjar digno de Pablo VI.

—¡Buenas tardes! —Desde lejos sonó una voz grave y con actitud seria. El joven marqués se acercó a aquel rincón del patio central. —Supongo que no hay inconveniente si me uno a su tertulia.

—¿Por qué lo pregunta? Somos sus invitados, nosotros les agradecemos a su madre, y a usted mismo, su excelente hospitalidad. ¿Conoce a mi compañero, el padre Ramón?

—En realidad no tengo el gusto, aunque debo reconocer que he oído hablar de usted. —Le dijo mientras clavaba la mirada en sus ojos, parecía querer leer en ellos. Solo desvió su atención para tomar asiento y unirse a la reunión.

—Espero que sean solo comentarios benévolos, marqués.

—Por favor, llámeme Alfredo, odio que me señalen con mi título, ante todo soy una persona.

—¡Por supuesto! Mejor Alfredo, entonces.

—Mucho mejor. Por esos comentarios no se preocupe, parece que está todo el pueblo tranquilo. No son muy amantes de los cambios, las aguas volvieron a su cauce cuando el nuevo rumor hizo olvidar el anterior. Se dice que el padre Sebastián continuará en nuestra parroquia muchos años.

—¡Que así sea! —Comentó la marquesa.

—Muchas gracias, señora. A mí también me gusta esa idea de continuar mucho tiempo al gobierno de esta iglesia.

—No las merece, si van a llamar a mi hijo por su nombre de pila, desde este momento exijo que usen el mío, Isabel. Hijo, ¿comerás con nosotros?

—¡Por eso estoy aquí! —Un sirviente trajo una copa de vino fino

El oro de Hitler

para él, la levantó con intención de brindar. —¡Por ustedes! Todos levantaron sus copas y le acompañaron en el gesto. Aquella conversación derivó en temas triviales. Un sirviente les indicó que la mesa estaba preparada y los anfitriones guiaron a sus invitados hasta una gran sala. Uno de sus ventanales daba al patio central, una gran cristalera en la pared opuesta permitía ver un frondoso y bello encinar. En el centro de la sala se encontraba la gran mesa redonda, sobre ella lucía una hermosa lámpara con lágrimas transparentes; se apreciaba una bella filigrana de color rojo en cada cristal. Una vez acomodados, el padre Ramón procuró iniciar la conversación. Centró el tema que le interesaba, con la esperanza de que no resultara demasiado evidente.

—No he podido dejar de fijarme en esta hermosa lámpara, la de la entrada es igual. ¡Son auténticas obras de arte!

—Tiene usted razón y, a la vez, está muy equivocado. —Aseguró el joven marqués.

—¿Cómo puede ser eso, Alfredo?

—No se enoje, lo digo en tono de humor, padre. Tiene razón al decir que son obras de arte, estoy seguro de esto: hoy no se puede encontrar un trabajo mejor. Además, su precio será difícil de calcular incluso para alguien experto. Es una colección completa, son piezas únicas en cristal de Murano, realizadas por los mejores artesanos venecianos. Su error, todos los visitantes caen en el mismo, es pensar que son iguales. Tenemos en el palacio una docena de estas maravillosas arañas, hechas a mano con el mejor vidrio posible, todas las lágrimas siguen un mismo patrón, aunque cada lámpara es distinta, ya que son de diferentes tamaños y formas, de esta manera consiguen que no existan dos lámparas iguales, aunque nuestros visitantes lo piensen. En conjunto forman un juego exclusivo y único. Podemos asegurar que forman una autentica obra de arte en conjunto.

El oro de Hitler

¿Me he explicado bien, madre?

—Con claridad meridiana, hijo, tienes razón, tenemos una docena de piezas únicas. Ya les conté cómo el abuelo consiguió las lámparas, es un relato que a mí me gusta, me resulta una historia romántica. No quiero aburrirles, aunque puedo contarles la continuación de aquella historia.

—¡Por favor! No nos aburre en absoluto, me encantan esas tiernas anécdotas de enamorados, reflejan las personalidades reales de sus protagonistas.

—Da usted por el lado que más gusta a mi madre, le encanta contar las aventuras de mis abuelos.

—Hacía tiempo que no recordaba ni contaba esta historia, es algo que me gustaría que le contaras a tus hijos y nietos.

—Para eso debo encontrar el amor de mi vida. Te puedo asegurar una cosa, madre, no va a suceder en breve, te lo digo con tiempo.

—¡Cuéntenos esa historia de sus padres, por favor!

—Si insiste, padre Ramón... Una cosa les digo, terminen sus platos, que se enfría la comida.

—¡Eso no debemos consentirlo! —Comentó distraído el padre Sebastián con la boca llena. El resto rieron al darse cuenta del detalle.

—¡Usted lo ha querido! Le cuento más. Cuando las lámparas llegaron a Sevilla, mi padre necesitaba organizar bien la sorpresa. Instalar doce arañas de gran tamaño era una labor de varios días, necesitaba un buen plan. En algún momento consiguió que mi madre se ausentara unos días, creo recordar cómo fue, consiguió ponerse de acuerdo con la prima favorita de mi madre, esta le comentó que no se encontraba bien, necesitaba compañía, mi madre se lo explicó a su esposo, con la intención de convencerlo. Tras escucharla con cara seria, este le aconsejó visitarla una temporada. Le había resultado muy fácil, mi padre siempre le dejaba visitar a sus amigas sin

El oro de Hitler

problema, no imaginaba que estuviesen todos de acuerdo para sacarla del palacio. No tenía muchas obligaciones, unos días lejos de la rutina, con su prima; se harían compañía, contarían chismes y anécdotas. Le pareció una buena terapia. No sospechaba nada. Mientras ella estaba ausente, mi padre buscó ayuda e instalaron la docena de lámparas en las habitaciones principales del palacio. Cuando por fin regresó de aquel viaje con su prima, la cómplice no se quería perder el momento, la acompañó con alguna excusa. Ella, ignorante de todo entró en el palacio, justo en la entrada vio la primera, se encontró con el regalo sorpresa que había preparado su marido. Como no podía ser de otra forma, le encantó toda la historia que rodea a estas obras de arte, se convirtió con el tiempo en su conversación favorita, esa que siempre se cuenta en las reuniones de amigos. Hasta aquí la historia de las lámparas.

—Solo una consulta, un detalle sin importancia, perdone mi curiosidad, entiendo que deben ser muy frágiles y delicadas, no me las imagino en un viaje desde Italia en camión o en tren. —El padre Ramón quería saber si ella conocía algún detalle sobre el barco que trasladó las lámparas, además del oro, desde Murano. No quería descubrir su verdadero interés y conocimiento en este asunto, podían sospechar de sus «inocentes preguntas».

—Esa es una parte graciosa de este relato, casi siempre la olvido, aunque debo reconocer que también tiene su interés. No soy ninguna experta en transporte, sin embargo, puedo asegurarle que evitaron en gran medida el traslado por carretera.

—¿En serio?

—¡Pues sí! Mi padre organizó un transporte poco convencional. Es la parte final de una complicada crónica.

—No la entiendo.

—Mis padres realizaban aquel viaje a Europa con un interés

El oro de Hitler

especial. La fuente principal de ingresos en esta familia es una mina que explotamos desde hace muchos años.

—Sí, recuerdo que nos lo contó ayer.

—Sí, padre, tenemos una mina de cobre. Aunque se extraen más minerales, el principal es este. —Había tomado la palabra Alfredo.

—Continúa tú, madre, si lo pienso bien, es tu historia.

—Gracias, hijo. No sé muy bien cómo, mi padre tenía la certeza de que la mina podía dar más beneficios. No sé si fue a través de comentarios o por conversaciones con amigos. El caso es que conoció ciertas innovaciones que se utilizaban, con gran provecho para los propietarios, en una mina yugoslava, creo recordar, mi memoria ya no es lo que era. El motivo principal de aquel viaje fue para conocerla y ver si se podían utilizar las nuevas técnicas en nuestro yacimiento. Cuando visitó la mina comprendió rápido su acierto. Su explotación estaba desfasada, le interesaba aplicar algunos cambios. El primero en ser detectado era importante, la dirección de su explotación no debía recaer sobre los hombros de un trabajador veterano, como hasta aquel momento hacía, necesitaba un experto que conociese y dominara los nuevos procedimientos. Un trabajador experto siempre hará las cosas bien, como las conoce, sin embargo, no mejorará la mina, pues no aplicará nuevos métodos, de esta forma el yacimiento mantiene los mismos niveles de explotación que en años anteriores. Cuando visitó el yacimiento yugoslavo vio muchas cosas distintas a la organización de nuestra mina. Lo primero que observó era que contaban con ingenieros de minas, ellos eran los que tomaban las decisiones, no el propietario ni el encargado veterano. Consiguió hablar con el dueño, este le convenció sobre lo positivo de su sistema. Con el paso del tiempo, los ingenieros hacían balance de resultados, fueron estos mucho mejores cada año. La explicación era bastante sencilla. Mantenían contacto con otros compañeros de carrera, entre

El oro de Hitler

ellos comentaban los avances, nuevas técnicas, productos, maquinaria..., cualquier novedad usada con buen resultado en una mina se aplicaba al poco tiempo en la explotación, lo que mejoraba su cuenta de resultados. Si necesitaba poco para terminar de convencerse, aquellas palabras inclinaron la balanza en su decisión. Consiguió entablar una buena relación con el propietario, este se comprometió a permitir a un joven licenciado que realizaba prácticas en su mina, accediese a trabajar en nuestra explotación para analizar y mejorar nuestros resultados. No sé muy bien cómo, tampoco por qué, el caso es que al final vinieron dos ingenieros. Por suerte para mí, uno de ellos se convertiría en marqués, unos años más tarde. El otro, Liam, es quien continúa en la dirección de nuestra explotación minera, con gran acierto, debo decir. Me desvío, me lío con detalles intrascendentes, pierdo el hilo que interesa de nuestra historia. No sé de quién partió la idea o quién tomó la decisión, de alguna manera viajaron en compañía de las lámparas. Mi padre localizó un barco pesquero que se movía por la zona con bastante frecuencia, lo contrató para el viaje y en él vinieron estas maravillas. Junto a ellas llegó también quien sería el amor de mi vida. Los dos ingenieros se pusieron a trabajar, consiguieron un gran cambio para la mina en poco tiempo, mejoraron los resultados, mucho, de esta forma pronto reconoció que había tomado la mejor decisión. Los dos olvidaron pronto que su presencia en nuestra explotación era temporal, les encantó este lugar. Ocurría que mientras uno no salía de las instalaciones mineras, el otro siempre rondaba esta casa.

—Le interesaba algo un poco más que el cobre, ¿verdad, madre?

—¡Verdad! Alfred era un hombre de mundo, comenzó a visitar nuestra casa como una parte de su labor, para informar a mi padre, sugerirle cambios, inversiones, mejoras, analizar resultados..., aunque debo reconocer que cada vez pasaba más tiempo conmigo y

El oro de Hitler

menos con su jefe. Mi madre conocía su ascendencia, linaje de príncipes corría por su sangre, por tanto, veía con buenos ojos sus atenciones hacia mí. Por otra parte, no era un secreto, todos sabían que a mí se me pasaba el arroz...

—¡No puede decir esas cosas! —Protestó el padre Sebastián.

—¡Oh! Sí que puedo decirlo, hoy no me avergüenza reconocerlo. Era joven, cierto, sin embargo, el comentario que hice es la verdad. Con mi edad casi todas las mujeres ya estaban casadas y tenían hijos. No tardamos en contraer matrimonio. Tres años después, el Señor nos bendijo con nuestro hijo.

—Llegó el momento de abandonarles, voy a ver a Liam. Su compañía es muy grata, aunque debo cumplir con mis responsabilidades.

—Tu responsabilidad es terminar tu carrera.

—Madre, esto lo hemos hablado muchas veces. Terminaré Derecho, puedes estar tranquila, fue una promesa que te hice. Debes saber una cosa, el día siguiente de recibir la licenciatura, me inscribiré para estudiar ingeniería de minas, como mi padre. Mientras tanto, nuestras propiedades son también mi responsabilidad, entre ellas, la mayor es la mina, debo prestarle atención. —Para camelarse a su madre, utilizó un tono burlón para terminar. —¡Siempre que usted me lo permita, señora marquesa!

—Haz lo que quieras, siempre lo haces.

—¿No te quejarás?

—Para nada, eres el mejor hijo que puede tener una madre. ¿No quieres postre?

—No me apetece. Tranquila, estaré de vuelta para la cena. —Se levantó de la mesa con un gesto serio, aunque amable. —Hasta otra ocasión, padres, ha sido un placer.

—Lo mismo digo, vaya usted con Dios. —El padre Ramón dijo

El oro de Hitler

estas palabras con un tono solemne. El joven, mientras caminaba rápido con la intención de salir a través del ventanal, levantó su mano sin girarse, a modo de despedida. El cura lo vio desaparecer de su vista, entonces miró a los ojos de su anfitriona, con una sonrisa dibujada en su rostro, pronunció su siguiente frase. —Hábleme de su marido, marquesa.

—Podría hablarle horas de él, padre, nunca llegaría a imaginarse cómo era en realidad. Era simpático, atento, un auténtico caballero. Su buena cultura le permitía mantener una conversación con cualquier persona, ya fuera esta noble o minero. No le recuerdo de mal humor, contagiaba la alegría. Como verá, no podré olvidarlo jamás. Mi hijo es su viva imagen, lo veo a él y parece que miro a su padre. Cuando descubrí a Alfred tenía algún año más de los que tiene hoy día su hijo. Todo el que lo conoció sabe que, tanto en su físico, como en sus gestos o forma de actuar, parecen la misma persona. Gracias a su presencia he podido cubrir la ausencia del amor de mi vida.

—La comprendo, espero no haberla molestado con mis preguntas.

—Es una vieja herida que curó hace tiempo, sin embargo, la cicatriz siempre queda para recordarla. Cambiemos de tema. Vamos a tomar un postre delicioso, luego tomaremos café en el patio, ¿les apetece?

—Es una excelente idea, marquesa.

El padre Ramón pensó que no debía continuar con más preguntas. Tendría otras ocasiones para realizarlas. Pensó que era mejor analizar con frialdad toda aquella información, de esa manera, encontraría las cuestiones más interesantes para lograr descubrir el misterio que envolvía al oro de Hitler, siempre que fuera posible.

El oro de Hitler

10

LA VIEJA SIRVIENTA

La comida transcurrió con buen humor, hablaron un poco de todo, sin profundizar sobre nada en particular. El padre Sebastián aprovechó su ocasión para introducir un tema que podía resultar interesante, además de camuflar el interrogatorio. ¿Sería posible contar con su generosidad para la instalación de los bancos que había hablado con el alcalde? La marquesa decidió que era una buena idea, buscaría la forma de conseguirlo. Terminaron un espléndido postre y tomaron café en el patio, como había sugerido la anfitriona. Los dos párrocos rehusaron tomar ninguna bebida espirituosa, debían cumplir con su deber en la misa de tarde, no querían tomar más alcohol. Agradecieron la hospitalidad recibida, el padre Ramón aceptó al instante volver a visitarla en la primera ocasión posible. Se despidieron con muy buenas sensaciones todos, tanto los anfitriones, como los invitados. Subidos al «seilla», cuando se dirigían a la casa parroquial, el padre Sebastián decidió que había llegado el momento. No podía esperar más, quería conocer los pensamientos de su compañero. Con aquella actitud, no parecía una persona muy

El oro de Hitler

comunicativa.

—¿Y bien?

—No te entiendo.

—Supongo que ya tienes en tu cabeza una buena teoría.

—¿Acaso la tienes tú?

—Yo no soy la mente privilegiada enviada desde el Vaticano para resolver el misterio, sin embargo, tú ya debes tener una estupenda composición de todo lo sucedido, seguro que resuelves todo este asunto en poco tiempo.

—Sebastián, voy a dejarte claro desde este momento cómo van las cosas. Primero, no creo tener una cabeza privilegiada, por lo menos no más que la tuya, te lo aseguro. Segundo, tengamos en cuenta esta posibilidad: aquí no existe ningún misterio que resolver, piensa esto bien, tenemos una certeza, las lámparas llegaron aquí, lo hemos comprobado con nuestros propios ojos. No debemos olvidar algo muy importante, tenemos una incógnita, el oro de Hitler está perdido, no podemos saber qué camino siguió. Podría estar aquí, de la misma manera que se pudo descargar en cualquier escala del pesquero, incluso pudo llegar con las lámparas para trasladarlo algún tiempo después, ignoramos su posible paradero. Tercero, si no tenemos ninguna pista del oro, menos datos tenemos aún del acompañante, en el caso de que con los lingotes llegase a viajar ese misterioso hombre de Taras. Recuerda, este es un detalle de suma importancia, se trata del único testigo que podría darnos alguna pista sobre la muerte de Nicola Storzi, no tenemos constancia de si existe, o no, esa persona. Puede estar con el tesoro en la otra punta del mundo. O peor aún, podría estar muerto. En ese caso, no hay nada que encontrar, ni oro, ni testigo.

—No lo había pensado, tienes razón.

—Aún hay más. Esto es un añadido mío. Cuarto, estoy centrado

El oro de Hitler

en el proceso de recopilar datos, muchos serán inútiles, la mayoría, quizás todos. Es solo mi opinión, aunque encontremos alguna información que pueda servirnos de algo, no creo que nos encontremos en el momento ideal para buscar respuestas, más bien al contrario, es la oportunidad de conocer todo, acumular toda noticia, circunstancia o asunto que rodee este caso. A ver si me explico, quiero hacerme una idea general y completa. Necesito conocer todo lo que sucedió cerca de estas lámparas, son el único punto de unión con nuestro caso. Si gracias a estas informaciones encontramos un hilo del que tirar, perfecto.

—Entonces, dime una cosa, ¿cuál es el siguiente paso que debemos dar, según tú?

—Me gustaría tener una buena conversación con Miriam, la vieja sirvienta.

—¿La que se mareó y no fue al viaje?

—Esa misma, aunque mientras tú te quedas con esa idea de su historia: «la criada no fue a un viaje», yo pienso más en «la mujer que se mareó y, gracias a eso, se libró de desaparecer».

—¿Ves cómo eres una mente privilegiada? Yo no lo hubiera presentado así nunca.

—Sebastián, ¿te burlas de mí?

—¿Yo? Jamás. Palabrita de niño bueno.

—Bonitas palabras, sobre todo cuando proceden de un cura mayor que yo.

Rieron un buen rato. Prepararon todo lo necesario para celebrar misa de tarde, como se hacía a diario. Al finalizar la misma, dieron un pequeño paseo, caminaban despacio por las calles del pueblo. Por casualidad, sus pasos les guiaron hacia una vivienda concreta, allí vivía la antigua sirvienta de los marqueses. En una estrecha calle

El oro de Hitler

lateral, se detuvieron frente a una pequeña casita. Aquella diminuta fachada permitía ver la puerta y una ventana junto a ella, otro pequeño ventanuco a mayor altura delataba que la minúscula casa contaba con dos plantas. Aquellos elementos destacaban sobre la pared limpia y bien encalada. Una mujer delgada, menuda, con la piel llena de arrugas y pecas, les abrió la puerta mientras mostraba su generosa sonrisa. Un pequeño moño recogía el canoso pelo, toda su ropa era de color negro, protegida por un mandil a cuadros grises que no rompía la monocromía de la vestimenta. Les invitó a pasar al interior de su casa. Entraron en la primera habitación, se accedía a ella sin transición, directo desde la puerta, hacía las veces de recibidor, comedor y sala de estar. Se veía alguna vieja foto colgada de la pared, tenía pocos muebles: contaba con cuatro sillas, una mesa redonda cubierta por un mantel blanco, con delicadeza rozaba el suelo, también un viejo aparador de madera maciza; sobre él se veían una pareja de bonitos floreros vacíos. Todo en aquel hogar daba la sensación de estar bien cuidado y limpio. Su dueña, con avanzada edad, mantenía aquella casa del mismo modo que había trabajado en el palacio.

—Miriam, le presento al padre Ramón.

—Un placer, padre. Todo el pueblo habla de usted. Le vi la otra tarde en misa.

—El placer es mío, se lo puedo asegurar.

—Siéntense, por favor. ¿Les apetece un café de malta? No puedo permitirme otra cosa.

—Por favor, no se moleste, tampoco quisiéramos distraerla si tenía intención de hacer alguna cosa.

—A mi edad, en mi situación, esto no es una distracción, padre, al contrario. A una le alegra que algo rompa la misma rutina de todos los días. Solo cuido mi casa con cariño y esmero, mantengo la

El oro de Hitler

limpieza y el orden como puedo, voy a misa una vez a la semana, de la misma manera que visito a mis allegados en el cementerio, solo los domingos y fiestas de guardar. Quiero ser sincera con ustedes, voy todos los días al lavadero municipal, no por necesidad real, busco tener contacto con más mujeres, hablar de chismes tontos con el único fin de pasar la mañana.

—Si alguna vez se encuentra sola, puede venir a hablar conmigo, la recibiré con mucho gusto, nos contaremos nuestras anécdotas.

—Se lo agradezco mucho, padre, sin embargo, una mujer sencilla como yo poco tiene que contar.

—¡No diga usted eso! —El padre Ramón entró en la conversación, hizo un gesto a su compañero, este entendió que, desde ese momento, quería hablar él. —Le cuento, hoy hemos estado en el palacio con la marquesa. Me comentaron que usted iba a realizar aquel viaje con sus padres, ¿estoy en lo cierto?

—¡Sí, lo está! Estaba muy ilusionada, la verdad. Piense cómo me sentía yo, en mi vida solo había ido dos veces a Sevilla y una a Córdoba, siempre para servir a mis señores, no piense en otra cosa. En aquella ocasión, imaginen cómo me podía sentir, iba a recorrer el mar Mediterráneo, conocer otros países, quizás Egipto, seguro que Italia y Grecia, muchos sitios más. Todo el servicio estábamos revolucionados. Ninguno se quería quedar en el palacio para cuidar de los jóvenes marqueses y del marquesito.

—Pensaba que ellos estaban invitados para viajar también. —Sabía que no era cierto, aunque quería escuchar la versión de otra testigo. Era una forma inocente de conseguir que no dejase de hablar sobre aquel punto.

—Lo estaban hasta ese momento especial, cuando la madre empezó a dudar, pues todo aquello que rodeaba a su pequeño le preocupaba o daba miedo. El espacio reducido del velero no era lugar

El oro de Hitler

idóneo para un niño. Alguien hizo un comentario definitivo, el crío se podía caer por la borda en cualquier descuido, era un niño travieso e inquieto que nunca obedecía a nadie, lo tocaba todo, siempre le gustaba curiosear cualquier cosa. Con buen criterio, decidieron quedarse en tierra.

—Sin embargo, usted, al final, no viajó con ellos.

—Ahora puedo decir que por fortuna, aunque debo reconocerles mi gran desilusión, en aquel momento me sentía la mujer más desgraciada del mundo.

—¡Cuénteme todo! ¡Me encanta cualquier cosa relacionada con los viajes! —Necesitaba que no recortara detalles, quería conocer cualquier idea o suceso que pasó por la mente de aquella mujer.

—Si insiste, padre Ramón, le contaré todo lo que recuerdo. El velero tenía un gran tamaño, eso me pareció, aunque yo no entiendo nada de barcos. El espacio era ajustado para la cantidad de invitados que realizaban aquel crucero. Tomaron la medida de controlar el número de sirvientes, estaba reducido a dos por pareja. Los marqueses nos eligieron a Laura y a mí para acompañarlos. Laura era mi prima, algo menor que yo, entró a trabajar en palacio gracias a una recomendación mía, tenía buenas virtudes, siempre fue muy servicial y discreta. El caso es que éramos la envidia de todos, cualquier sirviente del palacio se habría cambiado por nosotras con los ojos cerrados. Imagínense, ¡recorrer tantos países a bordo de un velero! ¡Un crucero de lujo! Aquel era un viaje de reyes, nosotras lo haríamos, serviríamos mientras disfrutábamos de semejante crucero, como no podía ser de otra forma. ¿Cuándo nos veríamos en otra igual? ¡Nunca! Unos marineros se encargaron de subir el equipaje, nos mostraron nuestro camarote, dejamos allí las pequeñas maletas para dirigirnos al gran aposento que tenían los marqueses. Mientras los invitados estaban en cubierta, preparados para zarpar, se

El oro de Hitler

despedían de familia y amigos, nosotras estábamos en el camarote principal. Vaciamos todos los baúles, también las maletas, y colocamos el vestuario traído por los marqueses. Teníamos una sola idea en nuestra cabeza, salir rápido a cubierta para disfrutar con la despedida del puerto de Sevilla. Debo hacer una pequeña confesión, lo poco que vi del puerto me dejó maravillada. Laura empezó a reírse de mí. Tenía muy mala cara, me había puesto pálida. Yo le decía que si no notaba cuánto se balanceaba el barco. Ella me aseguraba no notar nada, que estábamos amarrados al puerto, el barco no se movía. Sin embargo, yo cada vez me encontraba peor. Mi prima me dijo: «¡Prima, estás amarillenta!». Me ayudó a subir a cubierta para que me diera el aire. Algún marinero de la tripulación acudió en nuestra ayuda, en esos instantes mi mente no estaba para detalles, perdone si no recuerdo mucho, tuve que montar un espectáculo lamentable en ese momento. Se dieron cuenta de mi malestar. Me dejaron descansar sobre una tumbona, ya estaba en el exterior. No sé quién le avisó, un médico del barco me reconoció, al ver mi tono de piel, en aquel momento era algo verdoso, aceitunado me dijeron, dictaminó que yo no podía realizar el viaje, estaría todo el tiempo entre vómitos, mareos y encamada. Al escuchar aquella palabra, algún mecanismo interior en mi cuerpo decidió que era el momento ideal para vaciar todo el contenido del estómago. No recuerdo mucho más de aquella situación. No me enteraba de nada. Solo sé una cosa, me dejaron en tierra, mi prima se comprometió a ocuparse ella sola del servicio de los marqueses. Tengo el vago recuerdo de su partida, un velero bajaba por el río, se hacía más pequeño a cada momento, hasta que, en un recodo del río, desapareció de nuestra vista.

—¿Cómo retornó usted al palacio?
—Pues espere que haga memoria. Los marqueses y el pequeño fueron a despedir a la comitiva, ellos iban en un coche. Liam llevó

El oro de Hitler

una pequeña camioneta, en ella se transportaron todas las maletas y baúles. Recuerdo escuchar la idea de tumbarme en su caja para volver a palacio, sin embargo, el ingeniero tenía previsto aprovechar aquel viaje con varios recados pendientes y compras de material para la mina, al final volví con el coche de los marqueses. No se me olvidará nunca, aunque ese momento lo tengo borroso en mi memoria. El marquesito jugaba a cuidarme, estaba malita, decía. El niño era un pequeño diablo, muy travieso, aunque siempre con buen corazón.

—¿Qué pasó después, Miriam?

—No le entiendo.

—Me refiero a cómo conocieron la desaparición del velero.

—Me dejaron descansar ese día, llegué muy mal, continuaba mareada, había vomitado todo lo que tenía dentro del cuerpo. El día siguiente amanecí bastante mejor, me dediqué a mis tareas, maldecía mi suerte, allí estaba, como siempre, en lugar de disfrutar con Laura. Era un viaje soñado por cualquiera. Serví la comida con normalidad, apuraban su café cuando apareció el jefe del puesto de la Guardia Civil. Mostraba un rostro muy serio desde el primer momento, se encerraron en el despacho, los marqueses con aquel guardia, nunca había sucedido algo parecido. En ocasiones venían al palacio, cualquier conversación se realizaba en el jardín o en otro sitio, nunca con tanta formalidad como para usar un despacho. El servicio murmurábamos, no podían ser buenas noticias. Poco después salieron con prisas, me dejaron encargada de cuidar al niño, sin dar ninguna explicación ni esperar nada más. Pidieron al chófer que trajese el coche y se fueron detrás del vehículo de la Guardia Civil. Días después, Rafael, usted no lo conoció, padre Sebastián, falleció antes de su llegada, trabajaba como chófer en la finca, nos contó que todo el viaje escuchaba llorar a la hija. Viajaron a Sevilla, a Cádiz, Sanlúcar de Barrameda, recorrieron todo el río, preguntaron en todos

El oro de Hitler

los pueblos, villas, barcos que pudieran haberse encontrado con el velero. No sé muy bien cuántos días después, regresaron a palacio, se resistían a dar por desaparecidos a sus padres y al resto de los pasajeros de aquel barco. Con el paso del tiempo tuvieron que rendirse a la evidencia. Ninguno regresaría jamás. Tampoco mi prima. —Unas lágrimas recorrieron sus mejillas.

—Quizás esté equivocado, creo recordar algo dicho por el padre Sebastián. ¿Guarda usted recortes de noticias sobre este asunto?

—Tiene razón. No piense que soy una vieja ociosa o con malsana curiosidad. Estos recortes eran cosa de nuestra marquesa, guardó toda la información que pudo recopilar en diarios y revistas de aquella época. Yo no tenía acceso a esas cosas, como puede imaginar. Un día, después de mucho llorar, me dio esta caja con los recortes, me dijo: ¡Destruye esta caja, no quiero verla más! Yo, en lugar de quemarlos, decidí desobedecer a mi jefa. Los guardaría por si algún día quería volver a verlos. Nunca más habló de ellos, yo los había hecho desaparecer hasta el otro día, cuando el padre Sebastián sacó este tema.

—¿Podría verlos?

—Espere un momento, voy a buscarlos. —Se dirigió a un pequeño aparador, abrió el cajón superior, sacó una vieja lata de galletas metálica. Se la ofreció al padre Ramón antes de volver a sentarse. —Si me lo permiten, les voy a pedir un favor.

—Usted dirá.

—Ya les he contado que he custodiado esos viejos recortes. Si soy sincera, no son de mi propiedad, en realidad pertenecen a la marquesa. Yo ya soy muy mayor, no sé qué debo hacer con ellos, quizás la mejor opción sería quemarlos como dijo su legítima dueña, no tengo nada claro cuál debería ser el destino final de estas cosas. Si le parece, puede llevárselos, usted los ve, después haga con ellos lo

El oro de Hitler

que quiera, no tengo intención de volver a guardarlos. Por favor.

—Vamos a hacer una cosa, intentaré saber si la marquesa quiere recuperarlos, en el caso de que no muestre ningún interés, los convertiré en cenizas.

—Me parece bien, padre.

Cuando llegó el momento de la despedida, Miriam se mostró muy agradecida por la visita. Volvieron a su casa mientras daban un paseo, el padre Ramón llevaba en una mano la vieja lata de galletas. Al llegar a la vivienda parroquial, el padre Ramón fue directo a la habitación, de su maletín tomó la libreta para anotar algunas ideas y dudas que le habían quedado tras la conversación con Miriam. Abrió la lata y comenzó a colocar los recortes con intención de ordenarlos. Buscaba clasificarlos para conseguir toda información posible, quería reconstruir la historia que contaban. En ese momento sonó el timbre del teléfono. El padre Sebastián estaba más cerca, él contestó la llamada.

—¿Dígame?

—¿Padre Ramón?

—No, soy su compañero. Un momento, por favor. —Tapaba con la mano el micrófono, gritó mientras miraba hacia la habitación de su compañero. —¡Ramón!, ¡es para ti!

—¡Voy! —Dejó lo que hacía en ese momento, se levantó presuroso para coger el auricular ofrecido por su colega. —¿Diga?

—Buenas tardes. ¿Me recuerda? Soy el sacerdote del obispado de Sevilla.

—Le recuerdo, no lo dude.

—Bien, tengo la información que me pidió. ¿Cómo se la hago llegar?

—De ninguna manera. Me la va a dar mañana en mano.

El oro de Hitler

—No sé si eso será correcto.

—Puede consultarlo con su superior. Mi idea es recogerla mañana, si le parece bien. Con discreción, iré al obispado, nadie se va a extrañar cuando un cura entre y pregunte por el sacerdote...

—Benavente, todos los compañeros me conocen en el obispado por mi apellido. ¿Me permite una pequeña suposición?

—Se la permito, por supuesto.

—Si viene en persona imagino que necesita algo más.

—Me encanta estar rodeado de gente inteligente, usted lo es. Necesito encontrar a un buen marino, alguien con experiencia, debería ser experto en veleros o barcos de pasajeros.

—Haré lo posible.

—Estoy seguro de su capacidad.

—¿A qué hora piensa venir?

—Sobre el mediodía estaré con usted.

—Hasta mañana, padre.

Antes de darse cuenta, su interlocutor había colgado. Un buen observador podría haber notado una ligera sonrisa en su rostro, de satisfacción, quizás. Dejó el auricular en su lugar y volvió a la tarea de ordenar aquellos viejos recortes. Necesitaba conocer toda aquella información para la reunión del día siguiente. Tomó su libreta, preparado para apuntar cualquier dato, duda o sugerencia que pudiera ser relevante. Había leído varias veces todos los recortes, realizó algunas anotaciones. Desconocía la hora que era cuando apareció el padre Sebastián, al abrir la puerta de sopetón.

—¿Hoy no piensas cenar?

—¿Ya es la hora?

—¡No! Hace tiempo que pasó la hora normal para cenar en cualquier casa.

—Perdona, se me ha pasado el día sin darme cuenta.

El oro de Hitler

—Ya me imagino. Ven, preparé algo para picar.

—Si no me equivoco, será alimento para cuatro, por lo menos.

—¡Qué exagerado eres! —Se sentaron. En la mesa estaban preparadas unas fuentes de embutidos, pan y un par de vasos con vino. —Espero que hoy nos lo hayamos ganado.

—Es pronto para saberlo. Por cierto, mañana tras el desayuno me iré a Sevilla.

—¿Y eso?

—Necesito algo más de información.

—¿Has encontrado algo?

—No sé muy bien cómo explicarlo, hay algo que chirría.

—No te entiendo.

—Tengo la misma sensación que cuando leí la noticia del incendio de aquel taller en Venecia. Las cosas no suelen suceder sin motivo, siempre hay algo detrás que las causa.

—Cuando dices «algo», también puedes referirte a «alguien», supongo.

—Supones bien, Sebastián.

—Necesito que me lo cuentes todo a tu regreso.

—Dalo por hecho.

La luz permanecía siempre encendida en el último despacho de la primera planta, el peor orientado, sus ventanas daban al patio interior de aquel edificio. Carecía de rótulo alguno, sin embargo, muchos sabían que era el edificio que albergaba el Servicio de Información de la Dirección General de Seguridad. Aunque nadie lo llamaba así, todos le decían «La jaula de los espías». Aquel despacho, el peor de todos, era el punto neurálgico del servicio de inteligencia español. Su

El oro de Hitler

ocupante actual era la persona que más tiempo había ostentado aquel puesto, todos le temían, nadie le envidiaba. Siempre había algún incendio que apagar, algo que solucionar o un asunto que perder u olvidar.

Un pepito de ternera a medio comer ocupaba una esquina de la mesa, llevaba allí desde el mediodía, más de ocho horas esperando terminar de ser comido. Su mano derecha sostenía un informe sobre la última escaramuza en la frontera de Gibraltar. La mano izquierda frotaba su brillante calva cuando sonó el teléfono. El coronel Vargas descolgó rápido, con un gesto veloz que solo se conseguía con mucha práctica. Contestó con su habitual tono enfadado, sabía que intimidaba a quien le escuchaba y evitaba que dieran rodeos, todos querían terminar cuanto antes aquellas llamadas. Resumían de manera eficaz toda conversación.

—¡Aquí Vargas!

—Coronel, sin novedad en Lora del Río.

—¿Cómo que sin novedad? ¡Algo habrá hecho nuestro curita estrella!

—Ha comido con la marquesa en palacio, ha ido a misa y han visitado a una viejecita.

—¡Vamos a ver, carajo! —Gritó al teléfono. —¿Eres Belmonte o Ramírez?

—Ramírez, mi coronel. —La voz casi no salía del cuerpo del agente, se temía lo peor, no esperaba semejante bronca tan pronto.

—Dices «sin novedad», y ha vuelto a ver a la marquesa. ¡Dos veces en tan solo dos días! Quiero un informe de esa mujer, eso lo organizo yo desde aquí, seguro que hay algo de ella, es una grande de España. Ahora, vosotros os encargáis de sacarme un informe de la vieja. ¡Cagando leches, Belmonte!

—¡A sus órdenes, mi coronel!

El oro de Hitler

Ramírez colgó el teléfono sin corregir a su superior, mejor que el coronel pensara que la bronca se la había llevado su compañero. Él no se lo iba a decir. Les tocaría pasar la noche de guardia, dormirían por turnos mientras el que permaneciese despierto empujaría a todo el cuartel de la Guardia Civil del pueblo. Y todo porque un par de curas habían visitado a una vieja beata. Lo mejor sería no pensar mucho en ello y hacerlo. Había que conseguir un informe completo de la mujer. Este país iba derecho al abismo, todos se habían vuelto locos, pensaba para él.

Mientras tanto, el coronel Vargas ya había ordenado un informe completo de todos los marqueses de Setefilla. Sonreía de pie junto a la ventana, miraba el feo y oscuro patio interior, mientras daba un bocado al frío pepito de ternera. Había vuelto a jugar con sus subordinados, cambiaba a conciencia el nombre de los agentes durante la bronca, era una forma de llamar la atención a sus subordinados sin que se sintieran muy amenazados. No tenía forma de saber si estaba en lo cierto. Mientras tanto, se divertía. De un archivador sacó una cerveza, tenía varias allí escondidas. A nadie más le gustaba la cerveza caliente. Él se había acostumbrado a la fuerza, no tenía otra opción en su despacho. Ahora, con el paso del tiempo, la prefería a temperatura ambiente. Necesitaba algo para tragar el maldito bocadillo, le costaba Dios y ayuda pasarlo por el gaznate, la carne estaba tiesa. Decidido, mañana pediría bocadillo de calamares.

El oro de Hitler

11

UN CONTRAMAESTRE EN SEVILLA

Después de desayunar tomó su libreta y la guardó en su maletín negro, se despidió de su compañero con calma, y se subió al 600. Había adquirido experiencia con su coche, no le fue difícil llegar a Sevilla. Otra cosa era ser capaz de llegar al obispado de una gran ciudad o poder aparcar con tanto tráfico. Circular solo, entre tanto coche, le provocó una sensación rara en él; comenzó a sentir algo de agobio. Era capaz de desenvolverse con soltura al volante, aunque, si era sincero, reconocía falta de práctica, necesitaba más horas de conducción. Tenía un plan para solventar ese problema. Vio un espacio perfecto para su coche, lo dejó bien estacionado, descendió del mismo y buscó con la mirada a su alrededor. A lo lejos vio un taxi, levantó la mano y este se detuvo a su lado.

—Buenos días, padre.

—Buenos días nos dé Dios.

—¿A dónde le llevo? —Mientras hablaba, había puesto el vehículo en movimiento.

—Al obispado, si es tan amable.

—Vamos para allá.

El oro de Hitler

—Una consulta, no conozco Sevilla, ¿me puede decir dónde me ha recogido?

—Estaba usted en la estación de Santa Justa.

—¿Puede ser más preciso?

—Al norte de la estación.

—Perfecto. Muy amable.

Poco tiempo después el taxi paró frente a un edificio sencillo y gris, pagó la carrera, se ajustó su traje, intentó poner semblante sobrio, con decisión y determinación y entró en el obispado. Se detuvo en la entrada, buscaba a quién preguntar, cuando vio que un sacerdote bien entrado en años, pequeño y delgado, caminaba con pasos muy rápidos y cortos mientras se acercaba a él. Le pareció una imagen muy cómica, no pudo hacer otra cosa que sonreír.

—Supongo que es usted el padre Ramón.

—Supone usted bien.

—¡Sígame! —Giró sobre sus talones para avanzar de la misma forma que había llegado, con sus llamativos pasitos. Llegaron a una puerta con un letrero que identificaba aquella estancia como «archivo». La abrió y le invitó a pasar. Una vez comprobó que nadie estaba pendiente de sus movimientos, comenzó a hablar con un volumen bajo y ritmo pausado. —Permítame que le salude con algo más de cordialidad, padre Ramón, ya estamos lejos de miradas indiscretas.

—No llego a comprender qué piensa de mí mismo o de mi labor, le puedo asegurar una cosa: no son necesarias tantas precauciones.

—Desconozco las misiones de los agentes que piden mi apoyo, intuyo cuál puede ser por las búsquedas que realizo, nada más. Sin embargo, hasta ahora nunca me ha dado el encargo monseñor Herrera en persona. No necesito ninguna información complementaria, este debe ser uno de esos casos importantes. Venga a mi mesa.

El oro de Hitler

—Mi deber es dejarle clara esta situación, a mi parecer me da usted bastante más importancia de la que merezco.

—Llevo mucho tiempo con la obligación de realizar tareas... ¿cómo lo diría? —Se puso en actitud pensativa, a continuación, mostró un brote de locuacidad. —¡Ya sé cómo explicarlo! Llevo mucho tiempo en contacto directo con las altas jerarquías de nuestra institución. De vez en cuando me toca ayudar a algún nuevo agente, usted es uno de ellos. Además, viene con la equipación completa.

—Perdone, con el traje no me dieron otra opción, en cuanto al maletín, es el sitio perfecto donde guardar la información que usted me ha conseguido.

—En ese punto tiene razón. Por cierto, aquí la tiene. Estos son los datos conseguidos en el archivo del puerto, el de atraques y estiba. La mercancía en cuestión llegó al puerto en un barco de alquiler, bautizado como «Rosa de los mares», su trabajo normal era la pesca de altura, aunque con mucha frecuencia se alquilaba para realizar otro tipo de viajes. Parece ser que en este caso también cargó mercancía.

—¿Ha dicho «también»?

—En efecto, existe el registro de tres pasajeros, sin identificar.

—¿Tres? ¿No hay constancia de quiénes son?

—¡Ninguna! No hay más apuntes sobre esas personas.

—¡Entiendo! Me interesaría mucho conocer toda la información que hayas obtenido sobre esa mercancía, ya que parece que de los pasajeros no voy a sacar más. —La mente del padre Ramón trabajaba a marchas forzadas, era la primera noticia de un tercer pasajero. Además de los ingenieros viajó otro hombre, con mucha probabilidad, con la tarea de vigilar el oro.

—Un momento. —Rebuscó entre los papeles que tenía preparados hasta encontrar el dato. —Aquí está, treinta y dos bultos.

—¿Aparece en el registro algo sobre esos bultos?

El oro de Hitler

—No, está registrado el número de bultos por la sencilla razón de que los estibadores debían cobrar por su trabajo. Más número de bultos descargados, mayor pago, algo muy lógico y normal.

—Creía que si la mercancía provenía del extranjero debería pasar algún tipo de aduana, registro o control.

—Ese barco no tenía registrada su partida de un puerto extranjero.

—¿Cómo qué no?

—Espere. Mire, aquí figura su puerto de procedencia: Mahón, Menorca. Por tanto, no había aduana ni nada que mirar. De hecho, para ser una mercancía que realiza una travesía entre puertos españoles, demasiadas referencias he localizado, después de tantos años.

—No me puedo quejar de su trabajo, no quiero que piense eso por mi actitud, me ha revelado detalles muy importantes, solo me gustaría recibir algo más de información.

—Como curiosidad, puedo decirle cuánto pesaban aquellos bultos.

—¡Me interesa! Dígame, por favor.

—Por la tarifa que cobraron los estibadores, cada bulto debía superar unos buenos cincuenta kilos, aunque no debía alcanzar los cien.

—Entiendo. Imagino que sería imposible saber el destino final de esa carga, quién firmó la recepción de esa mercancía o quién realizó el traslado para su entrega final.

—Después de tantos años, es imposible.

—¿Y sobre el barco?

—De bandera española, su puerto base era el de Mahón, de donde procedía.

—¿Era?

—He buscado información sobre este barco. Este pesquero, con

El oro de Hitler

toda su tripulación, desapareció en una tormenta años después, mientras faenaba.

—Le felicito, padre, no creo posible que nadie hubiera conseguido más datos sobre este asunto.

—Gracias. Como me solicitó, le he conseguido una entrevista con un viejo lobo de mar, especialista en veleros y buques de pasaje. No he podido localizar a un capitán, sin embargo, mi contacto debería ser capaz de proporcionarle toda la información que precisa. —Le dio un pequeño trozo de papel donde se podía leer «Diego González, Contramaestre» junto a una dirección. —Le espera allí, la dirección es de un bar. No se preocupe, no tiene fama de borracho, es un buen hombre, se lo aseguro. Lo reconocerá con mucha facilidad, luce orgulloso una barba impresionante.

—No sé cómo agradecerle todo su trabajo.

—No lo haga, los dos somos piezas de algo mucho más grande, algo que ayuda y empuja a la Santa Madre Iglesia para realizar grandes obras.

—Nunca lo había visto así.

—Yo no sé verlo de otra forma. ¿Le acompaño a la salida?

—Me veo capaz de encontrarla solo, además, será mejor que no nos vean salir juntos.

—Tiene razón.

Se despidieron con cierta sobriedad. Mientras caminaba hasta la salida pensaba en el padre Benavente. No captó el tono de humor imprimido en su última frase, más bien lo contrario, se la tomó muy en serio. Desde la acera, frente al obispado, consiguió parar un taxi. Le indicó la dirección que figuraba en aquel trozo de papel. Minutos después se encontraba en la puerta de un pequeño bar. Al entrar sus ojos tuvieron que acostumbrarse a la oscuridad, una penumbra habitual en las pequeñas bodegas de la capital. Echó un vistazo al

El oro de Hitler

local y vio que todas las mesas estaban vacías menos una. Debía ser él. Un hombre mayor leía el periódico; era alto, de tez morena y muy delgado. Lucía una barba blanca de gran volumen y aspecto cuidado. Vestía bien, aunque no un uniforme de marino, como esperaba. En la mesa solo había una taza de café vacía. Se acercó con prudencia.

—Buenos días. ¿Es usted Diego González?

—Buenos días tenga usted. El mismo. ¿Quién lo pregunta?

—El padre Ramón.

—Me avisaron de que querían hacerme un interrogatorio, nunca imaginé que tendría que ver con la Iglesia.

—Por favor, no piense que mis dudas son un interrogatorio. Nada más lejos de la realidad.

—Pues usted me dirá qué dudas son esas. Ya llegó el momento de la copita diaria, voy a pedirme una. ¿Quiere usted otra? ¿O quizás prefiere un aperitivo?

—Tomaré lo mismo que usted.

—Me parece correcto. —Levantó su mano para que la viera el camarero, puso sus dedos índice y corazón en uve y el empleado hizo un gesto de complicidad con la cabeza. Había captado el mensaje. — Bien, me gustaría saber el interés que tiene la Iglesia en este viejo lobo de mar, no recuerdo tener ningún gran peso sobre mi conciencia. O quizás sea otra cosa. ¿Tienen alguna consulta sobre mí?

—Por favor, no debe tomarse mi visita así, creo que alguien no se ha explicado bien. No tengo ninguna duda sobre usted o con relación a algo que haya hecho. Mis preguntas no tienen conexión directa con su trabajo o persona, son dudas planteadas sobre un caso extraño, no termino de comprender casi nada y me ha tocado estudiarlo, por razones que no vienen al caso.

—Ahora lo entiendo menos.

—Espero ser capaz de explicarlo todo. No se impaciente. Creo que

El oro de Hitler

tiene usted experiencia con grandes veleros.
—¡Correcto! En eso poca gente habrá con más experiencia que yo.
—Pues de eso le hablo. Hay detalles de un suceso en el que está..., ¿cómo lo diría?, implicado un velero de gran tamaño. Se produjeron acontecimientos que son del todo inexplicables para mí.
—Ha encontrado a su hombre.
—Parece que está más relajado.
—Pensaba que podía ser algo relacionado conmigo, aunque no sabía bien a qué atenerme. Dígame.
—Tengo varios recortes de periódico del caso, por si quisiera leerlos.
—¿De qué barco hablamos?
—De «Il grande Nettuno».
—¡Ah! Terrible. Es algo imposible. Un gran velero con una eslora mayor de setenta metros no puede desaparecer con todos los pasajeros y la tripulación sin dejar rastro.
—Por eso necesito más información. Yo tampoco le encuentro una explicación y, sin lugar a dudas, debe tenerla.
—Padre, no todo lo que sucede en el mar tiene una interpretación lógica en tierra. No sé si comprende usted lo que quiero decir.
—Le entiendo. Quiero que me explique el proceder normal de un barco como ese en la travesía prevista para aquel día, de Sevilla a Cádiz.
—Eso me lo sé de memoria.
—Perfecto, señor González. Quisiera que me explicara cómo sucederían todos los movimientos en una situación normal, con una embarcación similar.
—Llámeme Diego, si alguien le escuchara llamarme por mi apellido, se extrañaría muchísimo. En el momento de zarpar, estaríamos amarrados en el puerto de Sevilla, lo primero es tener a

El oro de Hitler

todos los pasajeros acomodados y la carga bien asegurada. Gracias, niño. —El camarero les había servido dos vinos finos. Tomó un ligero sorbo, levantó su mirada hasta clavarla en los ojos del párroco. Continuó con su charla. —El capitán mandaría a su oficial de mayor rango para comprobar la cubierta.

—¿Cómo dice?

—No hablamos de un mercante ni de un pesquero. Si en estos barcos se procura tener la cubierta bien ordenada, imagínese en un crucero de lujo. Todo recogido y en orden antes de partir, comprobado por el segundo oficial. ¡Que me afeiten si me equivoco!

—¡Un momento! —El padre Ramón quedó pensativo unos instantes, para hablar a continuación. —¿Puede ser por eso por lo que en un hipotético naufragio no apareciese nada a la deriva?

—Puede ser, es muy posible. Continúo, si le parece bien.

—¡Por favor!

—El barco estaría amarrado con la proa a favor de corriente, es lo habitual para facilitar las maniobras en un puerto como el de Sevilla. Cuando se da la orden de zarpar se sueltan las amarras por orden, desde proa a popa. Con unos ligeros golpes de motor, se consigue despegar la proa del muelle, se deja que la propia corriente del río te separe con suavidad de tierra, es la mejor manera de realizar esta maniobra, los pasajeros no la notan. Una vez navegamos con la propia inercia del río, se busca la parte más profunda del cauce para avanzar por él. Es una travesía cómoda y bastante sencilla, en aquellos años el tránsito de barcos era menor, por lo que no debieron encontrarse ninguna dificultad.

—Supongo que sería lo normal.

—Un velero de esa envergadura no puede desaparecer en el río, si algo ocurrió debió ser en mar abierto, con suficiente profundidad para perder todo rastro a la vista de los mástiles. Fíjese bien, ningún barco

El oro de Hitler

pesquero ha localizado jamás en sus redes restos que se identificasen como parte de este velero. Ese barco debe estar a mucha profundidad para no haber sido localizado nunca. Me figuro que, con la ayuda del motor, el barco tardaría menos de media hora en pasar frente a Coria del Río.

—Eso es, necesito algún tipo de dato. Si me lo permite, prefiero tomar nota. —Diego González asintió con gesto serio. El joven sacerdote sacó su libreta, escribía con un lápiz lo que decía el viejo contramaestre. —Por favor, continúe.

—Bien. Era un viaje de placer, no tendrían prisa. Una consulta, ¿dice en esos recortes a qué hora zarparon?

—Sí, debo tenerlo apuntado, permítame un momento. —Buscó entre sus anotaciones de la libreta hasta encontrar el dato. —Aquí lo tengo, minutos antes de las once del mediodía.

—Bien, si nos basamos en eso, sobre las once y media navegaban frente a Coria del Río. Pongamos una hora para llegar hasta los olivillos, donde desemboca el río Guadaira. Nuestro barco dejaría ese punto a popa alrededor de las doce y media. A esa hora hay una perfecta visibilidad, no debieron tener ningún problema, seguro. Si navegamos sin excesivas prisas, imagino que antes de las cuatro el barco ha superado Trebujena. Si nuestro capitán es un poco hábil, estoy convencido de que lo era, un barco de ese calibre no se lo dan al primero que pasa, en esa zona del río debería haber subido algo de velocidad, a esa altura del Guadalquivir hay más anchura y el calado no es problema. Si yo gobernara «Il grande Nettuno» habríamos pasado por ese punto más cerca de las tres que de las cuatro.

—Comprendo, lo normal es contemplar un margen prudente, me parece bien. El barco debió pasar frente a Trebujena entre las tres y las cuatro.

—Sí, ya le digo, imagino cómo actuaría su capitán, sospecho que debía navegar algo más rápido. Piense una cosa, era un barco de lujo, paseaba a muchos ricos, no iría despacio.

—Me fío de usted, seguro que tiene razón.

—Antes de las seis de la tarde debió pasar junto a Sanlúcar de Barrameda, poco después entraba en mar abierto.

—¿Usted buscaría entrar en el puerto de Cádiz sin alejarse de la costa?

—No, nunca. Piense en el tipo de barco y en los pasajeros. Era un barco de buen tamaño, por tanto, no me arriesgaría a navegar en aguas poco profundas, al contrario, entraría para buscar alguna zona en la que desplegar las velas, con la idea de lucirse con sus ilustres pasajeros.

—Tiene su lógica.

—Desde ese momento ya no podemos imaginar nada, la velocidad dependería del viento que soplase esa tarde, del capitán, de si pensaba entrar en el puerto más tarde..., son muchos los factores que influyen cuando se navega a vela.

—Imagínese que usted gobernara ese barco aquel día, ¿qué haría?

—¿La verdad?

—Por supuesto, no quiero otra cosa.

—¿El día siguiente zarparían también?

—No, tengo entendido que en cada puerto pasaban varios días, para conocer el entorno y la ciudad.

—Entonces lo tengo claro, mar adentro. Después, con tranquilidad, hacer tiempo para entrar a puerto de noche. Con la iluminación de gala, en un barco de lujo como ese debía ser espectacular. Piense en un gran velero, con cientos de luces que engalanan sus tres palos, toda su cubierta brilla en la noche para realizar una entrada triunfal a puerto, el yate de lujo pretende llamar mucho la atención, es lo que les gusta a sus pasajeros, no pasar

El oro de Hitler

desapercibidos.

—Eso tiene mucha lógica, creo que encaja en esta situación.

—Eso pienso yo. —Apuró lo que quedaba en su catavinos y levantó la copa. —Imagine una entrada triunfal, con la idea de dejar claro su mensaje, «aquí está el barco de los grandes nobles de Europa, apártense, dejen sitio, que vamos nosotros».

—Explicado así no me cabe la menor duda, ese era el plan. Por tanto, se adentrarían en el océano para hacer tiempo.

—Lo que justifica la desaparición total del buque.

—Explíquese.

—Solo como una hipótesis. El barco nunca más fue visto. No ha dejado pista alguna. Por el aire no desapareció, ya se lo digo yo, por tanto, está debajo del agua. Para contemplar esta posibilidad, el velero debe estar muy abajo, necesita bastante profundidad, es fácil si se alejan lo suficiente de la costa, sin dificultad se pueden encontrar puntos donde el fondo está entre quinientos y mil metros. Allí se puede perder el barco para siempre.

—Comprendo, eso lo explica todo.

—¡De eso ni hablar! ¡Eso no explica nada! —En ese momento el camarero llegó para llenarle la copa al veterano marino. El padre Ramón apenas había bebido. —Voy a explicárselo para que lo entienda. La gente de tierra, los profanos en el mundo náutico, suelen tener una idea muy equivocada, imaginan que un barco se hunde como si fuese una piedra, igual de rápido. ¡«Plop» y al fondo! De ninguna manera pasa así, mucho menos un barco de este tamaño que hablamos. Imaginemos que se golpea con una roca sumergida a poca profundidad por un fallo del capitán, un pequeño despiste, no conocía bien la zona, tampoco sabía que tenía poco fondo, algo más frecuente de lo que puede imaginar. Ya se lo digo yo ahora, este no es el caso. Por un momento imagine esta suposición, para que entienda lo que le

El oro de Hitler

quiero decir. Piense en esto, se produce una vía de agua, un impacto imprevisto, imposible de reparar, el barco se va a hundir sin remedio. Sin embargo, ese naufragio no será inmediato, para que el barco desaparezca de la superficie, necesitará mucho tiempo, puede tardar horas en hacerlo.

—¿Cómo?

—Los barcos tienen calculado un índice de flotabilidad, este límite no se supera de una forma tan fácil, pueden soportar muchos litros de agua antes de que el barco se hunda del todo. Todo esto sin contar con las bolsas de aire que actúan como flotadores, estas se crean dentro del buque, en compartimentos, camarotes..., y sustentan el barco durante un tiempo. Quiero que entienda con claridad la situación. Por muy extraño que sea el suceso que nos incumbe, nuestro barco no se fue a pique en cuestión de segundos por una vía de agua. Estoy seguro, por completo, un velero de esta envergadura tardaría horas en hundirse. Por tanto, debieron tener tiempo para pedir ayuda por radio, soltar los botes salvavidas..., no entiendo cómo no se subió nadie a uno de esos botes, o algo tan sencillo como usar un aro salvavidas. También debemos contemplar una cosa, no es un asunto menor, algún barco pudo tener oportunidad de verlos y ayudarles. Esa zona, la puerta del Mediterráneo, nada menos, es un sector muy transitado por buques de todos los tamaños, dedicados a cualquier tarea imaginable: pesca, transporte, militares, recreo..., a lo que sea.

—Me hago una idea.

—Por eso tanto revuelo, incluso un barco torpedeado tarda bastante tiempo en irse al fondo. Puede buscar información de algunos buques hundidos en guerra. Conozco muchos casos, incluso barcos a los que les dieron dos torpedos, tardaron algunas horas en desaparecer de la superficie.

El oro de Hitler

—Comprendo lo que me cuenta, sin embargo, en este caso el barco desapareció de la superficie con todo su contenido, sin dejar rastro alguno, ningún pasajero. Pocas veces se puede decir con tanta propiedad eso de «se lo tragó el mar».

—No creo en historias de miedo, el mar está lleno de ellas, nunca les di importancia. Ahora, si me dijeran que alguien ve a ese velero surcar los mares, seré el primero en hablar de un barco fantasma. No ponga esa cara, ya ha pasado en muchas ocasiones.

—Todo lo que ha dicho me hace pensar. Ha cambiado toda mi perspectiva, la idea inicial que me había planteado sobre este suceso.

—Lo siento, imagino sus esperanzas, pensaba encontrar respuestas fáciles o que se adaptaran a una solución rápida y lógica, no es el caso. Créame si le digo esto: me habría gustado mucho ayudarle mejor.

—Lo ha hecho. Ya no le molesto más, sé todo lo que se puede saber de este suceso.

—Me alegro, cualquier cosa que necesite, ya sabe dónde encontrarme.

—Don Diego, ha sido un placer conocerle y hablar con usted.

—Lo mismo digo, padre.

Se levantó mientras se despedía con un fuerte apretón de manos del contramaestre. Sin llamar la atención, fue a la barra con la intención de hablar con el camarero, pagó los vinos que se habían tomado y otro más, para cuando se terminara la copa que saboreaba el viejo contramaestre. Al salir del bar, se encontraba en el centro de la ciudad. No fue difícil localizar un taxi para llegar a donde aparcó su 600, pidió al taxista que le llevara al norte de la estación de Santa Justa. Poco después, al volante de su seiscientos, tras circular varios minutos por Sevilla, se encontraba rodeado de coches que le pitaban y conductores impacientes. Preguntó a un policía municipal cómo

El oro de Hitler

salir de Sevilla dirección a Lora del Río.

12

HISTORIAS DE LA VIEJA MINA

Llegó tarde a la casa parroquial. Se encerró en su habitación, quería repasar las anotaciones de aquella libreta. Su cabeza no paraba de dar vueltas a toda la información conseguida en la capital. Había resultado ser una mañana muy productiva. Salió de su cuarto cuando su compañero le invitó a cenar. Se sentó en la mesa con semblante serio.

—No te he visto el pelo en todo el día, algo ha pasado durante tu viaje a Sevilla, algo que te ha obligado a enclaustrarte con tus pensamientos.

—Perdona, Sebastián, no tengo excusa. Comprende mi malestar, resulta que empiezo a sacar conclusiones. Lejos de alegrarme, no me tranquilizan mucho.

—¿Has descubierto algo nuevo?

—Nada concreto, he descartado algunas posibilidades, los hechos que permanecen como probables me dan mucho que pensar.

—¡Cuéntame! No me tengas en ascuas.

—He buscado toda la información posible del velero.

El oro de Hitler

—¿El que desapareció?

—El mismo. Tiene una enorme dificultad todo lo que rodea esa desaparición. En un sitio tan frecuentado por todo tipo de barcos, imagina, le llaman la puerta del mediterráneo, debe ser casi imposible que un velero de las características del que nos ocupa desaparezca sin dejar pistas por una causa, digamos, normal.

—Eso era lo que ya suponíamos.

—Sí, ahora me lo han confirmado. Al hacerlo, mi mente se ha puesto a trabajar en la única solución posible, y no me gusta nada.

—¿Solución? ¿Sabes lo que le pasó al barco?

—¡El barco! Un momento, tengo que hacer una llamada. ¿Dónde tengo la cabeza? —Se levantó, fue a su cuarto, tomó una nota de papel. Se dirigió al teléfono y marcó el número de monseñor Herrera.

—¡Pronto!

—Buenas noches, monseñor. Perdone por la hora.

—Buenas noches. No se preocupe, no imagina a qué horas me llaman a diario. Supongo que necesita algo.

—La verdad es que sí. Toda la información que sea posible sobre un pesquero con base en Mahón, Menorca. Le digo su nombre: «Rosa de los mares». Se hundió hace tiempo.

—Lo anoto. ¿Puede ser el que trasladó las lámparas y el oro desde Venecia?

—El mismo. No creo que puedan encontrar ningún dato nuevo para ayudarme, aunque no quiero dejar nada en el aire.

—Veré lo que puedo lograr. Si no necesita nada más, debo dejarle, un asunto urgente reclama mi atención. ¡Ya me contará sus avances!

—No le distraigo más, monseñor, hasta pronto.

—¡*Ciao*!

Colgó el auricular y volvió a sentarse frente al padre Sebastián, que daba buena cuenta de su comida. Él ya había terminado de cenar.

El oro de Hitler

Esperó en silencio, le veía masticar sin pausa. Su compañero deseaba preguntar muchas cosas, imaginaba que la intriga le reconcomía por dentro. Mientras tanto, seguía con su cena despacio, hasta que llegó un momento en el que no pudo más.

—¿De verdad no tienes nada que contarme? ¿No decías que éramos compañeros en esto?

—Tranquilo, te tomaba un poco el pelo. Perdona la broma. Ahora te cuento.

—¿Has descubierto cosas?

—Sí, alguna muy importante.

—¡Dime!

—Bueno, la primera es confirmarte que el oro se descargó en Sevilla.

—¿Lo trajeron aquí?

—Eso solo podemos suponerlo. Del barco se descargaron treinta y dos bultos, eso nos confirma nuestra pista, sin duda. Sabemos que el oro de Hitler llegó al puerto de Sevilla. Supongo que, para pasar desapercibidos, mantuvieron toda la carga junta, por tanto, completaron el mismo transporte que las lámparas. Es solo una suposición, intento deducir el rumbo de la mercancía, quiero suponer que enviaron todos los bultos a palacio.

—Puede que no.

—¡Explícate!

—Sigo tu razonamiento, acepto que enviaran todas las cajas al mismo destino, el marqués no sabía con certeza cuándo llegarían. Necesitó unos días, debía organizar el montaje, preparar una ausencia de su mujer para poder darle la sorpresa. Por tanto, las lámparas estarían guardadas en algún sitio mientras su mujer le dejaba campo libre para organizar la jugada. Como ves, yo también puedo pensar buenas teorías, para que veas. —Le hizo un guiño de complicidad al

El oro de Hitler

padre Ramón, que no pudo hacer otra cosa que reír el gesto del veterano sacerdote.

—Tienes toda la razón, ahora que lo pienso con detenimiento, creo que has acertado. Era un punto que me tenía preocupado, sin embargo, ahora todo parece encajar, lo entiendo.

—¿Lo entiendes?

—Es que no sabes toda la información que he descubierto esta mañana, tengo algo más. Con la mercancía viajaron pasajeros.

—Ya lo sabíamos, el futuro marqués y su ayudante o compañero, Liam, nos dijeron que se llamaba.

—Tienes razón, aunque solo en parte. Está registrado que viajaron en el velero tres pasajeros además de la mercancía.

—¿Tres? ¿Quién será ese desconocido que ha entrado en el juego?

—Hasta el momento no hay pista sobre esa persona, de hecho, no sabemos lo más mínimo. ¿Es hombre o mujer? Tampoco podemos afirmar que sea un desconocido.

—Podemos saber algo más de esa persona. —Dijo con aires de importancia el padre Sebastián.

—Claro, ese es el siguiente paso, debemos saber todo lo que podamos. Interroguemos al único testigo de ese momento. Tenemos que hablar con Liam, él llegó en el mismo velero que las lámparas, por tanto, también viajó con Alfred y el tercer pasajero.

—Y con el oro de Hitler, no te olvides del oro.

—Tienes razón, sería imperdonable olvidar ese tesoro.

—Mañana vamos a hacer una visita a la mina.

—¿Con qué excusa?

—Ya nos inventaremos una en el caso de que nos pregunten, espero que nos tomen por los típicos curas curiosos y no pidan explicaciones.

—Veremos lo que nos encontramos mañana. ¿Sabes?, estoy

El oro de Hitler

contento, me has dado algo en lo que pensar, me costará trabajo conciliar el sueño. Un tercer pasajero, Ramón, ¿quién será?
—No tengo ni la más remota idea, yo tampoco dormiré pronto, muchas ideas dan vueltas por mi cabeza gracias a ti.
—Supongo que eso será algo bueno.
—¡No lo dudes!
—¡Pues que no se te olvide contar mis aportaciones donde tú ya sabes!
—¡No lo olvidaré, no te preocupes!

El día siguiente amaneció soleado y caluroso. Poco después de desayunar los dos párrocos, subidos en el «seilla», avanzaban por un polvoriento camino. El conductor seguía las indicaciones del padre Sebastián. Tras no pocos saltos por el mal estado del camino, llegaron a unas viejas edificaciones, se podían distinguir unos barracones, unos almacenes de gran tamaño y unas estructuras metálicas que no sabían para qué podían utilizarse. Un camión de gran tamaño abandonaba la zona, llenando todo el ambiente de un polvo pesado. Un gran perro le amenazaba con sus roncos ladridos. Nada más bajarse del coche, un hombre mayor se les acercó. Tenía cara amable y una amplia sonrisa.
—¡Brutus!, ¡calla! No le tengan miedo, solo avisa. Ya saben, perro ladrador, poco mordedor. ¡Perdón! ¿Dónde he dejado mis buenos modales? Buenos días, padre Sebastián, está usted bastante lejos de su parroquia. —El gran perro enmudeció. Con aire aburrido se tumbó en aquel lugar.
—Mi parroquia está donde estén mis feligreses, Rubio, tú eres uno de ellos, y tus compañeros también.
—Tiene razón, padre, perdóneme. No se lo he dicho con mala intención.

El oro de Hitler

—No te preocupes, sé de tu buena fe y buen talante.
—¿Qué se les ofrece?
—Pues, verás, no sé si recuerdas a Miriam. En su día fue doncella de los marqueses.
—La recuerdo, muy buena mujer.
—Sí que lo es. Pues hablamos de cosas con ella y en nuestra charla salió a colación esta mina. Tras aquella conversación quería mostrársela a mi compañero, ya que es la industria más poderosa de esta zona. Por cierto, te presento, este es el padre Ramón. —Improvisó el padre Sebastián. Vio en el rostro de su compañero que aprobaba su actuación.

—Un placer, padre. Vengan a la oficina, allí hay una sala con planos. Han acertado ustedes, les puedo explicar todo esto mejor que nadie, por algo soy el más veterano de aquí. Si lo pienso bien, soy el último de los viejos mineros, no queda ningún compañero de aquellos tiempos.

—Entonces es usted el mejor guía que podemos tener. —El padre Ramón tomó la palabra, hizo un gesto a su compañero para que lo dejase hacer. El perro prefirió permanecer tumbado, los visitantes ya no le llamaban la atención.

—Eso creo. Le puedo asegurar una cosa, por lo menos soy el que puede contar las historias más viejas.

—Justo lo que queríamos, conoce usted sucesos de esta mina desconocidos para todos los demás mineros.

—Eso seguro, nadie lleva más tiempo que yo en este sitio.

—Me han dicho, confió estar en lo cierto, que esta mina ha tenido un antes y un después. Me refiero a que, al llegar el nuevo marqués, dio un salto de calidad a esta explotación minera.

—Quien le dijo eso le ha dicho una gran verdad. Hasta la llegada de los nuevos ingenieros no aprovechábamos todo el potencial de esta

El oro de Hitler

explotación, nuestra producción aumentó desde que ellos llegaron, el viejo marqués se alegró mucho, sus beneficios multiplicaron los de años anteriores. Tengo que reconocer algo, no sabíamos utilizar bien nuestros recursos, despreciábamos como escoria material que era muy bueno y valioso. Nos enseñaron nuevas técnicas y procedimientos, estos mejoraron mucho nuestra forma de trabajar.

—¡Qué interesante! ¿Puede ponerme algunos ejemplos?

—Podría explicarle todo el proceso, lo mejoraron desde su inicio hasta el final, trabajaron duro todos los puntos de producción. Por ejemplo, ellos nos enseñaron a avanzar en la explotación con micro explosiones controladas, gracias a ellas evitamos mucho trabajo duro para el minero, ya sabe, el de pico y pala. Antes del joven marqués toda la extracción se hacía a mano. Ellos nos demostraron que con muy poco explosivo avanzábamos en la dirección adecuada para extraer mejor el cobre sin dañar las partes de la mina que no nos interesaban. Luego nos formaron para cribar y seleccionar los minerales. Nos enseñaron otra lección muy importante, gran parte del material despreciado como escoria, por tanto, antes tirado de cualquier forma, tenía valor, alguno incluso superior al del cobre.

—¿En serio?

—¡Y tanto! No me entienda mal, el punto fuerte de nuestra mina es el cobre, el mayor volumen es de este mineral, los otros minerales se extraían en menor cantidad, aunque conseguían dar buenos beneficios. También mejoraron nuestra calidad de vida, se preocuparon mucho por la situación del minero, sobre todo a nivel de seguridad.

—Eso es muy de agradecer.

—Los accidentes casi han desaparecido, lo primero es evitar cualquier situación peligrosa. No se ha perdido ninguna vida desde que comenzaron su labor con nosotros, a excepción del propio

El oro de Hitler

marqués, algo que nunca me explicaré.

—¿Qué pasó?

—Es algo que nadie podía esperar. Desde que llegaron, yo tenía una idea que rondaba por mi cabeza, la consulté con muchos de mis compañeros. Cuando se lo contaba, coincidíamos todos. Uno de ellos era un auténtico experto, mientras...

—¡Buenos días! ¿Tenemos visita y nadie me ha avisado?

—Perdón, Liam, no sabía que vendrían y llegaron nada más entrar usted en la mina.

—¡No te preocupes, Rubio! Ya me encargo yo. Estate atento, pronto subirá el ascensor con los compañeros del primer turno. —Esperó a que el viejo minero saliera de la habitación. —A usted lo conozco desde hace tiempo, padre Sebastián.

—Cierto, de vez en cuando lo veo durante la misa.

—Sin embargo, no tengo el placer de conocerle. ¿Es usted el nuevo párroco de Lora del Río?

—¡Oh! Para nada, me presento; Soy el padre Ramón, y no tengo la misión de sustituir a mi compañero.

—Un placer conocerle, padre. Soy Liam, aunque todos me conocen por el ingeniero de la mina.

—Encantado, Liam. ¿De dónde proviene usted?

—Soy suizo, padre.

—¿Cómo termina un suizo en este pequeño pueblo de Sevilla?

—Pues verá, padre, de la forma más extraña que se pueda imaginar. Termina uno su carrera, en este caso ingeniería de minas, después, con tu flamante título en las manos, se presenta la oportunidad de trabajar y tomar experiencia en una mina real, en Italia, al norte. Poco tiempo después conozco a un español que me ofrece dirigir una mina de su propiedad con el fin de mejorar su explotación. No me apetecía la aventura en solitario, un país nuevo,

El oro de Hitler

mucho trabajo por hacer. Convencí al marqués, un compañero de promoción me acompañaría para lograr nuestros objetivos en el menor tiempo posible, además, cuatro ojos ven más que dos, ¿no se dice así? Cuando llegamos aquí vimos que se podía mejorar mucho el rendimiento de este yacimiento, nos ponemos manos a la obra y cambiamos algunas cosas. La verdad es esta, el marqués pronto pudo demostrar su gran acierto cuando nos contrató a los dos, perdonen mi falta de modestia, las cifras y los resultados son abrumadores, certifican nuestro buen trabajo desde el primer día. Sí, debo reconocer una gran sorpresa, una que nadie se esperaba, ni el propio marqués; al poco tiempo mi compañero se convirtió en su yerno.

—Algo que facilitó tener unos antepasados de alta alcurnia.

—Si les soy sincero, eso fue algo que nunca me terminé de creer.

—¿En serio?

—No se debe hablar mal de los ausentes, aunque creo poder hacerlo. Yo mismo advertí en su día al viejo marqués, sin embargo, parecía estar encantado con el resultado, yo me ocupaba de la explotación minera, mientras Alfred se dedicaba a su hija, la marquesa. Desde el primer día, él contaba a todos esa historia de su linaje principesco, yo nunca le di credibilidad, supongo que el marqués hizo algún tipo de comprobación. Existe la posibilidad de que yo estuviese equivocado.

—Una cosa quería consultarle, aunque parezca que no viene al caso.

—Dígame, si puedo ayudarle.

—Nos comentó la marquesa una curiosidad, tuvo el detalle de invitarnos a comer, dijo que ustedes y las lámparas llegaron en el mismo transporte.

—Pues, la verdad, me pregunta por una vieja historia, aunque es bien cierta. Las vueltas que da la vida. Yo era un simple empleado

El oro de Hitler

más en un yacimiento, me pidieron que atendiera a una visita, debía responder a sus dudas y preguntas, pensé que sería un simple curioso. A los pocos instantes de conocer al marqués tenía claro que no era un profano en esta materia. Al finalizar el día me ofreció un buen puesto en España, en su mina, no me lo pensé, me fie de él. Le comenté que era mucho trabajo para un ingeniero solo y me permitió venir con un amigo. Después de analizar la oferta y hablar con mis compañeros, con acompañó Alfred. Nuestro marqués organizó el traslado, me dijo que viajábamos en barco desde Venecia, aprovecharíamos el transporte de unas lámparas. Era una sorpresa para su mujer, estos españoles, tan románticos como siempre. Como ve, era cierto.

—¡Qué viaje!

—¡No me lo recuerde!

—¡No le entiendo!

—Pues es muy sencillo, sepan ustedes que yo soy hombre de tierra firme, me mareo con exagerada facilidad. Fue subirme a la embarcación y tener que acostarme en el camarote. Ni disfruté del viaje, ni vi nada.

—Entonces, ¿viajaron desde Venecia hasta aquí sin escalas?

—Podíamos haber ido hasta el polo norte, yo no me hubiese enterado. No, el velero pertenecía a una gente de Menorca, no sé muy bien dónde, ni quién. Estuvimos unos días en la isla. No puedo confirmarle nada, estaba tan mal que continué acostado en el camarote. Un médico de aquel pueblo vino a verme, me dieron una medicación fuerte para todo el viaje, desde ese momento creo que pasé todo el tiempo dormido, no pisé tierra hasta llegar a Sevilla. Lo que le voy a comentar ahora es solo una impresión mía, esta gente se dedicaba a realizar encargos de cualquier pelaje, su fuerte eran viajes de alquiler de todo tipo. Cuando no tenían otra opción, pescaban, aunque seguro que siempre tenían algún trapicheo que les reportaba

El oro de Hitler

más beneficios que la pesca. Transportaban cualquier cosa, no le hacían ascos al dinero, no sé si me entiende.

—Pues yo no me entero de nada. —Comentó el padre Sebastián.

Al notar la mirada de su colega, dejó de hablar al instante, no tenía que haber dicho nada.

—Creo que se refiere a todo tipo de contrabando y estraperlo, en esa época era bastante frecuente, piense en la España de la posguerra.

—Usted lo ha entendido a la primera. El caso es que poco tiempo después de amarrar el barco en aquella isla, zarpamos hacia Sevilla. No pude levantar la cabeza hasta llegar a Lora del Río, varios días después.

—Entonces no sabe si viajaban ustedes solos o acompañados.

—Ya le digo que no era persona durante el viaje. ¿Por qué me lo consulta?

—Por curiosidad. Comentó la marquesa que con el cargamento viajaban tres personas; Alfred, usted mismo y un tercer desconocido. ¿Puede usted decirnos algo de ese pasajero?

—Nada en absoluto, hasta este momento ni sabía la existencia de otro pasajero, para serle sincero, con el mareo que sufrí, no tengo ningún recuerdo del viaje, no tengo guardado nada en mi memoria. Salvo que fueron los peores días de mi vida. Lo pasé tan mal que he borrado todo lo relacionado con el barco, lo pienso hoy y todavía me dan náuseas. No he vuelto a salir de viaje, los únicos desplazamientos son en la camioneta para buscar suministros, nunca más lejos de Sevilla.

—Cambio de tema. Mi intención no es molestarle. Quiero hacer una consulta, parece que nadie recuerda, mejor dicho «nadie quiere recordar», cómo falleció su amigo el marqués.

—Un lamentable accidente.

—Perdone que insista, ¿cómo de lamentable?

El oro de Hitler

—El mayor grado que pueda usted imaginar. Piensen esta situación, nos encontramos con un auténtico experto, un buen ingeniero de minas, por eso no entendemos su actuación. ¿Cómo alguien preparado se adentró en una galería declarada en estado ruinoso, que tenía prohibido el acceso a todo el mundo?

—¿Me quiere decir que entró en una zona cerrada?, ¿en serio?

—Muy en serio.

—¿Quién prohibió ese acceso?

—Ese ya es el colmo de esta situación. Él mismo, era el que mejor conocía esa zona, se trataba de su responsabilidad, fue él quien tomó la decisión de cerrar esa galería.

—Lo comprendo.

—Tal como le digo. Nadie podía saber el motivo para entrar en una zona que él mismo había cerrado. Es una parte de la mina más antigua, las galerías no estaban aseguradas con los mismos materiales y técnicas utilizados en las zonas que se explotaban en aquel momento. Además del tema de seguridad, uno de los que siempre le preocuparon; quizás el más importante para él, comentó no creer rentable la explotación en aquella zona. Se descartó y dejó de lado, prohibió el acceso a esas galerías. No sé muy bien qué analizaba por la zona prohibida cuando hubo un derrumbe que lo enterró y mató. Quise pensar que revisaba la galería para comprobar su estado o para volver a su explotación. Si le soy sincero, es la única opción posible, tenía que haber avisado a alguien y hacer la exploración acompañado de algún minero.

—Eso hubiera sido lo más lógico.

—No se crea, Alfred era muy independiente, le gustaba trabajar solo.

—Perdone mi curiosidad. Después del derrumbe, tendrían que mover toneladas de piedras y tierra para sacar su cuerpo.

El oro de Hitler

—No sabemos si se dio cuenta del peligro que corría e intentaba escapar de la zona. Lo cierto es esto, encontramos su cuerpo al principio, un poco más y se habría puesto a salvo, tuvimos que mover poca tierra para recuperar su cadáver.

—¿No han vuelto a mirar allí?

—La marquesa no tiene ningún interés, además de que contamos con todos los datos de esas galerías y estaban agotadas. Quedaron bloqueadas por el derrumbe, mover toda esa tierra tendría un coste absurdo para no obtener ningún rendimiento. Se cerraron después del accidente y así seguirán.

—Cuénteme alguna de las técnicas que incorporaron en su día a esta mina.

—Creo que introdujimos muchas novedades, sobre todo mejoras en las limpiezas y selección de los materiales, en el aprovechamiento de minerales que antes eran descartados y cuya venta generó grandes beneficios para el marqués.

—¿Qué minerales se ignoraban hasta su llegada?

—Varios. Imagine que algunos necesitan varios meses para poder organizar el envío de un solo camión, se extraen pequeñas cantidades. Eso sí, una vez reunido ese cargamento tiene un valor superior a muchos de cobre. Les hablo de minerales poco corrientes, como por ejemplo la malaquita.

—Entiendo, me imagino que hablamos de mucho dinero.

—Al terminar nuestro primer año, solo lo recaudado con malaquita superaba la cantidad de dinero en cobre del mejor mes antes de intervenir nosotros. Si le añade lo ingresado por el mineral principal, aumentamos la producción hasta duplicarla. Puede imaginar el resultado, los marqueses eran muy felices.

—Comprendo entonces que uno de ustedes terminó en el palacio a su debido tiempo. ¿Y usted?

El oro de Hitler

—Yo no sé hacer otra cosa, vivo lo que me apasiona. En este caso, esta es mi vida, mi mina.

—Eso lo puedo entender. ¿Dónde vive?

—En uno de los barracones que hay a la entrada, lo adaptamos en su día para nosotros dos. Desde que se casó, vivo yo solo en él. No se equivoque, no me quejo, para nada. Nunca encontraré un lugar mejor para vivir, se lo aseguro.

—Habla usted muy bien nuestro castellano, comprendo que lleva muchos años aquí, me sorprende no notar acento alguno.

—Siempre se me han dado bien los idiomas, el español es muy fácil, si le soy sincero, nada que ver con el alemán, por ejemplo.

—Le comprendo. Su amigo se enamoró y encontró aquí el amor de su vida. ¿Usted no tuvo esa suerte?

—¿Yo? ¡Ni de lejos! Solo un par de relaciones sin llegar a nada, ninguna mujer quiere tener que competir con una mina. Mis atenciones y mi tiempo son solo para ella.

—He aquí un hombre centrado en su trabajo.

—En mi afición, diría yo, soy un hombre dedicado por completo a mi afición, si me lo permite.

—¡Por supuesto! ¡No le molestamos más! Ha sido un placer conocer esta mina.

—No es una visita turística normal. Si algún día quieren bajar a conocer nuestras galerías, con mucho gusto les guiaré por las entrañas de la tierra.

—Puede ser muy interesante, quizás le tome la palabra.

—Cuando quiera, solo tiene que venir. ¿Usted también se anima, padre Sebastián?

—Con vuestro permiso, os confirmo que no me apunto. No me imagino a oscuras mientras camino por una cueva, mucho menos entrar en las profundidades de una mina.

El oro de Hitler

Mientras ponía cara de asustado, los demás rieron el comentario. Se despidieron con la intención de regresar a la casa parroquial. Aún faltaba bastante tiempo para comer. Al llegar a su puerta, una mujer de avanzada edad les esperaba.

—¡Padre Sebastián!, ¡venga rápido!
—¿Qué pasa?
—¡Que se ha matado!
—¿Cómo?
—¡Se ha caído por la escalera, está muerta!
—¿Quién?
—¡Mi vecina! ¡Miriam!
—¿Miriam? —El padre Sebastián abrazó a la mujer para consolarla, giró su cabeza hacia el padre Ramón, que no había realizado ningún comentario. Ambos mantenían una mirada de asombro. No podía ser, había fallecido aquella mujer llena de vida con la que habían hablado pocos días antes.

Un bocadillo de calamares permanecía a medio comer envuelto en papel de periódico. Al coronel Vargas le había picado el gusano del hambre. No recordaba si aquel bocadillo era de aquel mismo día o del anterior. Lo olió y le pareció que estaba en un estado excelente. Abrió el cajón del archivador indicado y sacó una cerveza a temperatura ambiente. Dio un buen bocado a los calamares y le supo a gloria. De un cajón de su mesa tomó un pequeño abridor y disfrutó de la cerveza. No había dado el segundo bocado cuando sonó el teléfono.

—¡Joder! ¡Mucho tardaba el cacharro este en cortarme mi único momento de descanso! —Dejó la botella sobre la mesa y con la misma mano descolgó y se puso el auricular en su cara. —¡Más vale

El oro de Hitler

que sean buenas noticias! ¿Quién es a estas horas?
—Ramírez, mi coronel.
—¿Qué pasa en Lora? —Aprovechó para sentarse y dar otro bocado mientras escuchaba a su agente contarle las novedades.
—Ayer estuvo en Sevilla, mi coronel. Fue al obispado.
—Supongo que es lo normal, cosas de la Iglesia, saludos a sus superiores, se contaría los cotilleos del Vaticano…, esas cosas.
—Eso suponemos. Luego se fue a una bodega.
—¿A una bodega?
—Sí, se reunió con un viejo marino.
—¿Cómo? Esto es cada vez más raro.
—Belmonte se encargó con discreción, mi coronel.
—¿Con discreción? ¿A qué te refieres, Ramírez? ¡Me estás tocando la moral, y eso no suele salir bien!
—Mi coronel, pensamos actuar como usted nos enseñó, detener e interrogar por las bravas al marino sería muy descarado y desaconsejable. —Un temblor en su voz delataba que el agente no lo estaba pasando muy bien en aquel momento, se la jugaba y lo sabía. Tenía que convencer a su superior de que habían reaccionado bien y de la mejor manera posible. —Yo seguí a nuestro curita de vuelta aquí, mi coronel. Belmonte, con disimulo y sin llamar la atención le sonsacó al viejo toda la conversación.
—Cuéntame más, Ramírez.
—Necesitó un par de horas y unos vinos. Parece ser que le preguntó por un naufragio, nada en lo que estuviese envuelto este hombre, era por un suceso ajeno a él. Por las causas de un naufragio.
—¡Me toca las narices el cura este!
—Si lo analiza, tiene su lógica.
—¿Cómo?
—Antes de llamarle hemos estudiado este asunto, parece que en

El oro de Hitler

ese accidente murieron los padres de la marquesa que visitó el otro día.

—¡Ah! Entonces todo está relacionado.

—De una u otra manera, sí, mi coronel.

—Bien hecho y sin levantar la liebre. ¡Me gusta!

—Gracias, mi coronel. —Soltó un suspiro de tranquilidad. Esta vez se habían librado. Lo hicieron bien.

—¿Y hoy?

—Esta mañana han visitado una mina.

—¿Eh?

—Es de la marquesa, parecía una visita de cortesía. Aunque no comprendo bien qué hacen dos curas en una explotación minera. Han regresado a la casa parroquial. Cuando han llegado les esperaban para asuntos de la iglesia.

—¿Qué clase de asuntos?

—Parece ser que un fallecimiento.

—Vale, cosa de rutina para un cura.

—Eso creemos.

—Bien, continúen así.

Colgó el teléfono y pegó otro mordisco al bocadillo de calamares. Miraba a la ventana cuando terminó la cerveza de aquella botella. Sopesó abrir otra, decidió que tenía ordenes que dar. Descolgó el teléfono y marcó el número del capitán Sepúlveda. No dejó que hablara, como era habitual en él, los saludos sobraban y le hacían perder el tiempo.

—¿Recuerdas el curita con pasaporte diplomático?

—Como para olvidarlo. ¿Ha hecho algo?

—Parece ser que busca información.

—Eso es lo normal, digo yo.

—No tanto si husmea en un naufragio. El mismo en el que

murieron los marqueses esos que miramos el otro día.
—¿Los de Setefilla?
—Esos mismos.
—Vale, te llevo todo lo que tengamos de ese naufragio.
—Me gusta rodearme de gente inteligente, que no le tenga que decir lo que necesito. No tardes.

Miró lo que quedaba de bocadillo. ¡Qué diablos! Abrió el cajón del archivador y tomó otra cerveza. No recordaba cuándo había sido la última vez que se había tomado dos cervezas con la comida. Miró el reloj para descubrir que más bien era la hora de la merienda. Encogió sus hombros y decidió terminar los calamares de una vez.

El oro de Hitler

13

EL BUEN DOCTOR

En un pueblo pequeño cualquier suceso es noticia. Una trágica muerte, aunque fuese causada por un accidente doméstico, se convierte en todo un acontecimiento. Había mucha gente aglomerada frente a aquella estrecha fachada, la casa de la vieja doncella del palacio de los marqueses. No era de extrañar, Miriam resultó ser una persona muy querida por todos sus vecinos. Nadie entendía cómo aquella mujer, todavía ágil para su edad, podía morir de una torpe caída por las escaleras. Nadie sabía cómo, ni de qué forma, sin embargo, todos los vecinos estaban al corriente del más mínimo detalle del accidente. Entre aquellos curiosos se encontraban los dos párrocos que habían hablado con la difunta mujer pocos días antes. El padre Ramón acercó la boca al oído de su compañero para susurrarle una pregunta.

—Sebastián, ¿cómo te llevas con el médico del pueblo?

—¿Con don Bartolomé?

—No sé cómo se llama, supongo que será ese.

—¡Muy bien! Es un hombre mayor, ha atendido a todos los

El oro de Hitler

vecinos. Con decirle que ha ayudado a venir al mundo a casi todo el pueblo... Es muy querido.

—Supongo. Necesitaría hablar con él.

—¿Ahora?

—Creo que es el mejor momento para hacerlo, cuando tiene todo fresco en su memoria.

—No entiendo nada. Ven, su casa no está lejos. No sé qué es lo que tienes que hablar con el doctor.

—Lo vas a comprender en unos instantes.

El padre Sebastián guiaba a su compañero. Pensaba, mientras lo hacía, que algo estaba ahí, delante de él, aunque era incapaz de verlo. Se sentía confundido ante la autoridad y seguridad de su joven colega. No tardaron mucho. Llegaron a una gran casa, en una puerta de buen tamaño figuraba un cartel que decía «Consulta». Pasaron por delante de ella y se dirigieron a otra más modesta. Tenía un bello picaporte consumido en parte por el tiempo, hizo su función bajo la mano del párroco titular. Poco después un hombre mayor, plagado de arrugas, flaco y con una pronunciada calvicie, abrió la puerta de par en par. Parecía estar acostumbrado a encontrarse cualquier cosa menos una pareja de curas con una amplia sonrisa.

—Buenos días tengan ustedes. Parece que esta vez no hay ninguna emergencia.

—Buenos días, don Bartolomé. No la hay, que sepamos. Esperamos no molestarle.

—Mientras no exista una herida que curar o coser, un enfermo con fiebres, alguien de parto o en peores circunstancias, no me molestarán en absoluto. ¿Qué necesita la santa madre Iglesia de este viejo doctor?

—Solo un poco de su sabiduría, si no es molestia. Permítame que me presente, soy el padre Ramón.

—Sé quién es usted, ha sido un rumor muy comentado en el

El oro de Hitler

pueblo los últimos días. ¡Un cura con traje y que conduce su propio 600! ¡Ver para creer!

—Ya me imagino. ¿Sería posible hablar con usted de una manera más privada, algo distinto a esto, en la puerta de su casa?

—¡Oh! ¡Perdónenme! Estoy tan acostumbrado a abrir la puerta para salir a la carrera que he olvidado mis buenos modales. Pasen, por favor, ¡pasen! —Les guio hasta una amplia sala de estar. Junto a un cómodo butacón, en una mesita, permanecía un libro abierto. Parecía que habían interrumpido su lectura. Les invitó a sentarse en un sofá, antes de hacerlo preguntó. —¿Les apetece tomar algo?

—Se lo agradecemos, de verdad, no queremos causarle ninguna molestia.

—Les aseguro que no es molestia. Leía mientras hacía tiempo para la comida.

—¿Hacía tiempo para la comida?

—Hace años que como, todos esos días que los pacientes me lo permiten, en un bar de la plaza. ¡Voy a corregir mi mala presentación! Les voy a invitar a un aperitivo y a comer. —Ante la sorpresa de los dos curas, comenzó a mover su índice derecho, era un claro gesto de negativa a sus protestas. —¡No hay más que hablar! De paso no almuerzo solo. No pueden decirme que rechazan mi invitación, será la mejor manera de conocernos. No puedo permitirme una cocinera, tampoco tengo un horario de comidas fijo, mis pacientes son lo primero, no es extraño que coma a las cinco de la tarde o que cene pasada la media noche. Para mí lo más sencillo y eficaz es comer en un sitio en el que estén acostumbrados a mi mal horario. Lo entienden y me miman.

Sin esperar contestación, giró sobre sus talones, dejó con la palabra en la boca a los dos curas mientras se perdía por una de las puertas que daban a aquel salón. Los dos se miraron mientras

El oro de Hitler

levantaban sus hombros. No les había dejado ninguna alternativa. Esperaron su regreso. No tardó mucho en aparecer, en una mano traía tres copas catavinos, en la otra una botella de cristal negro. Sirvió las tres copas sin decir palabra y desapareció otra vez, dejó la botella sobre la mesita, junto al libro abierto. Poco después trajo dos platos más, uno de almendras fritas y otro de aceitunas partidas. Realizó un gesto que el padre Sebastián entendió sin mediar palabra. Este tomó los platos mientras el médico dejaba una estampita de nuestra señora de Setefilla, patrona de Lora del Río, como marcapáginas en el volumen abierto. Lo cerró para colocarlo en la librería. El párroco comprendió que debía dejar los platos en el lugar que antes ocupaba aquel libro, así lo hizo. El doctor se sentó en su cómodo butacón, tomó su copa y la levantó a modo de brindis. Los tres dieron un ligero sorbo.

—Un viejo médico de pueblo, entre otras muchas cosas, acumula un buen número de anécdotas, lo que no tiene son muchas oportunidades de contarlas. Si me lo permiten, esta es de las que me gustan. Hace mucho tiempo atendí un parto difícil a una mujer que estaba de paso. Como imaginarán, yo hice todo lo que estaba en mi mano para salvar a la madre y a su niña. Supongo que con alguna ayuda de su jefe supremo conseguí que ambas salieran adelante, a pesar de ser un caso complejo. El hombre que depositó en mis manos la vida de sus mujeres resultó ser dueño de una bodega de vino manzanilla. El caso es que, desde entonces, cada dos semanas, puntual como un reloj suizo, me llega una caja de su mejor vino. Si se fija en la etiqueta, pone «Mi Carmelita». Aquella niña que yo ayudé a traer al mundo se llama así. Hoy tiene hijos ya, sin embargo, la caja de vino llega puntual cada dos semanas. La gente de los pueblos es muy agradecida. Los que pueden más, se nota; sin embargo, a los que pueden menos, les agradezco con más cariño el

El oro de Hitler

esfuerzo por complacerme con sus bienes más preciados. Algunas veces una docena de huevos puede tener más valor que un diamante. No sé si entienden lo que digo.

—Comprendo a la perfección lo que quiere decir. He sido párroco de un pueblo mucho más pequeño que Lora del Río, en Almería, puedo confirmarle que en todos los pueblos se comportan igual, es su forma de agradecer esos gestos, aunque el que los recibe solo hace su trabajo de la mejor forma que sabe.

—Veo que me entiende. —Dio otro sorbito a su copa y miró a los ojos al padre Ramón. —¡Bien! Ya nos hemos presentado, hemos hablado de cosas banales y compartimos un exquisito vino. Dígame la verdadera razón de su visita.

—Le agradezco su franqueza, no sabía cómo presentar mi consulta.

—Pues ya ve que no necesito que dé muchos giros. ¡Al grano!

—Ya le he comentado que vengo de un pueblo pequeño.

—Sí que lo ha dicho.

—En ese pueblo, durante el tiempo que estuve destinado allí, ocurrieron varios asesinatos…

—¿Varios? —Preguntó mientras daba muestras de gran interés el viejo doctor.

—¡Demasiados! Se lo puedo asegurar. El caso es que para certificar una muerte y dar alguna orientación inicial, la Guardia Civil pedía al médico local, en aquel caso gran amigo mío, su opinión sobre los motivos o causas de aquel fallecimiento, además del correspondiente certificado. Mi interés por verle es saber si usted ha realizado ese mismo trabajo con Miriam hoy.

—La verdad es que lo he hecho. Aún no comprendo su necesidad de hablar conmigo.

—Mi buen amigo, después de ver los cadáveres, me contaba su

El oro de Hitler

sincera opinión. Puedo asegurarle que, entre otras cosas, gracias a su ayuda se pudo acabar con aquella mano asesina. Con todo esto le quiero decir que me fío mucho de su buen criterio. Existe la posibilidad, doctor, de que su experta mirada haya podido captar algo sospechoso o que no le termine de cuadrar, fuera de lugar o imposible en situaciones normales. Don Bartolomé, quisiera que usted entendiera lo que quiero hacerle comprender, ¿me explico bien?

El buen doctor miró con semblante severo al joven cura. Tomó el vino que quedaba en su copa de un solo trago, se puso de pie y, con una voz que no parecía la suya, más seria, más grave, les habló.

—Apuren sus copas y vengan conmigo.

Junto a la entrada, debajo de un perchero con algunas piezas de abrigo olvidadas desde hacía tiempo, permanecía un gastado maletín de cuero. El doctor lo cogió, sin mirar atrás abrió la puerta. Los dos sacerdotes hicieron lo que les había pedido. Terminaron sus copas y salieron. Siguieron al doctor, que ya caminaba decidido por la acera. El padre Sebastián cerró al salir, dudaron qué hacer en ese momento. Bartolomé, el médico de Lora del Río, giró en parte su cuerpo para hacerles un gesto, indicaba que le siguieran mientras él seguía con su rápido caminar. Aceleraron sus pasos sin llegar a correr. Cuando estaban a punto de alcanzarle, este entró en el bar de la plaza, por una puerta lateral. Varias voces lo saludaron. Él contestó a todos.

—¡Buenas tardes tengan todos ustedes! Manoli, hoy comeré en el reservado acompañado de mis amigos los curas. ¿Te parece bien?

—¡Como usted prefiera, don Bartolomé! —Parecía que le había hecho una ligera reverencia. Se incorporó para saludar a los dos curas. El padre Ramón la reconoció de verla en alguna de las misas que había presenciado en Lora del Río. El padre Sebastián la saludó con cariño. —Un placer recibirles en nuestra humilde casa.

—Estoy seguro de que el placer será nuestro. ¿Tu madre está

El oro de Hitler

mejor?

—¡Mucho mejor! Gracias por preguntar. Le comentaré luego que han venido ustedes con el doctor, le hará mucha ilusión. Este domingo va a misa, dice ella, aunque se junte el cielo con la tierra.

—¡Mira que le he dicho que guarde reposo dos semanas más! —Cortó con una sonrisa en los labios el buen doctor. Recuperó el semblante serio que había adoptado al salir de casa y habló con aquel tono de voz casi lúgubre. —Acompáñenme al reservado.

En realidad, el reservado no era nada más que un pequeño comedor que se usaba para alguna pequeña celebración, o donde se jugaba de forma clandestina alguna partida de cartas o dominó con apuestas fuertes de dinero. Estaba separado del comedor principal con una sencilla cortina de canutillos que dejó oír su peculiar sonido al pasar los tres hombres y la mujer. Se acercaron a la mesa más pequeña de las dos que había. El médico hizo un gesto para pedir que se sentaran y permanecieran en silencio. La mujer montaba aquella mesa mientras ellos se acomodaban. Extendió sobre la mesa un mantel a pequeños cuadros rojos y blancos, unos platos de loza limpios como nuevos, aunque no podían negar la gran cantidad de veces que habían sido usados. Dejó al lado del médico los cubiertos, los vasos y las servilletas a juego con el mantel. El doctor repartió todos aquellos utensilios.

—¿Quieren algo especial?

—Manoli, como siempre, menú del día para los tres.

—¡Marchando!

Giró sobre sus talones, atravesó aquella cortina y desapareció de su vista.

—No he podido dejar de notar que su actitud ha cambiado, espero no haber dicho nada que le molestase.

—Mi carácter ha cambiado desde ese preciso momento, cuando

El oro de Hitler

algo no termina de encajar.

—¿Qué es lo que no le cuadra? —Preguntó el padre Sebastián, que llevaba tiempo en silencio. Quería meter baza en la conversación, aunque no encontraba cómo hacerlo.

—No me imagino cómo su colega ha podido sospechar que hay algo en la muerte de Miriam que no encaja en ese escenario. Se lo he comentado al jefe del puesto de la Guardia Civil, aunque algo me dice que nadie se va a enterar de mi observación. Me ha mirado como si fuera un ignorante metomentodo.

—Entonces hay algo que no le parece normal.

—Se podría decir así.

En ese momento Manoli cruzó la cortina como una tormenta, acalló las voces de los tres comensales, puso una ensalada variada al centro y una botella de vino tinto. Se fue de la misma manera, de forma rápida y ruidosa.

—Todo el mundo parece comprender que cualquier mujer mayor es lo bastante torpe como para matarse en una caída por las escaleras de su casa. —El médico hizo una pausa mientras esperaba algún tipo de reacción de los curas. —¿Por qué usted no piensa lo mismo?

—Quizás por no recordar a Miriam con ningún signo de torpeza. —Contestó sin dudar el padre Ramón. —Estoy convencido de que cualquier persona es capaz de bajar la escalera de su casa en completa oscuridad sin dudar o tropezar con ningún escalón. No comulgo con la idea de que esta muerte sea un inocente accidente casero.

—¡Pensamos igual! Padre, una insignificante consulta, ¿es ese el motivo de su visita hoy?

—Si le soy sincero, es ese y no otro.

—¡Comprendo!

Un gran ruido anunció la entrada de Manoli, repartió antes de que pudieran reaccionar, tres cuencos hondos de gazpacho. Para cuando

El oro de Hitler

le agradecieron el servicio, ella ya estaba fuera del reservado. Antes de probar su plato, mientras miraba a los verdes ojos del padre Ramón, el médico comenzó a hablar a media voz. No quería que nadie fuera de aquellos tres comensales escuchasen lo que tenía que decir.

—¡Se lo voy a decir en un lenguaje que hasta un niño puede entenderlo! Cuando he encontrado un cuerpo humano tumbado de bruces, con el golpe mortal en la nuca, tengo claro una cosa: es imposible que haya muerto por culpa de esa caída. ¡De ninguna manera!

—Entiendo que, en su opinión, le han dado un fuerte golpe en la cabeza desde atrás.

—Lo ha entendido a la perfección, ha sido un golpe seco y brutal, mortal de necesidad. Ese golpe es incompatible con una caída hacia delante, pues la parte de la cabeza que se golpea en esa situación, no puede ser otra que la cara.

—Si lo ha explicado así de fácil, lo ha tenido que entender el guardia civil.

—Estoy seguro de que han entendido mi comentario, es solo eso, no lo tomo por tonto. Imagino su pensamiento, «este se cree que sabe más que yo de esto». Otra cosa a tener en cuenta, preparar mucho papeleo, visitas desde la capital, preguntas de los superiores…, en definitiva, problemas. Se ha decidido por lo fácil y rápido que se arregla todo cuando es un accidente doméstico. Sobre todo, nos ahorramos muchas visitas molestas de los mandos tocapelotas, usted me entiende.

—Pues me parece lamentable. —Susurró el padre Ramón.

—Ya imagino. Tomemos el gazpacho o sospecharan que nos traemos algo entre manos.

Los tres probaron sus platos, reconocieron que estaba muy bueno.

El oro de Hitler

El buen doctor comenzó a mirar hacia sus compañeros de mesa mientras vaciaba su cuenco. Cuando terminó la última cucharada, le habló de forma directa al padre Ramón.

—Lo que usted dice, está muy bien, se lo puede contar a quien quiera, a mí no me la da con queso. No me chupo el dedo, padre. Aquí hay gato encerrado. ¿Cómo sabía usted que Miriam ha muerto asesinada?

—Se lo diré si me promete guardar el secreto e informarme de todo lo que sepa.

—Cuente con eso.

—Pues le voy a ser sincero. Sabía que su muerte no era un accidente, de la misma forma que sé a ciencia cierta que este no ha sido el primer asesinato violento.

—¡Padre!

—No se asuste, doctor, si no ocurre un pequeño milagro, tampoco va a ser el último.

El oro de Hitler

14

CONCLUSIONES

Terminaron la comida sin poder comentar nada más. Manoli entró a la carrera.
—Doctor, le buscan. —Dijo la camarera con voz agitada. —Un accidente.
—Tengo que acudir a una urgencia. Esta conversación no ha terminado, de ninguna manera.
—La continuaremos cuando usted quiera. —Contestó el padre Ramón, mientras se ponía de pie, a la vez que el doctor se levantaba con su maletín ya en la mano.
—No lo dude ni un instante. Voy a querer pronto. ¡Manoli! Esta comida corre de mi cuenta, ¡ni se te ocurra cobrarles!

Sin terminar la frase ya había desaparecido entre los canutillos de aquella ruidosa cortina. Los dos curas continuaron el almuerzo. Les sirvieron el segundo plato, bacalao con tomate. El padre Sebastián, entre bocado y bocado, le susurró con discreción a su compañero de mesa.

El oro de Hitler

—¿Crees que ha sido una buena idea contarle esas cosas?
—¿Qué cosas?
—¡Pues todo! ¡Le dices que Miriam no ha sido el primer asesinato! ¡No contento con eso, le aseguras que no será el último!
—Es lo que pienso. ¿Te suena un mandamiento que dice algo así cómo «No darás falso testimonio ni mentirás»?
—No juegues conmigo. Creo que no era necesario darle tanta información.
—Te puedo asegurar una cosa, él puede darnos mucha más información a nosotros de la que podríamos facilitarle. Un médico suele ser una fuente fiable, querido amigo. Lo sé de buena tinta.
—¡Y yo ni siquiera imaginaba lo que le has dicho!
—Eso me parece una excelente idea.
—¡Que me aspen si te entiendo! ¿Qué he podido decir que te ha parecido tan buena idea?
—Me gustaría saber qué imaginabas tú.
—No entiendo.
—Sabes lo mismo que yo, he compartido todos mis conocimientos contigo. Has tenido que darle vueltas a tu cabeza y llegar a tus propias teorías, imagino que alguna de ellas ha podido llegar a una deducción distinta a las mías. Tú puedes haber solucionado algún problema sin resolver por mí. Necesito otro punto de vista. Por eso me gustaría saber tus deducciones finales.
—¿Te burlas de mí?
—¡Para nada! Dime, ¿qué piensas de este caso?
—Te mentiría si te dijera que no le he dado vueltas a todo, aunque ahora que lo pienso, ha muerto gente, esto no es un juego. Aun así, me encantaría dar con algo que solucione este misterio.
—¿Quién te dice que no es así? Siempre se ha dicho que dos cabezas piensan más que una. ¡Yo te pido que compartas conmigo tus

El oro de Hitler

ideas! —En ese momento, Manoli les retiró los platos vacíos del bacalao. —Estaba buenísimo todo.

—¿Les apetece algo de postre?

—¿Qué tienes? —Había preguntado el padre Sebastián con un brillo goloso en sus ojos.

—¿Les apetece un arroz con leche?

—¡Me encanta! Padre Ramón, por favor, ¿usted me acompañará?

—Por supuesto.

La camarera desapareció entre las tiras de aquella cortina para volver con dos tazones de buen tamaño llenos del dulce postre. Se los sirvió para perderse de su vista a continuación.

—No me obligues a rogar más, cuéntame lo que te sugieren todas tus deducciones. —Suplicó el padre Ramón.

—¿Todas?

—¡Por supuesto! ¡Todas! Hasta la más ridícula.

—¡Bien! Recuerda que tú me lo has pedido. —Su compañero hizo un gesto afirmativo mientras saboreaba el arroz. —Está claro, desde mi humilde punto de vista, que había alguien más al tanto de la estafa realizada por Taras a Hitler. Quizás sea el verdadero cerebro de todo el timo.

—¡Interesante!

—¡Gracias! Alguien que se aprovechó del ajusticiamiento realizado por los nazis, además de tener la confianza del cerebro de este engaño, para ser elegido como acompañante o guardián del oro. Recuerda que Taras y Storzi fueron vistos en Roma mientras el barco navegaba con tres pasajeros, los ingenieros y mi hombre. Por todo esto deduzco que la persona que planeó toda esta estafa es la misma que viajó en ese barco de contrabandistas. Cuidó mucho que su verdadera identidad fuera desconocida por todos, ni Liam lo recuerda, quizás el marqués austriaco sí lo recordase, aunque ahora no se le

El oro de Hitler

puede preguntar, ¿verdad?

—¡Qué buena conclusión has hecho!

—¡Gracias! Imagino que aprovecharon la circunstancia del pedido de las lámparas, pudieron encontrarse esa posible salida en el momento de buscar un taller donde fundir el oro. Aunque debo reconocer que en alguna ocasión he llegado a pensar que no fue coincidencia el viaje conjunto de lámparas y oro. ¿Has pensado que un marqués podría ser la cabeza que planeara todo este misterio?

—Debo reconocer que no se me pasó por la imaginación.

—O quizás fue un encuentro fortuito, una oportunidad que se presentó mientras buscaban horno para fundir sus lingotes. ¿Qué mejor ruta de escape podrían encontrar? Imagina esta oportunidad: ¡Un viaje a un lugar lejano que estaba preparado hace tiempo! ¿Quién se daría cuenta de que el envío era más grande de lo esperado? ¡Nadie!

—¿Sabes? En tus reflexiones tienes mucha razón, me has dado un punto de vista que me resuelve una duda que tenía. Hay otras para las que no consigo encontrar respuesta. Para aclararnos un poco, ¿tienes claro quién era ese tercer pasajero?

—Sí, la persona que planificó todo este engaño es el tercer hombre que desembarcó en Sevilla.

—¡Claro! Si aceptamos todo lo que hemos conocido hasta ahora, es una opción muy buena.

—Pienso esto, tú me dirás si voy por buen camino. De algún modo conocía a Alfred, el que terminaría como marqués de Setefilla.

—¿Por qué piensas eso?

—Por algo que nos dijeron. Uno de los dos ingenieros de minas era un experto. ¿Recuerdas? Sin embargo, el otro no lo parecía. Me lo imagino un poco liante, recuerda que se inventó ser descendiente de príncipes para conseguir casarse con la marquesa, pegarse la buena

El oro de Hitler

vida, mientras el trabajo lo hacía otro. Puedo equivocarme, imagina la situación, la persona que es un poco truhan, lo es para todo, no sé si me entiendes. ¡No me fío de ese falso descendiente de la realeza!

—Es un buen punto de vista, ¡puedes tener razón!

—¿Quieren tomar café? —Interrumpió Manoli.

—No, gracias, no la molestamos más. Todo excelente. ¿De verdad no nos va a dejar que paguemos la comida? —Preguntó con una sonrisa el padre Ramón.

—¡De ninguna manera! No me lo perdonaría don Bartolomé.

—Tiene que prometerme que nos dejará invitarlo la próxima vez.

—No le prometo nada, padre, no se imagina lo pesado que puede ser nuestro doctor.

—Veremos de convencerlo.

Se despidieron de Manoli y salieron del establecimiento. Caminaban con paso tranquilo hacia la casa parroquial, debían prepararse con calma para celebrar misa de cinco. Tenían tiempo de sobra, no había prisa. El padre Sebastián quería seguir con la charla mientras su joven compañero permanecía con semblante muy serio. Daba vueltas a todas sus ideas, más las añadidas por el otro sacerdote.

—Yo te he dicho mis ideas y pensamientos, mientras tú no has compartido nada. Llegó el momento, Ramón, te toca compartir conmigo todo eso que sabes.

—¡Ese es el problema! ¡No sé nada! Tengo muchas preguntas y muy pocas respuestas.

—¿Qué preguntas son esas?

—Las mismas que tú te has hecho en algún momento. Sin embargo, no quieres recordar por desconocer las respuestas.

—Por favor, ¡ilumíname!

—Alguna has podido responderla tú hace unos instantes, te debo dar las gracias por eso. Imagina mis dudas. ¿Cómo y por qué el oro

El oro de Hitler

compartió viaje y destino con las lámparas? ¿Quién era ese tercer pasajero? ¿Dónde está el oro? Aunque, además de todas esas preguntas, me preocupan otras, las más importantes ahora, pues tenemos la certeza de que Miriam no murió en un accidente fortuito.

—¿Qué preguntas son esas?

—¿La mano asesina que planeó sobre la muerte de Taras y Storzi sigue viva? ¿Es este asesino un viejo o un nuevo personaje? Si es nuevo, se presentan otras cuestiones bien interesantes. ¿Qué relación tiene con el tercer pasajero? Y la más preocupante de todas: ¿A cuántas personas habrá matado?

—¿Eso es lo que más te preocupa?

—¿A ti no?

—Perdóname, Ramón, a mí me preocupa más el porqué. ¿Para protegerse él o el tesoro?

Al escuchar las últimas palabras de su amigo, abrió los ojos, puso el índice delante de sus labios, le pedía que mantuviera silencio, nada debía interrumpir sus pensamientos. Se encerró en su cuarto y estudiaba y anotaba cosas en aquella libreta. El padre Sebastián le avisó cuando pensaba salir para el oficio de la tarde. El joven párroco le acompañó mientras sus pensamientos estaban en otra parte, permaneció en silencio con la vista perdida. Durante la ceremonia se sentó cerca del altar, en su sitio de costumbre, de forma que su mirada se dirigía a los feligreses. También tenía una visión perfecta de la entrada. Cuando el párroco titular realizaba la consagración, la vieja puerta de la iglesia se abrió despacio, solo podía distinguir una figura, el contraluz provocado por el sol del atardecer recortaba aquella imagen que contrastaba con la tenue claridad del interior. Reconoció al instante quién era el dueño de la silueta que acababa de entrar en el templo. Si hubiera albergado alguna duda, esta hubiese desaparecido al instante. Cuando se fijó en su mano, esta llevaba bien cogido un

El oro de Hitler

maletín de cuero.

… El oro de Hitler

El oro de Hitler

15

HAY UN ASESINO ENTRE NOSOTROS

En cuanto el padre Sebastián pronunció las palabras «podéis ir en paz» el padre Ramón se dirigió al doctor, este le clavaba su mirada de forma seria, casi temible. No esperó a quedarse solos, había gente alrededor que abandonaba su parroquia.

—¡Padre!, ¿cómo podía saberlo?

—¿A qué se refiere, doctor?

—Lo sabe muy bien. Sus palabras al despedirnos han resultado una profecía demasiado macabra para mi gusto.

—Acompáñenos, verá que no hay nada extraño. —Invitó con calma el padre Ramón. Conocía la inquietud del buen doctor.

—Lo hay. No puede ser una coincidencia, por tanto, solo se me ocurren malas respuestas a esa pregunta que ronda mi cabeza. ¿Cómo podía usted saber que la muerte de Miriam no sería la única?

—No piense cosas raras, era una simple deducción, pura lógica.

—No me gusta para nada esa forma de pensar. Imagino que su brillante mente también dedujo quién es la nueva víctima.

El oro de Hitler

—Creo que hay pocas opciones posibles, en realidad. Quiero serle sincero, no esperaba este desenlace tan rápido. Si ha sucedido lo que yo me temía, el fallecido no puede ser otro que el Rubio.

—Pero... —El viejo doctor dejó caer su cuerpo sobre el banco que tenía detrás. En ese momento se acercó a ellos el padre Sebastián. Estaban solos en la iglesia.

—¿Qué ha pasado? ¿De qué habláis?

—Pregúntele a su colega, él sabe las cosas antes de que pasen, yo soy un simple y puñetero ignorante.

—Por favor, no hablemos aquí, ¿le parece que vayamos a la casa parroquial?

—Me parece bien, aunque me tiene que explicar una cosa. ¿Cómo sabía quién era el fallecido?

—¿Quién ha fallecido?

—Sebastián, cuando han avisado al doctor mientras comíamos, era por el Rubio.

—¿Ha muerto? ¡Estaba lleno de vida hace nada! ¡Hemos hablado con él esta misma mañana!

—Tranquilízate, debemos actuar con calma.

—¿Con calma? ¡Tengo que realizar dos misas fúnebres para dos personas con las que habíamos hablado hace tan solo unas horas!

—No pienses en eso ahora. —El padre Ramón le hizo un gesto al levantar las cejas, necesitaba a su compañero calmado, aunque sobre todo quería que permaneciera en silencio. El padre Sebastián entendió lo que su compañero le quería decir e indicó que había comprendido con un leve movimiento de cabeza. —Doctor, dígame lo que ha visto.

—Pues debo reconocer una cosa, padre, si no me llega usted a advertir un poco antes, ni me doy cuenta. Los mineros no suelen llegar a viejos. El caso del Rubio era distinto, tenía algo de claustrofobia, no entraba en la mina. Desde siempre trabajaba fuera,

El oro de Hitler

por eso no tenía los achaques de salud propios en su profesión.

—¿De qué ha muerto entonces?

—Parece ser que no le encontraban. No era propio de él, siempre había estado en su sitio, cumplía con el trabajo, ayudaba en lo que podía a todos los compañeros. Le han buscado. Al final encontraron su cuerpo en el fondo de un pozo que no se usaba desde hacía años.

—¿Qué hacía allí?

—Nadie ha sabido dar una explicación, aunque fuese algo loca, sobre la razón que podría haber llevado a aquel hombre a la boca de ese pozo. No sin dificultad han sacado su cuerpo...

—¿Cómo lo han hecho?

—Liam ha demostrado su gran conocimiento de los trabajos y la mina, ha organizado un plan para rescatarlo en muy poco tiempo. Han preparado una pequeña cesta, por la boca de aquel pozo no entraba ninguna de mayor tamaño. Ha descendido él mismo. Yo he llegado cuando estaba a punto de salir, en sus propios brazos llevaba el cuerpo sin vida de el Rubio, salía a la luz del día con lágrimas en los ojos. Han tenido que atenderlo mientras yo examinaba con detenimiento el cuerpo del viejo minero. Un par de minutos después, ya había empezado mi examen, ha hecho aparición la Guardia Civil, alejaron a los curiosos. Me han preguntado si estaba muerto y se lo he confirmado.

—¿Qué más?

—Nada más, una vez les he confirmado que era cadáver, me dijeron que se ocupaban ellos. Me he quedado por si me necesitaban para cualquier otra cosa, sin embargo, no me han vuelto a llamar.

—Entonces no ha visto nada. —Comentó el padre Sebastián. Había mantenido silencio desde el gesto de su joven colega. Al ver cómo su compañero volvía a abrir los ojos, entendió que debía permanecer callado, aunque no sabía qué había hecho mal.

El oro de Hitler

—¡Tanto como nada! ¡No diría yo eso! Lo primero que me ha llamado la atención en su cabeza han sido las fuertes heridas producidas por la violenta caída.

—Eso es normal en una muerte así, son producidas al golpearse contra las paredes y el suelo.

—Las heridas sí son las que cabía esperar en un despeñamiento de ese calibre, aunque había algo que me llamaba mucho la atención. La práctica ausencia de sangre en ellas.

—¡Ajá! Comprendo su inquietud, doctor. Eso puede ser un indicio a tener en cuenta, la ausencia de sangre en las heridas producidas durante la caída puede indicar que ya había fallecido antes de producirse las lesiones y golpes en la caída. —Susurró el padre Ramón.

—No, padre, no es un indicio. Es una prueba. Hay un asesino entre nosotros. ¡No me cabe la menor duda!

—¿Pudo descubrir la causa de esta muerte?

—No he realizado un examen exhaustivo del cuerpo, debemos tener en cuenta que cualquier herida producida a causa de un fuerte golpe, en este caso, queda tapada por los daños que le han ocasionado cuando lo lanzaron al pozo.

—Da por hecho que lo mataron. —Sugirió el padre Sebastián.

—No tengo ninguna duda. No estaba vivo cuando lo enviaron al fondo de aquel pozo.

—Sin duda tuvo que ser su asesino. —El padre Ramón realizó una pausa, pensaba en un detalle, miró directo a los ojos al doctor para realizarle una sencilla consulta. —¿Se necesitan dos personas o mucha fuerza para lanzar un cuerpo en ese sitio?

—La verdad es que no, la boca de este se encuentra a nivel del suelo, todos conocen su existencia, como otros muchos de la mina, está sin tapar. Aunque, para ser sinceros, está bastante lejos de los

El oro de Hitler

sitios habituales. Cualquier despistado podría caer dentro, cada cierto tiempo se produce algún accidente similar: un niño mientras jugaba, o ese cazador demasiado pendiente a las piezas. Por desgracia son más frecuentes este tipo de percances de lo que sería deseable. Aunque no suele ocurrir este caso: un minero experimentado ha caído en un pozo que conocía, no sé si me entienden. —El doctor hizo un gesto, se acordó de algo que había olvidado. —Les dejo, tengo que acudir rápido a la consulta. Esta conversación no ha terminado. Hasta pronto.

Los dos párrocos se quedaron solos en la iglesia. Cerraron su puerta como siempre, caminaron despacio hacia la casa parroquial. Fue el padre Sebastián quien rompió el silencio.

—Gracias a lo dicho por nuestro buen doctor me queda clara una cosa: un experto puede darse cuenta de que el Rubio estaba muerto antes de producirse la caída.

—Yo lo veo de otra manera: cabe la posibilidad de que no se den cuenta.

—¿Cómo puede ser eso?

—Vamos a suponer cosas. A las manos de un profesional forense llega un cuerpo, lo primero que ve es esto: lo han sacado de un pozo, con evidentes signos de golpes, cortes y heridas por la caída. Si no recibe alguna indicación que lo guie por el buen camino o tiene muchos casos entre manos, por múltiples razones, lo más fácil es que le den carpetazo rápido, lo tratarían como a una muerte accidental.

—¿Deberíamos avisar a alguien?

—Yo me encargo de mover algún hilo, no te preocupes.

—La verdad es esa. Desde que estoy en esta parroquia se han producido varias caídas, casi siempre mortales.

—Esto facilita que alguien piense en este sistema para encubrir un

El oro de Hitler

crimen. —Aseguró el padre Ramón mientras hacía gestos con su cabeza que parecían afirmar sus palabras. —No digas nada, supongo que quien examine el cuerpo llegará a la misma conclusión cuando reciban nuestro mensaje. Debemos actuar con mucha discreción, no queremos poner sobre aviso a la mano asesina, quiero que piense que sus crímenes han salido impunes. Debe pensar que permanece cubierto por la sombra de la extraña seguridad del anonimato, de momento es mejor que crea que no corre ningún peligro.

—Ramón, no me fastidies, ¿sabes quién es el criminal?

—Tengo una idea bastante clara. Todas las piezas de este caso comienzan a encajar si no te crees las mentiras, descartas esas patrañas, solo entonces la verdad es tozuda; siempre lucha por salir a la luz.

—Pensaba que este tema iba de encontrar un tesoro perdido, el oro de Hitler. Espera, no me digas que también lo has encontrado.

—Te mentiría si dijese que sí lo he localizado con total seguridad.

—¿Entonces?

—Tengo una idea de dónde está escondido, por ahora, me temo que puede desaparecer en cualquier momento. Eso si no lo ha hecho ya.

—No entiendo nada.

—Lo entenderás. Aunque puedo estar muy equivocado, no creo que sea así en este caso. Estas muertes certifican que hay un criminal que permanecía muy tranquilo hasta hace unos días, ahora está nervioso, asustado. Por desgracia, me temo que todo esto es así por nuestra causa. Nosotros hemos levantado la liebre al preguntar por las lámparas, el viaje, todo eso. Sabe que alguien está tras la pista del oro, ve peligrar su escondite, su camuflaje durante todo este tiempo ha desaparecido de pronto. Se ha sentido obligado a actuar, por desgracia ha vuelto a matar. Algo me dice que en estos momentos ha puesto en

El oro de Hitler

marcha un plan de huida.

—Querrás decir que prepara uno.

—¿De verdad piensas que detrás de un caso como este hay una persona que no tiene preparado un plan para huir en el caso de verse descubierto o comprometido?

Llegaban en ese momento a la casa parroquial. Les esperaban algunos familiares de Miriam. Querían hablar con el padre Sebastián para organizar todo lo relacionado con la misa y el entierro de la vieja doncella. Mientras esto ocurría, el padre Ramón entró para realizar una conferencia con el Vaticano.

—¡Pronto!

—Buenas tardes, monseñor.

—¡Querido Ramón! ¿Cómo está?

—La verdad es que bastante mal, si le soy sincero.

—¿Y eso?

—Porque ha sido comenzar a hacer preguntas y han asesinado a dos de las personas que nos respondieron.

—Comprendo, esto ha tomado un cariz mucho más serio. Este caso es más delicado de lo que imaginamos en un principio.

—No intente engañarme, monseñor.

—¿Duda de mi buena intención?

—No. Dudo mucho que usted no pensara lo mismo desde el primer momento. Este caso no va de encontrar el oro, eso es un añadido o un «extra». Este caso va de encontrar un asesino.

—Comprendo, Ramón. —Monseñor suspiró, entornó los ojos al verse descubierto. En un suave tono de voz realizó la pregunta que tenía en mente. —¿Puede resolverlo?

—No quiero pecar de soberbia, sin embargo, puedo decirle algo: ya lo he resuelto, monseñor. Aunque no me perdonaría nunca si se producen más muertes por no actuar a tiempo.

El oro de Hitler

—¿Quiere decir que podría haber evitado esas muertes?

—Nunca tuve en mi mano poder evitarlas, esas muertes me han dado las claves para llegar al fin de este misterio.

—¡Eso es magnífico! A pesar de la desgracia de las vidas perdidas, no me entienda mal.

—¡No se emocione, monseñor! Aún nos quedan pasos por dar. Debemos actuar rápido, mover los hilos necesarios para destapar toda la verdad antes de que desaparezca el personaje y todo el oro. Mientras hablamos, ha puesto en marcha un plan de huida, estoy seguro, tengo que actuar rápido.

—¡Perdone un momento! Supongo que necesitará alguna ayuda.

—Sí, no me puedo enfrentar a esto solo. Sin duda usted sabe a quién hay que acudir.

—Entiendo. No se le escapa una.

—Espero que no. Tiene que conseguir, con suma discreción, que revisen la autopsia de los últimos fallecidos en este pueblo. Le hablo de Miriam, una vieja doncella, y de el Rubio, un empleado de la mina. Estoy seguro de que están catalogados como muertes accidentales. No lo son.

—¿Está seguro de eso?

—Lo he confirmado con el médico del pueblo. No son accidentes, monseñor, son asesinatos. Puede que el criminal nos dé un pequeño plazo de tiempo para actuar si piensa que todo ha salido como él cree y nadie sospecha de sus muertes.

—Espere, tomaré nota, porque me va a dar más encargos.

—Unos cuantos más, vamos a atrapar a un criminal, monseñor, lo quiero acorralar, toda la ayuda que podamos recibir puede ser poca. Nada le impedirá volver a matar. Lo primero que haré será proteger a los inocentes.

—¡Por supuesto! Eso es lo primero, no quiero más víctimas sobre

El oro de Hitler

nuestras conciencias. Ya estoy preparado para tomar nota. Dígame. El padre Ramón dio varias indicaciones a monseñor Herrera. Este apuntó en un cuaderno todo lo que pidió. Una vez terminada la conferencia, repasó las dos páginas de anotaciones que había completado. Sonó su teléfono, contestó la llamada sin dar opción a su interlocutor, monseñor le interrumpió antes de comenzar a hablar.

—Le ruego que me llame en cosa de una hora, ahora mismo tengo algo muy urgente entre manos. Discúlpeme. Luego hablamos. — Colgó el auricular sin conocer quién le había llamado. Tenía cosas más acuciantes que hacer. Buscó en su agenda aquel número que había usado en alguna ocasión. Lo encontró, giró el disco del teléfono para marcar. La señal de llamada sonó nítida. Un crujido en la línea le indicó que habían descolgado, no esperó a escuchar el saludo de su interlocutor. —Buenas tardes, coronel Vargas. No estaba seguro de poder localizarlo en su despacho a estas horas.

—Buenas tardes, monseñor Herrera. Usted, como yo, siempre estamos con la tarea, no tenemos horario, ¿verdad?

—Cierto. Nos debemos a nuestra labor.

—¡Claro! Supongo que esta llamada no es casual, ¿me equivoco?

—¡No se le escapa una!

—¡Es mi trabajo! No me diga nada todavía, veamos si adivino por dónde van los tiros. ¿No tendrá relación con un joven curita que está de visita en un pueblo sevillano?

—¡No me puedo creer que vigilase usted los movimientos del padre Ramón!

—Ja, ja, ja. ¡Qué gracioso eres, Herrera! Si me lo permites, yo no me voy a creer ni por un momento tus palabras. Sabías que controlaríamos el movimiento del pasaporte diplomático, lo hiciste para llamar mi atención, me obligaste a poner un par de «sombras» a

El oro de Hitler

tu hombre. Reconócelo.

—No se me había pasado por la cabeza ni un instante, créeme. —Mintió monseñor Herrera. Una leve sonrisa podía verse en su rostro en aquel instante. —Sin embargo, sí tiene que ver con ese pueblo.

—Y con ese hombre.

—Sí, tienes razón, también con ese hombre. Por favor, presta atención a lo que te voy a pedir, hay vidas en juego. —Su tono de voz había cambiado, era más serio. Pensó decirle que tomase nota, lo descartó rápido, recordó que aquella llamada era grabada, con total seguridad. Continuó con sus explicaciones, hablaba alto y claro, no quería confusiones con las instrucciones que iba a dar. —No sé cómo debería proceder usted. Si quiere seguir mi consejo, llamaría a alguien de Sevilla. Todo parece indicar que las dos últimas muertes producidas en Lora del Río, en principio parecen ser consideradas accidentales, son con toda certeza, sendos asesinatos.

—¿Seguro?

—¡Muy seguro! Un forense lo confirmará con un simple repaso.

—Con el debido respeto, monseñor, un simple cura...

—Este simple cura ha consultado con el médico que certificó la muerte de ambos fallecidos y ha confirmado las sospechas que él tenía. Recuerde de quién hablamos, del mismo sacerdote que ya ha destapado a un criminal, téngalo presente cuando se refiera a él, Vargas. No pido que lo crea a pies juntillas, solo recomendaría confirmar sus sospechas, coronel.

—Entiendo, lo haré. Supongo que necesita algo más.

—Supone usted bien.

La conversación prosiguió durante unos minutos. Monseñor esperaba que sus instrucciones hubieran quedado bien claras. Se dirigió a la mesita que tenía en su despacho con una jarra de agua, sirvió un vaso, con este en la mano se acercó a la ventana. El atardecer

El oro de Hitler

proporcionaba unas vistas maravillosas de la basílica de San Pedro en tonos anaranjados. Terminó de beber el agua, volvió a depositar el vaso en la mesita y tomó asiento en su sillón. Descolgó el auricular y marcó un número que se sabía de memoria.

—¡Pronto!

—Buenas tardes, Su Santidad.

—Buenas tardes, Herrera. ¿Sucede algo?

—Si le parece bien, puedo ir para explicárselo todo, he creído conveniente contarle algunas novedades antes.

—¿Ha encontrado el oro de Hitler?

—De momento ha encontrado a un asesino. Por ahora.

—¡Ya te dije que nuestro Ramón es un chico muy listo! ¡Tenemos que hacer de él uno de nuestros mejores agentes!

—Veremos cómo termina de resolver este caso.

—Seguro que bien. No te retrases, quiero conocer todos los detalles que tengas.

—¡De acuerdo! Ahora mismo voy a verle.

Nadie podría entender qué hacían dos hombres, hechos y derechos, en aquel preciso momento. Jugaban a pares y nones dentro de un coche mientras terminaban unos bocadillos de jamón. A quien se le explicara que sorteaban el primer turno de guardia, no se lo terminaría de creer. Sin embargo, eso y no otra cosa, era lo que hacían. En aquel momento se encontraban con sus manos derechas enfrentadas, contaban los dedos para ver si el resultado era par o impar, pretendían dilucidar de esa manera quién había resultado el vencedor, el que «disfrutaría» del primer turno de guardia. Todo el mundo sabe que el segundo es mucho peor. Enfrascados en el pequeño sorteo estaban

El oro de Hitler

cuando unos golpes en la ventana del conductor los dejó paralizados. Allí estaba, los miraba con cara de enfado, no quería que pensaran que se divertía a su costa, aunque era lo que en realidad hacía. Por fin consiguió que bajase la ventanilla.

—Buenas noches, caballeros.

—Buenas noches, padre Ramón. —Contestó de mala gana el agente Ramírez cuando bajó la ventanilla.

—Si les parece bien, esta noche no hagan turnos para vigilar mis movimientos. No voy a ir a ningún lado, se lo puedo asegurar, necesito estar bien fresco cuando me levante. Preferiría que descansaran bien ustedes también, mañana puede ser un día muy largo y puede ser que los necesite bien despiertos, a los dos.

—No comprendo. —Lo había entendido todo a la perfección, sin embargo, se encontraba en una posición tan incómoda que prefería ignorar lo que sucedía en ese momento. No solo los habían descubierto, les ordenaba lo que debían hacer. El coronel los iba a fusilar a la primera ocasión.

—Llamen a su superior, espero que les dé instrucciones directas y concretas. Supongo que alguien estará ahora mismo en plena conversación con él. Yo me voy a descansar, espero que hagan ustedes lo mismo. Mañana saldré a primera hora.

El oro de Hitler

16

EVITAR UNA MUERTE SEGURA

Amaneció aquella mañana con un sol espléndido, no se veía ninguna nube en el cielo. Aquella jornada prometía ser un día muy caluroso. Habían desayunado en silencio. Los dos párrocos sabían que tenían por delante una tarea compleja y difícil. El padre Sebastián no podía evitar un temblor constante en su pierna derecha. Los nervios que tenía en ese momento le impedían controlar aquellos movimientos.

—Ramón, ¿me quieres explicar cómo puedes estar tan tranquilo?

—No sé cómo puedes pensar que lo estoy. No todos los días se presenta la oportunidad de evitar un asesinato, o lo que sería aún peor, varios.

—Pues no se te nota nada. Pareces una roca insensible.

—Yo diría otra cosa, puedo parecer una roca concentrada en su objetivo, si es que alguien se puede parecer a eso. Piensa nuestra misión más urgente y necesaria en este momento. Tenemos que evitar más muertes.

—Cierto. Ese es nuestro deber. Por eso creo que debo acompañarte, Ramón.

—Deja que me encargue de esto. Te aseguro una cosa, no correré

El oro de Hitler

ningún riesgo, está todo controlado. Te aseguro que esta es la parte fácil, la complicada ya llegará, tranquilo.

—Me sentiría más tranquilo si voy contigo.

—Hoy tienes otros quehaceres. A la vista de todos los vecinos, el mundo debe continuar, y en nuestra parroquia se deben preparar los entierros de Miriam y del Rubio, por ejemplo. No puedes venir conmigo, ahora no. Mientras tú realizas esa importante labor, yo intentaré evitar que realices ningún funeral más por culpa de esta historia.

—Espero que sea como tú dices.

—Lo será.

Se miraron a los ojos y se abrazaron. El joven sacerdote subió al 600 mientras su colega le veía partir desde la ventana. Le deseaba suerte en aquella tarea. El padre Ramón circuló sin prisa por el camino que había tomado pocos días antes. Cubierto de polvo, el 600 llegó a la zona minera. Aparcó el coche frente a los grandes barracones. Brutus apareció con su ronco ladrido, movía con frenesí su gran cola a modo de saludo, parecía recordar al cura de su anterior visita. Sin contar al enorme mastín, todo parecía desierto, daba la sensación de estar abandonado desde hacía tiempo. Paró el motor, suspiró fuerte, como para darse ánimo. Con un gesto brusco y decidido descendió del pequeño vehículo. Volvió a realizar una respiración profunda, sus pensamientos divagaban por cualquier pensamiento inútil, en ese preciso momento había decidido que no le disgustaba el olor de la zona. El gran mastín se acercó al cura con su lento y tranquilo caminar. Lanzó dos ladridos roncos que resonaron con fuerza en el silencio que envolvía todo el yacimiento. Una vez avisó de la presencia del cura, decidió tumbarse a su lado, muy despacio. En ese momento se abrió la puerta de un barracón. El viejo ingeniero, Liam, asomó con su mano levantada a modo de saludo, su

El oro de Hitler

pequeña sonrisa destacaba en su rostro. Se acercó para hablar con él.
—¡Buenos días, padre! No esperaba a nadie. ¡Tranquilo, Brutus! No molestes a nuestro invitado.
—Buenos días, Liam. Qué solitario está hoy todo.
—Con el desgraciado accidente de ayer, hemos dado el día libre a los trabajadores para que puedan despedirse, el Rubio era querido por todos. Yo bajaré ahora. Me preparaba una infusión, por favor, acompáñeme.

El sacerdote accedió, siguió a su anfitrión, cruzaron la misma puerta por donde había aparecido. Cuando entraron en aquel aposento se dio cuenta de una cosa: no era el ambiente que él esperaba, ni mucho menos. En realidad, parecía más una vivienda que una oficina o despacho. A un lado, en una pequeña cocina, hervía el agua de un cazo sobre la que flotaban unas hierbas picadas. Al fondo se podía ver una cama, estaba fuera de lugar, ningún mueble parecía encajar con el resto. Nadie se había preocupado jamás, lo más mínimo, por la decoración de aquel espacio. Se fijó en una librería con varios tomos técnicos, supuso que tratarían sobre ingeniería de minas. Estaba en lo cierto. Analizaba su alrededor, le dio la impresión de que alguien había recogido todos aquellos cachivaches y los almacenó allí, ponía uno al lado del otro en el mismo orden que lo descargaban, sin ningún criterio. En el lado derecho, conforme se entraba, junto a una gran ventana abierta para airear la habitación, había tres sillones, cada uno de un tejido y color distinto. Le invitó a que se pusiera cómodo mientras señalaba aquellos sillones. El padre Ramón se sentó en el más próximo a él, desde allí podía disfrutar del paisaje que dejaba ver el gran ventanal. En el centro de aquellos asientos, había una pequeña mesa, podría estar a la venta en cualquier anticuario que se preciase, a un buen precio, sin embargo, se usaba a diario en aquel lugar sin conocer su verdadero valor. El ingeniero apartó del fuego el cazo. De

El oro de Hitler

uno de los archivadores metálicos sacó dos vasos iguales, cogió un colador, lo colocó con cuidado sobre uno de ellos mientras servía la infusión. Después repitió la acción con el otro. Lo hizo despacio, con pausa, como si de una ceremonia se tratase. Una vez llenos, se giró mientras su vista recorría con la mirada aquella extraña estancia.

—Perdone, padre, todo esto tiene una explicación. Cuando mi amigo se convirtió en marqués, le pedí que me dejara vivir solo aquí, en esta especie de barracón comenzamos a vivir los dos desde nuestra llegada, así podíamos estar más cerca de la mina. Era nuestro trabajo, no teníamos raíces en esta zona, era la solución para estar más cerca en el caso de que sucediese algo. Desde el momento de su boda lo uso solo yo, debo reconocer que es por comodidad mía, para qué le voy a engañar.

—Comprendo.

—Nos dejaron usar los muebles que quisimos, de esos olvidados o abandonados en cualquier sitio del palacio. Imagine el cuadro, dos jóvenes enfrascados en una aventura para ellos, hacíamos el trabajo que nos gustaba, no pensamos nunca en la estética; en el buen gusto o la decoración, preferimos las cosas funcionales, una mesa, unos asientos..., lo imprescindible para vivir.

—Me parece una excelente opción.

Colocó un vaso frente al cura, le advirtió que estaba caliente, el otro en la parte opuesta de aquella mesa. Volvió a la zona de cocina. Abrió otro cajón del mismo archivador, sacó un paquete de azúcar y tomó dos pequeñas cucharas. Con todo aquello en sus manos, mantenía como podía el equilibrio, se sentó frente al sacerdote. Le ofreció una de las cucharas, el padre Ramón la llenó de azúcar para vaciarla después en su vaso, repitió el gesto.

—Ya no más, sírvase usted.

—Espero que le guste, es una manzanilla de la zona, muy

El oro de Hitler

digestiva. —Él también se sirvió dos cucharadas de azúcar.

—Seguro que sí.

—Dígame, padre, ¿a qué se debe su visita?

Liam volvió a guardar el paquete de azúcar en el cajón del archivador, antes de sentarse cerró la ventana que estaba junto a los sillones. El sacerdote esperó tranquilo a que este se pusiera cómodo. Sus movimientos y palabras eran sosegados, su tono de voz suave, no quería asustarle, a pesar de lo que tenía que decirle.

—¡Por supuesto! Antes de nada, quiero que esté usted tranquilo, no se ponga nervioso. Imagino una cosa, nunca esperó oír lo que yo voy a decirle.

—La verdad es que sus palabras no me tranquilizan mucho.

—Esperaba que sí lo hicieran. El caso es que he venido a hablar con usted por una sencilla razón.

—Usted dirá, padre.

—Tengo la fundada sospecha de que el Rubio no murió por accidente.

Los ojos del ingeniero reflejaron su asombro, aquella afirmación le había pillado por sorpresa. El joven clérigo realizó un lento movimiento con su mano, le pedía calma.

—¿Por qué piensa eso?

—Ya le digo, no hay certeza por mi parte. Si mis suposiciones son correctas, lo mataron por algo que sabía. Aunque él no le diera ninguna importancia a esa información que permanecía perdida en su memoria, el asesino vio algún peligro en sus recuerdos.

—¡Sigo sin entender nada! ¿Me habla usted de un asesino?

—Sí. Es más, estoy convencido de que la misma persona mató también a Miriam.

El gesto de asombro fue mayor, hizo ademán de levantarse, al final no lo hizo. Los verdes ojos del padre Ramón permanecían impasibles

El oro de Hitler

mientras veía cómo continuar con la conversación. Quería llevarla controlada, tal como la había imaginado en su cabeza tantas veces.

—¿Miriam?

—La vieja doncella de los marqueses, ¿la recuerda? —El padre Ramón tomó el vaso de su infusión. Sopló el líquido para enfriarlo.

—¡Claro que la recuerdo! No la he visto en los últimos años, aunque mi memoria es excelente, no suelo olvidar las cosas. —El ingeniero bebía a pequeños sorbos su manzanilla. Parecía pensar sus próximas palabras. Continuó. Hablaba con tranquilidad. —Sin embargo, creo que se equivoca, padre, murió de un desafortunado percance, una caída por las escaleras. Eso escuché a los mineros.

—Es cierto en parte. Creo que no fue un accidente, una mala persona lo provocó todo.

—Espere. ¿Quiere decir que la misma mano mató a los dos?

—Exacto, eso es lo que quiero decir. —Para que comprendiera bien lo que había dicho, realizó una pausa mientras bebía la infusión. Dejó su vaso en la mesa antes de continuar. —Un peligro mortal amenaza a los implicados, un asesino sin escrúpulos.

—¿Quién querría matar a esas dos personas tan distintas? ¿En qué turbio asunto podrían estar mezclados el Rubio y la doncella? No creo que cruzasen más de dos frases en su vida. Aunque hay otra pregunta que me viene a la cabeza ahora mismo. Es esta: ¿Por qué?

—Eso es lo que me ha traído hasta aquí. Las dos víctimas han fallecido tras hablar con nosotros.

—¿Nosotros?

—Perdón, me refería al padre Sebastián y a mí.

—Qué extraño. —El viejo ingeniero de minas terminó su infusión en un último trago.

—Sí que lo es, no puedo negarlo.

—No imagino cómo hablar con ellos pudiera ser el detonante para

El oro de Hitler

que alguien los asesinara a sangre fría.

—Si le soy sincero, es difícil encontrar una respuesta a ese interrogante. —El padre Ramón sopesó si era bueno, en aquel momento, facilitar más información al ingeniero. Le miró a los ojos y vio preocupación, decidió darle algún dato inocente más. —Puedo comentarle que hablamos de viejas historias, sucedieron hace mucho tiempo.

—Empiezo a comprender. Conocían un secreto. ¿Es eso?

—Si le soy sincero, no sabían nada que se pudiera considerar un secreto, sin embargo, sí estaban al tanto de algunos detalles de un enigma, diría más bien. Eran los últimos testigos de un viejo misterio, sin ellos saberlo, podían ser la clave para resolverlo.

—Mi imaginación tiene un límite, creo que lo he sobrepasado con creces, no doy para más, lo siento. ¿Qué motivo habría para que nadie matara por algo sucedido muchos años atrás?

—El motivo lo tengo claro: La codicia. —Liam abrió los ojos con incredulidad al escuchar estas palabras. El padre Ramón les había imprimido un tono algo teatral y efectivo. Continuó. Era mejor proporcionar más información, no dejar a su interlocutor envuelto en un mar de incógnitas. —Detrás de estos trágicos sucesos parece existir una fortuna.

—¿Cómo una fortuna?

—Se lo contaré. Al comienzo de esta historia existe un auténtico tesoro. Imagine el valor que puede tener más de una tonelada de oro.

—Soy ingeniero de minas, por fin dice algo que tiene sentido para mí. Con el precio que tiene el oro en la actualidad, mucho.

—Muchísimo, diría yo. Todos los sucesos que se han producido esta semana son consecuencia de la desaparición de esa fortuna.

—No llego a entender la relación. A saber dónde pueden estar esas riquezas. Si ha pasado mucho tiempo, es muy posible que dilapidasen

El oro de Hitler

todo eso.

—Se lo explico. Si se siguen las pistas de ese oro, estas conducen aquí. Los hechos ocurrieron hace casi treinta años, por eso preguntaba cualquier detalle, todos los recuerdos de aquel tiempo.

—¿Ese era el motivo de su visita aquel día a la mina?

—Sí. Ese era.

—Buscaba pistas que le guiaran a ese oro. —Lo decía en un tono de comprensión. Se recostó un poco en su sillón.

—Así es.

El padre Ramón provocó un pequeño silencio en la conversación, buscaba que la idea calara en su interlocutor, sin brusquedad, de forma suave. Sin esperarlo, el ingeniero se incorporó un poco de su asiento, con los ojos muy abiertos. Comenzó a hablar con tono intranquilo.

—Debo deducir una cosa, si no me equivoco, al hablar yo con ustedes también he puesto el foco del asesino en mí. ¿Viene a avisarme porque yo también estoy envuelto en toda esta intriga?

—Por supuesto. Usted es un testigo clave, más bien diría esencial en este caso. Voy a intentar aclarar todas sus dudas. Siempre hasta donde yo sé.

—¡No sabe cuánto se lo agradezco!

—No se preocupe, a usted puedo contarle toda la historia.

—¿Toda?

—Bueno, mejor dicho, toda la que conozco. Hay partes fruto de mis deducciones, otras son meras suposiciones.

—Ya imagino, padre. Me tiene en ascuas.

—Piense que tampoco conozco los detalles.

—Un pequeño resumen de lo que usted sabe estaría bien.

—Me parece buena idea. En 1939 muere el papa Pio XI, por tanto, debe realizarse la elección de su sucesor. En esos años a Hitler le

El oro de Hitler

interesa mucho poder manejar al nuevo sumo pontífice. El jefe del Vaticano es la llave para controlar a la Santa Alianza, el servicio de información de nuestro Sumo Pontífice. Alguien le ofrece la posibilidad de que su cardenal preferido, aquel que luego puede manejar, sea el elegido.

—No conozco mucho sobre la elección del papa, recuerdo algo sobre un cónclave, unos papas encerrados y aislados del mundo, solo eso, no entiendo cómo alguien puede influir en quién fuese el nuevo pontífice.

—De la manera más sencilla, le aseguró al Führer que podía comprar los votos.

—¿Cómo puede ser?

—Imagino que, con algún infiltrado, acordarían el soborno de alguna manera. Lo seguro es esto: el precio pagado por el alemán para que eligieran a su candidato fueron mil doscientos kilos de oro.

—¿Dice que Hitler pagó esa cantidad?

—Sí. Poco más o menos.

—¿Está usted seguro?

—Todo lo seguro que se puede estar. Sin embargo, todo cambió cuando salió la fumata blanca en la Santa Sede. Hitler descubrió que el nuevo papa, Pio XII, no era el cardenal dispuesto por él. Lo habían traicionado, supongo su estado de ánimo, imagino lo peor, esa sensación vergonzosa al ser engañado como un colegial. Todos sus hombres de confianza eran conocedores de la enorme estafa, de la mentira en la que había caído. Le timaron con todas las letras. Se enfadó bastante, necesitaría dos cosas de forma urgente: venganza y dar ejemplo. Pocos días después la Policía identificó a un hombre ahorcado. Llegaron a una conclusión, era el mismo que había conseguido estafar y engañar al mismísimo canciller de Alemania. Este extraño capítulo de la historia tiene un cierre misterioso, el oro

El oro de Hitler

enviado desde Alemania como pago para realizar la compra de los votos, nunca apareció.

—Un hermoso misterio.

—¡Y tanto!

—No veo relación con el Rubio o con Miriam, por ningún lado.

—Todo llegará, tranquilo.

—Es que no veo salida a su enigma.

—Nuestro asunto está muy perdido en el tiempo, casi treinta años. Aunque alguna pista sí que hay. Existe la certeza de que los lingotes fueron llevados a Venecia. En un pequeño taller local, donde se fabricaba el cristal de Murano pudieron fundir aquel oro.

—¿Con qué objetivo?

—Borrar los símbolos nazis que, sin duda, llevaban grabados todos aquellos lingotes.

—Puede ser. Eso tiene una cierta lógica.

—Se lo aseguro. El caso es este: los lingotes desaparecen, no hay ninguna pista más sobre ellos hasta que yo mismo, muchos años después, localizo un extraño envío desde esa isla. Las doce lámparas que compró el marqués de Setefilla como regalo para su esposa.

—No entiendo bien la relación. ¿Dónde quiere llegar con sus deducciones?

—Si me permite continuar, le explicaré todo. Con esas doce lámparas viajaron, del norte de Italia a Sevilla, usted, su amigo Alfred Koháry y el oro de Hitler.

—Sigo sin ver la relación por ningún lado, tampoco imagino dónde pretende llegar. Aun así, si supongo cierta su historia, aún le falta el tercer pasajero, usted mismo me lo dijo.

—Cierto, el pasajero misterioso. Sin embargo, de ese personaje enigmático, si quiere, hablamos más tarde.

—Como usted prefiera. Padre, si me permite una consulta, ¿por

El oro de Hitler

qué cree usted que en aquel viaje venía también ese oro?

—¡Oh! Es algo más que evidente. En las fechas utilizadas para fundir los lingotes, para ser exacto, el día posterior a la partida de ese último pedido, el taller que fabricó el encargo de nuestro marqués fue arrasado por un brutal incendio. En este fallecieron todos los artesanos que realizaron las lámparas y borraron cualquier rastro del oro. A esto añado la segunda y mejor parte. En Murano nos aseguraron que cada lámpara se envió montada de una sola pieza, esta se protege para el viaje, se preparan para su envío en una caja individual. Por tanto, la cuenta es fácil, un embalaje por pieza.

—Sigo sin comprender, padre, debo estar mucho más espeso que de costumbre.

—Lo entiendo. El caso es que llegaron doce lámparas, aunque están registrados en el puerto de Sevilla treinta y dos bultos más tres pasajeros. Si podemos asegurar que tenemos doce lámparas, ¿qué podrían ser esos veinte bultos de más? ¿Es el oro que busco?

—No entiendo cómo puede imaginar que ese oro llegó en aquel barco. Son todo cosas cogidas con pinzas, no tienen ya ninguna posibilidad de comprobarlo. En esas cajas que usted dice podría venir su oro, algo difícil, improbable. —Liam se quedó pensativo un instante, de pronto sonrió, había encontrado una respuesta más simple y posible. —Creo que se complica usted mucho, las otras cajas podían estar repletas de productos de contrabando, es más probable, pasta, café o azúcar, que sé yo. Piense que hablamos de la posguerra civil española. El estraperlo y los trapicheos estaban a la orden del día, con un poco de dinero en mano se realizaba cualquier cosa que pueda imaginar. Un marqués bien podía engordar su cuenta con envíos de ese tipo, yo desconozco sus trapicheos, supongo que puede considerarlo.

—Yo también he tenido mis momentos de dudas. No se lo voy a

El oro de Hitler

negar, esa era una buena opción, se lo aseguro.

El joven párroco decidió que era el momento de producir un silencio, sus palabras calaban poco a poco en su interlocutor. Este miraba al techo, buscaba algo que había dicho el cura, su subconsciente le avisaba, era un detalle importante. Casi asustó al padre Ramón, se incorporó rápido y comenzó a hablar en un tono más alto.

—¿Ha dicho usted «he tenido»?

—¡Oh, sí! ¡Todas mis dudas han sido despejadas! Al final he descartado cualquier otra opción, estoy seguro, el oro llegó en aquel viaje.

—¿Seguro?

—¡Y tanto! Si estuviese equivocado, no habría muerto Miriam; por supuesto, tampoco habría fallecido el Rubio. Una muerte apoya mi teoría, las dos me confirman mis sospechas, solo se pueden justificar estos asesinatos si el oro vino con las lámparas; si, como supongo, compartieron el viaje.

—Todo esto que me cuenta, si lo doy por bueno, me lleva a una pregunta final. ¿Sabe usted quién es el tercer pasajero?

—Si soy sincero, debo decirle dos veces no. La primera porque no sé quién es el tercer personaje. La segunda es porque no puedo permitir que sea esa la pregunta final.

—¿Usted cree?

—Estoy bastante seguro. Desconozco muchos detalles del caso, quizás demasiados, aunque confieso tener unas cuantas certezas.

—Certeza es una palabra muy exigente, padre.

—Lo sé. Le voy a explicar alguna. Para mí es bastante evidente la identidad del asesino. Solo puede ser una persona.

—Si yo debiera apostar por alguien, lo haría por el marqués. Él organizó el viaje, usted asegura que llegó el oro aquí, nadie más nada

El oro de Hitler

en la riqueza, solo se me ocurre alguien del palacio de Setefilla.
—Es una teoría interesante, Liam, en serio, lo es. En su momento me la planteé. Aunque no parece escuchar bien mis palabras. Fíjese bien. Solo puede ser una persona.
—¿Qué me dice? ¿Sabe quién es el asesino? ¡Dígamelo!
—Lo voy a hacer, no tengo ningún problema en comentarlo con usted. ¿Imagina por qué?
—Lo ignoro. —Permaneció pensativo unos segundos. —¿Para protegerme?
—Esa sería la opción más lógica y sensata. Protegerle de un criminal capaz de llevarse una vida sin que nadie pueda determinar la identidad del asesino. En varios casos ha conseguido pasar desapercibido, las autoridades no conocen su existencia, ni su papel en varias muertes, demasiadas.
—Me pierdo, padre. ¿Quiere decir que hay un asesino, se desconoce su identidad, incluso no tienen constancia de alguno de sus crímenes?
—Ha realizado un brillante resumen, eso es lo que digo. Ahora quizás no lo comprenda, con un poco de ayuda lo entenderá todo.
—¿Me cuenta esto porque estoy en peligro?
—Se puede decir así, Liam. Venir a verle ha sido por algo más fundamental. Ya llego a la conclusión final. ¡Usted conoce bastante bien al asesino!
—¿Cómo? ¿Coincidimos con frecuencia?
—¡Dejemos el juego! —El padre Ramón se levantó con los ojos inyectados de sangre, le señalaba con su dedo índice. —¡Sé que usted ha matado de manera cruel a Miriam y al Rubio!
—¡Eso no es cierto! ¿En qué se basa para decir esas cosas? ¡Jamás podrá probarlo! —Para gritar estas frases, también se había puesto en pie, le miró con actitud desafiante. Las venas de su cuello parecían

El oro de Hitler

querer estallar por la presión.

—¡Oh! Estoy seguro de completar un relato bastante esclarecedor.

—El padre Ramón había suavizado su tono de voz mientras volvía a sentarse con movimientos tranquilos, casi parsimoniosos.

—Ha hecho usted una acusación muy grave, además de falsa, acusación que deberá justificar con pruebas, no con relatos.

—Voy a contarle algunas de mis deducciones, señor ingeniero, si es que lo es, la primera es muy fácil. Le he dicho que desconocía la identidad de ese tercer pasajero del velero cuando transportó el oro, esto es así por una sencilla razón. Estoy convencido de que ese pasajero no existió jamás.

—Continúe, me resulta muy divertido. Recuerde que fue usted mismo quien me preguntó por esa persona, nunca fue cosa mía. A ver cómo lo explica, joven. —El viejo ingeniero volvió a sentarse, esta vez mostraba un rostro muy distinto, enfadado.

—No veo en su cara ningún signo de diversión. No puedo saber si dice la verdad o no cuando habla de su mareo durante el viaje, pudo ser Alfred quien vomitaba durante la travesía, pudo ser usted o, lo más probable, ninguno de los dos, era una buena excusa para no dar explicaciones en el caso de que llegaran preguntas después de algún tiempo, quizás se le ocurrió cuando vio las consecuiencias que tuvo en Miriam subirse al barco. En todo caso, este punto me da un poco lo mismo. Yo he hecho mis averiguaciones, sé que la escala realizada en Mahón, su puerto base, era para esquivar las inspecciones de aduana. En los registros figuraba que tanto la mercancía como los pasajeros no procedían del extranjero, de esa manera el control no era tan exigente o preciso, al tratarse de un transporte nacional a ojos de la autoridad portuaria. No sé si aprovechó encontrarse con un incompetente, o quizás lo hizo gracias a un generoso soborno, me inclino por esto último, algo bastante habitual en esos días, no olvido

El oro de Hitler

el momento; la posguerra era un tiempo donde el dinero fácil se movía rápido, tapaba bocas y compraba secretos. De alguna forma consiguió que figuraran tres pasajeros, por si alguien preguntaba por aquel envío, complicar un poco la investigación, encontrar un posible culpable difícil de hallar. Debo reconocer que fue una buena estratagema.

—Si tomase su historia como posible, no lo hago, de ninguna manera, ¿me quiere decir por qué no conseguí que borraran del registro veinte de los bultos?

—Con eso solo figurarían las doce lámparas, habría borrado de un plumazo la gran prueba, nadie podría descubrir la presencia del oro en Sevilla. Me he bloqueado con esa misma pregunta cuando llegaba a esta parte de la narración, solo puedo imaginar lo sucedido, de todas las teorías desarrolladas en mi cabeza, la más probable es esta, siempre desde un humilde punto de vista: tropezó con un funcionario que se dejó sobornar, por un buen precio apuntó un tercer pasajero, nadie se molestaría por aquello y el dinero le vendría muy bien, aunque los bultos no se podían tocar, si desaparecían veinte cajas, los estibadores protestarían al no cobrar su trabajo. Sobornar a varios hombres complicaría todo su asunto, mucha gente no es buena cosa para guardar un secreto, además de llamar la atención sobre la mercancía, algo imperdonable. Mejor pasar desapercibidas entre tantas cajas descargadas, nadie repararía en el número exacto y real de un pequeño envío. Para el funcionario del puerto lo importante eran los bultos, la mercancía, algo que anotó con extrema eficiencia.

—Voy a aceptar esa parte de su relato como posible.

—Bien, creo que de momento no voy desencaminado. Mi siguiente deducción se basa en el lamentable comentario que le costó la vida al Rubio.

—¿Qué comentario es ese?

El oro de Hitler

—Lo sabe muy bien, por eso le mató.

—Padre, no siga por ahí, agota usted mi paciencia.

—Cuando nos conocimos hablábamos con el bueno del Rubio. Este nos dijo de forma textual esto: «Yo tenía una conclusión que consulté con muchos de mis compañeros, coincidíamos todos. Uno de ellos era un auténtico experto, mientras...». Reconoció en ese momento el peligro que suponía que un hombre recordara a la perfección aquellos detalles, uno de los dos ingenieros conocía el oficio, el otro, usted, no tenía ni idea.

—¿Cómo puede ser eso? ¿Sabe quién lleva la mina hoy?

—Estoy seguro de que es usted, hoy tiene los conocimientos necesarios para llevar la mina. Aprendió de su compañero. No sé cómo consiguió mantener su silencio, que no le delatara. Estoy convencido de una cosa, él no sabía de la existencia del oro de Hitler. Quizás llegó a Lora del Río inocente, vio a la joven marquesa, él le confesó su interés en aquella mujer, usted le ayudó a difundir el rumor sobre que era descendiente de príncipes. Una cosa por la otra.

—Hasta el momento solo cuenta historias. Sigo sin escuchar nada concluyente, no tiene ninguna prueba.

—En efecto, yo no he aportado nada presentable ante la justicia. Todavía. —Un buen observador habría notado un leve gesto de sonrisa en el rostro del párroco. En el mismo instante, los ojos del viejo ingeniero habían mostrado una repentina sorpresa. —Sin embargo, si desea algo incriminatorio, sin dejar espacio a la duda, le diré algunas cosas más que sé a ciencia cierta. Por ejemplo, tengo una buena certeza, los dos fallecidos de ayer no son las primeras personas asesinadas por usted. Le puedo contar otra más, le va a gustar: sé cómo murió el marqués. Si le parece poco todavía y quiere hablar de pruebas, no se equivoque, las tengo.

El padre Ramón sonreía mientras hablaba, estaba seguro de

El oro de Hitler

dominar aquel momento. Guardó un pequeño silencio para dar más énfasis a su próxima frase. Tomó aire y la dijo mientras clavaba sus pupilas en las del ingeniero.

—¿Puede haber mejor prueba en este caso que el tesoro? No me mire así, sé dónde escondió usted el oro de Hitler. Es más, sé dónde está en estos momentos.

Todo sucedió demasiado rápido a los ojos del padre Ramón, antes de que pudiera darse cuenta, una vieja pistola luger P08 apuntaba al centro de su cara. El tranquilo hombre que había estado frente a él se puso de pie en décimas de segundo, mucho más rápido de lo que él pudiese imaginar, mientras sacaba de no sabía dónde, una pistola dispuesta a acabar con su vida. El arma tenía mucho tiempo, sin embargo, el brillo del frío metal reflejaba el cuidadoso mantenimiento realizado por su propietario. No tenía la más mínima duda, funcionaría a la perfección si aquel criminal apretaba su gatillo. Tener a aquel hombre con aquella pistola en dirección a su cabeza confirmó sus sospechas. Muy a su pesar, había acertado en todas sus deducciones, aunque se había mostrado demasiado optimista al valorar el peligro al que se enfrentaba.

—Padre, ¡se acabaron los juegos! Le veo muy valiente para venir solo a acusarme.

—¿Quién le ha dicho que he venido solo?

—¡Brutus! No ha vuelto a ladrar ni una vez. Estamos solos en esta mina. ¿Qué es lo que sabe?

—Me alegra que ya no ponga en duda mis suposiciones. Mejor, así aclararé mis lagunas. No le molestaba mucho ser acusado de asesino, parece ser que eso le preocupa poco. Todo ha cambiado cuando he dicho que sé dónde esconde el oro. Puede contarme la historia completa.

—Me interesa más conocer lo que usted sabe y a quién se lo ha

El oro de Hitler

podido contar. —Sin dejar de apuntarle, se sentó despacio, apoyó el codo de su brazo derecho para que descansara mientras la vieja pistola miraba directa a la cara del padre Ramón.

—Soy hombre de Iglesia, no miento nunca. Solo yo conozco todo lo dicho, tampoco voy a contar esto por ahí. —Mostraba mucho aplomo, convenció a Liam. Era fácil, decía la verdad, no había compartido ninguna de aquellas deducciones con nadie, por tanto, era cierto que solo él las conocía. —En primer lugar, sé cómo murió Alfred, me gustaría preguntarle una duda que tengo. ¿Llegó a ser su amigo en algún momento?

—En realidad «amigo» es una palabra demasiado grande para nuestra relación. Tenía usted razón, cuando llegué aquí no tenía ni idea de minas, escuché el comentario del Rubio. Después de marcharse ustedes lo interrogué a conciencia. Me contó lo poco que había dicho, lo que ustedes le habían contado, incluida la parte relacionada con Miriam, a continuación, le di un fuerte golpe en la cabeza. Con mucho esfuerzo lo llevé sin que me viera nadie a un viejo pozo abandonado, no es muy profundo, aunque sí es bastante estrecho. Cogí una piedra y golpeé su cabeza para tapar la verdadera herida mortal antes de lanzarlo al pozo. Esperaba que tardaran mucho tiempo en encontrarlo, si le soy sincero. Me dirigí al pueblo para hablar con Miriam, no había cambiado nada, continuaba tan buena e inocente como siempre, no se imaginaba cuáles podían ser mis verdaderas intenciones. Me comentó que habían hablado de su viaje a Sevilla. ¿Por qué le interesaba tanto ese asunto?

—¿No se lo imagina?

—No quiero suposiciones, dígame a qué venía tanto interés. —Para afirmar su determinación, hizo un movimiento amenazador con la mano que le apuntaba.

—Tengo una certeza absoluta: usted provocó la desaparición del

El oro de Hitler

velero con los marqueses. Creo incluso poder afirmar que lo hizo con una de las técnicas aprendidas por su labor en la mina. La de las mini explosiones. Imagino que puso muchas cargas pequeñas a lo largo de todo el casco para que este se rompiera por varios puntos. Consiguió la desintegración del velero, provocó su hundimiento inmediato, de esta forma murieron ahogados sus objetivos.

—Se equivoca en una cosa, no tenía varios objetivos, solo quería desembarazarme de uno: el marqués. Su mujer no me molestaba, ni nadie más del barco.

—En ese caso, permítame una pregunta, ¿por qué acabó con la vida de ochenta personas si solo quería matar a una?

—No le va a gustar mi respuesta, padre, contradice todos sus pensamientos.

—En este momento lo que quiero es conocer toda la verdad de este caso.

—Se lo voy a conceder. Los maté porque podía hacerlo, aunque no era necesario. ¿Qué me lo impedía? Además, mi objetivo se perdía entre todos los fallecidos, nadie podía sospechar el verdadero interés al provocar tantas muertes. Quería matar al marqués. Si en algún momento alguien llegaba a preguntar por los treinta y dos bultos descargados del velero, él podía asegurar que solo encargó doce, sus puñeteras lámparas. Necesitaba eliminarlo, me planteé durante mucho tiempo cómo, debía hacerlo sin que su desaparición tuviese relación directa conmigo, cuando se presentó aquel viaje. Miriam les había dicho que yo llevé el equipaje de los marqueses en una camioneta, era cierto. Además, llevé un gran baúl en el que nadie reparó, iba cargado de pequeñas cargas explosivas, muchas, ya se lo digo yo. Mientras todos se presentaban, se acomodaban, se daban a conocer, yo repartía por todo el barco los pequeños paquetes con su detonador preparado. Me había informado antes, la tripulación no

El oro de Hitler

estaría en los compartimentos más inferiores del barco, los más interesantes para mí, los situados bajo la línea de flotación. Al principio, mientras yo instalaba los explosivos, atenderían a los viajeros. Al inicio de la travesía estarían muy entretenidos con las maniobras en el río y no podrían descender a esas zonas, por tanto, mi plan estaba a salvo. Las pequeñas explosiones no provocarían una vía de agua, tampoco varias, destrozarían todo el casco de madera. En un instante desaparecería todo el sustento del velero, se hundiría sin remedio en muy poco tiempo.

—Llegados a este punto tengo una duda, no sé cómo pudo activar los explosivos en el momento preciso, supongo que no pudo hacerlo por control remoto.

—¿Cómo dice? Para nada, ese es uno de los puntos más geniales de mi plan. Mire usted que he tenido ideas buenas en mi vida, aquella solución fue genial, brillante, perdone que se lo diga así. Ya le he dicho que me habían informado de cómo procedía la tripulación en el viaje. Una de las cosas que me explicaron me pareció muy interesante, padre. Una vez mar adentro, o sea, lejos del Guadalquivir, debían encender las luces de navegación, pues pensaban entrar por la noche en el puerto de Cádiz. Por tanto, solo necesité una de aquellas luces para activar los detonadores de las cargas. Me negué a llevar de vuelta a Lora del Río a la sirvienta mareada, yo tenía otros planes. En la camioneta pude llegar a Sanlúcar de Barrameda mucho antes que el barco. Busqué un buen punto para ver si mi plan funcionaba. Por la tarde, bastante antes de lo que yo esperaba, por lo que me habían contado, vi cómo el velero abandonaba el río para adentrarse en el océano. Tenía unos buenos prismáticos, el tiempo pasaba, cada vez me costaba más ver el barco. Allí continuaba, se alejaba de la costa, sin encender las luces de navegación. Comencé a dudar de si había realizado bien la instalación del explosivo. No estaba seguro de elegir

El oro de Hitler

bien el cable necesario para el buen funcionamiento de mi plan. O quizás había estropeado las luces con mi manipulación. ¿Había dejado algún rastro con el que pudieran llegar hasta mí? En aquel momento el barco era ya un pequeño punto en la lente de mis prismáticos, los nervios me hacían recelar de todo cuando vi algo. Sin previo aviso, se apreció una pequeña luz roja, casi al instante vi una gran explosión, esta provocó la desaparición del velero en segundos, como había planeado. Con él, todos sus pasajeros. El peligroso marqués se perdió para siempre entre las aguas del océano. Un problema menos.

El oro de Hitler

El oro de Hitler

17

CONFESIONES

El padre Ramón sintió asco al comprobar la cara de satisfacción del viejo ingeniero. Su expresión daba a entender algo parecido al orgullo. Con un rostro sonriente continuó con sus explicaciones mientras miraba la reacción del párroco sin dejar de apuntarle. Sin duda se divertía a costa del joven cura.

—Acababa de matar a ochenta personas, más o menos, mientras todo el rastro del velero y aquellas vidas se perdían en las profundidades del océano. Nunca imaginé que podía salir todo tan bien. Por los vientos y corrientes, imagino que algún objeto o rastro terminó en África, ninguna noticia llegó desde allí. Luego se presentó el factor suerte, nadie se dio cuenta de la explosión, no había testigos. Si alguien hubiese visto algo, me daba igual, no había forma de relacionarlo conmigo. Mientras tanto, la prensa estaba centrada en dar mucha importancia a los nobles desaparecidos. Otro golpe de fortuna fueron las autoridades oficiales, estaban más preocupadas en tapar todo aquel asunto para evitar un escándalo internacional que en encontrar la verdad. Al final todo desapareció y se olvidó, como si de un barco fantasma se tratara.

El oro de Hitler

El padre Ramón tenía más envergadura corporal, hizo un rápido cálculo mental. Aquel hombre le apuntaba con aquella pistola directo a su rostro, tendría cuarenta años más que él. Sin el arma en sus manos, estaba seguro de poder dominarlo en pocos segundos, sin embargo, con la luger P08 centrada en sus ojos, el mejor plan era intentar que la situación se calmara. Necesitaba que aquel asesino se relajara para ganar tiempo y encontrar una solución factible.

—La falta de noticias jugó a su favor. Tuvo usted mucha suerte.

—Se equivoca. Todo sale bien si está basado en un buen plan. Si hubieran aparecido restos del barco, alguien viese la explosión o se hubiesen recuperado todos los cuerpos, ¿habría cambiado algo?

—No le entiendo.

—Aunque las autoridades descubriesen la explosión del barco en un atentado, ¿usted cree que alguien hubiese llegado hasta el verdadero motivo o el autor de los hechos? ¡Yo le puedo asegurar que no!

—Sin embargo, hubo un plan que no salió como usted pensaba.

—¿Usted cree? —Sin dejar de apuntarle, bajó el arma para verle mejor, la pistola ahora apuntaba a su pecho. Aquel cura había resultado más inteligente de lo que hubiera podido imaginar, debía averiguar cuántos de sus secretos conocía en realidad. Había descubierto pocos minutos antes que su perfecto disfraz y camuflaje ya no existían. Antes de matarlo necesitaba hacerle hablar, debía sonsacarle todas sus deducciones, sin olvidar si alguien más estaba al tanto de sus secretos. —Puedo asegurarle una cosa, padre, no he fallado en ninguno de mis planes. ¡Nunca!

—Tengo la intuición, no puedo decir certeza, de que uno de sus planes no funcionó como usted esperaba.

—Se equivoca. Sin embargo, me intriga, ¿cuál?

El oro de Hitler

—¡No pensaba usted matar a su amigo Alfred!

Durante un instante la mano que mantenía aquella pistola bajó hasta apuntar a sus rodillas, sin embargo, aquel momento de duda o sorpresa desapareció de forma casi instantánea. Con un rápido movimiento la pistola volvía a centrar su objetivo en el rostro del cura.

—¿Cómo puede pensar eso? ¡Todos lo saben! Alfred, el joven marqués, murió en un desgraciado accidente. De vez en cuando una mina se derrumba, sin ningún motivo aparente.

—Desde el primer momento tuve una certeza, existía un asesino detrás de las muertes en este caso. Comencé a pensar en aquel accidente de su «amigo», luego lo uní al otro gran misterio de esta historia.

—¿A cuál?

—No insulte mi inteligencia. Al oro de Hitler. Estoy seguro de cómo sucedió todo. Usted llevó de alguna forma el tesoro a esa galería. Me imagino esto, recién llegados aquí, mientras el marqués prepara la sorpresa para su mujer, desconoce que, en lugar de solo doce bultos, han venido treinta y dos. Usted se encargaría de «las lámparas», de esta forma no perdería de vista ni un momento su fortuna. Alfred está centrado en la mina, es su pasión, quiere conocerlo todo, comenzar a trabajar, demostrar su valía y conocimientos. Mientras tanto, usted solo debe encontrar una parte de la mina que esté sin uso, abandonada. Algún veterano le aconseja una galería desahuciada para siempre. Consigue guardar allí las veinte cajas y camuflarlas. ¿Voy bien?

—Continúe, por favor.

—Por alguna razón, pasado el tiempo Alfred se interesa por esa zona abandonada de la mina. Supongo que le entró curiosidad, quiso analizarla para explotarla mejor, seguir alguna beta o algo similar. —

El oro de Hitler

Mantuvo un momento de silencio, esperaba que su interlocutor le confirmara sus sospechas.

—No sé cómo ha llegado hasta esas conclusiones, debo reconocerle que acierta. Es más listo de lo que parece, padre.

—Se lo agradezco. Para desgracia del joven marqués, cuando él se decidió a reconocer aquella parte de la mina, usted ya dominaba la técnica de las mini explosiones controladas, ya procuró aprender esa materia pronto, con vistas a su futuro. Utilizó algún sistema de trampa, este detonó los explosivos preparados por usted para proteger su tesoro, ¿cierto?

—¡Cierto! Tanto es así que acaba de comprobar cómo todos mis planes funcionan. Incluso ese. En la muerte de Alfred, mi plan era defender el oro. Aunque no tenía previsto que muriese él, mi objetivo era proteger el lugar y su contenido de quien pretendiera llegar a alcanzarlo, fuese quien fuese.

—Cuando usted habló de aquel momento, sin darse cuenta, insistió en un punto, me llamó la atención y me hizo fijarme en él. Usted me ayudó sin darse cuenta a descubrirlo.

—¡No creo! ¿A qué se refiere?

—Cuando habló de mover poca tierra, al rescatar su cuerpo tras el derrumbe de la mina, explicaba que Alfred había reconocido el peligro, huía de él y casi logra salvarse. Lo que ocurrió en realidad era lo contrario, nada más entrar provocó la explosión controlada, esta mató al marqués y, al cerrar por completo el paso, protegía más su tesoro.

—Reconocerá que lo conseguí. Escondí el oro a la vista de cualquiera, en una galería que todos pensaron que había ordenado cerrar el propio Alfred y su propia imprudencia le había costado la vida. Otro plan que salió bien. Ahora me toca hablar a mí, padre. Gracias a sus descubrimientos, me tocará desaparecer. No pensará

El oro de Hitler

que llevo casi treinta años aquí sin tener listo un plan para esta contingencia. Mañana a estas horas estaré muy lejos de aquí.

—Con el oro de Hitler.

—¡Por supuesto! No le quepa la menor duda. Sin embargo, a usted, tan listo que se cree, se le han escapado algunas de mis víctimas.

—Sé a ciencia cierta que ha matado a más gente.

—¿Por ejemplo?

—Imagino unas victimas seguras, por desgracia. De alguna manera eliminó a los pobres desgraciados que le ayudaron a esconder el oro de Hitler en la mina.

—Es usted desesperante, padre. Tiene razón de nuevo, sin embargo, de esas tres muertes casi me había olvidado.

—Debo añadir tres muertes más a su larga lista.

—Imagine la situación. Con el correcto incentivo de unas monedas, tres fornidos mineros me ayudaron a guardar las famosas veinte cajas, les hice creer que se trataba de un explosivo delicado, por seguridad debía estar en una zona apartada. Uno de ellos fue quien me recomendó aquella galería abandonada. Con el aliciente del dinero, yo no quería preguntas, ellos deseaban terminar y gastarse su propina. Cuando terminaron, les pagué y regalé una botella de vino, estaba seguro de que se la beberían durante el camino al pueblo, ninguno tenía manera de llegar que no fuera a pie. No podía permitir que, con el tiempo, contaran que habían guardado cajas en una galería. Siempre hay que eliminar todos los posibles testigos. En aquella botella añadí un veneno de lenta actuación, aunque infalible. Uno de ellos murió al día siguiente, imagino por beber más vino que los compañeros. Los otros dos tardaron un poco más. Nunca los relacionaron conmigo. Sé muy bien lo que es la Santa Alianza, padre, siempre sospecho cuando una sotana se acerca. Nunca me fie de

El oro de Hitler

usted, le vi venir, lo lamento. Si usted está aquí, alguien en el Vaticano lo sabe. Quizás no conozca sus deducciones, también tengo constancia de que no dejan ningún informe por escrito que confirme la existencia de su eficaz agencia de información, por tanto, más temprano que tarde usted va a morir, dudo mucho que vea de nuevo amanecer, por eso no tengo problema en contarle toda la verdad de mi historia. Sé con total seguridad que nadie más la conocerá.

El padre Ramón permanecía en silencio mientras clavaba su mirada en aquellos ojos negros, fríos como una oscura noche de invierno. Quería gritarle a aquel asesino, necesitaba que le contara hasta el último de sus secretos antes de que este descubriera la verdadera situación en la que se encontraba.

Él sabía dónde se metía, iba a encontrarse cara a cara con un frío criminal, por tanto, desde el primer momento estaba pendiente de todos sus movimientos, debía encontrar ese momento de relajación en su guardia, de ventaja a su favor. También necesitaba ganar tiempo para descubrir todos los secretos que escondía aquel hombre. Pensaba cómo abordar la conversación para conseguir más confesiones de aquel asesino cuando este interrumpió su pensamiento con una sonora carcajada. El padre Ramón se encontraba en una posición muy desfavorable, mientras el asesino parecía divertirse. Le miraba entre risas sin dejar de apuntarle. Cuando terminó de reír, con actitud amenazadora, comenzó a hablar con un tono de superioridad evidente.

—Padre, usted es joven, se cree muy listo, algo que suele ocurrir con todos los muchachos. Piensa que lo sabe todo, se cree más inteligente que nadie, sin embargo, no tiene ni idea del mayor secreto de todos, el enigma mejor guardado de toda esta historia. Ese que ni se figura. ¿Sabe a cuál me refiero?

—Supongo que sí. —Esa podía ser su oportunidad, quizás se

El oro de Hitler

abriera una puerta por la que escapar de aquel desenlace trágico. Si conseguía enfadarlo, a lo mejor le decía rápido todos los detalles que desconocía, además de intentar encontrar su momento para librarse. Cambió de actitud, adoptó un tono más chulesco. Sonrió mientras le miraba directo a los ojos. —Usted se refiere a su verdadera identidad. Cree que escapará siempre y nadie sabrá quién es. ¡Pues se equivoca!

—¡No tiene ni idea de quién soy! ¡No puede saberlo! ¡De hecho, nadie lo sabe! —Se puso de pie con una agilidad inesperada para el padre Ramón. Si buscaba un resorte que le obligara a reaccionar, que le hiciese comportarse de forma menos fría, había acertado de pleno.

—¡A ver, listillo! ¿Quién te crees que soy?

—No se equivoque, no tengo sospechas. Tengo la certeza desde hace tiempo. Solo puede ser una persona. Usted es el verdadero genio de toda esta historia, el cerebro detrás de todo este plan, la persona que durante años ha engañado a todos, la misma que fue capaz de estafar al gran Führer, quien consiguió que el mismísimo Hitler le entregara tres millones de marcos en oro. Lo sé a ciencia cierta desde hace tiempo, señor ingeniero. Usted no se llama Liam.

—¿Cómo dice?

—Lo que oye, sé a la perfección quién es en realidad.

—¡Delira!

—¡Ni mucho menos! Puedo asegurar que usted no es ningún ingeniero suizo, ni se llama Liam, ni nada parecido. Le pillé, amigo, le pillé. —Clavó sus ojos verdes en la nerviosa mirada de aquel viejo.

—¡Usted es Taras Borodajkewycz!

El oro de Hitler

El oro de Hitler

18

ORO MORTAL

El arma apuntaba al párroco en todo momento, directa a su rostro. El hombre que la empuñaba parecía caer a plomo sobre aquel sillón. Su mayor secreto había sido descubierto. El principal, ese imprescindible para mantener su coartada para siempre.

—Pero...
—¿Cómo lo he deducido?
—¡Eso mismo!
—Alguien capaz de engañar a uno de los personajes más siniestros e importantes de nuestra historia reciente, un personaje que siempre se encontraba rodeado por muchos asesores, todos ellos con una sola obligación, desconfiar de todo para proteger a su líder. Con un plan tan elaborado me parecía imposible atraparlo en tan breve espacio de tiempo, no lo entendía. Pensé durante mucho tiempo sobre este punto. ¿Cómo se dejó pillar en Roma a los pocos días? Al no aparecer el oro, deduje la posibilidad más extraña. Si una gran mente criminal prepara este plan, ha incluido su puerta de escape para él mismo con el botín. Le di muchas vueltas al asunto hasta llegar a la conclusión más probable, por extravagante que pareciese. ¿Y si tanto la fortuna como

El oro de Hitler

Taras estaban juntos y bien lejos? Imagino que utilizó a Nicola Storzi para ayudarle a desaparecer, desconozco los detalles. Ya me ha sentenciado a muerte, como última voluntad le pido que me cuente esa parte de la historia.

—Se lo cuento. Se va a llevar mi secreto a la tumba, padre. Usted ya sabe que Nicola era agente de la Santa Alianza.

—Debo reconocerlo, eso lo sabía.

—Yo también. Me ayudaba en algunos trapicheos sin importancia que hacía para los servicios de inteligencia alemanes; un poco de información, casi siempre de escaso valor, poco más. A cambio yo le proporcionaba también alguna confidencia con la que contentar a sus superiores, como imagina, solo la parte que podían conocer sin interferir en mis verdaderos objetivos. A estas alturas ya imaginará el resto, a Nicola lo utilizaba para mi propio beneficio; lo mismo ocurría con la Santa Alianza. Conocí el interés de Hitler para influir en la votación del nuevo papa. Me pareció que podía ser la oportunidad perfecta para dar un gran golpe. Puse un cebo discreto y picó, al principio pensé que me había excedido en la cantidad pedida. Luego supe que, si hubiese pedido menos, en Alemania habrían dudado. La enorme cantidad junto con la exigencia de que el pago fuera en oro, terminó por convencer a los más escépticos. Yo sabía un posible favorito de Hitler, el cardenal Pacelli, el mismo que al final fue elegido. Figuraba en todas las posibles apuestas como ganador, imagine si hubiese aceptado Hitler a este cardenal, la verdad era que tenía todas las papeletas. Había sido nuncio en Berlín, conocía a los alemanes, no les tenía ninguna fobia, hablaba su idioma, pensaba que era el candidato deseado por el Führer. Si llega a ser su favorito final, me quedo con el oro y no se entera nadie. ¡Lástima!

Suspiró con amargura, mientras miraba al padre Ramón sin dejar de apuntarle, levantó los hombros, hizo un gesto que el párroco no

El oro de Hitler

supo interpretar. Continuó con su monólogo.

—No hace falta que le explique lo de Venecia, no sé muy bien cómo conoce usted todos los detalles de ese capítulo. Dejé partir el oro en aquel barco, los contrabandistas pensaban que se trataba de estraperlo con lámparas y cristal de Murano. Si llegan a tener la más ligera sospecha del cargamento que llevaban en realidad, lo habría perdido para siempre. Para evitar algún chivatazo y eliminar testigos, maté a todos los del taller, después le prendí fuego, algo que usted adivinó. Aún no sé cómo pudo hacerlo, sobre todo después de tantos años. A Nicola no le pareció bien, intenté engañarlo, había sido un desgraciado accidente, le aseguré que yo no tuve nada que ver. Por supuesto, no me creyó ni un instante. Cuando buscábamos taller, en uno de nuestros posibles candidatos, conocí al bueno y tonto de Alfred con la historia de la mina en España. Me contó su plan, yo tenía por aquel entonces tres o cuatro talleres dispuestos a borrar las huellas de los lingotes. Imagine, dinero fácil y rápido, sin huella, limpio de cualquier problema. Solo me quedaba elegir qué taller fundiría mi oro sin que ellos supieran que firmaban su sentencia de muerte. Como ya sabe, elegí el de las lámparas de Sevilla. Me pareció una vía de escape mucho mejor que la prevista en un principio. Con una buena cantidad de dinero, convencí al verdadero ingeniero, le conté que necesitaba huir, escapar de allí. Me lo camelé, le conté que mi vida corría peligro. Hacía una labor humanitaria si me proporcionaba una vía de escape. El inocente Alfred accedió a dejarme entrar en su proyecto minero. Su nuevo patrón le había dicho que podía traer ayuda, ninguno de sus amigos quería ir con él, para mí fue perfecto. Cuando me enteré de que el barco hacía la escala en Mahón para despistar, le dije que allí nos veríamos, yo tenía que terminar unos asuntos. Le dije que debía dejar liquidado todo antes de mi partida, para mí, lo que importaba en realidad era desaparecer

El oro de Hitler

yo y liquidar para siempre la relación con Nicola Storzi. Algo que sí hice, como usted bien sabe. Nuestro marqués pagaba el viaje a Sevilla, yo les di a los marineros una suculenta cantidad, con el pretexto de que me esperasen en Menorca con una buena sonrisa los días que fuesen necesarios. Mientras el oro se alejaba, por el momento, yo necesitaba que Nicola me ayudase a «desaparecer para siempre». Tuve mucho cuidado para no darle opción a que informase de todo lo sucedido al Vaticano, ya sabe, fundir los lingotes o, sobre todo, la carga de estos en el pesquero español de los contrabandistas. Le convencí para que no se dejase ver hasta simular mi muerte.

Miró al párroco. Quizás esperaba encontrar su aceptación. El padre Ramón lo miraba con frialdad, no transmitía sus sentimientos, en realidad intentaba almacenar todos los datos que proporcionaba aquel cruel asesino. Al ver que su único oyente permanecía atento a sus palabras, continuó con sus explicaciones.

—Como bien ha deducido, padre, tenía un plan. Sabía que la Policía de Roma me vigilaba, cada vez que los detectábamos, algo muy sencillo para nosotros, yo cojeaba de forma ostentosa con el pie derecho, seguía mi plan. Este no era un simple detalle, para nada. Conocía un mendigo de una altura similar a la mía, con cierto parecido físico a mí, aunque siempre muy desaliñado. Este había sufrido una mutilación en su pie derecho, me lo contó, aunque no recuerdo bien cómo se la produjo. Cuando regresamos de Venecia comenzamos a preparar «mi muerte». Conseguí cortarle el pelo a este mendigo como yo lo llevaba, creía que era un regalo inocente de mi parte, pobre hombre. Quizás sea la única víctima de la que me compadezco hoy en día. En fin, qué le voy a hacer. Yo me compré ropa nueva. La mía, siempre usaba un traje muy característico, con la idea de que fuera fácil de reconocer, se la pusimos a él. Ese fue mi último regalo. Se habrá dado cuenta de un pequeño detalle, padre,

El oro de Hitler

hablo en plural, esto es por qué no lo hice yo solo. No piense que Nicola era un santo, si yo ya contaba por aquel entonces con algunas muertes a mis espaldas, estoy seguro de que él tenía un número superior en su conciencia. No me mire así, los agentes como usted no siempre han sido trigo limpio. Comenzamos a detectar agentes alemanes con la única misión de detenerme. Reconocí a algunos miembros de la SS, por un lado, mientras Nicola detectó también oficiales de la Gestapo por otro. Por fortuna para nosotros, cada servicio quería colocarse la medalla de atraparme y localizar el oro de Hitler. Asesiné a aquel pobre mendigo, le destrocé a golpes la cara con una doble función, desfigurarlo, por una parte, para que lo confundiesen conmigo y obligar a pensar, desde el Vaticano, Italia y Alemania, que me habían torturado para sacarme el paradero del oro. Como imaginé, los de la SS pensaron que me había capturado la Gestapo, mientras estos pensaban lo contrario. Según el plan, Nicola se encargó de confirmar la identificación de mi cuerpo gracias a aquella mutilación en el pie del mendigo. La estúpida Policía italiana certificó la muerte de Taras, tenían registros de mi cojera y allí tenían su causa. No había duda, el caso estaba cerrado. Había muerto para el mundo desde ese momento. El resultado fue perfecto, ya no me buscarían más, solo me quedaba desaparecer.

Realizó una pequeña pausa, esperó a que el cura comentase algo, mientras tanto, este permanecía en silencio. Pensó que le costaba asimilar tanta información

—¿Qué le ocurre? ¿No entiende todo lo que le digo? No esperará a que se lo repita

—No. Acabo de comprender otra cosa, Taras. Usted fue quien asesinó a Nicola Storzi. No fueron los alemanes, quería borrar toda huella de su rastro.

—Pensaba saltarme esa parte del relato. Ha vuelto usted a acertar,

El oro de Hitler

listillo. En efecto, engañé por última vez a aquel cura del demonio, me lo llevé a las afueras gracias a la excusa de contactar con alguien. Le disparé con tres armas distintas, desde ángulos diferentes, para terminar, le di un tiro de gracia en la nuca con esta misma pistola. Los muy imbéciles se creían más listos que nadie. Pensaron que cayó en una emboscada. Esa misma noche, creo que no habían encontrado el cuerpo de Nicola aún, en el puerto de Roma me fue fácil sobornar a unos pescadores; estos me llevaron a Menorca, allí embarqué en el barco que me esperaba y hasta ahora. ¿Sabe por qué le cuento todo esto?

—Supongo que sí. Voy a morir, no le importa contarme la verdad, algo que solo usted conoce.

—Sí, también pensaba hacer tiempo para todo lo que tengo organizado con el traslado del oro. Voy a terminar rápido con esta reunión. ¿Tiene alguna consulta más que hacerme?

—Ahora ya no es necesario. Imagino que, al conocer el interés del hijo de Alfred por la minería, usted impediría que nadie más con poder de decisión entrara en el yacimiento.

—Imagina usted bien, pensaba permitir que terminara Derecho, sin embargo, en cuanto empezase a estudiar para ingeniero de minas, firmaría su sentencia de muerte. No permitiría a nadie más dar órdenes en el yacimiento, llegaría un momento en el que pretendiera estudiar las galerías cerradas. Nunca lo sabrá, usted le ha salvado la vida a ese muchacho, no tengo ninguna antipatía hacia él. Casi diría que me cae bien. Me llama tío Liam. ¡Si él supiera!

Taras decidió que era el momento de dar por finalizada aquella conversación, se levantó sin dejar de apuntar al joven párroco. Como siempre había hecho durante toda su vida, permanecía firme, delante de su próxima víctima.

—¡Maldito cura del demonio! ¿Para qué tenías que venir aquí a

El oro de Hitler

destapar los viejos secretos?

—Aunque no lo crea, aún queda algún amigo de Nicola con la curiosidad de conocer al verdadero asesino. Llegué aquí mientras seguía el rastro de las lámparas, sin esperar grandes resultados. Sin embargo, me encontré con usted, Taras. Nunca pensé relacionarme con el asesino, aunque los hechos me destaparon una gran verdad a la que no podía dar la espalda. Yo descubrí algo importante: mi curiosidad le había activado como criminal, volvió a matar. Aunque nadie pensara que las muertes del Rubio y de Miriam fueran asesinatos en lugar de simples accidentes, usted ya estaba activo de nuevo. Le imagino ahora, mientras planea su huida, aunque bien pensado, supongo la tiene preparada desde hace muchos años.

—No le quepa la menor duda. Cuando oscurezca, lejos de la vista de todo el mundo, llega mi transporte. En la mina, a los trabajadores les he avisado, debo ir a mi país por unos temas de herencias, no me echarán en falta durante bastante tiempo. Quizás crean que me quedé allí. Nadie me buscará, ni podrán localizarme. Liam no existió nunca, solo en Lora del Río. Con respecto al oro, no saben ni que está aquí, desapareceremos esta misma noche para siempre, por tanto, tampoco notarán su ausencia.

—Tenía la certeza de que era así. Nada en este caso ha sido fortuito o imprevisto, todos los pasos estaban calculados, estudiados con detalle, me atrevería a decir.

—¡Cura del demonio! —Se puso en pie, decidido a terminar con aquella pequeña molestia. Pensó en tirarlo a algún pozo alejado, tardarían en encontrarlo y nunca relacionarían su viaje planeado con el hallazgo de aquel párroco en un pozo, en el caso de que llegasen a localizar su cuerpo. Recordó un pozo de muy difícil acceso, sería imposible rescatar un cuerpo de allí. Sonrió con su nuevo plan en mente. Debía ponerlo en marcha cuanto antes. Hizo un movimiento

El oro de Hitler

rápido, la vieja luger P08 estaba situada a un palmo de la cabeza del padre Ramón, apuntaba directo al centro de su mirada. —Yo no pensaba desaparecer, este me parecía un perfecto lugar para envejecer y morir, desgraciado. No dudes ni por un momento esto que te voy a decir: ¡Tú vas a morir antes de que Liam desaparezca de este lugar!

—¡Permítame una oración antes de abandonar este mundo!

—¡Todos sois iguales! Hace años, Nicola me pidió lo mismo justo antes de acabar con su vida. ¡Mira lo que son las cosas! Igual que hice con mi viejo camarada, le permito su última oración. Como detalle gracioso, padre, va a morir con una bala disparada con la misma arma que dio el tiro de gracia al bueno de Storzi.

Taras rio su gracia. Mientras tanto, el padre Ramón, con extrema lentitud, pasó de estar sentado a situarse de rodillas, en clara posición de oración, lo que obligó a dar un paso atrás a Taras. Este no dejó de apuntarle, le miraba con una sonrisa siniestra en su boca, se podría decir de satisfacción consigo mismo. Estaba orgulloso de lo que había hecho y de lo que pensaba realizar. El joven párroco cerró los ojos y comenzó a murmurar el padre nuestro. Despacio, las palmas de sus manos se acercaban para buscar la unión frente a su rostro, para rezar como lo haría un niño.

Cuando ambas manos se unieron, palma con palma, se escuchó un disparo. Taras reconoció aquel ruido inesperado, se giró hacia la ventana. Había captado el sonido de un cristal al romperse camuflado entre el estruendo de la detonación. Con su mirada buscaba a través de la cristalera. ¿De dónde procedía aquella bala? A lo lejos le pareció ver algo que no encajaba con el paisaje. Por instinto, comenzó a levantar la mano que empuñaba el arma, buscaba apuntar al tirador. Sus ojos, mientras el brazo actuaba de forma mecánica y rápida para alcanzar su objetivo, estaban centrados en aquel bulto que le había llamado la atención. Aún no había alzado lo suficiente el arma para

El oro de Hitler

apuntar a su objetivo cuando sus ojos vieron un destello luminoso. En ese momento supo lo que significaba, ya era demasiado tarde. Su cuerpo no tuvo tiempo para reaccionar de ninguna manera. El padre Ramón, cuando escuchó el primer disparo se tiró al suelo. Instantes después todo su cuerpo estaba pegado al piso, su cara girada veía cómo el viejo Taras quería defenderse de la misma manera que siempre había hecho, al ataque. Aquella pistola había dejado de apuntarle, él ya no era el peligro, parecía buscar a un agresor exterior. Otro estruendo inundó aquella habitación. El segundo tiro impactó sobre el pecho del viejo timador y asesino, en ese mismo momento su cuerpo se doblaba hacia atrás por el golpe recibido. La luger disparó, rompió uno de los cristales superiores de la ventana. La bala se perdió en el cielo azul de aquel pueblo sevillano.

Taras cayó de espaldas, sus piernas tenían una posición antinatural, su mirada se clavó en los asustados ojos del cura. Parecía sonreír, la mano que aún sujetaba el arma apuntaba a su cuerpo tras la caída. El padre Ramón adivinó al momento sus intenciones, golpeó la mano del asesino con toda la fuerza que pudo reunir para evitar que le apuntase con la pistola. Se escuchó otro disparo más, esta vez la bala de la vieja pistola alemana se perdió en una pared. El asesino maldijo algo en austriaco. El sacerdote había escuchado un silbido cerca de su cabeza, consiguió arrancar el arma de la mano al segundo golpe. Miró al asesino, este comenzó a susurrar algo mientras su rostro se giraba para mirar al techo. Solo pudo entender unas palabras.

—¡El oro de Hitler! ¡Mi oro!

Un tenue hilo de sangre comenzó a brotar por la comisura de los labios en el mismo instante que sus ojos se cerraban para siempre. La puerta de aquella estancia se abrió con brusquedad. Entraron dos hombres alterados.

—¡Perdone, padre! ¡No me explico cómo he fallado el primer

El oro de Hitler

disparo! —Comentó el agente Belmonte.

—¡Valientes tiradores de primera!

—Con el reflejo de los cristales no se veía bien, al ponerse usted a rezar, la señal para disparar que habíamos acordado, el viejo dio un paso atrás que no ayudó mucho. —Intentó justificarse Ramírez.

—Bien está lo que bien acaba. Veo que habéis hecho un nuevo amigo. —Detrás de ellos se veía al gran mastín, con una agilidad desconocida para aquel perro, movía su rabo con inusitada alegría.

—Todos saben que el mejor amigo del hombre es un perro, sin embargo, pocos parecen saber que el mejor amigo de un perro es ese hombre que le regala un buen filete. El bueno de Brutus no comía carne de calidad desde hacía años. Mire qué feliz cs.

—¡Ya veo! Esta parte, la de hoy, está hecha. Compañeros, ahora toca dar explicaciones a los de arriba, ya me entendéis.

El oro de Hitler

19

UN TESORO PERDIDO

Estaban sentados en la misma mesa en la que tomaron el aperitivo tan solo unos días antes. El patio interior del palacio proporcionaba una temperatura agradable, como siempre. Les habían servido unas frías copas de aquel vino manzanilla, acompañadas con un gran plato de jamón ibérico. Nadie había probado nada aún. El gesto de la marquesa no invitaba a hacerlo, hasta el padre Sebastián había reprimido su instinto de probar algo.

—Entonces llegó el momento de que me pongan al día. —Comentó la marquesa de Setefilla, con un tono irritante. —¿No cree, padre Sebastián?

—Mire usted, yo...

—Mi compañero no tiene ninguna culpa, señora marquesa, no tiene nada que ver en este asunto, fuera de ayudarme en algún momento puntual. Yo he solicitado esta reunión, pues hay acontecimientos que son de su directo interés. Hemos conseguido esclarecer varios misterios que no habían sido resueltos hasta hace

El oro de Hitler

unos días.

—¿Me quiere decir que usted, tan joven aún, ha venido aquí a resolver no sé qué intrigas? —La marquesa estaba enfurecida, sobre todo por no estar al tanto de lo que ocurría a su alrededor. Le acababa de anunciar que algún secreto le incumbía, eso empeoraba su estado anímico. —¿Quién le dio vela en este entierro, padre?

—¡El mismísimo papa! —Dijo con un fuerte tono de voz el padre Sebastián. Esta afirmación hizo abrir los ojos a la mujer de la sorpresa.

—Quizás esa información no era del todo necesaria. —Comentó el padre Ramón en su habitual tono tranquilo.

—Un momento. —La marquesa de Setefilla había levantado su mano, como si se tratara de un policía de tráfico, parecía pedir que todo el mundo se detuviera en ese preciso instante. —¿Qué interés puede tener el jefe de la Iglesia en este perdido lugar del planeta?

—Lo entenderá cuando escuche lo que debo contarle. Señora marquesa, le prometo una cosa, esta reunión es de sumo interés para usted. Voy a aclararle varios misterios que envuelven su vida, aunque no sea consciente de ellos. Alguno de los episodios más lamentables y tristes de su familia los mirará usted con otros ojos a partir de este momento. Ahora mismo, hoy, ¿qué sabe usted?

—No entiendo su pregunta, ¿se refiere a los últimos acontecimientos sucedidos en Lora del Río?

—A eso mismo me refiero.

—No ha ocurrido nada excepcional, que yo recuerde. Bueno, solo el viaje de Liam, es la primera vez que se ausenta en treinta años. Ocurrió durante los funerales de Miriam y el Rubio.

—Cierto, avisó de un viaje inminente. Bien, todo lo que voy a contarle está comprobado. Comenzaré por los últimos acontecimientos, intentaré no olvidarme de ninguno. Padre Sebastián,

El oro de Hitler

ayúdeme si me dejo algo en el tintero. Para empezar, señora marquesa, debe usted saber que Liam no se ha ido de viaje a ningún lado. Su ingeniero ha fallecido bajo los disparos de dos agentes del Servicio de Información de la Dirección General de Seguridad.

—¿Cómo dice, padre?

—Para que me entienda mejor, hablo de agentes secretos del Estado español. Esto debe quedar entre nosotros tres, nunca debe salir nada de su boca sobre este tema, sobre todo por lo que aún no le he contado, le ruego su mayor discreción en todos estos asuntos. Se lo cuento ahora porque me han autorizado de forma excepcional. Le puedo asegurar que no ha sido fácil, he tardado varios días en pedirle esta reunión, por no tener ese permiso. Ha sido muy complicado conseguir esa autorización, puedo asegurarle que he removido Roma con Madrid hasta que me lo han permitido. ¿Comprende lo que le digo? Todo lo que hablemos hoy debe permanecer en secreto, para siempre, si usted no me da su palabra, tengo orden de no darle ninguna explicación.

—Conozco el valor de la discreción, no se equivoque.

—Debo recalcarlo, no quiero que esta información llegue a ser de público conocimiento. Su ingeniero de minas, por empezar por algún punto, no era quien todos suponían. De hecho, nunca fue ingeniero. Vino aquí camuflado con su marido, huía de otros temas que no vienen al caso ahora, los veremos más adelante.

—¡No entiendo qué interés directo puedo tener yo en ese hombre!

—Lo entenderá en un instante, marquesa. Ese hombre vino aquí, ocultó su verdadera identidad, nadie podía conocer su secreto. Su padre, no era consciente de ello, sin pretenderlo, podía destapar su coartada, pudo ser por un comentario inocente o por cualquier otro motivo, algo hizo que Liam decidiera eliminar aquel obstáculo. La desaparición del velero en el que viajaban sus padres y el resto de

El oro de Hitler

pasajeros, más la tripulación, fue obra suya. —Los ojos de la marquesa se humedecieron al instante, su rostro permanecía imperturbable. —Estoy convencido de un detalle muy importante para usted. Su marido no conocía la verdadera identidad de Liam, ni sus oscuros secretos, por eso él no era un peligro para el asesino en aquel momento. Estaba convencido de poder manejarlo a su antojo, ya le había enseñado cómo llevar la mina. Con alguna artimaña consiguió quedarse al cargo de ella. Sin embargo, su marido nunca dejó de ser un experto en su oficio. Reconoció algo fuera de lugar, imagino la situación. Le preguntó a Liam, no se sintió satisfecho con su respuesta. Esto provocó el accidente que causó la muerte de su esposo.

—Entonces... —La humedad acumulada en sus ojos se convirtió al instante en dos lágrimas que recorrían su rostro, cuando comprendió el auténtico significado de aquellas palabras. —¿Me dice que Liam, además de a mis padres, también mató a mi marido?

—Sí. —Pensó que lo mejor era ahorrarle el disgusto de conocer la siguiente víctima de la lista del criminal. Esta resultaría ser su propio hijo, en el momento que comenzara a estudiar para ingeniero de minas. Prefirió guardar un discreto silencio, debía asimilar aquellas novedades tan duras para ella. Eran acontecimientos lejanos en el tiempo, frescos aún en su corazón, sus reacciones no dejaban lugar a dudas.

—¿Por qué?
—Este criminal llegó a estas tierras con un gran tesoro, marquesa. Lo protegía tanto como a su propia vida, quizás más.
—¿Qué tesoro puede ser ese?
—Una pequeña fortuna en oro que este asesino fue capaz de estafarle al todopoderoso Hitler.
—¿Oro? ¿Dónde?

El oro de Hitler

—Está cerca, marquesa. Yo le puedo indicar dónde se encuentra.
—¿Qué gana la Iglesia o usted en todo esto?
—Pues verá, nosotros no ganamos nada, nuestro interés en este asunto no venía por esa pequeña fortuna, aunque tengo una propuesta que hacerle. Cuando le parezca bien, puedo explicarle mi idea.
—Ahora es el momento, ha pasado tiempo desde aquellos duros golpes del destino.
—Lamento decirle que el destino poco intervino en aquellos desgraciados sucesos.
—Comprendo, padre, supongo que es aconsejable que conozca esos hechos. Aun así, le ruego que no tenga prisa. Tengo muchas cosas que asimilar, la muerte de mi esposo, de mis padres...
—Con respecto a ese punto debo contarle una cosa. La buena de Miriam, también víctima de este cruel asesino, guardó su vieja caja de recortes sobre la desaparición del velero, ¿la recuerda? Me los prestó para ayudarme en la investigación, con el compromiso de darle a usted la oportunidad de recuperarlos una vez resuelto todo. ¿Desea usted que se los entregue?
—Se lo agradecería mucho. Antes eran el recuerdo de algo imposible, ahora me gustaría volver a tenerlos en mi poder.

La conversación se prolongó mucho tiempo. El padre Ramón explicó con detalle todo lo sucedido. La marquesa lloró con amargura al conocer la verdad de los misterios que rodearon su vida. Al final de la reunión, aceptó de buena gana una propuesta del joven cura.

El oro de Hitler

El oro de Hitler

20

UN ENCUENTRO CASUAL

El padre Ramón se acostumbró con facilidad al buen trato que proporcionaban en la sala VIP de los aeropuertos. Le habían dispensado un recibimiento excelente desde el momento en el que presentó su pasaporte diplomático, con la intención de tomar el vuelo a Roma. Volvía al Vaticano. Era el momento de dar explicaciones al santo padre.

Tomaba un zumo de naranja en una impresionante barra mientras leía la prensa. Por supuesto, no había ninguna noticia en la zona de Sevilla que pudiese llamar su atención. Se entretenía sin mucho interés, leía noticias deportivas cuando alguien llamó su atención con un ligero toque en su hombro.

—El padre Ramón, supongo.

El aludido dejó el vaso sobre la barra antes de girarse y ver quién llamaba su atención. Se sorprendió, pues esperaba ver a alguien de la aerolínea. No parecía ser el caso. Un hombre bajo, bastante calvo, con una sonrisa que se podría definir de cualquier forma menos simpática, le miraba con descaro. Sin disimulo miró al cura desde la cabeza a los pies un par de veces. Puso sus brazos en jarra, el cura no sabía muy

El oro de Hitler

bien qué pensar de aquel hombrecillo.

—Supone usted bien, aunque me encuentro en desventaja. No tengo ni idea de quién puede ser usted.

—Por esta vez se lo voy a dejar pasar, jovencito.

—Supongo que debo estarle agradecido.

—Supone bien, se podría decir que me debe la vida. ¡Qué demonios! ¡Sí me la debe!

—Si usted lo dice...

—¡Claro! Lo digo y se lo demuestro. Soy el jefe que autorizó a Ramírez y Belmonte que le cubriesen el otro día.

—¡Ah! Entonces es usted el coronel Vargas. —Alargó su mano para estrecharla, ahora que sabía de quién se trataba. —Gran amigo de monseñor Herrera.

—¡Vaya! Su jefe le habló de mí. Espero que bien.

—Lo dejó en buen lugar, por eso no se preocupe.

—Me alegro. Bien, padre, o agente, no sé muy bien cómo llamarle.

—Le dejaba saber que conocía a la perfección su condición «profesional».

—Padre es perfecto.

—Padre, pues. Necesito que comprenda que me debe una, y gorda. Ya llegará el momento de saldar cuentas entre nosotros. De momento me conformaré con algo muy sencillo, si le parece bien. Solo le pido que me informe sobre sus andanzas, por lo menos cuando se mueva por nuestro país. ¿Le parece bien?

—Lo veo muy razonable, coronel. —Apuró su vaso de zumo, antes de continuar con su contestación. Intentó imitar el tono chulesco utilizado por el alto mando del servicio secreto español. —Y ahora que ya hemos decidido cómo pagaré yo mi deuda con usted, ¿qué le parece si nos ponemos de acuerdo en cómo va usted a saldar la suya conmigo?

El oro de Hitler

—¿Mi deuda con usted?

—Vaya, parece que no ha leído, quizás por falta de tiempo, quizás por falta de interés, el informe que le dejé a sus hombres. Voy a realizar un pequeño resumen de mis servicios, desinteresados, para su «agencia». Les he resuelto los siguientes expedientes que tenían abiertos, a pesar de los muchos años desde algunos de estos sucesos. La muerte de tres mineros en Lora del Río, por envenenamiento, la desaparición del velero «Il grande Nettuno» y sus más de ochenta pasajeros, las muertes del marqués de Setefilla, la doncella Miriam y el minero el Rubio. Creo no olvidar nada. Esos expedientes los puede cerrar y colgarse usted esa medalla, no necesito ni que me nombre. Ya me dirá cómo le interesa devolverme el favor. ¿Le parece bien?

No esperó a que le contestase, tomó su maletín y se dirigió a la puerta de embarque sin girar ni una vez su cabeza. Dejaba al coronel Vargas con sus brazos en jarras y la boca aún sin cerrar. Caminaba con paso decidido, imaginó que le miraba mientras se alejaba, decidió subir un peldaño más, con su maletín en la mano derecha, guardó la izquierda en el bolsillo, para dar una imagen más despreocupada aún. Cuando el coronel lo perdió de vista, decidió romper su silencio.

—¡La madre que lo parió! ¿Me ha vacilado el curita este?

—Se podría decir que sí, mi coronel. —El capitán Sepúlveda apareció al bajar el periódico que simulaba leer, sentado en un sillón de aquella sala VIP, a escasos centímetros de donde se tomaba el zumo el padre Ramón. Dejó el periódico sobre el asiento al ponerse de pie y acercarse a su superior.

—¡Que me aspen! ¡Este cura no sabe con quién se la juega!

—Sí, me temo que lo sabe. De la misma forma que tiene bien aprendido que es intocable. Tampoco es que haya hecho nada malo, aunque, bien mirado, sabe que tiene un poco de razón.

—Refréscame la memoria antes de que cometa un «curicidio»

El oro de Hitler

primero, para después encargarme de ti. —El coronel no estaba acostumbrado a no ser él quien dijese la última palabra.

—Ha resuelto todos esos casos y nos ha dejado todo el mérito, debe reconocer que es así.

—Ya, la única pega es que solo lo sabremos nosotros, nadie más lo conoce.

—Recuerde que eso fue sugerencia nuestra, que no se corriera la voz, preferimos no revolver esos crímenes olvidados. Los recientes se consideraban accidentes hasta que el sacerdote los resolvió. Fue idea de usted hacer desaparecer a Taras y que se queden las cosas más o menos como están. La marquesa le dio su palabra de no decir nada de este asunto, parece que podemos confiar en que así será.

—Cierto, aunque me joda, es así. En este punto tienes razón, no nos interesa airear que hemos tenido a semejante criminal en nuestro territorio, se ha movido a su antojo durante tantos años, delante de nuestras narices y nadie supo nunca nada. ¿Cómo no nos dimos cuenta? —Comenzaron a caminar para salir del aeropuerto, juntos, como viejos amigos.

—Ese asesino supo camuflarse bien y borró sus huellas con mucha maestría. No comprendo por qué mató a toda esa gente, será un secreto que se llevó a la tumba. El caso, mi coronel, es este. Ha tenido que llegar el padre Ramón para quitarnos la venda.

—Quiero saber en todo momento dónde anda este curita. Si vuelve a entrar en España, no quiero a dos agentes detrás de él.

—¿No?

—¡No! Cuatro. Estarán cuatro agentes detrás de su sombra y no permitiré ni una sorpresa más.

—Usted manda. ¿No le parece que, además de resolver estos asesinatos, había algo más detrás de todo este asunto?

—¿Te parece poco un caso con casi cien víctimas?

El oro de Hitler

—No sé, mi coronel, algo me dice que nos falta conocer alguna pieza de este puzle.

—Déjate de más sorpresas, por hoy ya está bien, nos merecemos un premio. Nos toca tomarnos una cerveza. —Salieron del aeropuerto y un gran coche negro les esperaba. Ramírez abrió la puerta para que se subieran sus dos superiores.

—Mejor dos.

—¡Todo es empezar, Sepúlveda, todo es empezar!

El oro de Hitler

21

EL SANTO PADRE

Aquella estancia le imponía más que la misma Capilla Sixtina. La habitación era sencilla, nada parecía hacerla destacar de otras similares, sin embargo, su mente recordaba a la perfección que en aquel aposento había conocido a Su Santidad. Esperaba volver a verle.

En su fuero interior, confiaba en que estuviese de acuerdo con las decisiones tomadas por su cuenta. Un ligero movimiento de aire le anunció una próxima llegada, se levantó de su asiento. Por la puerta que había dejado abierta aquel sirviente entraron con rostro serio monseñor Herrera y Pablo VI. El padre Ramón realizó el habitual saludo de simular el beso del anillo papal. Cuando levantó el rostro cambió su humor, vio que el sumo pontífice sonreía. Saludó con cariño a monseñor Herrera.

—Tranquilícese, padre Ramón, le veo muy nervioso. —El papa usaba su tono de voz más conciliador y suave. Casi se podría sospechar algo de alegría en el sumo pontífice.

—Los he visto entrar con semblante serio, podían estar enfadados con mis acciones.

—No las conozco todas. Esta reunión es para conocer un pequeño

El oro de Hitler

resumen, con más tiempo entraremos a fondo con todos los detalles. Hablábamos de otros temas, de ahí nuestra preocupación. Ahora me interesa conocer de su propia voz los últimos detalles sobre la búsqueda del oro de Hitler. Cuénteme.

—Monseñor le habrá informado de todo, imagino. Dígame qué desea saber.

—¿Le parece bien comenzar por el tesoro? Me gustaría saber su paradero o el actual destino de aquella fortuna.

—Si no entendí mal, Su Santidad comentó que el oro no era primordial. Necesitaba conocer la verdad sobre el asesinato de su amigo Storzi.

—Cierto.

—Conseguí la confesión del asesino, es más, me comentó el macabro detalle de que Nicola pidió poder realizar una última oración, le disparó mientras rezaba. Para hacer creer que había sido ajusticiado por los alemanes, le disparó con varias armas, desde distintos ángulos, para terminar con un tiro en la nuca, con la misma pistola que pretendía usar para matarme a mí también.

—Por favor, continúe. —Los ojos del papa no podían disimular la congoja que le producía el recuerdo de su viejo amigo.

—El oro de Hitler presentaba, desde mi humilde punto de vista, dos serios problemas. El primero lo comenté en nuestra última reunión, desde un estricto sentido moral y real, ese oro nunca perteneció a la Iglesia, estábamos de acuerdo en ese punto, por lo que yo recuerdo.

—Recuerda bien. —Apostilló monseñor Herrera. Pablo VI asentía en silencio.

—El segundo aspecto, lo tuve en cuenta era que ese oro estaba escondido en una propiedad privada, de difícil acceso para cualquiera que no sea su legítimo dueño. Por eso le propuse a la

El oro de Hitler

marquesa de Setefilla el siguiente trato. «Le digo cómo llegar y descubrir ese tesoro a cambio de que con parte del oro realice una labor humanitaria».

—¿Qué le respondió?

—Accedió a mi plan con gran interés, no olvide que tiene la vida resuelta con su mina y el resto de sus propiedades. Va a construir un orfanato y un monasterio. Me propuso dedicar esas obras a sus familiares fallecidos, no puse ninguna objeción, como comprenderán. Debe decidir todavía qué obra se realizará en honor a sus padres y cuál al de su marido.

—Me parece un excelente final para el maldito oro de Hitler, mucho mejor que la idea de comprar los votos para el santo padre.

—Lo mismo pensé yo.

—En cuanto a la verdadera misión, no sabemos cómo agradecerte resolver un misterio imposible durante veinticinco años. Conocer el fin del asesino de Nicola, su identidad, proporcionarán un gran alivio a nuestras almas, torturadas durante tanto tiempo.

—Solo hice lo que me ordenaron.

—Bien, ya tendremos ocasión de hablar más de este asunto, creo que ya estoy al corriente de lo fundamental. Tienes, no solo mi aprobación, cuentas con mi gratitud, has obrado como esperaba de ti. ¿Crees que debes decirme algo más?

—Su Santidad, pienso que no estaría de más tener algún gesto o detalle de agradecimiento con las buenas personas que me han ayudado en esta misión.

—Supongo que puedes decirme quién debería recibir esos gestos. Sabes que yo en persona estoy en deuda con ellos, aunque no deben saberlo jamás.

—No lo sabrán, desde luego nunca por mí. No puedo olvidarme, en primer lugar, de los padres Stefano, Luca y Sebastián.

El oro de Hitler

El papa miró a monseñor Herrera, este le hizo un gesto afirmativo.
—Me parece de lo más correcto. ¿Alguien más?
—Creo que lo agradecería mucho Maurizio Nocetti y, si fuera posible, los dos agentes españoles que me ayudaron en el momento crucial de este caso.
—Se hará como pides, tienes mi bendición, Ramón
El padre Ramón se despidió de ambos, abandonó la sala en silencio, satisfecho. Los más altos mandos de la Santa Alianza veían cómo aquel joven se perdía tras una puerta y esperaron un tiempo prudencial para que nadie pudiese escuchar sus palabras. Tomaron asiento como hacían muchas tardes en aquella misma sala. El sumo pontífice sonreía satisfecho.
—Ha resuelto un caso imposible durante veinticinco años en un corto espacio de tiempo. —Comentó monseñor Herrera.
—Menos mal que se te ocurrió poner tras sus pasos a los agentes secretos españoles.
—Nunca pensé enviar un agente nuestro a seguir el rastro de un asesino sin tomar las debidas precauciones.
—Actuaron con diligencia, debemos enviarles alguna muestra de agradecimiento, como ha sugerido Ramón. Tengo entendido que te llevas bien con su jefe.
—Sí, de hecho, ya han recibido su recompensa por la ayuda prestada en este caso. Le aviso, la ayuda recibida por nuestro párroco ha sido fundamental, quiero que sepa que he sido generoso.
—¡Por supuesto, Herrera! Debemos estar muy agradecidos, todo ha salido mejor de lo esperado, el uso final del oro de Hitler me parece el mejor destino posible para esa fortuna.
—Cierto. Por otra parte, debemos tener en cuenta la buena disposición de nuestros hombres, también su discreción en todo este asunto. Al parecer, el padre Ramón sabía a la perfección que lo

El oro de Hitler

controlaban, desde el primer momento.

—¿Cómo reaccionó?

—Igual que un agente experto, los dejó trabajar para destaparlos y recibir su ayuda cuando fue necesario.

—Puede ser uno de nuestros mejores agentes, Herrera, prepáralo para futuras misiones.

—Es lo que pienso hacer. Queda el otro asunto.

—¿Cuál? —Le miró extrañado. Pablo VI no solía olvidar nada.

—La otra petición que solicitó el padre Ramón.

—¡Ah! Cierto, no debemos ignorarlo. Lo haremos la próxima semana, si te parece bien, organiza todo. Tienes razón, recibamos como se merecen a los padres Sebastián, Luca y Steffano.

—Siempre recordarán una recepción privada con Su Santidad.

—¡Hagamos que sea inolvidable, Herrera! Ahora vamos a planificar la preparación del padre Ramón.

Mientras se pronunciaban estas palabras, un sonriente cura caminaba tranquilo por una silenciosa calle del Vaticano. Miraba a todos lados, como si fuera la primera vez que las pisaba. Al doblar la esquina descubrió la grandeza de la plaza de San Pedro, con la basílica al fondo iluminada por la anaranjada luz del atardecer. Mientras tanto, su destino se decidía en una pequeña sala de la Santa Sede.

FIN

El oro de Hitler

Milton Keynes UK
Ingram Content Group UK Ltd.
UKHW030848111124
451035UK00001B/239